有爱的青春陪伴者

图书在版编目（CIP）数据

我寄春天 / 舒迩著. -- 上海：上海文化出版社，
2025. 6. -- ISBN 978-7-5535-3179-3

Ⅰ. I247.5

中国国家版本馆 CIP 数据核字第 2025KN6723 号

责任编辑	蔡美凤
特约编辑	李 娜
装帧设计	Insect 孙欣瑞
封面绘制	苏 桓
印务监制	周仲智
责任校对	言 一

我寄春天
舒迩 著

出　版	上海文化出版社
出　品	上海故事会文化传媒有限公司
	（201101 上海市闵行区号景路 159 弄 A 座 3 楼 www.storychina.cn）
发　行	长沙大鱼文化传媒有限公司发行中心
印　刷	长沙鸿发印务实业有限公司
开　本	880×1230　1/32　印　张　10
版　次	2025 年 6 月第 1 版　印　次　2025 年 6 月第 1 次印刷
书　号	ISBN 978-7-5535-3179-3/I.1230
定　价	42.80 元

版权所有　翻印必究

 上海故事会文化传媒有限公司　出品（01218）www.storychina.cn

本书如有印装问题，请与印刷厂联系调换。联系电话：0731-82755298

目录

Chapter 01	/ 001	
顾青李		
Chapter 02	/ 038	
我们的秘密		
Chapter 03	/ 082	
朋友		
Chapter 04	/ 110	
读心术		
Chapter 05	/ 142	
奶油向日葵		
Chapter 06	/ 177	
喜欢		

CONTENTS

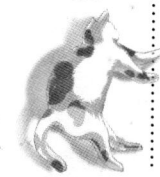

目录

Chapter 07 / 210
谈恋爱

Chapter 08 / 238
别怕，我不走

Chapter 09 / 265
私奔

Chapter 10 / 291
共占春风

Extra / 309
最长的电影

CONTENTS

Chapter 01
顾青李

在一声又一声悠长致远的钟声中，叶橙心底有些异样，竟然莫名有种他已经在这里等了自己很久的错觉。

叶橙是被渴醒的。

她发了一晚上低烧，且四天前她才拔掉嘴里右下方那颗折磨了她很长时间的智齿。是阻生齿，拍过片后，医生就拎着那张牙片提醒过她，处理起来会很困难，建议她做好心理准备。

拔牙当天，叶橙看见牙科医生拿着镊子忙活半天，随后淡定地接过护士递来的锤子，直接吓到瞳孔地震。她右脸颊肿起来很明显一块，麻药劲过后，连说话都费劲。

那天之后，叶橙出门都得戴口罩，吃了三天流食。

直到现在，她还能感觉到嘴里一股散不掉的血腥味，难受得厉害。

叶橙摸摸嘴唇，果真干得起皮。不用照镜子，她都知道自己现在状态不佳，头发凌乱，脸色苍白。

凌晨四五点醒过一次，倒了一杯水喝后，叶橙这一觉直接睡到了上午九点半。起床后，她边对着酒店镜子漱口，边看手机消息，最新的一条留言都是一个小时前的了。

叶橙按照时间顺序点开最早一条语音消息，然后搁在一旁。

同事："叶橙，你起床了吗？你要是醒了，给我回个消息。"

同事："我们跟着陈总进村了，我打听过了，不出意外得下午才回来。你要是还难受的话，就在酒店好好休息。"

叶橙洗漱完，顺手回了句"知道了"，收拾好后，便下楼去吃早饭。

这是一行人到遂和出差的第三天。

自从跟随大部队从北城抵达这座西南小城，叶橙就没有顺心过。当时托运的行李险些弄丢，找失物招领窗口的工作人员帮忙后，她才知道另一名乘客和她是同一款银白色的行李箱，对方不慎拿错。她因为行李箱的事情不好耽误同事的时间，便迟了一步。等她找回行李箱抵达下榻酒店时，房间早被旅行团订满了。

/ 001

"一间都没有了?"

"抱歉,小姐,最后一间在半个小时前就被订走了。"

"套间也没了?"

"没有了。"

叶橙早就累到不行,都懒得听前台解释,直接自费在酒店过去一条街的希尔顿酒店订了套间。

有好心同事听说这事,提醒她超出部分报社可不给报差旅费。叶橙并不在意,她更关心他们在遂和这几日的行程。

他们的目的地几乎都在深山,一次出行,光坐车就得花去好几个小时。绵延不断、层层叠叠的群山,或是繁茂或是光秃秃的裸露石块,构成了她对这座城市的全部记忆。值得庆幸的是,这里的伙食还算合胃口。此时,叶橙在酒店餐厅吃着米线,边吃边查地图。

同事们今天的行程是走访底下村子里一个菌菇研学基地,叶橙作为落单的那个,则另有任务交到她手上。

叶橙吃完后上楼,一刻不停地把相机和录音笔往包里一塞就出了门。

昨晚遂和市区才下过一场雪。叶橙一路都在小心避开地上融化的雪水,所幸慈光寺离希尔顿酒店不远,步行十五分钟就能到。

待抵达慈光寺,寺庙应该是刚做完法会,很热闹。叶橙顺着离去人群逆流而上,好不容易才找到一位穿着僧衣的小师父。

叶橙先说明了来意,问:"请问唐鹤松唐教授在吗?"

"在,你跟我来。"

而后,小师父直接领她进了后院一间屋子。

和香烟缭绕、香客众多的大殿不同,后院要清静很多,叶橙注意到院子里几棵蜡梅开得正好。枝头盖了薄薄一层雪,有的梅枝太细太脆,根本承受不住雪的重量,轻轻一弯,那雪便落了一捧下来。

小师父让叶橙在这里等着,一句多余的话都没说。叶橙没坐几分钟,就开始在屋子里打转。

屋子里檀香味很浓,也并没有多余的摆设,唯一鲜活的是木桌上摆的一只白瓷瓶。和院子里的黄蜡梅不同,瓶子里稀稀疏疏插着数枝红蜡梅,颜色很烈,红得耀眼。

唐鹤松是在叶橙实在无聊,数红蜡梅花数到六十七朵时才进门的。

总算见到人了,叶橙立马起身打招呼:"唐教授您好。"

唐鹤松比叶橙想象的要随和很多。为了采访做准备,叶橙当时打听唐教授时,总觉得自己半只脚踏进了火坑。

唐教授已经近五年没接受过任何形式的采访,最后一次电话访谈也闹得不太愉快,那位杂志社的记者更是在电话挂断后,直接向领导递了辞职信。

唐鹤松笑得很随和,让叶橙不必拘束。

"是小叶记者吧？"

叶橙乖巧地点头。

"坐啊，随便坐。"

唐鹤松在这儿简直自在得像在自己家一样，先是从桌底下拖出一只火盆，扔进去小半盆炭，熟练地用几团纸做引子，很快炭被烧得通红。唐鹤松又出去了一趟，拿来毯子和暖水袋。

叶橙在接过那只印着凯蒂猫的粉色暖水袋时，大脑有片刻宕机。回过神后，她直把东西往回推："您不用这么客气。"

唐鹤松在专心地用棍子扒拉盆里的炭火，向叶橙解释："拿着吧。这里比不得北城，没暖气，山里气温也低。"

叶橙觉得有道理，手又缩了回去。她这几天在遂和确实觉得冷得不行，手脚冰凉。

唐鹤松和她拉了一会儿家常。

叶橙有一瞬间觉得自己好似回到北城——爷爷总有来自天南地北的客人，小时候是推她出来展示才艺，长大后就成了喝茶陪聊。

当然，她是负责听的那个。

叶橙本就因为牙疼不想说话，对方愿意多说，她再乐意不过。谈话很顺利，连带着在叶橙架起三脚架，按开录音笔，对着笔记本一个个问题问过去时都格外顺利。

唐鹤松在说闲话时很随和，但在面对镜头时专业性很强。

"……您认为在慈光寺修缮项目中，面临的最大难题是什么？"

全程，叶橙担心跟不上唐鹤松的思路，不断在笔记本上涂涂画画，不知不觉，已经快写满两大页纸。

采访期间，唐鹤松的电话响了，他对叶橙打了个手势。

叶橙心领神会，按下摄像机暂停键。

本以为没她什么事，她正专心复盘采访内容，唐鹤松忽然在不远处喊她。

叶橙以为是幻听，抬起头确定对方确实是在叫她后，小跑过去："您有什么事？"

唐鹤松直接把手机往她手里一塞，话却是对着电话那头的人说的："你不信是吧？我把人叫来了，有什么问题你和她说。"

叶橙顶着一脑袋问号接过手机："你好，我是叶橙。"

电话那头始终很安静。

就在叶橙以为那头把电话挂了的时候，听筒里传出一个男人的声音："知道了。"

专访继续。

十来分钟后，采访结束，在叶橙收设备时，唐鹤松凑过来，神秘兮兮地问了句："小叶记者，有男朋友吗？"

叶橙微愣。这类话她听过无数遍,那些七大姑八大姨就说过,无非是拐着弯想给她介绍对象。

她确实是十分讨人喜欢的那类长相,头发没染也没卷过,发质很好,稍稍过肩,一张人畜无害的鹅蛋脸,瞪圆眼睛时很容易让人联想到林间小鹿。

"没有哦。"

唐鹤松正要说话,叶橙声音清脆,睁眼说瞎话的本事一流:"但小时候爷爷托人给我算过命,说我克夫。"

"嗯……"之后,唐鹤松再没提过这个话题。

叶橙总算收拾好东西,拽着围巾打了个结:"唐老师,我能在这附近逛逛,拍点素材吗?"

"当然可以。"

叶橙顺势告辞,唐鹤松又把人叫住:"那小叶记者你在这儿等会儿,我另外喊我的学生陪你一块去。"

叶橙:"不用了,我自己能走。"

唐鹤松语气平和:"这里连着后山,人多又杂,毕竟是女孩子,不太安全。"

听他这么说,叶橙也不再推辞了,乖乖坐了下来。

火盆里的炭火噼啪作响。

唐教授早已离开。叶橙等了快一刻钟,就在她想离开时,一道瘦高的身影出现在门口,却没进来,直接叫她:"走了。"

因为逆着光,叶橙根本看不清对方的脸,只是把包拿在手里跟上去。

他脚步迈得太大,叶橙险些跟不上。

快走到正殿时,顾青李才回头朝她伸手:"包给我。"

叶橙捏紧了包带,没有动。方才在屋子里没看清,这会儿两人都站在阳光下,叶橙才真正确定。

真的是他啊,顾青李。

他也不耐烦起来,眉头皱起,又重复了一遍:"包给我。"

叶橙张了张嘴,却没有字眼漏出来,只好乖乖把包递过去。

这回顾青李脚步放慢了些,叶橙一路都在思索该怎么开口打招呼。塔楼在慈光寺最西侧,两人一路沉默,直至顾青李告诉她地方到了,她都没有说一句话。

叶橙犹豫着上前掏出包里的相机,抬头正好对上他的目光。

他变了很多,曾经风一吹,师大附中那件标志性蓝白色夏季校服就鼓起一大块,单薄的少年已经完全长开,长成了高大的男人。黑色防寒服拉链拉到最顶部,微微抵着他线条分明的下巴。五官倒是没怎么变,轮廓更加硬朗,双眸颜色偏浅,眼底一点泪痣。

偏偏就是这样一双眼睛，总是让人看不出他在想什么。

可看着那双平静的瞳孔，叶橙合理怀疑，即使面对面，顾青李也根本没认出她。

毕竟过去太久了。

叶橙没来由地为这一结论感到恼火。他们是高中同班同学，或者说，不只是同班同学。

叶橙已经记不清太多细节了，隔了太久，需要费点力气才能想起来。

其实，她和顾青李当过一个月的同桌。

和大部分不让男女生同桌，一点风吹草动就紧张，怕引起早恋的班主任不同，他们的班主任思想开明，了解学生，不会在这种小事上锱铢必较。

加上有一点比较特别，就是叶橙……太能聊了。

排过无数次座位，几乎每次都没用。

顾青李是那种最受老师欢迎、成绩好、话又少、推上台还可以分分钟给你来段"国旗下的讲话"的好学生。老师打算让寡言的顾青李镇一下她，顺便把她狗啃一样的成绩拉上来一点，不至于次次月考都拉班级平均分。

可就在一个月后，某次晚自习，班主任例行巡查。暗中观察时，班主任亲眼看见叶橙偷偷在听歌，桌肚牵出长长的耳机线，换个角度看，还能看见被掩在男生宽阔身影下的那只小巧的 MP3。

班主任当即就把两人叫了出来，手指头恨不得在叶橙头上点个窟窿出来。

"老师，我错了，我错了。"叶橙倒是认错很快，头低着，乖乖巧巧惹人怜的模样，偏偏说的话气人，"下次我一定放自己桌肚，听您的，一人做事一人当，能麻烦自己，绝不连累同学。"

她眼珠子一转，又若有似无地瞟着身旁人："但这事和我同桌应该没关系吧，能不能早点放他回去，他数学卷子才做到一半呢。要是我同桌作业写不完，明天科任老师又要找您喝茶了。"

班主任欲言又止，一脸多看她一眼都要折寿十年的表情，真一挥手，让顾青李先回了教室。次日，班主任直接小范围调整了一下座位，把顾青李换走了，生怕她把人带坏。

可他们的中学时代，已经是多年前的事情了。

叶橙并不太确定顾青李是否记得她，或许是真过去了太久，她想不起来太多有关他的事情，唯独这件事记得异常清楚。

真把她忘了？

叶橙深呼吸几口才咽下怒气，打开镜头盖，决定按兵不动，认真取景。

有几个镜头需要找角度，叶橙特意走远了些，注意力全在镜头里。不经意撞到顾青李，她下意识地道歉，他也只是在低头专心看手机。

叶橙过意不去："你如果有别的事可以先走，我自己在这儿可以的。"

顾青李只是应:"那我去那边等你。"

叶橙检查完照片,合上镜头盖才想起自己的包还在他手里。

偏偏这时,雪又开始下了。

雪下得并不大,叶橙抖落两下头发上的细雪才往小道方向走,开始找人。

顾青李并没有走远,或者说当叶橙发现他时,他正安安静静看着远处寺院撞钟。

敲钟祈福是付费的,五元一次,一人可以撞三次。在一声又一声悠长致远的钟声中,叶橙心底有些异样,竟然莫名有种,他已经在这里等了自己很久的错觉。

可两人是真的有太久没有见过了。

七年?八年?叶橙懒得算。

这个念头只是在脑海中短暂划过,叶橙觉得是自己想多了,别人都没这么说,她在这里瞎脑补个什么劲儿。

两人之间隔着一场雪,细碎雪花在空中打着转,很快在石子路上积了薄薄一层,像是银霜。

顾青李好像是听见身后轻响才回的头,下巴轻抬,指着撞钟问叶橙要不要试一试。

叶橙前两天跟着同事进山走访群众时,已经听同事科普过不少慈光寺的事情。这座寺庙玄就玄在并不保佑本地人,来这座寺庙上香的基本上都是周边市民,或者千里迢迢来祈福的游客。

同事语气玄之又玄:"我表姐前两年生了场大病,骨头都坏死了,差点没命。那段时间我表姐夫不是在医院陪我表姐,就是上山求佛烧香。他听朋友说慈光寺在西南这块小有名气,又是找住持捐香火钱,又是跟着上禅修班吃素斋。说来也太神了,表姐夫在慈光寺吃了三个月斋饭,我表姐身体真一天比一天好。去年就好透了,都能出海潜水了。

"算算,这已经是我表姐夫祈福的第三年。

"你们真的可以去试试,网上也有人求过,真的很灵的。"

尽管可能心理暗示因素居多,同事们却都秉着宁可信其有不可信其无的原则,争着抢着要在回北城前来一趟慈光寺,求事业、求财运、求桃花。

叶橙全程用帽子盖着脸,在接送他们去底下村镇的大巴车上补觉,听着他们祈祷明年升职加薪,尽快把能在老家买房的首付攒出来之类的愿望,内心毫无波澜。

除去寺庙功能不说,这里的建筑都有着百年历史、腐朽立柱、饱经风霜的城墙。

就像方才叶橙驻足的那座塔楼,据组长给的资料显示,这座塔楼是慈光寺历史最为悠久的建筑,破损也最为严重,历经数百年风吹雨打,修复难度很大,几根立柱都破到没法看。叶橙拍素材时特意避开了塔楼四周还没拆完的脚手架。

拿到资料是一回事，现场看又是一回事。

威严，肃穆。

而此时，叶橙看着那列撞钟长队摇头："算了吧。我没什么想求的。"

顾青李看了过来。

叶橙却没察觉，只是抱紧手里的相机包问："这里是不是有个锦鲤池？"

冬天的池子当然没什么好看的，水面上浮着几枝枯枝残荷。叶橙挺失望的，随意把碎发别到耳后，对准池子拍了两张。

最后，他们回到同她给唐鹤松教授做采访差不多的小内间，顾青李和她解释过才知道，这些都是接待客人用的客堂。

此时，客堂角落同样摆了一盆取暖用的炭盆，大厅中间坐着一位上了年纪的老人，应该是这寺院的住持。四周围一圈在听住持讲课的人，下至十来岁的年轻人，上至白发苍苍的老者。

叶橙在询问过众人意见，确定能拍摄后，托着相机拍了几张。

她坐到了角落，接过顾青李递给她的一杯热茶："这里人好多啊，是经常有这种活动吗？"

顾青李略想了下："看时候，前段时间比较多。"

叶橙点头，没过一会儿就开始后悔。她上学时上课就不太专心，小动作特别多，更别说现在，没听两句就开始打瞌睡。

顾青李问："要走吗？"

叶橙摇头："不了吧，再坐一会儿。"

两人手臂贴着，没有一丝缝隙。

后半段，也许是因为那杯热茶，也许是真的累了，智齿留下的伤口又开始隐隐作痛，叶橙无意识地托着腮。

顾青李比她更快发觉异样："你牙疼？"

叶橙惊讶于他的敏锐，但仍嘴硬地摇头："不是。"

顾青李又问："吃过药了吗？"

叶橙这才抬头紧盯着他的眼睛，想从中找些情绪出来，可惜什么都没有。她有些挫败："没吃，早上忘记了。"

顾青李给她换了一杯水，这次是温水，催她如果带了药可以先吃。

叶橙咽药片前看了眼他的动作，顾青李在低头看药盒上的说明书，神情认真得像是在看高考押题宝典。

叶橙握着杯子整理措辞，在想到底要用何种语气道谢时，顾青李已经放下药盒，看向她："我看一眼。"

叶橙有一瞬间是不解的，以他们现在的关系，没有亲密到这份上吧，看着顾青李伸手过来，叶橙第一反应是捂着腮帮子向后躲："不用了吧。"

顾青李也像是意识到不妥，握拳低低咳嗽一声。

小课堂在半小时后解散，有人留在客堂解疑，有人三五成群往外走，顾青李低声询问她是留在这儿，还是到前殿走走。

叶橙选择了后者。

雪已经停了，她先是在前殿对着两人高的香炉拍了几张，顾青李全程安静陪着，在叶橙险些被一个横冲直撞的小孩撞上时才拉了她一把。

"叶橙，看路。"

叶橙惊魂未定之余，更惊诧的是听见自己的名字。

"顾青李，我就知道，你果然记得我。"

顾青李只是松开她的包带，顺带帮她把衣服褶皱抚平。

叶橙也在瞬间平静下来，发觉即使顾青李真的记得她，好像也并不能证明什么。

这些年，叶橙唯一一次有过顾青李的消息，还是因为险些被她一杯牛奶毁掉的一封信。叶橙那时只觉得惊险，及时扶住差点倒下的玻璃杯，抿一口牛奶，大声问在厨房忙活的保姆吴妈是谁寄来的信，怎么没有落款，没有寄出地址，也没有邮票。

"不是邮递员，是下午有人拿过来的。"

叶橙问是谁。

"不认识，你去问问你爷爷。"

于是，叶橙便异常乖巧地捧着信去书房找爷爷叶于勤。

叶于勤有条不紊地掏出美工刀裁开信封，翻出里面一张银行卡和一张字条。

叶橙好奇地翻看着那张银行卡："这是什么啊？"

叶于勤说："钱。"

要你说。叶橙默默翻了个白眼，她换了个问法："是谁给的？"

叶于勤说："顾青李。"

叶橙略微愣神，这才两指夹着银行卡又问了一遍："那这是？"

"三百万。"

很难有词汇能去形容叶橙那一刻的心情，但或是时过境迁，随着见识越广，遇见的人和事越多，叶橙越发能共情那些年，顾青李寄住在叶家的时光，站在他的角度是觉得屈辱的，是不自在的，所以才会这么着急在离开后用三百万划清与他们的界限。

再想深一些，那些曾无条件对她的好，都是他以他的方式在偿还恩情。

现在顾青李用不着做这些，他什么都不欠了。

而在那之前，叶橙也曾想过，如果真的某天在北城遇到顾青李，她实有太多问题想问。

比方说他这些年在国外过得怎么样，什么时候回来的，回来之后都在做些什么工作，为什么会出现在这里，怎么回来了都不联系他们。

更重要的是，当年为什么不打一声招呼就离开。

不只是她，班里、东街胡同邻居，连一向自诩"交际花"的高中班长提起他时都只能以"不知道，不清楚，没听过"三连带过。

时间像一层看得见摸不着的屏障，轻易将人割开两端。

故而叶橙冷静下来后，语气又恢复成之前客客气气的语调："今天太麻烦你了，同事还在酒店等我，我得回去了。"

顾青李低头睨着她，不说话。

叶橙继续躬身，自认礼貌至极："那我先走了，不用送了，你回去吧。"

叶橙才转身，顾青李就抓着她的围巾，声音偏哑："你土豆没拿走。"

他说的是那袋她忘在客堂的烤土豆。

叶橙现在哪里顾得上什么土豆不土豆的，不自觉尾音上扬："不要了！你自己吃个够吧！"

顾青李依然没放开她的围巾，叶橙见状，想把围巾一角抢回来，未果，气得跳脚，只能大声叫他的名字："顾青李！"

他这才无声地笑了下，任围巾从手掌心滑走。

但还是被叶橙看见，她边叠围巾边疑惑地发问："你笑什么？"

"没什么。"

顾青李只觉得嗓子发痒，盯了半天地上的青砖后才开口，听在人耳朵里也有些痒："你真的……和以前一模一样。"

在叶橙升上高中后的第一个国庆假期，发生了两件事。

第一件事，是她陪同发小俞微宁前往东城同网友见面。

在听闻这位网友的存在时，叶橙是震惊的。中性笔在指尖转了一圈，最终还是落在物理试卷上，不慎在纸上划出一道痕迹，像是笔尖在水墨画上落下的一滴突兀墨点，异常显眼。

"网友，什么网友？你什么时候认识的？我怎么不知道。"

不怪叶橙这么问，作为同住在东街胡同的邻居，两人从小学、初中，到直升师大附中高中部，甚至有幸被一同分到十七班成了同桌，叶橙自认和俞微宁简直形影不离，比起朋友更像是连体婴，两人之间从来没有秘密。

俞微宁轻描淡写地道："打游戏认识的，本来想着见面再介绍你们认识。你要是不去，我就自己去。"

叶橙心中泛起一阵怪异的感觉，有点酸溜溜的。不只是爱情，友情同样具有排他性。

对于俞微宁的反应，叶橙不太满意，但仍答应一同前往东城。在自家爷爷面前扯谎时，叶橙腿都在打战。满脑子都是万一事情败露，叶于勤向来赏罚分明，叶橙回回一闯祸，不是罚跪不准吃晚饭，就是关小黑屋。

这次,爷爷却罕见地没多问什么,在听叶橙说完一大通后,只是应一句:"知道了。"

直至叶橙和俞微宁落地东城,在传送带前等行李箱,叶橙都有种不真实感。

第一次,爷爷没有差人跟着,叶橙突然就有种自己已经长大,是不需要家里人操心的大人的错觉。

这一错觉很快在看见俞微宁拉她上了路边一辆来接他们的保时捷,叶橙跟着俞微宁叫来人姑妈时慢慢消散。

姑妈说话有些大大咧咧,在照顾人上却是一把好手,不仅细心地问了她们的口味喜好,全程陪同游玩,在察觉两人有些累后,还直接差人送她们回了下榻酒店。

酒店交通便利,隔音也好,叶橙睡得不错。

第二天下午,叶橙在补前一天落下的试卷,就被俞微宁拉了出去。

尽管知道她们来这趟就是为了这个,叶橙全程神情不能说冷淡,也不能说热情。他们约的是一家游戏厅,正是周末,里面学生不少,喧闹声一阵高过一阵。

为了避免自己乱说话,叶橙一进去就买了一篮子游戏币,在角落乖乖抓娃娃。俞微宁也体贴,看着娃娃机里的公仔问她:"别光玩啊,你渴不渴?我去给你买水。"

俞微宁给叶橙看网友发过来的消息:"他说他穿一件黑色Polo衫。"

叶橙的视线在室内游走了一圈也没看见类似的穿着,她猜测:"你问问他有没有走错地方。"

俞微宁确认:"没有错,没有错,就是这里。"

后来她们问过店员,才知道对面同样是游戏厅的地盘,叶橙慢一步跟着俞微宁走近,在篮球机前看见了那位穿着黑色Polo衫的网友。

对方不仅Polo衫扎进西裤,裤头还挂着一大串钥匙,头发稀疏,估计年纪在四十岁往上走,不像是来游戏厅玩的,更像是陪同孩子的家长。

这都不能说是见光死了,看得叶橙都有点不忍心,她带些同情地戳一戳整个人直接石化的俞微宁:"你还要过去打招呼吗?"

到底是十六七岁的女孩,情绪都写在脸上。

叶橙这天玩到手脚抽筋,回去的路上,还得照顾俞微宁的情绪,问要不要陪她出去逛逛。

难过只持续了一晚。

来都来了,接下来两天,叶橙陪俞微宁在东城玩。她们逛各种地图上都不一定有的小巷,吃各种当地人才知道的各色小吃。

十月初的东城,气温居高不下,一点都没有入秋的氛围。

她们还一起去体育中心看了场演唱会,是买的内场票,气氛热烈,粉丝的呐喊声和四周的音响声都险些震破耳膜。

叶橙搭上回程飞机,拉开遮光板就能看见这座她生活了十来年,熟悉到不能再熟悉的城市,又低头翻看她拍下来的照片。

彼时数码相机已经很流行,根本不需要顾忌昂贵的胶卷成本,一次性拍几十张,总会选到喜欢的那张。可叶橙依旧钟爱一次性胶片机的滤镜质感,家里堆满各个品牌的机子。眼见着快回到东街胡同,叶橙试图和俞微宁打商量:"叔叔阿姨在家吗?要不我去你家住两天。"

俞微宁简直满头问号:"为什么?"

叶橙没什么精神,并不想说。

俞微宁何等了解她,一秒戳穿叶橙的想法:"别想了,我爸妈这两天去榕城出差,我自己吃住都没着落,我还想去你家蹭两天饭。"

叶橙及时止住她的想法,在胸前比画了个大大的叉:"别了,你千万别来,我自己家里都一堆事。"

主意落空,叶橙只能拖着行李箱失魂落魄地回家。

一到家,叶橙轻手轻脚地张望,发觉貌似没人,还是家里的保姆吴妈边用围裙擦手上的水珠,边走出来:"看什么呢?"

叶橙人站直:"我爷爷呢?"

"出门遛弯去了,估计晚上才回家。"

吴妈上下打量一眼叶橙:"行了,大老远回来,赶紧上楼洗洗。"

叶橙欢天喜地地安心上楼收拾自己去了。

脚步刚迈上去两级台阶,叶橙又折返,特意提高了分贝:"吴妈,我好饿,晚上想吃肉。"

"行,给你做你最喜欢的土豆烧鸡。"

"谢谢吴妈。"

照理说,这天对于叶橙来说不过是最平常不过的一天。她结束了一趟旅程,和家人吃一顿饭,饭桌上有她最爱的饭菜。吃过饭,叶橙会补下这几天落下的作业。

正是第二件事让这天变得特别起来。

叶橙在家里看见了一个陌生男生,对方穿着一身黑,就这么立在客厅。叶橙摘下毛巾,脚步放慢,走过去,又折返,紧紧盯着他:"你是我爷爷的客人吗?"

男生额前头发略长,微微遮眼。听见叶橙的话,他似乎因为不太习惯被人这么近距离看,往后退了一步,点头。

叶橙瞬间露出个大大方方的笑脸,拿来冰箱里仅剩的两个哈根达斯,问他要什么口味。

一个香草焦糖,一个夏威夷坚果。

叶橙压低声音:"爷爷不让我多吃,我偷偷藏的,我朋友找了好几次我都没给,你要什么口味?"

哪一个口味,他都没见过。

但或许是他设想过无数种叶橙对待他的态度,没猜到是这样,男生犹豫着,指了其中一个。

叶橙更开心了:"刚好我喜欢香草焦糖,你应该对坚果不过敏吧?"

男生把那个冰激凌捏在手里,却没吃。

吴妈做好饭过来:"又偷吃,小心你爷爷训你。"

叶橙吃掉最后一口冰激凌:"您不说,我不说,有谁知道。"

吴妈点着她额头,见她头发湿漉漉的,语调一秒正经,端起长辈的姿态:"和你说多少遍了,洗完头记得吹干头发,邋里邋遢的像什么样子。"

叶橙吐吐舌头,上楼吹干了头发才下来。

叶于勤也在这时回来了。

叶橙大有一副"吃了我的冰激凌,就是同一战线战友"的架势,朝那位"客人"咧开个表达友好的笑,才端起面前的汤碗。

男生更无所适从了,手攥成拳,唇线绷成紧紧一条,才跟着拿起筷子。

饭桌上向来只有叶橙和爷爷二人,或者加一个跨越大半座城市特意回家蹭饭的小姑。

能有人陪着吃饭,叶橙自然是开心的。

没吃两粒米,叶橙就叫起来,嘴里塞着半块又粉又糯的土豆,笑得讨好:"爷爷,我给您带了礼物。"

叶于勤显然对她的性子了解至极:"又闯祸了?"

叶橙瞬间嘴角撇了下,觉得叶于勤对她成见太深,觉得她只有在闯祸需要人收拾烂摊子时才想得起人。

叶于勤是这时才想起那位"客人"的存在,给她介绍:"忘了和你说,以后他就住在家里,你们好好相处。"

叶橙看向男生的眼神里,终于有了不一样的情绪。

震惊、不解和疑惑。

对方和她年纪相仿,有着少年人特有的长手长脚,方才在客厅遇见的时候,不难看出他比叶橙高了一个头还要多,她看人都得仰视。许是他身上的衣服不够合身,太过宽大,衬得整个人格外瘦。更可能他本来就太瘦,叶橙刻意多看了两眼他搁在桌上的手腕,瘦得就剩一把骨头,好像比她的手腕都要细一点。

叶橙一句"凭什么他要住在这儿"险些脱口而出。

她想起前些日子,叶于勤确实在饭桌上提过这件事。

当时,叶橙满脑子都是吃完饭和钟鹏他们出去玩,听说城西新开了一家游戏厅,跳舞机里的歌单是整个北城最全的,根本没顾得上爷爷在说什么。

况且叶于勤因为工作,总会接触到深山里长大的小孩,他们聪慧早熟、机灵敏感,却始终走不出那层层叠叠的大山。叶于勤经过他们父母同意后会资助小孩在城里上学，叶橙在家里见过好几个，无一例外，他们穿着不合身且洗到发白的衣服，皮肤黝黑，看人时习惯眼角微微下垂，说话都不敢大声，却又满眼对漂亮的水晶吊灯、精致地插了长长孔雀翎的青花瓷花瓶充满好奇。

叶橙在叶于勤的耳濡目染下，并不排斥他们，还会把她珍藏的拼图和模型分给他们玩。反正高低不过一顿饭，抑或一晚上工夫，那些人就会被叶于勤安置在别处。

叶橙以为这次同样如此，不过一个资助的贫困生而已。

但这晚，她听说叶于勤不仅把人安置在家里，连转学手续都办妥了，就在叶橙就读的师大附中。

叶橙这才意识到不对劲，这个人即将住进她家里，不对，他是已经住进家里了。这么想着，叶橙不慎打翻了筷子。

"毛毛躁躁的，像什么样子，"叶于勤又道，"吃过饭，你把房间腾出来，搬到西间。"

吃过饭，不仅叶橙觉得不妥，连收拾饭桌的吴妈都难得插了两句嘴："家里毕竟还有个孩子，还是女孩子，是不是不太好？"

叶于勤只是扶着老花镜，抖抖手里的报纸，得出一句结论："她太娇气，正好。"

这句话正好被想下楼让吴妈帮忙一起收拾的叶橙听见，她都不知道她哪里娇气了，明明对于叶于勤的这个决定，她一句不是都没有说过，一阵委屈顿时涌上心头。

叶橙的房间在三楼，在这个男孩来之前，向来是她独享这一整层楼，想睡哪里睡哪里，想怎么玩怎么玩。不过就几天时间过去，爷爷已经悄然把人安排在这儿，她被迫要和人共享地盘。

而且，爷爷点名要她搬到离楼梯最远的房间。

叶橙不是不清楚叶于勤的用意，他早对叶橙趁夜深人静偷偷溜出门的行径了如指掌，只是苦于没有证据。

房间门口，男生已经收拾好东西，就脚边两只行李包，少得可怜。

好几次，男生看着叶橙一趟一趟进进出出的模样，想帮她把书本搬过去，反被骂了句："你别碰我的东西！"

叶橙搬完足足花了一整天。

这一天里，叶橙唯一满足的点在于，没在家里看见顾青李。

好不容易搬到新房间，她终于能静下心来写作业，思路却卡在物理试卷倒数第二道大题上。她无意识地按着自动水笔，想着实在是心烦，要不去隔壁薛家找薛陈周写作业时，房门被轻轻叩响。

第一声，叶橙以为是自己的错觉。

在第三声响起时，她才去开门，看着门口那人，顿时恶声恶气地问："你又要干吗?"

顾青李手里抱了一只纸箱子。他语气倒是平静,只是把箱子打开给她看:"这些是你的东西吧?"

这是叶橙第一次听他说话。

这两天在饭桌上看他沉默的模样,叶橙还以为爷爷领了个哑巴回来。

看着纸箱里装在亚克力盒子里的一排陶瓷摆件,叶橙取出一只手办,摩挲两下,掌心一股凉意,同时看他的眼神怪异:"谁让你碰这个了。"

男生抿了抿唇,不说话。

叶橙又取出两只,发现除去这三只完好的,底下一层几乎都是缺胳膊少腿的,丁零哐啷,都是碎瓷片碰撞发出的声响。

顾青李声音很低:"是我不小心碰坏的……对不起。"

叶橙一时间什么话都说不出来。这些陶瓷摆件都是小姑从景德镇带回来的,每一只手办都是不同年龄段的她。

十二岁的叶橙,十三岁的叶橙,十四岁的叶橙……

她担心会被亲戚家的小孩弄坏,一直都是锁在抽屉里的。

叶橙把完好的那三只取出来,剩下的包了回去:"一堆破烂,我不要了,你把它扔了吧。"

人丝毫未动。

许久,叶橙以为他聋了。她耐心实在是有限,不足以支撑她和眼前的入侵者说太多,正要关门。

"万一以后想起来了呢……你收好吧。"

她还以为他多硬气呢。叶橙眉眼流露出一丝轻蔑,直接把纸箱子抢了过来,随意搁在角落:"行,我收好了,你现在可以消失了吗?"

他真转身回房。

看着男孩的背影,叶橙在接过箱子时才发现他的手实在是粗糙,明明应该是挺好看的一双手,指关节却有老茧和疤痕,以及冬天长过冻疮留下的痕迹。

但同情只维持了一瞬,叶橙又想起他入侵者的身份。

这人和以前爷爷资助的贫困生并不一样,他太淡然,淡然到叶橙根本看不出他是什么样的人。在饭桌上就是如此,无论叶于勤给他夹什么菜都照单全收,连她最讨厌的姜丝都能看都不看就往下咽。

为了以后自己能在家里待得舒服些,叶橙觉得有必要和他说清楚:"你等一下。"

顾青李应声回头,看着她。

叶橙只觉得他盯人的目光实在是令人不舒服,细究起来又不明白不舒服在何处。叶橙清了清嗓子:"我不知道爷爷有没有和你说过,三楼一直只有我在住。"

他没出声,是在等她的下文。

"所以,"叶橙嘴角勾了勾,又很快恢复正常,一脸正色,脚尖在地上画了条线,"以后那块是你的,这边是我的,没有什么必要不许越界。要是被我发现……"叶橙留了个话头,话里含义再明显不过。

本以为他这次也会保持沉默,顾青李却看着被她划去的大半区域,自己就剩从房间到楼梯通道的范围,开口问道:"为什么?"

叶橙见他终于有了正常人的反应,稍稍挑眉。她看向他,下巴微抬:"没有为什么。这里是我家,你要是想待在这儿,就得听我的。"

叶橙关门的动静稍微大了些,担心会把爷爷招来。可看着陌生环境,和角落那一堆碎瓷片,叶橙哀号一声,倒在床上。

碰巧第二天,正念大学的小姑回来取东西。

小姑告诉叶橙,顾青李就是她从那个在地图上都不一定能找到的小镇上接过来的。在提到这个话题时,小姑长叹口气,在试自己新入手的珠光眼影盘。

"如果不是老爷子一再确认那儿真有个小镇,我都怀疑自己走错路走进深山老林了,地方太偏了。人也土,那几套衣服还是我回北城路上顺便给他买的,之前都没法看。"

说实话,叶橙想象不出来那画面:"真的假的?"

小姑涂着镜面唇釉,对着镜子轻抿,非常正的樱桃红,衬得嘴唇就像一颗鲜嫩欲滴的樱桃。她满意地点头:"你还是见识太少,要是亲眼看见就知道了。"

叶橙嬉皮笑脸:"那小姑你下次出门玩,记得带上我。"

小姑态度很敷衍:"你早点长大,不然老爷子哪里准你到处跑。"

叶橙就这么托腮看着小姑化了个全妆,一甩才买不久的名牌小包出门约会了。

而叶橙显然更好奇,顾青李才来北城不久,又不熟悉这里,天天只有在吃饭时间才能看见人,他能去哪儿玩。有次晚上在饭桌上,叶于勤问起他在家里住得习不习惯,平时除了在家都在做些什么。

吴妈做饭辣椒放多了,叶橙一顿饭下来连喝了几大杯水,舌头都辣麻了,却见顾青李神色如常地夹了一筷子菜。

"图书馆。"

叶橙光听见这三个字都觉得头疼得厉害。

果不其然,叶于勤像是被按下了什么开关,又开始教育她要多和人学学,别一天到晚就光顾着和胡同里那几个小孩出去玩。

叶橙感觉自从顾青李来家里后,听见爷爷唠叨她成绩问题,比过去三年加起来都要多。

从前她还能和叶于勤撒娇卖萌糊弄过去,现在逆反心理上来,叶橙不愿意在一个外人面前展示这弱势的一面。不管叶于勤说什么,她都只是忍着,回房间后才开始和俞微宁疯狂吐槽。

俞微宁显然是不信的。

那几天,俞微宁去中国香港探亲,只觉得她大惊小怪,像模像样安慰了叶橙两句:"你忍一忍嘛,你才是这个家的主人,怎么会怕他一个才来不久的外人。"

叶橙仰躺在床上滚了一圈,她进来时没关房门,听见有人上楼的声音,特意下床去把门关紧才回的俞微宁:"我没怕,就是觉得太麻烦。"

明明这是她家,反倒是叶橙觉得拘束起来。

顾青李照常每天早上背包出门,晚饭时间才回来,或者干脆见不到人,叶橙都快睡着才听见对门有动静。

如果说两人暂时只是处在一个井水不犯河水,避免见面互相打扰的状态。在那天晚上过后,就是彻底激化了矛盾。

三楼一贯都是叶橙的地盘,叶于勤和吴妈一是出于尊重她个人隐私,二是年纪大了懒得爬楼梯。除吴妈会拎着吸尘器上来打扫卫生,一般这里只有叶橙一个人。叶橙便会钻这个空子,每天晚上偷偷溜到隔壁书房玩游戏。

这间书房是独属于叶橙一个人的,与二楼,几个书架上爷爷堆满专业书的书房不同,这里与其说是书房,更像是游戏间。中间铺一块长毛白色地毯,堆一圈抱枕和懒人沙发,叶橙和俞微宁常窝在这里投屏看电影。

叶橙那段时间很迷解谜游戏。

叶橙又菜又爱玩,俞微宁劝过她别钻牛角尖,去网上搜攻略要快得多,叶橙不肯,倔得要命,宁愿花费好几个晚上对着电脑屏幕一个个游戏点攻略。

有几次,叶橙正玩到关键处,房门被轻轻叩响。顾青李推门进来时,看见的就是房间昏暗,只有电脑屏幕荧荧的灯光洒在她脸上的情景。

因为担心叶于勤发现,叶橙连书房灯都不敢开。

看见顾青李进来,叶橙一点好气都没有:"谁让你进来的,出去。"

少年一时哑然,他没想到叶橙在这儿,立在门口,进门也不是,出去也不是。

叶橙注意到顾青李手里抱着的两本厚厚书籍正是书房里的,可她从来没有翻开过。叶于勤不止一次在叶橙面前夸过顾青李勤奋好学,在小镇念书时就名列前茅,让她在学校如果有什么问题,可以找老师或者找他。

叶橙突然就有种自己做错事的感觉。见他在那儿站了半天,叶橙清了清嗓子:"愣着干吗,还不把我的书放回去?"

顾青李垂眸,把那两本书照原位放了回去,又听见她说:"我白天不在这里,你要是想看书,可以在我不在的时候拿。"

叶橙这次看向他,是正儿八经的警告,先是面容严肃地指着人,而后握拳,大拇指指尖在脖子处虚划了下。

"但是如果被我发现你偷藏我的书，有你好看的。"

话虽狠，顾青李看着她的模样，却无端想起了这些天他去图书馆路上总会路过一家宠物店，里面有只白毛蓝眼睛、漂亮至极的狮子猫。它被隔着一面玻璃墙外的路人逗着玩的时候总装出一副凶得要命的模样，挥舞着爪子，可在别人看来毫无威慑力。

顾青李另取了一本书，声音很低："知道了。"

在连续熬了几个晚上大夜后，叶橙终于被叶于勤发现端倪，他眯眼看着叶橙大白天都在捂嘴打哈欠。

叶于勤面前是一副围棋残局，手里盘了几颗黑子。

叶橙哪敢说是晚上偷偷熬夜打游戏，只能打着哈哈过去："没有没有，可能是这几天老是做梦，没睡好。"

叶橙装作对棋局感兴趣的模样，凑上前看了两眼："爷爷，今天怎么就你一个人，薛爷爷呢，不来了吗？"

叶于勤自从退休在家，时不时会接待从前的学生或者捧着图纸上门求指导的专家，其余时间要么就是在后院修花剪草，要么就是和隔壁薛家爷爷下棋，过得十分休闲惬意。

叶于勤一眼看穿她的想法，拍掉她欲打乱棋盘的手："你当我不知道你等的究竟是谁？死心眼，去去去，毛手毛脚的，别在这儿给我捣乱。"

叶橙笑得讨好："爷爷，我可以给你们端茶倒水。"

"用不着，回你房间写作业去。"

走到三楼，叶橙停住拧开房门的手，大着胆子，人一拐弯，又去了书房玩游戏。

电脑屏幕右下角挂着QQ，和叶于勤一贯管教甚严不同，俞家孩子多，基本上都是放养式教育。俞微宁想玩电脑，根本不用藏着掖着，随时就能玩。

见叶橙这时候游戏在线，头戴粉色蝴蝶结的企鹅图标闪了两下，俞微宁好奇地问起："太阳从西边出来了，你爷爷总算愿意放你玩电脑自由了？"

叶橙回："没，我爷爷什么德行你不知道？我趁他在下棋，偷偷玩的。"

俞微宁转移话题："我明天回北城，你想要什么礼物，游戏机还是富士新出的拍立得？"

叶橙完全兴趣缺缺。

小姑暑假才和朋友去过一趟中国香港旅游，叶橙考完中考，在家闲到要长蘑菇，想跟着去，奈何叶于勤早给她找了位据说是北大大三的学生，一对一预习高一数学课程，根本走不了。

尽管那之后小姑带回来一堆药妆和首饰。

念在叶橙年纪小，小姑分给她几支香水小样和一条铂金手链。叶橙对这些不太感兴趣，转头就压了箱底。

叶橙给俞微宁发语音："算了吧，我没什么想要的，你人回来就好。"

北城教育资源比小镇实在好太多，小镇连一间像样的图书室都没有，顾青李第一天抵达看都看不过来的市图书馆时，那种自卑无力比他踏进叶家大门更盛。

很快，他就自己找座位坐下。

对面女生的彩色水笔、参考书、笔记本、学霸笔记铺了满满一桌子。见有人在对面坐下，她也没有要收走的意思。好在顾青李东西少，只有几本书和一支笔。

晚上，顾青李一般都是卡着点回叶家。

以往他在叶家都像是透明人，叶橙是懒得搭理他，专注和吴妈讨论菜色，只有叶于勤会问候他两句近况。

今天情况不太一样，饭桌上只有叶于勤一人，气氛也压抑，连带着顾青李都不敢多说一句话，安静吃饭。

直到吴妈过来收碗筷，叶橙都没有出现。

顾青李把筷子搁下，趁叶于勤吃完下桌，才问吴妈："她呢？"

吴妈先是手指悬在唇边，示意他小点声，又瞧见叶于勤走远了，才压低声音："惹老爷子生气了，气得老爷子把书房都锁了。"

吴妈也无奈："两人脾气一个比一个倔，谁都不肯让步。"

顾青李回想起叶橙在书房偷偷摸摸，连灯都不敢开的模样。

吴妈到底心疼人，想让顾青李偷偷带点吃的上去，千万别被老爷子发现。

顾青李却看着面前的餐盘，摇摇头。

他直接去了二楼书房找叶于勤。

叶于勤听完，头都没抬。

少年虽瘦，但身姿挺拔如松："都是我做的，不关叶橙的事。"

叶于勤看他半天，这才上楼，把锁在房间里的叶橙放出来。

顾青李注意到她眼睛有点红，不过一下午时间，看着有点憔悴。

同一时间，叶橙也发觉了顾青李在看她，不想被他看轻，她硬是揉了揉眼睛，别开脸不去看他。

顾青李把她摊在桌面用来打掩护的练习册打开："昨天她就在这儿写作业，我亲眼看见的。

"抱歉，这道题我说错了，漏了个条件，应该选 B。"

叶橙接收到信息，小鸡啄米般点头。她顺势踩着台阶下，眼尾下垂，看着可怜兮兮："爷爷，我真的知道错了。"

叶于勤看着两人，脸色终于稍稍缓和。

就在叶橙以为这事就这么糊弄过去了时，叶于勤却让叶橙出去，他想单独和顾青李聊两句。

出去后，叶橙顺手关了门，整个人都快贴在门板上，想听清他们到底在里面说什么。奈何隔音太好，她根本听不清。

叶于勤出来后一句话没问，已经单方面认定是她的错，不仅自己说谎还扯上顾青李，从扣掉半个月零花钱改成扣掉一个月零花钱，以及罚抄十遍《千字文》。

叶橙只觉得反转来得太快，她人都没反应过来，下意识去看房间里的顾青李。他头低着，额前碎发微微盖住眼睛，辨不出表情。

这也导致叶橙对他印象更差了，觉得他两面三刀，出尔反尔，说一套做一套，假君子真小人。虽说爷爷后来明白是他太过严格，准许叶橙能每天玩电脑一个小时，但只限一个小时。

电脑开机密码就爷爷和顾青李知道，每次叶橙好不容易写完作业，正玩到兴头上，身后就会猝不及防响起一句煞风景的话："一个小时到了。"

叶橙撇撇嘴，不理他，继续玩。

顾青李便会放下手里的书，走过来继续劝："到时间了。"

叶橙眼睛像是黏在电脑屏幕上，好半天，才掷地有声地骂："假惺惺。"

顾青李当然明白她是什么意思，但他也没辩解，看一眼时间："爷爷刚刚出门了，你可以再玩半个小时。"

本以为这已经算是做的最大让步，叶橙却不太领情，直接关电脑离开。

"我不玩了，谁要你同情。"

一连几天，顾青李照例等在书房，手里的书页翻来覆去不过就是那几页，叶橙却再没出现过。

俞微宁才回到东街胡同，就一刻不停抱了一堆点心来找叶橙。

吴妈知道她们关系好，四处串门都是常事，只是嘱咐晚上别吃太多甜食，容易积食。

俞微宁应："知道了，吴妈。"

叶橙早听见俞微宁的大嗓门，知道是她来了，但叶橙正在为自己发瘪的钱包叹气。爷爷果真一点情面不留，扣了她这段时间的零花钱。叶橙一向花钱没有节制，钱包比她脸都干净。

她又长叹一口气，弄得俞微宁还以为自己哪里惹到她了，左右看了看，才走进去："你怎么了？"

"没事。"

俞微宁简直哪壶不开提哪壶，顺手拉过一张椅子坐下："你家不是新来了个男生吗？我刚刚怎么没看见，把他叫出来，我见见。"

叶橙人伏在桌上唉声叹气："不熟，你要见自己去见。"惹得俞微宁一拍脑袋，直追问到底发生了什么，怨气这么重。

叶橙只是闷闷地道："能别提他了吗？"

她讨厌顾青李。

当晚，叶橙依旧胃口不是很好，和同事在饭店聚完餐后，一个人回了希尔顿。

大床松软，床头放了香薰，是小苍兰味道。做这行出差多，叶橙曾有很长一段时间在各个城市辗转，像一只居无定所的鸟。她却始终喜欢不上住酒店的感觉，隔音太好太安静，反倒没什么安全感，显得空虚。

叶橙整个人陷进床里，却在想白天顾青李那句话，揣测来揣测去。

那时面对顾青李，叶橙有点愣怔，问不出口。想到这里，叶橙瞬间睁眼，想从才要过来的顾青李的微信和朋友圈找找他的近况。

他的头像是透明的，昵称就是一个最简单的标点符号，朋友圈更是设置了仅三天可见，什么痕迹都没有。

好神秘一人。

叶橙抓了两把头发，还是放弃了。

叶橙离开遂和那天是个晴天，许是这次出差太过劳心劳力，在把手头上的工作都交接完后，她又去了趟牙科诊所拆线，接下来几天她不是吃就是睡。

年假加春节假期有八天假，是在第三天，叶橙才选择出门，在熟悉的甜品店订了蛋糕和柠檬茶，打车到了俞微宁的公司。

她不是第一次来这里，前台也认识她，知道她是老板的朋友，每次来都会带各色下午茶。

叶橙问："你们老板呢？"

前台答："在楼上摄影棚盯进度，今天在拍夏装新品。"

叶橙见她欲进去叫人，直接打断："不用麻烦了，你们该忙什么忙什么，我现在上去找她。"

工作室是租的一栋废弃的两层楼厂房，从里到外翻新过一遍。无论是办公还是接待，基本上都在二楼。

叶橙见到人时，俞微宁正托着下巴盯拍摄效果。模特长相偏甜妹，还在上大学，和这次新品主打的复古少女风格不谋而合，符合品牌调性，就是经验明显不足，面对镜头会露怯，动作僵硬，摄影师几次停下来指导定点。

半个小时后，总算告一段落，前台顺势把叶橙带过来的甜品和柠檬茶分给众人。

俞微宁和叶橙找了两只集装箱，拿几块布一垫，坐着说话。

助理捧了两杯冰美式过来，叶橙不爱喝冰美式，只要了杯白开水。

自从工作后，俞微宁在穿搭风格上可谓是把她一米七三的身高优势发挥得淋漓尽致，尽量往优雅舒适上靠。只有在真正忙到顾不上穿搭时，她才会直接将黑色大衣往身上一套，腰带一系了事，有点像电视剧里不苟言笑的女魔头，连头发都是随便找了根铅笔盘在脑后。

俞微宁喝了口咖啡，先是问她今年过年为什么不回东街胡同。

叶橙只是看着不远处："不为什么，反正爷爷不想看见我，觉得看见我就烦，我就少在他老人家面前晃呗。"

"别贫，别什么锅都推给老爷子，能不能说实话。"

叶橙耸肩："我说实话了啊。"

俞微宁把叶橙手里的玻璃杯抢过去。

叶橙只是笑笑，转移话题："我在遂和碰见顾青李了。"

俞微宁以为自己听错了："谁？"

叶橙静静地看着她，随之点头。

俞微宁才迟钝爆发："真是顾青李？遂和又是哪里？他在那里做什么？不是，他为什么回国了都不联系我们，到底有没有把我们当朋友了！"

叶橙本以为俞微宁都忘了这人的存在，刚要说"对对对，没错，就是那个高中时老是和你打篮球，总是慷慨地把各科作业借你抄的那个顾青李"，此时只能噤声。

俞微宁嗓门太大，工作室其他人几乎从没见过老板失态的模样，纷纷看过来。叶橙直示意俞微宁小点声，好丢人。

俞微宁还在说话，语气正常了些："那你碰上他时，都说什么了？"

"没说什么。"

"他在那儿做什么呢，是工作？还是旅游？"

"我不知道啊。"

"那他有说什么时候来北城吗？别的不说，和我们见一面吃顿饭的时间总有吧。"

叶橙声音很低："好像没有。"

话说到这儿，俞微宁是完全针对她的，凉凉地道："要你有何用。"

叶橙也心虚，她单单知道顾青李和唐鹤松的关系，其余一概不知，甚至没有想过去问。

看着俞微宁在她面前摊开手掌，她有片刻的愣神："怎么了？"

俞微宁说："你手机，别的不说，联系方式总留了吧。"

叶橙只庆幸自己有先见之明，乖乖把手机递过去。

俞微宁留下微信号，又把手机推回去，是真心实意地劝叶橙："你还是抽个空回东街胡同吧，老爷子催你回家的电话都打到我这里了。"

在春水湾窝到年初五，叶橙才决心收拾东西回东街胡同。

学生时代她就习惯和爷爷顶嘴，但那时她尚且处于弱势，叶于勤骂罚都只能受着。长大后羽翼丰满，两人一吵架，叶橙选择的反抗方式就成了离家出走。

这次她和爷爷吵架的内容也简单，叶于勤有意在给她攒相亲局。

叶橙从饭店出来,一刻不停就打车回了东街胡同,恨不得揪着叶于勤的胡子问他究竟在想什么。

叶于勤态度很直接:"你要么就乖乖去见人,要么就滚出去,别回来了。"

叶橙自然而然选择了后者,十分有骨气,连夜打包了行李从东街胡同搬了出去。

这样并没有什么不好,没了叶于勤的唠叨,而且比起东街胡同,春水湾离她上班的报社更近,步行就能到,每天早上叶橙能多睡十五分钟。

这一住就是两个月。期间,叶橙没回过一次东街胡同,连小姑跟她谈过几次话,都没什么效果。甚至过年,叶橙说自己生病了,没有回东街胡同。

叶橙是自己开车回去的,她车技不太好,在胡同口停了半天才停好。

即便真到了家门口,叶橙看着那栋再熟悉不过的小楼,都是做了好一番心理建设才走过去。还没进门,她就撞上出门倒垃圾的吴妈。

叶橙问:"我爷爷呢?"

见她终于愿意回家了,吴妈也高兴:"不在家呢,在隔壁薛家,和你薛爷爷下棋去了。"

薛家和叶家不过一墙之隔,既是世交也是邻居,两家关系非比寻常,叶橙来这儿和回自己家没什么区别。

叶橙先是走近,按照家里一贯规矩,见了长辈得先叫人:"爷爷。"

叶于勤正在认真盯着面前的棋盘,有意无意转着手里一枚白玉象棋,看都没看她一眼,淡淡"嗯"了一声。

这应该是还在生气的意思。

叶橙心领神会,把两人手边冷掉的茶水换成温的,又削了两个苹果,细心切成小块装盘,端到两人面前:"爷爷,吃点水果吧。"

第一声,叶于勤不理会。

见老友没反应,薛老爷子主动给了个台阶下,手里一枚棋子在棋盘上敲了两下:"都是长辈,你怎么不叫我吃水果?"

叶橙赶紧说:"您也吃,但我偏心呀,第一口得是给我爷爷的。"

叶于勤握着拳头咳嗽两声,点评:"油嘴滑舌。"

薛老爷子哈哈大笑。

人总算哄好了,叶橙又接过保姆的活,知道两位老人下起棋来就不爱理人,又给他们换了趟茶。做完这一切后,叶橙才坐在客厅沙发上给自己剥了个橘子。一时不慎,有几滴橘子汁溅进眼睛。

叶橙眼睛被刺激得睁不开,刚想摸索着去抽纸巾,一只手已经先她一步抽了两张纸巾塞进她手心。

"擦擦吧。"他说。

"怎么还是这么不小心。"

在顾青李来叶家之前，叶橙上学向来是家里司机窦叔负责接送，风雨无阻。虽说这一行径没少被叶于勤批评太娇气，连俞微宁现在都不需要家里接送，选择坐公交车或者骑车上学。

窦叔来叶家的时间很早，叶橙几乎是他看着长大的，面对叶于勤有意无意的提醒，窦叔只是憨笑："女孩子嘛，娇气点怎么了。"

窦叔又笑着说："不累，一点都不累，就出去几趟的事。"

见有人替自己撑腰，叶橙底气更足："爷爷您看，我才不要去挤公交车，17路真的挤死了，每次下来都一身臭汗。"

叶于勤见状只是合眼摇头。

顾青李来了之后，为图方便，窦叔都是等到两人都收拾好出来，才一块打包送去师大附中。

叶橙一开始是正常时间背着包上车，在车后座和顾青李保持最远距离，一句话都不肯和他说。

之后，她越拖越晚，连窦叔在楼下都忍不住叫她："橙子，再不走就要迟到了。"

"来了来了，马上就好了，就来了。"

叶橙表面应得响亮，实际上透过三楼窗户，她就喜欢看顾青李担心迟到，捏着书包带子在车旁来回踱步，装作淡然，实际上微动作已经出卖了他。

师大附中占地面积很大，几栋砖红色教学楼依次排开，高一教学楼离校门口最近，高二教学楼则是最远的一栋。顾青李比她大一岁零三个月，爷爷把他安排在师大附中高二做插班生。

而每天早上，叶橙尚能在踩着点进校门的同时，小跑着踩着上课铃声准时准点走进高一十七班。顾青李则是既要面对最长距离，又因为初来乍到不熟师大附中的环境，每走一次都要认一次地方。

连着迟到三天后，顾青李主动和叶于勤提："爷爷，我想以后坐公交车上学，不用麻烦窦叔。"

叶于勤首先想到的就是把叶橙叫过来狠狠批了一顿，问这个主意是不是她出的。

叶橙简直大为震撼，她一个字都没说过。

好事轮不到她，坏事第一个想到她。

人在家中坐，锅从天上来。

顾青李继续解释："和她没关系，我就是想每天在学校多留一会儿，不想让人等。"

叶橙听这话怎么听怎么不舒服。

总算告别被迫和旁人上下学的日子，叶橙恢复到正常作息，连俞微宁和她去操场上体育课的路上，都能轻易看出她的情绪。

"你这几天怎么这么高兴？"

叶橙拿着羽毛球拍:"高兴不好吗,难道哭比较好看?"

可一拐弯,她就正好撞见了才从器材室回来的顾青李。

师大附中后勤部效率十分感人,一年三百六十五天都保持校服足量供应,顾青李在报到第一天就抱了冬季和夏季校服各两套回家。

他太瘦了。明明是合身的尺码,校服穿在身上,反而衬得他肩膀平直,肩胛骨只有薄薄一片。

俞微宁这是第一次和顾青李打照面,还是注意到两人视线有短暂碰到,又飞速移开,这并不像是叶橙的作风。

叶橙被问起,并没有藏着掖着:"你不是想见吗?喏,现在见到了。"

体育课一贯是在上一节数学课才下课,都不等数学老师收拾好教案离开,后排男生就已经抱着篮球去操场占位了。

叶橙和俞微宁路过球场时,被几个同班同学叫住。叶橙应声看过去,他们应该是才打完半场,胳膊上一层细细密密的汗。

"这周和我们一块出去玩吧,有人请客。"

叶橙一听又是这套,她都去烦了,直摆手:"我不去了,我周末得练琴。"

"练琴有什么意思,一起来吧。"

练琴当然是随口胡说的,她很早就不拉小提琴了,但跟他们出去玩实在没意思。

"我真的不去了。"

"来吧,这周周日可是罗佑安生日呢,我们打算狠狠宰他一顿。"

生日?叶橙只听见这两个字,心不在焉地祝福:"哦,那祝你们生日快乐哦。"然后拉着俞微宁去体育老师那儿报到,都快上课了。

叶橙这周确实有事。

她和俞微宁初中时曾经随学校访学团去过一次澳洲,虽说并不是她本人的意愿,一开始是拒绝的,直至随团上飞机那天,都拖拖拉拉不肯收拾行李。

但心是拒绝的,身体是诚实的。

没几天,叶橙就和寄宿家庭的几个孩子打成一片,不仅交换了礼物和联系方式,还一直到今天都有联系。他们带叶橙去看他家农场养的袋鼠。袋鼠宝宝很可爱,都没有人小腿高。前段时间,他们特意给叶橙发邮件,这周想来北城玩,叶橙和俞微宁得接待他们。

但人算不如天算。

前一天晚上,叶于勤把叶橙叫过去,说是顾青李来北城这些天,都没有正儿八经出去玩过,这个任务自然落在了叶橙头上。

叶橙不太乐意:"我不去,我有事。"

叶于勤看着她,交换条件诱人:"你零花钱想不想要了?"

当然想,这几天她口袋里没钱,都是靠朋友接济。叶橙暗自取舍了一番,最终想出的办法是带着顾青李一起出门。

不过自然不可能让顾青李跟着他们一块玩，叶橙自认仁至义尽，给他发了一串攻略。

叶橙指着手机描述半天，在确定顾青李听懂了后，她拍拍他的肩膀："那你去吧，坐车别坐反方向，景点学生票半价。我这边结束后就来找你，你没等到我千万别回去啊，别让爷爷看出端倪，不然到时候罚的还是我。"

顾青李有些不太熟练地划拉着手里的智能手机，点点头。

两人在十字路口分别。

已是深秋，叶橙今天要出门，特意穿了到膝盖处的裙子，配裤袜短靴，头发扎成侧麻花辫垂在一侧。顾青李听她讲解线路时，视线有短暂落在她发尾的蝴蝶发夹上。

叶橙在等红绿灯的间隙看了眼消息，确定他们是在前边广场等她，本想着离开，心里仍放心不下，遥遥看了顾青李一眼。公交车站的人三五成群，只有顾青李一人在辨认站牌，穿着帽衫牛仔裤，高高瘦瘦。

在红灯倒计时十秒时，叶橙还是把顾青李叫了过来，恶声恶气地道："他们都是我朋友，你今天要是敢乱说话乱跑，我就不带你玩了。听见没？"

即使是外国友人到了北城，能玩的不外乎就那么几样，博物馆、商业街景点。

叶橙走了一天腿都酸了，到最后只肯抱着可乐赖在麦当劳，不肯再走。

几人也都累了饿了，叶橙喝掉了大半杯可乐，想去再要一杯，咬着吸管折返时，碰见顾青李不甚熟练地对着自助点餐机研究。

叶橙火速帮他点了两下："爷爷又不是没给够你零花钱，想吃什么就点什么，这有什么好纠结的。"

顾青李想说吃不完，会浪费。

估计和叶橙说，她也不明白，他早摸清她大小姐脾气，不喜欢的东西一口都不会吃，连碰都不会碰。

但看着她突然凑近，发尾有意无意扫过他手臂，他下意识地躲了下。

叶橙则是专注地看着屏幕："你是要可乐还是橙汁？"

顾青李看着她手里的纸杯："可乐。"

叶橙手上动作没停，又想起一件事："你英语口语很好欸，很流利，他们都说和你说话比我这半吊子方便多了，是不是以前上过口语班？"

顾青李摇头："没有。"

叶橙是真心实意在抱怨："那你英语成绩肯定很好吧，我都快烦死英语了。"

顾青李头一次听她用这种偏软的语气和自己说话，垂眸："也没有。"

叶橙觉得他太谦虚，同时有点烦，咳嗽一声，正色道："顾青李，你能不能别老说'没有'，我不喜欢。"

他火速瞥了她一眼，又收回。
"'不要'，我也不喜欢。"
"哦。"

一天相处下来，叶橙觉得顾青李好似没有之前那么扎眼，顺眼了一点。至少和班里吵吵闹闹的男生相比，她更乐意和他相处，省心又听话。

叶橙陪顾青李在等餐，手机响了，是俞微宁打来电话说他们吃好了，问叶橙好没好，他们打算去打车了。

叶橙说："可是顾青李还没吃完。"

俞微宁说："那就打包去车上吃嘛，你赶紧，我早在这儿坐烦了，旁边的小孩太吵了，吵得人头疼。"

叶橙有点不太想跟着继续玩了，她累了，这次是光明正大地拿顾青李当挡箭牌："那算了，你们去玩吧，我陪他吃完饭就回去了。"

俞微宁急了："你怎么回事，重色轻友？不是说讨厌他吗，愿意陪他都不愿意陪我们？"

叶橙不知道自己哪里重色轻友了，撇嘴："反正我不去了，你们去玩吧，明天我再出来。"

不仅是俞微宁，连顾青李此时都有点摸不清叶橙的喜怒无常。就像前段时间她讨厌他，便处处烦他，一句话都不愿意和他说。

他没怎么和女孩子相处过，不知道这种情况下要怎么办。

更何况这是叶橙，他只能保持沉默，也早已习惯如此。

就像今天她愿意主动拖他进圈子，即使全程拿他当背景板，他其实也很高兴，但依然面无表情地捧着托盘问："你要不要一起吃？"

总算送走了人，没了顾忌，叶橙也不用再装淑女，大大咧咧地指着纸袋："我想吃红豆派。"

红豆派是新烤出来的，表皮酥得掉渣，内馅却烫人。

叶橙小心翼翼地吃一口，吹气，继续吃。

吃掉小半个后，叶橙看向顾青李，发现他面前的食物居然一口都没动："你怎么不吃啊，不是早饿了吗？"

顾青李只是看向别处，把托盘往前面推了推："你还有什么想吃的吗？"

叶橙心下有些异样，原来他的意思是要等她选完再吃？

叶橙从小到大接触的无非都是同阶层的同龄人，大家身上毛病一大堆，相处时总有让人不舒服的地方，例如太以自我为中心，做决定时总不考虑别人的感受。

叶橙最烦这类人，一来二往，也不爱和他们玩了。

看着面前的食物，叶橙竟然有点不好意思起来："我早吃饱了啊，我不饿的，你吃吧。"

顾青李吃相一贯很好，慢条斯理。

吃饱后，叶橙和顾青李步行去搭公交车。
叶橙走在前头，她随性惯了，全凭自己感受，不会为别人停下脚步。只是看着路旁的珠宝店和连锁服装店，叶橙突发奇想，回头叫他的名字："顾青李，现在先不回家好不好，我带你去个地方吧。"
顾青李没想到叶橙会带他来发廊。
以前他就不太上心造型方面的事情，头发不遮眼，衣服干净整洁就好。
顾青李在小镇时，去的都是街坊店，店面很小，热水器、镜子、椅子一装就是一间店铺，二十块钱就能洗剪吹一次。他对北城灯火通明，一进门一群造型奇特的理发师围着转的理发店有着天然恐惧。
但叶橙很熟，推开店门，回头挥手让他进去时，顾青李抿了抿唇，跟着进去。
理发师造型算正常，只是染了一头红发，问叶橙："剪什么发型？"
叶橙恶趣味上来，故意指着顾青李道："给他剪个光头吧，一根头发都不要留。"
理发师惊讶道："你和他有仇？"
顾青李看着镜中的自己，不发一言。
叶橙顿时就觉得和他作对太无趣，有种一拳打在了棉花上的感觉，像在单方面欺负人。
她也不懂现在的男生喜欢什么发型，和理发师比画了两下："不是。算了，你就给他把头发剪短一点，爱怎么发挥怎么发挥。"
叶橙交代完就窝在角落看杂志。
叶橙不知不觉睡了一觉，起来后已经完工，她迷迷糊糊根本顾不上看，伸了个懒腰。
"走吧，回去了。"
都走出一段路了，顾青李仍坚持要把剪头发的钱给她，叶橙没收。小姑是那家理发店的会员，叶橙来这儿一向是报她名字挂账。但就算是没有小姑，叶橙今天才拿到爷爷补给她的零花钱，资金充裕，又不是出不起这点钱。
"都说了不要了，你自己留着吧。"她跳上公交车，刷卡。
顾青李后一步上来，看着她被挤成沙丁鱼在车厢里艰难行走，把人叫回来，示意前面有空位。
叶橙道了谢，捂着嘴打哈欠。
又一拨人上来，车厢更挤了。
顾青李扶着扶手，挡在她面前，一低头，正好和她对上目光。
叶橙眼睛有微微睁大一瞬。以前他头发过长，遮住眼睛，显得整个人有点阴沉，现在多余的碎发都剪掉了，干干净净的。

叶橙夸人一向很直接，喜欢和讨厌都分明："这个发型很适合你。你的眼睛好漂亮。"

之后，叶橙一路睡到了下车。

天这时已经彻底黑了下来，路两旁橘黄色的灯光照下来，暖融融的。

叶于勤在家，见他们回家晚了，又是先拿叶橙开刀，责怪她把人带坏。

叶橙在喝水，喝掉一大杯后才为自己喊冤："爷爷，不是您让我带他去玩，晚回来了怎么又怪我？"

"我还不知道你？怕是才拐出门，又半路把人丢下。"

"我可没有，您要是不信就问他。"

顾青李就是在这时插嘴的："她没有。"

叶橙头快抬到天上去了，得意道："您看。"

那天之后，他们继续回到先前的状态，叶橙每天踩点上学，顾青李则提前半个小时到学校早读，两人的交集不过是晚饭时间。

叶橙总有这样那样的要求，吃过饭抱着书要去俞家写作业。叶于勤不许，她就钻回房间，整间屋子都是她踩着木楼梯上楼的动静。

顾青李那会儿已经开始和叶于勤学下棋，围棋、象棋都学，饭后例行对弈一个小时。

叶于勤总会在听着那阵动静时说："都是被惯坏了，你别见怪。"

叶于勤知道他早熟，想事情更周到，对待他的态度和对待叶橙截然不同。

顾青李摇头，棋子落下，磕在木质棋盘上，"嗒"一声响。

能有人惯着，未必不是一种幸福。

随着期中考试时间临近，叶橙难得一扫平时的懒散性子。顾青李有时一两点悄悄开门看对门动静，会发现门缝透着光。

叶橙连吃饭都犯困，喝汤险些整张脸埋进碗里。

那天，叶于勤去友人家里做客，家里就他们二人。顾青李起身帮她换了一碗汤，叶橙却不想吃了，用筷子戳着碗里的米饭，有一下没一下，随之叹气。

顾青李数次抬眼，在确定她今天心情尚好后，提醒道："你可以每天早点睡，早上背书效率高。"

那时，叶橙已经对他没那么大的敌意了，许是看出顾青李无意和她抢什么。有时叶于勤对她例行训话，顾青李会借口有事找他把人支走。

叶橙摇头："没用的。"

顾青李低头看碗："可以试试。"

叶橙很坦然："我知道我笨。"

她说起自己以前的事情。

叶橙小时候尚且能算得上是小聪明多，成绩稳在中上游，到了中学，竟争骤然激烈起来。叶橙尝试过努力，可师大附中是市重点，平时一块玩的时候没察觉，一到考试才知道班里同学不是小学就拿过奥数竞赛金牌，就是下周要代表学校去参加英语演讲比赛。叶橙什么奖都没有，只有一个幼儿园翻花绳比赛的第一名。

她一度很挫败。

叶橙运气也不好，碰上政策改革，取消了师大附中初中部直升高中部的政策。为了能过分数线，她初三整个学期都是早上天不亮就起来背单词。到现在有些落下病根，看书久了就爱犯困。

顾青李听到这里，人往后仰，有些不理解："就非得在附中念吗？"

少女声音清脆，在提到这个话题时眼睛都是亮的："不是非得，是一定。因为我想和薛陈周在一个学校呀。"

说完，叶橙以为他不知道薛陈周是谁，又提了一遍薛陈周的名字："你知道吧，薛陈周，住在隔壁那个。"

顾青李说知道。

他怎么会不知道。

高二的学生都知道薛陈周的大名，他成绩好、家世好，校内女生口中八卦的常客，校辩论队三辩，还是校广播站成员。每每轮到他播音时，女生便会围成一圈对着广播议论纷纷。

"高一的，听说是中考全市第二的成绩进来的，全市第一在三中。"

"挺帅的弟弟，我去买东西的时候见到过几次。戴眼镜，斯斯文文的，声音也好听。天，太可惜了，怎么不是和我们一个年级。"

顾青李在胡同撞见过两次薛陈周。

一次是薛陈周骑着山地车路过，顾青李抬头去看时，山地车飞驰，只留一个清爽干净的背影。

另一次是叶橙和薛陈周并肩走在顾青李前面，光从她晃动的马尾辫就能看出她有多开心，书包上的玩偶挂件一晃一晃，隐约还能听见几句对话。

她叫人名字的时候，声音放得很轻很柔，拖长了，像在撒娇。

"薛陈周，你们班数学学到哪儿了呀？我有道题不是很明白，晚上能去找你吗？"

"可以。"

"薛陈周，你要吃糖葫芦吗？可甜了，豆沙馅的。"

"我不吃，你吃吧。"

话题没继续，因为薛陈周在抬手看了眼手表后步伐就开始加速，叶橙跟不上，只能一拉快滑到胳膊的书包肩带。

声音越来越远。

"薛陈周，你慢点，等等我呀……"

期中考试一共三天，考完最后一科，叶橙感觉整个人都快虚脱了。

考场是打乱重排的，除了火箭班一个班依然在原班考试。俞微宁则是分在隔壁考场，迟迟没有见叶橙出来，走进来催她收拾东西。

"总算考完了，要不今晚来我家打游戏吧？我表哥新买的游戏机，他都舍不得玩，我先偷来练手。"俞微宁邀请道。

叶橙点头，把笔收进笔袋，跟着俞微宁回十七班。

在楼梯口，叶橙看见了薛陈周，想开口和他打招呼，却先一步被俞微宁扯了下胳膊。

周围有女生同样认出了他，一阵窃窃私语声。

薛陈周个子高，被人潮堵在楼梯口，也只是一推眼镜，目标准确地朝叶橙走过来。

"考得怎么样？"

叶橙接过薛陈周递过来的水果糖，这已经成了他们的习惯，每逢大考，薛陈周都会给她准备糖果。夏天是薄荷糖，冬天是水果糖，算是安慰。叶橙每次考试都会紧张到手心冒汗，她考运和心态都不太好。

"还行吧。你这是要去哪儿？"

薛陈周晃了晃手里的书："老师找我，去楼下办公室一趟。你们呢？"

"我们……"叶橙对着他笑，眼睛里好似有星星，"回教室收拾东西吧。"

直至人潮散去，俞微宁拉着叶橙离开："还看？薛二都走远了，眼珠子要掉出来了。"

这天是周五。

叶橙照着黑板角落布置的作业收拾好要带回去的东西，才想起她另外有事，让俞微宁先走。

俞微宁一点头，脚踩在椅子横杠上系鞋带："那行。我先走了，你早点回胡同啊，晚上见。"

叶橙回："知道。"

放学已经有一段时间，叶橙扶着墙壁，人停在高二二班门口，探了个头进去。在确定教室没人后，她才手圈成喇叭状用气音喊他："顾青李。"

顾青李在擦黑板。

他做事一贯认真，抹布浸在水盆里，一遍又一遍，一直到确定黑板干掉不会留下白色痕迹才停下。一盆水早已弄脏，抹布浸在水里，险些辨不清形状。他正想着是现在去洗手间换水，还是扫完地再去，就听见了后门的声响。

叶橙在黑板角落看见值周名单，里头有他的名字，才明白过来为什么每周周五，在饭桌上都见不到顾青李。

看见他端着水盆，叶橙一撸袖子自告奋勇："要去倒水吗？让我来吧。"

水盆在空中转了个圈，顾青李明显不信她会干活："算了吧，别弄得一地水。"

叶橙叉腰:"你不信我?"

顾青李很轻地笑了下:"你坐着吧,我自己来。"

叶橙问过他座位在哪儿后,随意翻了翻桌上的习题册。

都是高二的课程,她看不懂内容,翻几页就失去了兴趣,注意力全落在字上。

顾青李的字迹很好看,和她即使写坏了好几支钢笔,被叶于勤揪着练了好几年硬笔,依然不忘初心,写的一手狗爬字字迹不同,他是工整端正,很漂亮的行楷。

叶橙又弯腰看抽屉,书本卷子,摞得整整齐齐。

她无聊到指尖的笔转了一圈又一圈,发觉教室里始终只有他们两个人,黑板上明明列了四个名字:"不是四个人值周吗,怎么就你一个人?"

顾青李头都没抬:"她们晚上要去补课。"

叶橙"哦"了一声,没觉得有什么不对。都是同班同学,这周有事,顶多下周补上就是了。

她中途去了趟洗手间。

没等走回教室,在拐角打水处,叶橙听见两个女生的声音。

"哎,今天不是你值日吗,怎么还有空去看人打球?"

"有冤大头呗,一个新来的转学生,老师说是小地方来的。反正挺听话的,不叫白不叫。"

"你们这样不太好吧,都是一个班的同学。"

"有什么不好的,赵娜还是班长呢,不和我们一样爱抓壮丁。而且老实人欺负欺负怎么了,老师都不管这些,说不定人就是上赶着呢。而且如果不是我们,班里谁愿意和他说话呀。我可不喜欢倒垃圾,脏死了。你就别操这个心了,我看校门口好像新开了一家文具店,待会儿我们一起去看看吧。"

"好呀好呀。"

叶橙看着她们打完水,很快有说有笑地消失在走廊尽头。

回到教室,教室没人,垃圾都被清过。叶橙立在门口等了一会儿,在听见身后的脚步声后才看向顾青李:"你都听见了?"

说完,她头都不回地走了。等走出校门,她才愤愤地跺了两下脚,去拿顾青李手里的书包。她依旧没有好脸色,板着脸:"你就什么人说的话都听?难怪老是被人欺负。"

"软柿子,软脚虾。"

"真的笨死了。"

顾青李莫名又想到了那只爹毛的狮子猫,但叶橙显然没有猫好哄。

沿着小道走出一段路,叶橙仍余怒未消,觉得他好歹也在叶家待了这么些日子,怎么还是这副任人搓扁揉圆的样子,什么人来了都能踩一脚。

/ 031

一回头，顾青李单肩背着书包，跟着她的动作停下。

他明明挺高的个子，和她说话时，总是照顾她身高，微微躬身。

叶橙突然就忘了自己想说什么，最后只是憋出来一句："算了，懒得和你计较。"

顾青李见她总算不再板着脸，再认真不过地叫她名字："叶橙。"

"嗯？"

"以后不会了。"

叶橙没听懂。

顾青李认真地盯住她的眼睛："以后我只听你一个人的，行不行？"

见他总算开窍，叶橙也不好继续说什么，但回去一路仍是怨气满满，四周仿佛有浓浓的实体怨气，顾青李被迫听了一路她咒骂自己班里的同学。

"小地方怎么了？衬得她们多高贵一样，心真脏。

"太坏了，你以后离她们远一点，也别别人说什么就做什么，柿子专挑软的捏。"

叶橙语气太正义凛然，顾青李听着却想笑。明明在他才到北城时，叶橙的行为和那些人别无二致。

叶橙注意到他的微表情："你笑什么笑，你到底有没有在听？"

被莫名其妙吃了一枪，顾青李也没生气，顺着她的意："在听。"

叶橙这才满意，点点头："下周五我去找你，如果她们再把差事都推你头上……"

叶橙留了个话头。

顾青李其实并不介意比别人多干一点或少干一点活，他本身就对这些不太计较。

新一周的周一，那两个女生被班主任批过一顿，你推我我推你过来道歉。原来是上周五那天，路过的班主任恰好也听见了那番言论。

顾青李将练习册翻过去一页："没关系。"

女生更加自责。

顾青李心算出答案，在空白处直接填 C："我说了没事。"

女生看着顾青李偏浅色的瞳孔和过长的睫毛，还想赖在这里再说两句。

"你挡我光了，让一下好吗？"

顾青李这一整周都在期待周五。上学的日子重复单调到可以按下加速键，唯一新鲜的可能就是期中考试成绩放出，有人欢喜有人愁。

顾青李看着学委发下的印着成绩和排名的字条，想着的却是离放学还剩半个小时。

事实上，周五下午，顾青李并没有见到叶橙。

晚上回到叶家，顾青李洗过澡穿着睡衣，照例坐在桌前看书，每隔一段时间看一眼闹钟。

不过五分钟，像过了半个小时。

关灯睡下，床头留一盏小灯，在听见对门的动静后，顾青李在床上翻了个身，嗅着被子的清香，他即使来北城这么久，依旧不习惯洗涤剂的味道。

第二天一早，叶橙在饭桌旁吃早饭，头发抓成松松的丸子头，一身毛茸茸家居服。见顾青李下楼，她主动打招呼："早啊。"

顾青李却没应她，在客厅套外套。北城不比小镇，他带过来的厚衣服几乎都穿不了，现在都是新买的。惯常的，引不起任何人注意的黑白灰色调。

叶橙抻长了脖子看他，一口粥含在嘴里要咽不咽，说话也含糊："你又要去图书馆了呀？"

她完全自说自话，笑容灿烂得过分："晚上早点回来，爷爷说今天吃羊肉火锅。"

顾青李都走出去一段路了，停留片刻，继续往外走。

期中考试成绩出来，薛陈周拿下年级第一，高居榜首。叶橙好几次路过红榜看见他的名字，都比她自己考了第一还要高兴，虽然她从来没考过第一。

高一刚军训完摸底考那次，是因为陪叶橙去爬山，薛陈周考试当天发了低烧，只考了年级第七，叶橙知道后后悔不已。

但这次，几乎是考试排名一出来，叶橙就兴奋到请全班喝奶茶，整整齐齐两只大纸箱抱进教室。

十七班也有从初中部直升上来的，自然清楚他们的关系，再标准不过的青梅竹马两小无猜，都举着奶茶和她道谢。

"谢了叶橙。"

"哎，不对不对，得谢谢薛陈周。"

叶橙站在她们中间，大大方方地接受道谢。

昨天，钟鹏特地从高二楼跑过来和她们闲聊，提议说晚上一起聚个餐，就当是庆祝，就去他们常去的那家"春不晚"。

叶橙和俞微宁对视一眼，耸肩，都表示没意见。

钟鹏手撑在窗台看她们，吊儿郎当："那我现在去问薛二，到时候我们校门口见。"

说起来，自从升上高中，叶橙清楚火箭班竞争太大，已经很少去找薛陈周，担心打扰到他学习。

总算能有正当理由见他，叶橙人立在校门口，低头盯着鞋尖，一抬头就看见了正和钟鹏说着话走来的薛陈周。

俞微宁调侃："你差不多得了啊，请全班喝奶茶这事，我看别说现在，早在下午第二节课就传到薛二耳朵里。"

"非得这么高调？不怕老师和老爷子告状？"

可叶橙并不觉得有什么不对，她向来都坦坦荡荡。

"传就传呗，我乐意。"

不过一瞬间的事情，叶橙觉得好似有什么事被自己忘在了脑后。

很快，钟鹏在路边催他们上车："走不走啊你们？"

钟鹏家里是做家具生意的，属于从小就在饭局上，被大人挑一筷子二锅头，沾着筷尖上的白酒长大的。爱吃，更会吃，天上飞的水里游的，下至藏在小巷胡同里的苍蝇馆子，上至星级餐厅。有他在，叶橙几个从来没有操心过吃什么的问题。

待他们到了春不晚，侍应显然是新来的，见几人穿着中学校服，胸前挂了校徽，脸也稚嫩，问有没有大人陪同。

钟鹏："没有，就我们几个。"

"那有预订吗？"

"没有。"

侍应脸上仍挂着笑，语气已经有些不耐烦："不好意思，客满了。"

钟鹏并不想浪费时间和他周旋："叫你们经理出来说话。"

侍应回："经理不在。"

话音刚落，侍应只感觉自己后脑勺被狠拍了下，接着被按着肩膀鞠躬，经理笑盈盈地对他们道："还是四位？"

钟鹏答："嗯，老地方。"

春不晚不仅名字古香古味，内间同样足够风雅，成套的梨花木桌椅，荧荧宫灯。屏风都是手绣的，且因各个单间名字不同，图案各不相同。倚着木制栏杆从楼上往下看，能看见几只瓷缸，一池各色鲤鱼穿行在草叶间。

而为什么会选这儿，单纯因为钟叔喜欢，前年入了春不晚的股份，四舍五入，钟鹏也算是这家店的少东家。

所以聚餐选这儿，没少被叶橙吐槽，说是钱从钟鹏的一个口袋出，从另一个口袋进。

不多时，经理又出现在三楼，告知他们"桃夭"已经被占了，可否给他们换成"关雎"。

几人对包间没什么要求，选"桃夭"不过是因为去惯了，不想挪地。

"桃夭"内里偏粉调，钟鹏总要抱怨这也太粉了，不符合他猛男的气质。"关雎"则满眼都是养眼的绿，连盛小菜的小碟都是荷叶造型。

菜陆陆续续上来，话题渐渐拐到近况。

虽说四个人家都在东街胡同，但钟鹏毕竟和他们年级不同，薛陈周又因学校事务太多，总碰不上面。

叶橙听他们在闲聊，没什么兴趣，桌上的话题却不知道什么时候拐到她身上："橙子，你家是不是新来了个男生？"

叶橙正夹一块藕片，闻言手一抖，藕片掉回了盘子里。

薛陈周见状，按住转盘给她用公筷夹菜。

叶橙看着碗里的藕片，柔声说了谢谢，才应钟鹏："是啊，你见过？"

钟鹏回想了下："在学校见过几次，看着有点阴沉。"

叶橙嘴角耷拉下来，下意识想反驳，顾青李并没有看上去那么不好相处，但话到嘴边，又停住了。

钟鹏也没再继续这个话题。

这个周末，叶橙过得快乐舒适，作业早早做完，不打游戏不闹事。叶于勤见她不成天躲在房间里，竟乖乖搬了张椅子在看他们下棋，余光频频落在叶橙身上。叶橙却提醒道："爷爷，你看我做什么，看棋。"

薛老爷子也点评："不专心。"

叶于勤鼻子里出气，不再看她。

身后，从外头回来的顾青李走过去，叶橙只感觉一阵风吹过，她看着顾青李的背影，眼珠子转了一圈，追了上去。

三楼，叶橙把顾青李的房门拍得震天响。

好一会儿都没反应，叶橙还以为他这么快就睡下了。

门骤然被拉开，叶橙见他新换了一套衣服，头发却是干的，往里看了看："我能进去说话吗？"

顾青李人没动，只留一道门缝。

叶橙主要是担心话被人听见，但她往楼梯口看了一眼，确定爷爷不会上来后，清了清嗓子："你下周五有空吗？"

顾青李眸光微动。

叶橙见他不说话，但毕竟有求于人，又问了一遍："有空吗？"

他这回松开了握着门把手的手："怎么？"

叶橙双手合十："有件事想请你帮忙。"

"说。"

薛陈周加入的校广播站有意排出一出英语话剧参加元旦晚会，广播站的人员不少都是学霸，有意出国留学，排一个小小的话剧自然不在话下。但广播站男女比例失衡，僧少粥多，男生角色有空缺。

薛陈周不过就是在春不晚吃饭的时候提了一嘴找不到人，叶橙立马拍胸脯说能帮他搞定角色。

她首先想到的就是顾青李。

顾青李听到这里，脸色已经不太好看。

叶橙继续劝："下周五去广播站面试，这个角色不是很复杂的，台词也不多，大概四五句，不会耽误你时间的。"

担心他拒绝，叶橙抛出好处："不会白让你去的，你要是答应，算我欠你一个人情。"

035

顾青李却显然并不关心剧情复不复杂的问题。

良久，他才开口："你呢？你希望我去吗？"

叶橙自然是希望，蒙蒙地点头。

顾青李垂眸应下："我知道了。"

等到了周一，叶橙一刻不停地把这个好消息告诉薛陈周。

火箭班的氛围自然和他们全年级垫底的十七班氛围不同，即使是课间十分钟，每个人都安安静静地坐在自己座位上，或补觉或看书。叶橙在后门和薛陈周说话时，声音都刻意压低："那你赶紧进去吧，我不打扰你了。"

离开前，薛陈周叫住她："叶橙。"

叶橙像只鬼鬼祟祟的小老鼠，先是手指悬在唇边，示意他小点声。

"怎么啦？"

薛陈周近视度数不高，平时不看书时，不戴眼镜居多。

叶橙还是比较喜欢他不戴眼镜的模样，显得斯文清秀。

薛陈周眼底有笑意："上周在班里请客了？"

叶橙微愣，然后点头。

薛陈周眼底笑意更浓："不用因为我破费，奶茶留着自己喝。"

叶橙微愣，然后低头。

回十七班的路上，她脸都是微红的。

放学后，叶橙没有选择和俞微宁一块回去，而是在楼下犹豫了一会儿，去找顾青李，顺便把写着面试地点和时间的小字条交给他。顾青李的反应意外地平淡，甚至都不打开看一眼，叠两叠就收进了裤子口袋。

叶橙一拉书包带，问顾青李收拾好东西没有。

这几天窦叔不在家，回老家给亲戚办白事，叶橙彻底没人接送，都是自己去坐公交车。

可又为什么是来找顾青李一起回家，叶橙自有一套逻辑。顾青李霸占她的房间，弄坏了她的陶瓷手办，所以她讨厌他。但顾青李答应帮她忙，叶橙单方面认为他并不是个坏人，自然放下成见，愿意学着爷爷所说，和他好好相处。

看在顾青李眼里，却成了另外一番模样。

他们出来晚了，天都黑了，公交车站只有稀稀拉拉几个人在等车。叶橙边坐在长椅上晃荡着小腿，边让顾青李站路边去看17路到了没。

车流如织，远看像一条长长的彩色灯带，消失在地平线那端。

叶橙低头出神时，身边有人大叫："快看快看，好像下雪了哎！"

"真的！这是不是北城今年下的第一场雪？"

叶橙跟着站起来，伸手去接从天空落下的雪粒，果然下雪了。她突发奇想，去拉顾青李的衣服："你以前住的地方会下雪吗？"

叶橙不记得他老家在哪儿，只隐约听爷爷提过，是在南边。

果然，顾青李看着天，摇头。

叶橙笑容更盛："哎，那这算不算是你第一次看雪，你怎么这么淡定。"她还以为南方人见到雪都激动得不行。

"你手机带了吗？至少拍个照吧。"

顾青李的视线落在远方，一点都不把这场雪看在眼里的模样，提醒她："车好像来了。"

车上空位不少，叶橙一直往里走，坐下时招呼顾青李过去，却见他早就在前排坐下。

顾青李全程看着窗外的风景。其实并没有什么好看的，这里的天总是阴沉沉的，看不见蓝天。车停在十字路口，红灯倒数九十秒时，他看见了一棵叶子几近掉光的树。

枝丫间已经积了一层雪，微微闪着光。几片仍在枝头的叶子将落不落，在风雪中打着转，像跳了一首圆舞曲，也像一颗飘摇不定的心。

叶橙在走到东街胡同口时终于把她这几天的疑惑问出口："顾青李，你到底怎么了？"

正是饭点，巷口饭菜香气浓郁，烟火气很足。

顾青李又是一句没事。

叶橙这两天已经烦得不行，从未这么想撬开一个人的脑袋看看他到底在想些什么。最后，叶橙索性几步走过去，拽着他的包，大有不说就不放他走的意思。她问："顾青李，你到底在气什么？"

顾青李索性放弃挣扎，立在那里任由她拉着，两人僵持一阵。叶橙想从他脸上分辨出情绪，但他一如既往，什么都看不出来。

巷口传来几声狗吠声，应该是常在东街胡同游荡的那条小黄狗在叫。

顾青李看着她："叶橙，别对我太好，我不喜欢。"

Chapter 02
我们的秘密

"怎么样，现在还喜欢吗？"
顾青李看着窗外，完全答非所问："很可爱。"

叶橙再睁眼时，面前的橘子已经被剥好，连橘子皮都剥成了一朵盛开的小花形状。薛陈周正在细心清理橘子瓣上的白色筋络，那双拿惯了手术刀的手骨节分明，确定全撕干净了才递到她面前。

叶橙看着手上漂亮饱满到能拿去展览的橘子，慢吞吞地道："谢谢。"

薛陈周今天戴了副金丝眼镜，衬衫是浅蓝色棉质的，衬得身上书卷气息更浓。

见她专注地看着，薛陈周问："怎么了？"

叶橙指指他的眼镜。

薛陈周在前年做了激光手术，彻底摘掉眼镜，按照他所说，鼻梁上不架点东西都不太习惯了。至今他仍时不时会戴一副没有度数的平光镜，好处就在于患者家属见了，不会因为他年纪太轻长相太俊秀不信任人。

薛陈周主动把眼镜摘了下来，虚虚攥在手里，就这么看着她。

"除夕夜没看见你，是和俞微宁出门旅游了吗？"

叶橙把手里的橘子对半剥开，一瓣一瓣往嘴里塞："不是，就在北城。"

薛陈周有些惊讶："那怎么都没听钟鹏说起过，聚会也不来。"

叶橙的心思不在这儿，只顾机械地往嘴里塞着橘子："累了，不太想见人，难得放假，想休息休息。"

好似，就真没什么话好说。

说起来，两人已经很久没在同一个空间独处过了。

太忙，也有叶橙特意避开的因素。

有时朋友日常聚餐，两人隔着圆桌远远看一眼点个头，就算是打过招呼。

薛陈周在她来之前原本就打算离开，又寒暄了一阵，注意到她聊天兴致不高，很快拎起搭在沙发扶手上的外套。

"那你忙，我先走了。"

叶橙没听见这句。

按照法定节假日放假安排，假期还剩两天，叶橙每天睡到中午才起。可时报记者这行太过机动，叶橙这一觉都没睡醒，整个人从头到脚包在被窝里，就被召回社里改稿。

"受害者"不止她一个，报社里同样热闹，众人显然没有从假期中回过神来，办公室气氛有些懒散。

叶橙却不敢怠慢，一刻不停，改好稿件标注的几个问题发给组长后，才想起来自己今天早上早餐都没吃，她熟练地从抽屉里抽了袋咖啡，拿起在路上买的三明治去了茶水间。

看着咖啡杯里一圈奶沫，叶橙心不在焉地想着事情，含了口滚烫的咖啡就要咽，又被呛到。还是同样悠闲躲在茶水间摸鱼的同事齐蕊见状，给她递了一张纸巾："刚被组长训了？"

叶橙觉得自己最近一定是水逆，困倦到都不想出声。

齐蕊带些同情地看了她一眼："刚刚组长叫你了？"

"嗯。"

"一大早就训人？不愧是空降社里就逼走三位老员工的冰块脸，说说，都和你说什么了。"

"长青路那篇车祸报道，一点小问题。"

齐蕊仔细打量她两眼："那不至于吧。他骂人我们都习惯了，你怎么了，看着都没什么精神。"

"没事。"叶橙并不想多说，放下咖啡杯，同时示意齐蕊，"搭把手，把微波炉里的三明治递给我。"

齐蕊照做，瞧着她没什么精神的模样，问起她们在遂和的经历。

两人认识时间不长，齐蕊是年前才开始在报社实习的美工，却是叶橙在社里合拍不过的摸鱼搭子，点咖啡、奶茶的好队友。

说来挺怪，明明能说的挺多，比方说负责接待他们的陈总带他们去吃的菌子火锅非常鲜，还有烧饵块、汽锅鸡等美食。遂和太偏，沿途层层叠叠的山川快给人看吐，风景却也是独一份的美，蓝天白云，天像被水洗过一样蓝。

叶橙却只能回忆起慈光寺后院那几枝蜡梅，和那一阵寺院撞钟声。

她捏着小勺搅咖啡："风景还可以，美食也挺多的。"

齐蕊表达了羡慕。

拜早上组长鞭策所赐，叶橙喜提新春节日后第一次加班，在整理好资料打包发到组长邮箱后，终于收到"OK"的消息。

叶橙回到东街胡同时，已经过了晚上九点半，几乎是一到家，保姆吴妈就给她递上热毛巾。

见吴妈还想去给她热碗汤，她连忙制止："不用了，我吃过饭了，现在不饿。"

"喝一点吧,今天的汤是莲子猪心沙参汤,安神助眠的。"

叶橙便没再管,转而注意力落在客厅一副没收好的残局,和两杯早就凉掉的茶水上。

她拈起一枚黑色棋子。

"吴妈,薛爷爷今晚来过了吗,我爷爷人呢?"

"睡下了,最近他睡眠不太好,今天还让小梁医生过来看了看,开了副方子。"

吴妈端着汤出来,见她盯着棋盘看,道:"刚刚来的是顾青李,就你进门前刚走的。"

叶橙有太久没在家里听见这个名字,险些没拿稳接过来的一碗汤,漏了几滴出来:"谁?"

"小李啊,这就记不得啦?就以前念书的时候住在这儿的。不过也是,你不太喜欢他,记不得也是应该的。"

叶橙不知道他们的关系在吴妈眼里看来是这样的,但她没那么多精力去追究:"那他现在人呢?"

"走了啊,和老爷子下了盘棋就走了,让他留下来吃夜宵也直说不用了。"

"说起来,小李确实挺有心的,才回北城,第一件事就是过来看老爷子。"

"逢年过节,家里总要收到他寄来的东西。让他别买这么多,他也不听。"

叶橙觉得一定是自己的记忆出了差错:"吴妈,您记错了吧,我怎么一点都不知道这些。"

吴妈眼神怪异:"你又没问。"

叶橙确实从未问过那些送过来的食物都是哪里来的,家里总有各种人上门拜访,以前接受过爷爷帮助的学生,爷爷多年的老友。大家带一些自己家晒的干货腊肉,都是心意,每到过年,东西在杂物间堆到吃都吃不完。

喝完汤回到房间,叶橙看着自加上后就没有发过一条消息的聊天框,觉得有遂和慈光寺那天的事情在先,于情于理,她都应该问候一句。

只是她还没想好该怎么开这个口。吴妈敲门进来放衣物,看到的就是叶橙在床上打了个滚,哐哐往枕头上砸的模样。

吴妈失笑:"这是怎么了?"

叶橙因那阵敲门动静,一时手抖发了个表情出去,这会儿撤回都难。

"没事,您忙您的。"

叶橙正儿八经发了句"在吗"出去。

顾青李回得很快,不知道是不是在看手机:嗯。

叶橙:你最近在北城是吗?

顾青李:是。

叶橙:有空的话我请你吃顿饭吧,当谢谢上次。

顾青李又回复了一句：好。

叶橙看着他回复的这三个字，悬在手机屏幕上的手指终究没落下去，就这么草草收尾。

说是要请客，接下来一周，叶橙都在忙着和同事跑一个公益活动的跟踪报道。她白天跟着拍摄，晚上整理文字和图像素材，时间被榨得一点不剩，根本没精力多想。

活动的最后一天，几个人在寒风中瑟瑟发抖。叶橙即使腿已经冻僵，也只敢悄悄跺了跺脚，她出门急忘了戴围巾，只好把衣领拉高，半张脸都埋在衣领里，手更是冻到根本不敢从口袋里拿出来。

好不容易挨到活动结束，采访完几个参会人员后，几人一刻不停地扛着设备往车上跑。

后半程车程，大伙都有些累了，车里很安静。路过一个加油站时，车要停下来加油，大家三三两两躲在不远处闲聊，叶橙想透口气，不自觉走远了些，就这么看见了立在对面药店门口的两道身影。

俊男美女，很养眼。

叶橙看看保姆车，又看看药店。

她无端想起那天在东街胡同，吴妈和她提起，在送顾青李出门时，瞧见他和一个身材高挑的短发美女一同离开。

吴妈的语气极其夸张："至少有一米七五，加上高跟鞋都有一米八往上了。"

都是成年人，叶橙并不怎么意外，一切都有迹可循。

顾青李和人分开后，往旁边的一家饭馆走去，叶橙几乎没怎么犹豫，小跑过去和同事交代了句："我现在有点事，你们先回报社吧。"

她轻手轻脚地跟过去，发觉他直接进了走廊尽头的一间包间。

叶橙立在大厅那盆一人高的散尾葵旁好一会儿，一时间不知道该不该继续跟进去。

这时，她手机振动。

顾青李：麻烦帮我带杯热水进来，谢谢。

合着早看见她了，还在这儿装。

但就这么被戳破，她反倒觉得挺坦然的，真去找服务生要了杯水。

她推开门进去，看见满桌残羹冷炙，而顾青李应该是才洗了把脸出来，额前几缕头发湿漉漉的，衬衫领口湿了一片。

瞧见她进来，顾青李只是默默把领口的两颗扣子系上。

叶橙看着他就着那杯水吞了两粒解酒药，下意识地皱眉问道："你喝酒了？"

"喝了一点。"

叶橙又去拎柜子上的酒瓶，都是白的，空了三四瓶，怎么听都像在睁眼说瞎话。

两人久久无话。

顾青李低头在外套口袋掏了掏，拎出串车钥匙，却没动，只是捏在手里，一动不动，直直盯着她，眼尾有点泛红。

"有驾照吗？"他突然出声问。

叶橙已经等得有点不耐烦了，抱着手臂看顾青李，是在等下文："有。"

他只是慢吞吞地道："那帮个忙，替我开个车。"

她就这么像代驾司机吗？但顾青李已经把车钥匙给她扔过来了，叶橙撇了撇嘴，望着他的背影，还是迈着小碎步跟了上去。

离近了，她才嗅见他身上的酒气比她想象的浓。

顾青李在前台结账，叶橙注意到他明明一身酒气，脸色倒是如常，只有耳朵有点红，根本看不出异样，抵不住好奇问了句："你怎么喝这么多酒，陪人吃饭吗？"

"应酬。"

叶橙沉默了一瞬："经常要喝酒吗？"

顾青李这才回头看她一眼，把发票随意叠了叠塞进裤子口袋，又随手抓了颗一旁盘子里的柠檬糖递到她面前："吃不吃？"

叶橙看着那颗糖，有些莫名其妙："不吃。"

叶橙是在车缓缓驶上高架桥时，才反应过来她怎么就被拐成了司机。但余光中瞥见他半明半暗的侧脸，叶橙突然有点困惑，觉得好像从慈光寺遇见以来，就有种自己从来没有真正认识过他的错觉。

但那些相处过的日子又是什么呢？

整整三年的时光，放在一个人一生，不过是几十分之一。

叶橙记得的有关顾青李的记忆并不多，但每个晚自修下课的夜晚，他单肩背包跟在自己身后，灯光把两人的身影拉长。体育课，叶橙总嫌弃垫球太累，趁老师看不见偷偷在阴影处休息，顾青李去买水，回来路上会把他那瓶给她。

不是假的。

红灯倒计时六十秒，在她若有似无的注视中，顾青李缓缓睁眼，对上她的目光。

叶橙狠狠掐了下指尖才回神，看向前方。

顾青李也偏过了头。

在车又一次启动时，他才开口："你吃过晚饭了吗？"

别说是晚饭，叶橙连午饭都没怎么吃，就啃了个牛角面包。下午，她跟着同事点了杯榛果拿铁，本来是热的，站在冷风中没一会儿就没了温度，奇迹般一直撑到现在。但叶橙第一反应是："你饿了？"

"有点。"

"不是吃过了吗？"

"就喝了点汤，别的没吃。"

想也是，那种场合怎么可能吃得饱。

附近就是师大附中，叶橙高中毕业后就再也没来过这边。想起有家羊杂粉店，便宜量大，师大附中的学生都爱来这儿。她上学那会儿就常来，不知道还在不在。

光这么想着，嘴已经有点馋。

叶橙照例走在前头，因为担心找不到店，心底还有些忐忑。好在店没关，依旧在原来的地方，当叶橙站在那块红底黄字的店铺招牌下时，才惊觉里头的陈设居然和她上学时差不多，甚至可以说是一模一样。

店铺面积并不大，就十几平方米，瓷砖和地板都偏旧，挺有年代感，摆上原木桌椅，显得逼仄，几乎只留几条过道。

顾青李在门外接了个电话。在叶橙慢悠悠逛了一圈，立在那儿看那面贴满附中学生写的心愿的便利贴墙壁，找有没她以前写过的那张便利贴时，顾青李才推门进来。

"你吃什么？"叶橙晃了晃手里的菜单，把菜单推给他。

顾青李看都没看："和你一样。"

叶橙以前就没少来，连菜单都用不着，直接叫老板："两碗羊杂粉，汤多料少，再要份烧饼夹肉。"

许是在熟悉的地方，叶橙看着店内装潢难免触景生情，突然托腮问顾青李："你记得这里吗？这家的羊杂粉，学校门口人最多最热闹的。"

"记得。"

顾青李从手边竹筒里抽出一双筷子，抽了张纸巾擦了擦才递给她："不是和他们常来吗，当然记得。"

叶橙这回直勾勾地看着他，惹得正给两人倒水的顾青李忍不住多看了她一眼。

"怎么了？"

叶橙有点心虚，嘴上仍说："没什么。"

恰巧这时，老板娘端着羊杂粉和烧饼上来了，热气腾腾两大碗，食物香气满溢。叶橙迫不及待拎着勺子搅拌了一下海碗里的食物，浅浅抿了一口汤。

是记忆里的味道。

但分量太足，那阵新鲜劲过了，叶橙吃饭的速度逐渐慢了下来，有点撑。

反倒是顾青李，他抽了两张纸给她掩鼻子用，问她要不要换个位置。

叶橙先是摇头，又见他海碗里的面条几乎没怎么动过，只少了几块肉，问："你怎么不吃，是不舒服吗？"

"不是。"

"那是没胃口？"

顾青李放下了勺子："有点。"

他喝酒不上脸,叶橙看不出来什么,倒是注意到他从落座后就一直有意无意按着胃:"怎么了,胃不舒服吗?"

顾青李有点无奈:"不是,就是吃东西有点反胃。"

叶橙只能先把他面前的海碗移走,随后问老板娘这里有没有蜂蜜,泡了杯蜂蜜水,紧盯他喝完一整杯才又凑近看他脸色:"那现在呢,还反胃吗?"

两人距离骤然拉近。

叶橙是浑然不觉,脸颊就这么凑到他面前。一张漂亮的圆瘦脸,隐约能听见很轻的呼吸声,连脸上细小的绒毛,都能看得一清二楚。偏偏一双眼睛干净澄澈,黑白分明,半点欲望都没有。

顾青李看着她,不出声。

叶橙像是才意识到有哪里不对劲,自动自觉地离远了些。

"还好。"

他已经起身去付钱了:"吃完了吗?吃完了现在就走。"

羊杂粉店门口,路灯很暗,叶橙就着灯光低头看了眼时间,想起不久前和他立在药店门口的那个短发美女。

叶橙问:"你和你女朋友说过了吗?会不会太晚,如果实在不顺路的话,要不要让她来接你?"

话被轻易吹散在风里,碎成无数调子。

顾青李只听见了后半句。

"谁?"

叶橙只好又说了一遍,这次分贝提高了些:"女朋友。"

顾青李眉头皱着:"哪儿来的女朋友?"

叶橙疑惑:"刚刚在药店门口,她不是还和你在一块?"

即使隔老远,有些人光从身形上都能看出是个美女,渣像素都糊不掉的美貌。

顾青李看她的眼神更加复杂:"所以是因为这个,不想见我?"

叶橙想说"你别偷换概念啊,我可没说",但张了张嘴,却没说出口。此时,好像下了小雪,有细小的雪粒在橘黄色灯光中飞舞。

半晌,他才又开口:"叶橙,我没有女朋友。"

之后,顾青李都没选择让她开车了,而是在路边拦了辆出租将人塞进去。

叶橙手扶着车门看着他,不太乐意的模样,更多是觉得他不相信她的车技:"你真的没事吧,我在这儿看着代驾来了再走。"

顾青李却只是和前排的司机报了东街胡同的地址,又交代她:"到家记得发消息。"

叶橙一路都坐得端端正正,但眼见着快到东街胡同,她抿了抿唇,扶着座椅探头:"师傅,麻烦前边拐弯,去春水湾。"

春水湾是小姑大三那年，老爷子买给她的。小姑并不常住这儿，她工作地点在郊区，和同事一同租了公寓，反倒是叶橙，在大学城念书期间就常和俞微宁往这里跑，投影仪一开，零食水果往桌上一铺，两个人在客厅依偎着就能直接睡到次日中午。

这次和老爷子闹矛盾，叶橙第一个想到的也是春水湾。

叶橙按开密码锁时，没想到小姑在家，穿一身紧身瑜伽服，开了轻音乐在做瑜伽。

听见门口的动静，小姑也只是换了拜月式，锁骨和腰窝都明显，深深凹陷："叶橙，帮我把桌上的毛巾拿过来。"

叶橙顺手帮她把毛巾递过去。

小姑又一次深呼吸。

而身后的门锁也在这时打开，叶橙正疑惑这个点小姑怎么还有客人。她去冰箱拿水果，正拈着樱桃梗往嘴里塞了颗樱桃，就这么和门口的男人对上目光。

但除了叶橙，没人觉得有异样。

小姑招呼："回来了。"

顾青李顺手把钥匙扔进门口的小篮子里，又弓腰从鞋柜里取鞋。

"嗯。"

"今天怎么这么晚？"

顾青李把外套拎在手里，没应。

小姑这才看过来："你喝酒了？"

其实不用凑近就能轻易看出，他脸上疲态很明显，连应人的力气都无。

"嗯，今天有点累，我先上去了。"

小姑在顾青李上楼前不忘提醒他一句，使唤得顺手："门口灯坏了，你要是有空，记得把灯泡换下。"

"好。"

直到听见那阵脚步声消失在楼梯间，叶橙才小跑过去，人坐在沙发边，托着腮看小姑："怎么回事？"

"什么怎么回事？"小姑依旧淡定，双手合十目视前方，"之前阁楼那间不是杂物间嘛，我年前让人来清了清，打算租出去，正好他要找房子。"

小姑只比叶橙大六岁，在整个叶家，除去爷爷叶于勤，叶橙算是和她最亲的，平时两人说话完全没什么长辈后辈之间的顾忌。

叶橙明显不信，觉得她哪里缺这点租金。

小姑嗤笑："谁嫌钱烫手。"

"他就是过来落个脚，过段时间就搬，打搅不到你。"小姑大概是觉得奇怪，上下扫了她一眼，"你反应这么大干什么？你俩又不是不认识。"

这能一样吗？

小姑无所谓地笑笑，继续道："你想多了，人挺忙的，早出晚归，就算休假也只待在阁楼，不怎么下来，你想见都不一定能见着。"

叶橙撇撇嘴。

小姑似是有些看穿她的心思，一套动作做完，在瑜伽垫上盘腿坐下来，拎一条干毛巾擦汗，直接抛出："我辞职了，这段时间都待在这儿。"

叶橙的思绪果真被成功带跑。

"辞职？为什么？"

小姑工作那年，叶橙才上高一，眼见着小姑一脚踏入空乘行业，一年比一年忙，妆容一年比一年精致。因为图方便，小姑平时就和同事住在机场附近，空闲下来才会回一趟市区。

"没有为什么，想改行了。"

"打算做什么？"

"暂时没想好，听天由命吧。"

小姑站了起来，她身材一直保持得很好，个高腿长，前凸后翘。她在岛台旁倒了杯水喝完后，也打算回房了。

"你要有意见，回胡同住也行。正好你那间我也得租出去，就是走之前记得和我说一声，省得老爷子那边我不好交代。"

叶橙当然是不想搬，春水湾离报社很近。

叶橙有次在报社听同事抱怨，想在这边租房，每天能多睡半个小时。但整租基本没指望，房租太贵，只能合租。

晚上十点，叶橙洗完澡从浴室出来，把头顶浴帽拆了后，头发就这么半干不湿地垂在肩头。吹风机就在手边，但今天实在是发生太多事情，她立在洗手台旁好一会儿，才吹干头发出去。

小姑说的也确实没错，一连几天，叶橙晚上回到家都见不到顾青李，而小姑不是在做瑜伽就是在跳健身操，基本上把她当成空气。

加之叶橙下班后就不太想动，一般洗漱完都是直接窝在房间，看书或者刷视频。

那阵不适感渐渐散去，叶橙只当是多了个室友。

周一，组里惯常开例会。

散会后，她原本想跟着大部队偷偷摸摸回工位，就这么被季霄在会议室门口逮个正着："叶橙，你过来一下。"

叶橙自季霄空降时事组那儿就知道季霄不太喜欢她，无他，季霄不喜欢一个人的表现太明显。连齐蕊都看出来了，她问叶橙是不是哪里得罪组长了。

叶橙捧着被打回来几十次的稿子，表示不懂。

后来时间长了，叶橙终于隐约感觉出了一点不对劲。季霄是典型的工作狂，忙起来凌晨四点都在报社。反观叶橙，如果手头上没有别的任务，基本上都是工作完成就把键盘一推下班，离开前嘴咧得十米开外都能看见。

有一次，叶橙欢天喜地地下班，在门口碰到才从外面回来的季霄。季霄难得主动和她搭话，那张万年不变的冰块脸一如既往僵着："下班，这么开心吗？"

彼时，饶是叶橙心情正好，也被这句话一下子问蒙了。

那，不然呢？

骤然被通知了一声，叶橙捧着开会常用的记录本，心情忐忑。就在她以为季霄要和她说开会打瞌睡的事情时，季霄只是打开一旁的蓝色文件夹，抽出几张纸翻看了一会儿。

"这篇针对校园收费乱象的时评，你写的？"

叶橙点头。

"写得不错。"

见叶橙捏着一沓资料从组长办公室走回工位，齐蕊扔下修到一半的网页物料图，面露担忧地滚着轮子凑过来："怎么样，组长不会又训你了吧？"

"没有。"叶橙自己都觉得有点不可思议。

那天，叶橙和同事出门跑了一天新闻，下班回家后继续在客厅翻看资料。她习惯扯个坐垫盘腿坐在矮桌旁，长发绑两圈束成个低丸子头，有几缕不听话的碎发跑出来搭在耳侧。叶橙懒得管，打算细看一遍直播回放，简单打个采访提纲草稿。

她正低头在资料上圈圈画画，楼梯口传来动静。

顾青李遥遥看一眼客厅那头正在安静看资料的叶橙，问："小姑呢？"

他俩年纪差不太多，以前他一向是跟着她叫人，现在想改都改不过来。

自那晚他们在客厅碰面，这是他们第一次在这儿碰上。

"不知道啊。"有人在，叶橙下意识坐端正了些，看看房子四周，猜测，"可能是出门了，什么都没说。"

顾青李也没太在意，进了厨房，厨房是半开放式的，他先是看了一眼冰箱："你喝热牛奶吗？"

叶橙在确定他是和自己说话后，回答："喝。"

剩下的时间两人都挺安静，一个在认真盯着小奶锅，一个在低头查资料。

顾青李拿着他那杯热牛奶准备上楼，指指岛台上剩下的那杯："那我放这儿了。"

因为是在家，他就穿了件灰色的圆领套头卫衣，叠穿了件蓝白条纹的衬衫，看着休闲又青春。

叶橙起初没听见，余光中看见他端了牛奶过来，叶橙才反应过来，转了一圈水笔，把文件一合："你能帮我个忙吗？"

叶橙打算给唐鹤松教授做个二次专访，但估计唐教授并没有检查邮箱的习惯，邮件石沉大海。叶橙瞥了一眼顾青李，突然醒悟，明明有人脉，不用白不用。

这件事一直到下周才有回应。

这天下午,叶橙等在打印机旁复印文件,报社这台打印机很老旧了,不是卡纸就是显示墨盒没墨,可墨盒明明前两天才换过。她实在是搞不定,正托腮思索要不要狠狠拍两下机器试试能不能出纸,电话响了。

叶橙和他确定一遍:"现在?"又看一眼打印机,"你等一下。"

叶橙抱着文件走出字楼大门时才发觉春天都到了。北城的春天实在不是一个好词,阳光比金子都宝贵,更别说温柔的午后阳光。

叶橙上了车才想起来问他们这是要去哪里找唐教授。

"到了就知道了。"

顾青李看都没看她,注意力全在后视镜上,手也没停,黑色辉腾缓缓淹没在车流。

半个小时后,车停在市建筑设计院门前。

叶橙从来没来过这里,下了车,看着眼前恢宏大气、高耸入云的建筑还有些没反应过来,翻出了口袋里的记者证戴上。

顾青李停好车走过来,扯着她包带往后拉:"看路。"

叶橙难得乖巧,等着面前一辆车驶过后,跟着顾青李走进去。

顾青李直接进电梯按了楼层。

叶橙放下心来,完全不带脑子,一路跟着他上了四楼,又七拐八拐走进走廊尽头的一间办公室。

这貌似是唐鹤松的私人办公室,墙上挂着字画,酸枝木桌上有成套的笔墨纸砚。

顾青李看一眼手机:"你等会儿,老师还在路上,快回来了。"

叶橙点头,继而和顾青李确认:"我能先准备一下吗?"

顾青李:"你随意。"

说完,他就出去了,不再打扰她,门虚掩着。

叶橙舒了口气,专心架三脚架,翻带过来的稿子。这次的专访和上次的内容并不一样,主要针对的是唐鹤松前天在大学线上线下同步直播的讲座内容,叶橙从头到尾把讲座回放听了一遍,又对照着不懂的地方上网查了资料,翻阅了参考书。

昨晚,她还特意去阁楼敲了顾青李的房门,问他今天如果有空,能不能带她过来。

唐鹤松教授在一刻钟后推门而入,和在遂和慈光寺的态度相差无几,对她依旧和善,笑呵呵的。

结束时,唐鹤松还给她递水:"小叶记者喝杯水。"

叶橙直说不用了。

唐鹤松又非要留她吃饭:"我们这儿食堂味道不错。"

叶橙嘴角僵硬:"真的不用了。"

唐鹤松有意无意地提起:"小叶记者,你和小顾以前就认识啊?"

叶橙点头:"嗯,是同学。"又觉得这个称呼不太准确,她加了句,"是高中同学。"

唐鹤松"哦"了一声,声音拖得很长:"那就是认识了很久哦——"

叶橙并不明白唐鹤松为什么突然说这些,但东西已经收好,她背着包鞠躬:"那唐教授,谢谢您的配合,我先走了。"

叶橙去门外找顾青李。

这里的办公室比叶橙想象的要大很多,都是单人单桌,中间用隔板隔开,窗户大,视野开阔,办公桌间还点缀绿植。就是整间办公室人不太多,唯二的其中之一还在叶橙进门前捧着份文件匆匆离开。

顾青李在帮同事改设计稿。叶橙怕打扰他,轻手轻脚地走过去,悄然在他身后探了个脑袋,偷摸地看过去。

不多时,顾青李人不自觉往后靠,按着眉心。

就在他有些迟钝地偏过头时,叶橙也在同一时刻指着电脑屏幕好奇,两人的鼻尖只隔着不到五厘米的距离。

像电视剧里那种长久的慢镜头,搭配煽情BGM(背景音乐)的剧情并没有出现。

顾青李只是在那一瞬间,莫名闪回一段记忆,是在慈光寺,叶橙穿着浅色的大衣,脖间系一条红色格子围巾,手持相机在细雪中一步一步往后退。

她几乎没怎么变过,认出来一点难度都没有。

可能是她天生长了一张三岁看到老的圆瘦娃娃脸,可能是性子过于没心没肺,被保护得太好。

高了,瘦了。

除此之外,连笑起来的嘴角弧度,生气时鼻唇会皱成一团,像某种小动物等这些小习惯都一模一样。

不过是一瞬间的事情。

叶橙已经紧盯住他的眼睛,真心实意地夸赞:"顾青李,你睫毛好长啊,比好多女生的都长。"

顾青李回过神,拧开手边一瓶冰镇矿泉水喝了两口。

叶橙看着他上下翻滚的喉结,才后知后觉她下巴虚虚抵着人肩膀,太近了,她另扯了张椅子坐下:"你很忙吗?如果忙的话,我可以自己打车回去的。"

顾青李看了眼时间:"你很着急吗?"

叶橙先是摇头,又点头。

顾青李把车钥匙攥在手里:"走吧。"

离开前,叶橙注意到他工位东西满满当当,几个蓝色文件夹堆满稿纸、文件、参考书，过去一点是一沓牛皮纸档案袋，还有笔筒和一字夹、回形针等小物件。明明东西多，却无一例外都摆放整齐，不似她的工位，乱且无序，想找张稿纸出来都难。

看着顾青李大步往外走，没有丝毫要等她的意思，叶橙一拽包包跟上去。

这时，叶橙想起她貌似还欠他一顿饭，正好补上。在车上提了句，顾青李只是随意地道："我随便，你呢，你有什么想吃的？"

叶橙首先提议："西餐？"

"吃腻了。"

"海鲜？"

"不想吃。"

"日料？"

"想吃点热的。"

"那火锅？"

"一身味。"

被接连毙掉主意的叶橙只觉得耐心已经到极限，她强压下火气："行，那你说吃什么。"

"随便。"

叶橙无语沉默。

车拐过一个红绿灯，顾青李盯着剩四十五秒的红绿灯开口："要不回去吃吧？"

叶橙愣了一下："可是冰箱里没吃的了，回去又能吃什么，你做吗？"

而顾青李只是不急不缓地在倒计时剩五秒时拉下手刹，一口答应下来："行，我做。"

他会做饭，叶橙是知道的。有几回晚上，叶橙回家看见小姑一个人坐在饭桌旁吃饭，三菜一汤，都是很家常的小炒菜，还有些惊奇。和她一样，小姑同样十指不沾阳春水，别说炒菜，连煮饭放几杯米都不知道。小姑说都是顾青李做的，问她要不要坐下来一块吃。但叶橙习惯在报社食堂吃，或者是跑完采访直接在外面吃完饭再回来。

叶橙觉得确实是人心险恶，这哪里是找了个租客，分明是雇了个厨子。

此刻，不用费心去想吃什么，叶橙当然求之不得。

春水湾。

叶橙立在灶台前，原本想跟着菜谱步骤一步一步来，打个小抄。顾青李担心她生命安全，看她果不其然一番操作下，不小心把菜烧煳了，忙关了火。他捻着她后衣领往后拖，示意她别在厨房待着："你还是别浪费食材了，出去吧。"

砧板上那堆被切得七零八落的菜，在换了人后直接被干脆利落切成几段扔进锅里,叶橙见状,不好再在这里拖后腿,扔下句"需要帮忙记得找我"就出去了。

没多久,确实需要她帮忙,家里盐没了,她主动请缨。

然而,就在叶橙出门不到五分钟后,门铃响了。

顾青李正想着人这么快就回来了,开门看见门外的人,两个人都明显愣了下来。

薛陈周这一趟来是为了替家里医馆给叶橙送点东西。

薛陈周今天上中班,运气好,手底下几个病人都安分。查完房,和明天早上要手术的病人交代完注意事项,他才走出市三院就接到了医馆的电话。起初,薛陈周回了东街胡同,发现人不在。他问了一圈,最后是俞微宁告诉他叶橙新搬家的地址。

"搬家了,什么时候搬的?"

说不上为什么,虽然同为一个胡同长大的发小,薛陈周总觉得俞微宁对自己的态度有点阴阳怪气:"橙子又不是你的谁,人搬家干吗要告诉你。再说了,现在想起来问了。薛二,你真有意思,早也没见你问过一句啊。"

春水湾挺大,且俞微宁给的地址模糊,薛陈周找了一圈才找到。

看着门后那张脸,薛陈周记性好,没怎么费力就想起来貌似是高中在隔壁叶家住过一段时间的,名字确实想不起来了,但这个问题对他来说并不重要。

"叶橙在吗?"

"她出去了,你找她有事?"

薛陈周沉默了一瞬。

顾青李手还握在门把手上,门只开了一条缝,没有要让他进来的意思。

薛陈周问:"什么时候回北城的?没听钟鹏提起过。"

"没多久,也不是什么大事。"

两人交情并不深,一个在门内,一个在门外。天色渐渐暗了下来,这座城市华灯初上。有风轻轻刮过,拂过干枯树枝上才抽出的绿芽,有一下没一下,枝条微微颤动。

薛陈周刚要说那他下回再来,顾青李已经侧了侧身,给他让路,表情却分明是冷的。

"你进来等吧。"

叶橙在超市门口耽搁了些时间。

明明是初春,叶橙按开密码锁到家时,额头上却有细细密密的汗渗出,脸也有点红,直接拐进了厨房。

再看顾青李,他只是沉默地接过叶橙手里的东西,拿剪刀剪开盐袋,全程不发一言。

叶橙敏感地察觉到他情绪明显不太对劲,想问这是怎么了。

顾青李回头，斜了眼客厅："他找你。"

叶橙从未想过薛陈周会突然出现在春水湾，故而顺着顾青李的目光看过去时，明显愣怔了几秒。

薛陈周倒是挺淡定，把提过来的纸袋递给她，算是说明来意。

"小璟说你就喝了一个疗程，打电话让你过去拿药也不肯。气血虚脾胃虚，本来就是先调理脾胃再补气血，只喝一个疗程怎么够。"

拿药？

叶橙被说得有些窘迫，她确实把这事忙忘了。

药太苦，即使看病时问过能不能多加甘草和大枣，小璟说最多就这么多了，叶橙依然觉得苦。

薛陈周看穿："觉得药苦，不肯喝？"

叶橙更窘迫，接过药："不是不是，那你替我谢谢小璟，麻烦了。"

见等到了人，薛陈周把咖色大衣外套挽在臂弯，摆出要离开的姿态。

"要没事的话，我先走了？"

叶橙本人当然是求之不得，点头："路上小心。"

但一旁一直未出声的顾青李不知道是出于什么心思，竟然开口邀请："来都来了，不留下吃顿饭再走吗？"

叶橙心下一震，回头瞪了他一眼。

薛陈周同样不知道在想什么，看着面前并肩立着的两人，真应了一声："好啊。"

说着，薛陈周还挽了挽衬衫袖口："要我帮忙吗？"

顾青李瞥着他的动作："不用，你是客人。"

叶橙听着觉得怪，却不知怪在哪儿。

顾青李做饭姿势很随意，没系围裙，单手抄兜，就盯着锅里菜的颜色，时不时拿木勺子扒拉两下或是颠下锅。而叶橙就这么站在离他不远的地方等水开泡茶，满脑子都在想待会儿应该和薛陈周说什么。

不等叶橙泡好茶，拉开椅子在饭桌旁坐下的薛陈周就先开口问了一句："你们现在住一块？"

顾青李头都没抬："嗯。"

叶橙只能顶着一头黑线努力解释："不是……是我暂时住我小姑这儿，他租了我小姑的房子。"

顾青李的嘴角抿成平直的一条线，但看着叶橙踮脚去够头顶柜子的玻璃杯，终归是过去帮她把杯子拿了下来。

叶橙坐在薛陈周身侧，面前一人一杯热茶。她没什么话好说，只好没话找话般问："最近工作忙吗？"

"还可以。"

"薛爷爷身体还好吗？"

"就那样。"

叶橙犹豫了下:"那你和云栀……"

话音未落,厨房传来一声响。叶橙下意识地回头看,见顾青李不小心把瓷盘摔了,正蹲在地上把大块的碎片捡进袋子里。

叶橙没多想,跟着在他面前蹲下:"怎么这么不小心?"

"手疼。"

"手怎么了,没事吧?"说着,叶橙去拉他的手,第一次被躲开。

叶橙有些生气:"你躲什么,给我看一眼。"

顾青李蹲着捡碎片,明明挺高的个子,但人缩成一团,看着莫名委屈。

叶橙示意他摊平手掌给她看一眼,才发现是下午在设计院时弄的伤裂开了。当时顾青李正在低头磨东西,叶橙好奇凑过去看了一眼,结果一时不慎,小刀在他手掌划了个口子,还挺深的。

叶橙见状问他用不用处理下,顾青李只是拿纸巾随意擦了擦,见伤口不再流血,便把带血的纸巾扔掉。

"用不着,哪有那么麻烦。"

那伤口叶橙看着都觉得疼,更别提做饭时浸了水,都泡白了。叶橙也不好说什么,只是让他别乱动,她跨过那一地碎片去拿医药箱。

待收拾好地上的碎瓷片,伤口也处理好后,叶橙不敢让顾青李再碰水,加上本来这顿饭就算她的,便再没离开过厨房。

晚饭很家常,鲜虾豆腐煲、藜蒿炒香干、蜜汁排骨,还有一道清炒芥蓝。

三人都很安静。

薛陈周是习惯了,薛家规矩很严,光家规就有洋洋洒洒几十条,食不言寝不语就是其中一条。即使朋友聚餐,他都是最安静的那个。顾青李则是原本就和薛陈周不熟,没什么话好说,时不时见叶橙夹不到菜,搭把手给她换菜。

而叶橙夹在他们中间,一顿饭下来,都没怎么吃饱。

薛陈周很自觉,吃完饭后就离开了,叶橙假装客气想送送他,也被拒绝。他那双镜片后的眼睛一如既往的温和平静:"不用了,你好好休息,下次再聚。"

尽管薛陈周说不用了,但叶橙还是一路送他到小区门口。

那之后,叶橙又去过建筑设计院一回补充细节,很不巧没见到顾青李。

唐鹤松对她依旧很和善,一回生二回熟,私底下话就多了,总的来说,他是个挺话痨、爱玩的小老头。

例如在叶橙低头调试录音笔时,他会美滋滋地喝一口保温杯里沏好的浓茶,咂摸声"好茶",然后旋紧杯盖,过来主动和她报备顾青李的行程:"小叶记者刚进门左看右看,看什么呢,找你小同学吧?"

"您还是叫我小叶吧。"

听见后半句，叶橙想说不是，想让他内心戏别这么丰富，但她确实这段时间都没在家碰上顾青李，并不清楚他最近都在干什么，顺嘴问了句："啊，所以他去哪儿了？"

唐鹤松似笑非笑地接茬："小顾替我看现场去啦。我年纪大了跑不动，体力比不上你们小年轻。光开车过去都要三个小时，他今天怕耽误工期，老早就去了，要是你早点来还能碰上面。"

叶橙低头打字："没关系。"

唐鹤松笑道："多过来玩嘛，下回你要是来，我肯定怎么着都把人给你留住了。"

叶橙笑得有点无奈，努力纠正："唐老师，我不是这个意思……"

唐鹤松"啧"一声："你看你，还怪起我了。到底是年轻人，要是在一块还能有话题聊，和我一个老头子能有什么好说的。"

算了，她还是闭嘴吧。

叶橙这次从设计院回报社是自己开的车，但她开车明显不太熟练，即使是在没什么车的大路都不敢开快，更别提超车和加塞，磨磨蹭蹭花了快五十分钟才回到报社。

当天下午，齐蕊打水路过，看着叶橙的脸色惊呼："你今天照镜子了吗？脸好红。"

叶橙其实在设计院时就觉得有些难受，以为是早上没吃早饭的缘故，并未理会，听齐蕊这么说，才后知后觉自己呼吸急促。

但她手上动作没停，直到又一个同事路过："叶橙，你怎么了？看着脸色好差。"

叶橙摸脸："不碍事的。"

话是这么说，叶橙是忍到止不住犯恶心，才和组长请了假回家。

小姑有客人在家，叶橙打了声招呼就上楼了。期间听见敲门声，叶橙没理，耳朵塞着耳机在专心写稿，写完就掀开被子睡觉。

睡下没多久，她又听见了那阵敲门声，这回她听得清清楚楚，想忽视都不行。

叶橙只好爬起来开门，顾青李也是没想到门会开，低头睨一眼她——头发有点乱，明显是刚起来，睡衣领口被睡得有点歪，应该是扣错了扣子，露出细腻白皙的锁骨。

顾青李移开视线。

"小姑让我来看看你，"他说，"你发烧了。"

"没有啊。"说着，叶橙自己都没意识到不对，拿手背碰了碰额头才发现确实有点烫。

"楼下有温度计。"顾青李继续说。

离开前,他依旧没看她,提醒了句:"记得加件衣服。"

叶橙这才思维迟钝地往下看了一眼,镇定地把衣服扣子扣好,又拿了件外套披上才跟着下楼。

顾青李坐在一楼,用棉球蘸了酒精把温度计来来回回擦了一遍,才示意她张嘴。叶橙也没多想,乖乖含着温度计,抱着膝盖坐在沙发角落。

顾青李见时间差不多了,本意是想让叶橙把温度计拿下来递给他,叶橙就和没长手似的,咬着那支温度计凑上前。顾青李只能低低咳嗽声,示意她松嘴,把温度计吐到他掌心。

叶橙反应过来,有点尴尬地挠了挠下巴:"不好意思啊。"

"没事。"说着,顾青李多看了她一眼。

她生病的时候很乖,很安静,也不闹腾。

顾青李看着温度计上的数字,交代道:"没发烧,应该只是感冒了。"又把几颗药放在她掌心,"先把药吃了。"

叶橙咽下最后一颗胶囊后,抱着杯温水,百无聊赖地用手指点着杯壁,目光不知怎么就落在了顾青李身上。

他貌似真的只有黑白灰几个颜色的衣服,都是最简单的基础款,典型的直男穿搭。如同此时,他身上就一件黑色线衫,没任何装饰,但因为那过分优越的下颌线,和掩在额前碎发下可以称得上是出众的眉眼,十分引人注目。

叶橙不禁往回翻了翻记忆,以前好像从没关注过他的长相。

许是真的好奇,也或许是,单纯想在这时候找人说说话。

"你谈过恋爱吗?"她突然开口问。

顾青李正在低头回消息,闻言,先是回头给她递了个有些复杂的眼神。

见她目光清明,又忍不住低头自嘲地笑笑,他到底在想些什么啊,嘴倒是更快地应了声:"没。"

"那喜欢的人呢,总有吧。"

"没。"

叶橙狐疑:"不会吧,说说呗,我不会告诉别人的。"

顾青李低头笑了笑:"没有怎么了,犯法吗?"

"为什么啊,没碰上喜欢的吗?"

"没有为什么。"

这下,叶橙是真被他勾起了好奇,随手把一旁的一只柯尔鸭抱枕抱在怀里换了个姿势,两人无意识地挨得更近了。

"你喜欢什么类型的,在国外那么多年都没遇上过心动的吗?我不信。"

"还是太忙了?真有那么忙吗?平时课业是不是很重啊。"

他始终没回应。

叶橙也觉得自己问得好像有点多,捶了捶鸭子抱枕。

气氛开始往尴尬的方向走,叶橙有点受不了,正要说没什么别的事情,

055

那她回房间了,顾青李倒是挑了后面那个问题答了:"还可以,课外实践活动比较多。"

叶橙眼睛依旧一眨不眨,盯着他。

顾青李终究没把理想型说出口。

不知道想到什么,顾青李整个人都松散了下来,人往后靠在沙发座椅上,斜眼看着她,慢悠悠地道了句:"真有这么好奇?"

叶橙点头:"当然。"

"那你就当有好了,"顾青李语气不咸不淡,"有也不告诉你。"

叶橙又捶了一拳抱枕,柯尔鸭抱枕肚子都瘪下去了。她忙抚平,懒得再和他闲扯,道了声晚安就离开了。

叶橙每天忙忙碌碌,好不容易闲下来,在茶水间听同事们闲聊,随手扫一眼微信消息,才发现好友小群里已经刷了三百来条消息。

叶橙也是一愣,以为出了什么事情,赶紧往上翻聊天记录,翻半天才看见事情缘由。

是钟鹏先开的头,他说大家貌似太久没聚过,问要不要这周六出来一块吃顿饭。

薛陈周难得在线,说他就不来了,这周六云栀过生日,他得陪人。

结果钟鹏这个二愣子,硬是话拐了个弯,说那刚好啊,反正你俩不是在一起了嘛,这顿饭就算是官宣了,顺带庆祝生日。

见朋友能接受,薛陈周本人当然没什么意见。

钟鹏便自作主张地定下,不忘加了句"都来啊,就定在老地方"。

俞微宁是最先看到消息过来问候叶橙的:你怎么样?

实际上,叶橙看着"官宣"那两个字眼时,自己都惊觉此刻内心平静,波澜不惊。

俞微宁说她这周有事来不了。

剩下的消息,都是钟鹏在热络地组局。钟鹏甚至单独私戳了叶橙,问她有什么想吃的,让饭店加,给她开小灶。

他太热情,弄得叶橙看了半天,硬是没忍心拒绝。

这件事最终以俞微宁在两人中间打了个圆场解决。

俞微宁不太相信叶橙的开车技术,选择让顾青李帮个忙,替她领叶橙过去。

叶橙当然是求之不得,但依然很矜持地客气了下:"真的吗?那多不好意思,会不会太麻烦你?"

顾青李说:"没事。"

顾青李又补了一句:"又不是一回两回了。"

但真到了周六那天,来接她的是钟鹏,领她上楼的人也是钟鹏。到最后,叶橙还得独自被迫搀着在大比武拉练中大腿拉伤的钟鹏上楼。

她个子小,力气也小,等人到三楼时,喘着粗气,脸都憋红了,半天都说不上话。

钟鹏闻言唉声叹气,把人搂在怀里,只说叶橙身体素质不行,没事别老宅在家,多出去走动走动。

叶橙都懒得搭理他,一甩他胳膊。

春不晚过去这么多年依旧是老样子,连那池鲤鱼都仿佛被时间冻住,没有向前走半分。

叶橙走进"桃夭"时,蓦地想起,顾青李貌似一次都没有来过这儿。从前他们聚餐,她竟然从未生出想带上他的心思。

"桃夭"临窗有棵桃树,虽是假的,但真有溪水在流,流过最右侧的水车。叶橙拈了片水中飘过的花瓣仔细看了看,是真的。

在把花瓣放回桃花溪时,她接到了顾青李的道歉电话。

叶橙听着电话那头呼呼的风声,突然打断他:"顾青李。"

他停了话,跟着低声:"怎么了?"

叶橙无意识地抠着窗台,有一下没一下,许久,才开口:"以后我带你在北城玩,好不好?"

那端同样过了很久,才应了声"好"。

城市另一头,顾青李在北城机场停车场。

原本顾青李是不想来的,许妄都奔三的人了,又不是小孩,实在没人接还不能直接打车回来吗?可归根结底是钟鹏开的这个口,他又看了一遍航班信息,确定飞机没晚点。

顾青李觉得车里空气太闷,索性开了半边车门,就这么大刺刺敞着腿,靠在驾驶座靠背半合着眼。

黑色辉腾停的地方显眼,正对着一束灯光,许妄没怎么费力就拎着个黑色双肩包走近,直接把包塞进车里。

顾青李被吵醒,挺不耐烦地把扔到身上的包拿远。

看见比年少时高了些,且轮廓硬朗了不止一圈,穿着飞行员夹克的许妄后,他突然就说不出话了。

许妄去外地上军校那年,他才来胡同不久,后来因为一点小事,两人慢慢熟悉起来。

多年没联系,乍一看都觉得陌生。足足有一刻钟,谁都没开口说话,就这么靠在车旁抽烟,一个立着,一个蹲着。

烟和打火机都是许妄扔过来的,烈,也呛人。

顾青李抽不惯,没抽两口就开始咳嗽,起初还能忍着,但后来实在是忍不了,咳嗽不止。

许妄笑道:"呛?觉得呛别勉强,我刚开始抽也觉得,不丢人。"

顾青李连眼皮都没抬。

还是许妄先开了口盘问:"什么时候回来的?"

"这两年。"

这倒是有点在意料之外了。

"怎么回来了也不说一声。"

"说什么,也没必要。"

行,许妄这回换了个问法:"怎么想到要回来的?"

顾青李倒是不紧不慢,低头掸了掸烟灰,平静地道:"想回来就回来了,没有为什么。"

零星火星子在地上炸开,渐渐消失在夜色中,许妄笑而不语。

说起来,许妄比他们这群人都大个几岁,在一群小豆丁纠结每天上学午饭和晚饭到底吃什么的时候,他已经私底下报名了空军招飞。许父当然是一百个不同意,铁青着脸让他滚出去就别回来了。许妄就真硬气到家里给的钱一分都没要。

但总的来说,许妄和他们算是没什么代沟的,逢年过节搓麻将或者去体育馆打球都没什么架子。

抽完烟,许妄脚蹲麻了,站起来跺了跺脚,本想着这就回去了,却看见顾青李又摸了根烟出来,朝他挥了两下:"待会儿。"

这回许妄才察觉到不对劲:"心情不好?"

"没。"

话是这么说,但许妄看他脸色,也真不敢让他开车,回去路上自告奋勇坐在驾驶座。

许妄边看后视镜注意车况,边忍不住调侃副驾驶座上一路沉默的,不知从哪儿翻出只鸭舌帽盖脸上闭目养神的顾青李:"怎么这么多年了,还是这个闷性子,嘴里没一句实话。"

顾青李不说话。

许妄在他们高中那会儿就已经不常回胡同了,那年唯一一次在胡同口抽烟,还被一个半大小孩瞪了眼。许妄脾气暴,本就因为和家里老头吵架了心情不爽,直接把烟往地上一撂:"看什么看,再看揍你。"

那人低头把未灭的烟头踩灭。

许妄那天也是手闲,硬是抓着人去附近的街机厅大战三百回合,结果就得了个平手。

不仅没有一雪前耻,那人在堪堪三局两胜的胜利边缘,看了眼时间,直接轻松地把胜局撂下:"不打了,我要回家吃饭了。"

许妄鼻子里出气,走之前让他把名字留下。许妄自小就打架长大,天王老子来了都没法管,身上匪气很重。问话时也是,换个人在这儿,可能直接就被吓到逃跑,而顾青李只是把随手扔在地上的包捡起,拍拍灰尘,很淡然的语气。

"顾青李。"

就这么认识了。

如同此时,许妄单手盘着方向盘,猝不及防地问了句:"怎么样,现在还喜欢吗?"

顾青李看着窗外,完全答非所问:"很可爱。"

这头,叶橙才挂了电话,薛陈周就推门进来了,且应该是才换完班就赶了过来,身上还有淡淡消毒水的味道。

钟鹏先开口叫的人,见他是一个人进来的,往后看了看:"你那位博士女朋友呢,不是过生日吗,怎么没跟来?"

薛陈周正在脱大衣,解释了两句:"博物馆那边有点事,可能会晚点来,她说没关系,让我们先点菜,她来了给我打电话。"

钟鹏低头翻菜单,感慨了两句:"行。那你们感情还挺好的。"

不知道是不是叶橙想多了,薛陈周在回答这个问题时似乎往她这个方向看了一眼,才淡声道:"就那样吧。"

包间陆陆续续有人进来,大多数是钟鹏叫来的。叶橙和他们并不熟,可能就打个照面的交情,没什么话好说,只顾低头玩手机,但玩来玩去只能在那几个 App 瞎逛。

很快,穿着板正西装三件套的服务生进来,提醒他们准备上菜,可以入座了。

虽说俞微宁常说钟鹏神经比钢筋都要粗,但注意到叶橙这时候情绪不高,他倒是很贴心地特意把右手旁的座位留给她:"陈鸣,你边上去,橙子快,来来来,你坐这儿。"

十分钟后,顾青李和许妄才推门进来。彼时身旁有人举着酒杯朝叶橙示意,问她要不要一块喝点。

这人光看模样很面生,应该是被人带来的。

"喝点嘛!"他脸偏瘦,尖嘴猴腮的,笑起来有点猥琐,"多大了?小妹妹,毕业了吗?怎么以前没见过你?"

"我不是小妹妹。"

这人继续往叶橙手里塞酒,自顾自说话:"你是本地人吗?在这边有没有亲戚,待会儿我们加个联系方式,遇到什么事可以找我……"

叶橙都没来得及应,许妄直截了当给人拦了:"她不喝。还有,你这什么老土的搭讪方式,刚出土的撩妹宝典吗?赶紧往那边让让,爹味都快熏到我了。"

见许妄上来就找碴,那人也来气:"你又是谁啊?我和人妹妹聊得挺好的呢,凭什么你说让就让……"

话都没说完，有人明显是在之前的饭局里见过许妄，知道他的身份，直接一扯那人的衣袖低声警告两句："你疯了，你知道人肩上扛星的吗？还有他爸，你惹得起吗？"

那人瞬间噤声，真乖乖让位了。

而另一头，钟鹏见顾青李迟到还和他提要求，是怎么都不肯让位。还是许妄出声提醒了钟鹏一句："行了别闹了，再闹下去饭吃不吃了。钟鹏，你闹什么脾气，过来我这儿。"

许妄到底是比他们年纪都大，说话有震慑力。钟鹏瞬间噤声，起身和人换了座位。

看着他们都落座，两旁都是熟人，叶橙才感觉自在了些，小声问顾青李："你们怎么才到？"

顾青李把她面前的酒杯撤走，给她倒了杯热茶放在手边，解释："路上堵车。"

谁料，许妄眯眼看她反应有点不乐意了，揉了揉她的头发："你怎么回事，见着人都不叫了，没大没小，有没有点礼貌。"

叶橙头发被揉乱，但迫于许妄淫威，还是别别扭扭地道了句："许妄哥好。"又把他的手打掉，"哎呀，你别碰我头发，来之前才洗的头。"

许妄见她的脸皱成一团，把弄乱的头发给她拨回去，这顿饭才算正式开场。

叶橙今天早饭和午饭都没吃，在床上躺了半天，饿得有些胃疼。见菜一道一道上来，她也再顾不上和他们闲聊，专心低头吃菜。

许妄在飞机上吃过一顿，并不太饿，此时就这么看着她腮帮子塞得鼓鼓的，像只偷吃的仓鼠，突然来了句："你这是饿了半年？你家老头这么狠，都不给你饭吃？"

叶橙说不出话，只能瞪他。

许妄说："看我做什么？不过也是，这么久没见，你得多看哥两眼。"

"坐那么远做什么，来来来，你可以离近点看。"

叶橙气得直翻白眼，不要脸。

说起来，叶橙自己都诧异，许妄到底是怎么从当年那个知道她在小学被男同学欺负，书包里背块板砖，天天在她放学回家路上蹲人的大哥哥变成现在这样的。

那件事后，因为学生家长举报斗殴，许妄直接被他爸罚了十公里加一百个俯卧撑，叶橙全程在场边看着，担心得直掉眼泪，反被许妄拉过去安慰："哭什么，是水龙头成精吗？哥哥没事。"

——这样温柔似水的邻家大哥哥，长成了这副流氓样。

人为什么要长大。

顾青李虽在和旁人低声说话，手却没闲着，剥好的虾全顺手扔进叶橙面前的空碗里。叶橙虽觉得奇怪，但东西都到碗里了哪有不吃的道理。

许妄起了心思，故作惊讶地调侃他俩的关系："你俩这是不是有点太顺手了，啧啧啧，我看你们……"

叶橙这会儿才把嘴里的食物咽下去，清了清嗓子喊了声："顾青李。"

他顺势看过来："嗯？"

叶橙虽装模作样地捂着嘴，但音量分明三人都能听见，就这么压低声音和他说了句悄悄话："我就是提醒啊，好心劝你一句，以后还是少和许妄哥来往。"

"为什么？"

叶橙一本正经："近墨者黑，他心好脏。"

顾青李也明白过来了："好，都听你的。"

许妄无奈，心说他就不该开这个头，而叶橙靠在顾青李身侧，已经没憋住，偷偷笑了。

她是偏圆的娃娃脸，笑起来眼睛弯成弯弯月牙，很灵动，明眸皓齿，讨喜又有感染力。

这两年叶橙工作后一身被社会毒打过的气息，笑容少了，就算平时聚在一块话都不太多，特地凑过去和她聊天问她近况也总是闷闷不乐，没说两句就借口有工作要走了。这会儿见叶橙难得笑了，饶是许妄再气，也硬是憋住了，低声骂了句小没良心的。

饭局过了大半，钟鹏没尽兴，已经在招呼待会儿的行程。叶橙没那个闲心听他说是去酒吧还是麻将馆，好不容易吃饱放下筷子，趁着没人注意，赶紧从包厢里撤出来透口气。

夜已经深了，北城空气并不好，她生活在这里这么多年都不怎么能看见星星。此时也只能双手扶着栏杆，无聊地抻长脖子数楼下经过的车辆。

车灯明明灭灭，在数到第二十七辆时，身后突然响起一道声音："就吃饱了吗，怎么跑出来了？"

叶橙被吓了一跳，险些手滑摔倒，好在及时扶住了，把视线从薛陈周身上收回来："没有，是里头太闷了。"

"确实有点。"

叶橙想起今天晚上一整晚云栀都没出现，不由得多问了一句："她……今天在忙吗？"

"嗯。"薛陈周望着玻璃窗外，"这段时间都在忙，过两天领导视察，加班多。"

叶橙了然地点头："那是挺可惜的。"

薛陈周看着她的侧脸，似乎是真的有话想和她说。

两人站着的地方，过去一点就是洗手间。洗手间门口的灯应该是坏了，或者说本身就是这种设计，很黑。叶橙一个人在这儿透了半天气都没有发现那里多了一个人。

隐约听见了低低的咳嗽声,叶橙才缓慢想起来,边往里走,边小声叫:"谁啊?"

"顾青李?"

这时,顾青李才从黑暗里走出来。

他依旧是从头到脚一身黑,叶橙已经走到他面前,他也只是低头和叶橙对上视线,不带任何情绪地说道:"抱歉,是不是打扰你们说话了?"

顾青李让叶橙别对他太好的那个夜晚,叶橙真放了手,一双圆圆的眼定睛看他半天,在分辨他这话是真是假。

她咬了咬唇,只觉得自己一腔好心被当成了驴肝肺。

顾青李看着她在雪天愤愤离去的背影,明明应该是一幅挺美的画面,这真的是他第一次看见雪,小时候只在电视上看见过,和他想象的无异,又有些许差别。

太凉了。

叶橙回房后,一刻不停地把她打算送给顾青李当赔罪礼物的耳机扔进垃圾桶。

她特意拉着钟鹏去专卖店买的,因为不知道这个年纪的男生喜欢什么。钟鹏起初乐颠颠的,高兴劲儿都要溢出来,结果发现叶橙接过售货员递过来的袋子后就认真叠好收进了书包,脸立刻垮下来。

"你不是给我买的吗?"

叶橙也疑惑:"你幻听了?我什么时候说了是给你买的。"

钟鹏回想了一下,确实没有这句话,只说带他去挑礼物。

叶橙更不解,指着标价签:"你要喜欢,你自己出钱买,干吗让我来?"

钟鹏翻白眼:"你懂什么。东西当然是要别人送的才有面子,自己买的有什么稀奇的。"

叶橙恍然,默默记下这话,男生都好面子。

她是打算今晚趁顾青李洗澡时偷偷放在他房间当惊喜的,可顾青李今日的态度显然刺痛了她。

叶橙在学校总呼朋引伴,同班同学对她友好,上体育课从不缺练球搭子。不过是因为她人缘好没脾气,资质平庸没威胁,出手又大方,经常请客。

叶橙从小就深谙这点,身边围着的人总对她有所求。

自小学在乐团担任小提琴首席开始,那些人表面围在她身边真心夸赞,背后却嘲讽她能当上首席都是因为家里人,一来二去,叶橙逐渐不再奢求付出能有同等回馈,身边来来往往的人虽多,但她清楚能相信的只有家人和俞微宁几个发小。

那天之后,叶橙表面无波无澜,好似什么都没有发生。

叶于勤念叨这么多次让叶橙自己上学，她都没听进去，不过几天时间，叶橙已经开始选择早起去上学，用不着人接送，晚上自己从公交车站步行回家。

可只要在路上碰见顾青李，她都会加快脚步装作没看见他。

在17路公交车上偶遇，顾青李看见她上车，会刻意把座位让出来，她却穿着棉服戴着耳机，就这么扶着把手站在前头。

一连几次，叶橙再没有在公交车上碰见过顾青李。

因为他和爷爷申请，改了改搁在院子杂物间那辆落了灰的山地车，选择自己骑车上学。

他们碰面的次数越来越少，一切好似回到从前。

也有在胡同口碰上的时候，叶橙人走在前头，顾青李远远看见，没敢上前打扰，拧了刹车下车步行。

很快，身边有道身影悄然迎上，是脖子上挂头戴式耳机的钟鹏，他一见面手就搭在叶橙肩头。

叶橙到底没把那副耳机扔了，横竖都是钱，她不至于这么败家，转头就把耳机送给垂涎已久的钟鹏。

钟鹏收到自然高兴，盒子翻过来翻过去，第二天就戴着耳机去了班里显摆。

但难免好奇，钟鹏和她勾肩搭背，问她怎么突然决定把耳机给他："不是说要拿来送人的吗？我怎么好意思夺人所好。"

叶橙都懒得掰扯，随口道："他死了。"

钟鹏嘴张成"○"形，但他一根筋，真信了："怎么死的，没听你说起过。"

叶橙略想了下："出车祸死的，不太痛苦，连治都用不着治。"

钟鹏短暂为耳机的前主人默哀三秒。

叶橙听着也烦："钟鹏，你别靠我身上，重死了。"

钟鹏"哦哟"一声，小时候每次玩游戏都拿他当马骑，长大了连靠一下都不肯。

一个拉一个推，叶橙想躲远点，钟鹏不肯。最后，叶橙只能祭出底牌："你再烦，我这就告诉许妄哥。"

钟鹏吹了声响亮的口哨："你叫，叫也没用，许妄哥这会儿又不在北城，没人给你撑腰……"

他们的对话全程被顾青李听在耳朵里，看着他们亲昵的模样，再清楚不过那都是时间积累出来的默契。

那是和他无关的所有。

三天后，叶于勤做出决定，让顾青李留级一年。

事情得从那次期中考试说起。

叶橙原以为顾青李不是在家就是泡图书馆，每天晚上除了下棋再无其他爱好，在课外活动如此丰富的北城，能活得像个苦行僧，成绩必定差不了。但当顾青李拿着印了成绩和名次的小字条回家时，不仅叶于勤，连她都忍不住好奇，装作拿水果路过，一口苹果还包在嘴里没咽下去。

二百八十一名。

这个名次在师大附中不差，但绝对和"好"差了十万八千里。

一年半后就要高考，这个成绩尴尴尬尬不上不下。

叶于勤看着成绩单，沉默了好一会儿。而顾青李似乎也因为他考出这个成绩，辜负了所有人的期待，头低着，很难为情的模样。

那时两人还没有闹翻，叶橙咽下一嘴苹果渣："我说句公道话，我觉得这个成绩还可以。他们班同学那么霸道，什么脏活累活都扔给他干，哪里有时间学习。"

叶于勤看着叶橙毫无仪态、边说话边吃东西的模样，气就不打一处来。

"有你说话的份吗？你看看你自己的成绩，好意思说别人。"

叶橙撇嘴，她这几天已经很克制地不惹叶于勤生气了，举双手表示自己不参与这次讨论，火速回房。

可以说，叶于勤做出这个决定是深思熟虑了一番。

但他并不想搞特殊，他特意把顾青李叫去书房问话，询问把顾青李放在十七班是否可以。

十七班，众所周知，是全年级最末的一个班，也是最乱的班级。鱼龙混杂，学习环境和实验班天差地别。

叶于勤给了他选择，是等期末考试考出个好成绩，理所应当把他放去高一实验班，或者是现在就转班。

顾青李同样深思熟虑过："爷爷，我没关系的。"

于是到了下周周一，顾青李直接收拾了东西去新班级报到。

在跟着班主任进去前，顾青李隔着窗户观察班内的情况。确实和叶于勤说的差不多，教室里吵吵闹闹，在老师抽了两下黑板后才安静下来。

但顾青李一眼就看见了倒数第二排，正聚精会神赶作业的叶橙。

叶橙早在前一天就被爷爷敲打过，让她在新班级照顾下人，此时见俞微宁指着门口的转班生激动地拍她手臂，早就一点新鲜感都没有。

"哎，哎，那不是你家那谁吗？"

叶橙奋笔疾书，连抬头的精力都无："我知道。你别吵我，课代表说卷子下课就要交了。"

她不忘纠正："而且什么叫'我家'那谁，和我没关系，别叫这么亲。"

不过是一个高二来的转班生，长相尚算得上可以，就是眼神过于阴郁，家世背景一概未知，直接划进待观察队列——顾青李在转班后很长一段时间都是独来独往，无论是做物理实验或者上体育课，他都是一个人。

叶橙几次撞见，也都是愣住片刻，径直走过去。

唯一值得庆幸的是，顾青李依照约定去广播站面试，很顺利就通过了。

广播站站长是个高二女生，时间有限，给他扔了份昨天的广播稿让他念一段，在顾青李对照着念了三分钟后，站长直接打断他，让一旁的话剧负责人给他换个台词多的角色。

"你音色很有识别度啊，口语也不错，节奏很好，怎么之前没在学校看见过你。"

顾青李把稿子合上，双手递回去："我是转学过来的。"

站长的视线在他身上流连，终是忍不住招揽人："有没有意向加入，我们这里高一的小朋友也很多的。"

她略想了下，一个个报名字："那个廖洋、刘玉洁……还有个你应该认识，薛陈周，在你们年级还挺有名的。怎么样？有没有兴趣。"

顾青李没多想，表示自己并不想参加社团，只想专心学习。

站长点头表示理解，最后告诉他："我让他们多印一份剧本，你明天这个点来一趟吧。"

顾青李依言在第二天中午去了广播站，站长不在，这次接待他的是另一位高二学姐。学姐看着有些高冷，全程就扔了本登记簿登记了个名字，指了个方向，让顾青李自己去打印。

"我很忙，你自便。"说完，她继续拿起一本闲书。

顾青李看着电脑屏幕上好几排文件夹，没有动。

还是又一位学长进来，见他在电脑前愣了半天，笑了："是不是找不到文件？早和他们说了，别什么东西都铺桌面，好歹分类，找个东西都难。"

听着一旁打印机的运作声，顾青李低声说了句谢谢。

"没事……不过你是昨天站长面试的那个吧？"

他把那沓剧本递给顾青李，他们这次排的是《雷雨》，不过是英文版本，一字一句都是社员翻译的。

"拿着吧，之后排练可能会占用你时间，到时候通知你。"

顾青李摸着手里还温热的纸张，又说了一句谢谢。

在他准备离开之际，他听见那位学姐又开口了，这次声音变了调，有点像在撒娇。

"陈周，你说说，这个月都第几个了？连初中部那边的小妹妹都有。再这么下去，我可得叫寺沛在门口张贴告示，拒收给'薛陈周'的信。"

顾青李捏着纸张的力气大了些，却没有回头看人，推门离开。

尽管他不愿意面对，排话剧期间，他和薛陈周的接触还是不免多了起来。顾青李戏份少，大部分时间都是在站长借来的教室角落看他们对戏，或者看书。

薛陈周是主角，戏份重，一场戏下来水都能喝掉一壶。

顾青李也听过其他角色抱怨排练占用他们放学时间，本来下午放学这段时间就紧，吃个饭散会儿步就要继续上晚自习。大部分时候他们只能边排边啃面包，顾青李却有点贪恋排练的时光，至少在这里他感觉到是被需要着。

平安夜悄然到来，小镇从不过平安夜和圣诞节，顾青李是来了北城才知道原来这时候有送糖果和平安果的习惯。但他知道的时候已经太晚，还是他前桌，一个在班里存在感不高的女生送了他一根拐杖糖。

当然，不只是他，女生周边的同学都收到了。

可只有顾青李对着糖果愣怔片刻，诚心问女生这是什么意思。

"平安夜礼物呀，我买的苹果不多，不够分，给朋友分完就没剩下的了，你将就一下。"

连当晚去排练时，几人带过来的包都被平安果占满。顾青李没有准备，光收东西，有些不好意思。

学长拍拍他的肩膀安慰："本来你就是来帮忙的编外人员，收点报酬应该的，不用放在心上。"

只是这晚，排到一半，有人突然造访。顾青李离门口最近，先是听见一阵脚步声。

叶橙提了好几只袋子进来，身后跟了个抱着纸箱的男生，顾青李认出是班里的同学。

广播站的人几乎都知道这位薛陈周的"小青梅"。算是沾了薛陈周的光，他们时不时就有各种福利下午茶，今天叶橙会来也不奇怪，众人都不和她客气，在叶橙抖开袋子和纸箱后，围过去一人拿了一盒蛋糕、一包糖，以及包装精美、装在纸盒里的平安果。

叶橙招呼完就径直走到在教室那端休息的薛陈周面前，因为相隔太远，顾青李并不清楚他们说了些什么。只能看见叶橙扬起笑脸，薛陈周递给她一瓶未开封的桃子苏打水。

顾青李想起今天他才走进教室，就听见有人问了薛陈周一句："给我看看，你什么时候开始喝这个了，苏打水？还是桃子味的。"

"这么粉？不会是哪个女生给的吧，老实交代。"

薛陈周只是笑笑不说话。

眼前是翻过数次的剧本，一字一句顾青李都记得清清楚楚，甚至每一个节点、每一句台词他都能准确说出，顾青李却不自觉攥紧了纸张，又意识到自己在干什么，忙松开，抚平。

再抬头，他就见叶橙抱着一只纸盒和一包糖，依旧冷着张脸，直接把东西塞进他怀里。

两人好半天都没有说话，还是叶橙硬邦邦地开口："他们都有，不是只给你一个人的。"

她又顿了顿，大概是觉得之前的说法不够有气势："你看见了？我对所有人都很好，是我人美心善，你别在那儿自作多情。"

顾青李神色依旧很淡。

叶橙只觉得那阵熟悉感回来了，她真的拿顾青李一点办法都没有。

看不透，也摸不清他在想什么。

叶橙索性放弃，脸色缓和了些："没有蛋糕了，我不知道为什么本来数量对得上的，刚刚去看发现一个都没有了。"

顾青李这才看向她，嘴角牵了一下："没关系，谢谢。"

这是时隔快一个月时光，他们第一次说话。

叶橙搬了张椅子坐在他身侧："你在这儿应该还好吧，我刚刚看了下剧本，台词不多，不算很累。"

"嗯，挺好的。"

叶橙对他也有歉意，本来只是让他来走个过场演个打酱油的角色，没想到会平白无故耽误他的课外时间。每次见他因为英语话剧的事务被叫出去，叶橙想找他，劝他实在不想去就推掉，却又拉不下这个脸。

叶橙诚心问："会耽误你学习吗？"

顾青李看着她清澈干净的双眸，强压下想揉揉她脑袋的冲动。

"不会。"

叶橙总算松了口气。

叶橙带过来的东西很快被分完。大家吃了蛋糕，顺手把垃圾扔进纸箱，很快堆了满满一箱。

准备开工，几人聚在一团，那位学姐再顺手不过地招顾青李过去："那个谁，你去把垃圾倒了。"

顾青李都习惯了，欲起身。

但想起什么，他去看叶橙的脸色，她果然瞬间拉下了脸："坐回去。"

顾青李果真没动。

学姐见使唤不动他，重复了一遍。

叶橙替他开口："不去，要去你自己去。"

学姐问："你说什么？"

叶橙声音更大了："他又不是你们的人，你凭什么叫他干活，少了他就没人倒垃圾了吗？"

叶橙生气，也有早就看不惯这位学姐的缘由。学姐仗着自己资历老，随意使唤高一的小朋友做这做那，平时不自己写稿就算了，还把手上的活直接丢给别人。

学姐隔着半个教室喊："那你也不是我们站的人，你现在就出去。"

教室因为她们这隔空对喊声，慢慢静了下来。

叶橙不紧不慢："哦，好啊，那你先把蛋糕和苹果还我，本来就没带你的份。"

学姐："你——"

叶橙真准备起身："走就走,不稀罕掺和你们的事。"

说着,她还偏头朝顾青李说："你看,他们不欢迎人,我们走吧。"

顾青李很配合地跟着站起来。

直到这时,一直未开口的站长才跳出来劝："好了好了,一人少说两句。那个廖洋,你去把东西扔了,准备干活了。"

叶橙见目的达到,不打扰他们排练。

离开前,她站在教室门口,示意顾青李把那只装了平安果的纸盒打开。

顾青李捏着纸盒,不明所以。

叶橙微微皱眉,看他动作:"你倒是打开啊,打开看看。"

顾青李打开才发现里面是一颗晶莹剔透的蛇果,和所有人的都不一样。

叶橙在准备时到底有私心,她和广播站那群人不熟,就放了普通的红富士。想到顾青李,叶橙是想着如果盒子够大,放颗榴梿直接砸死他算了,可转头却问水果店老板有没有新鲜个大且漂亮的苹果。

她也担心,会不会又是好心没好报。

但顾青李脸上有笑意,他的话很真诚:"谢谢。"

而那只蛇果,顾青李到底没舍得吃,就摆在书桌最显眼的地方。

演出很成功,虽说现场收音不太好,底下大部分观众虽连台词都没听见,叫声却没有停过。广播站光平均颜值就高出一大截,听觉有没有享受到不知道,至少视觉享受是做到了。

顾青李演出完没选择和他们去庆功宴聚餐,直接回了十七班。甚至有女生围过来祝贺他演出成功,顾青李问她们:"叶橙人呢?"

舞台地势高,有光扫过,底下观众能看得一清二楚。

班里没人知道叶橙去哪儿了,还是有同学提醒:"我看她好像往小操场那个方向走了。"

顾青李跑去小操场找了一圈都没找见人。

那天之后,顾青李才知道叶橙和俞微宁吵架了。叶橙连晚会都没看完,气到直接打车回了家。

要说吵架,两人从小到大架没少吵,别扭也闹过不少。可毕竟多年情谊摆在那儿,钟鹏一块约着去玩一圈,基本上气就消了,唯一的后遗症不过是下回会翻出来继续吵。

而这次,有积怨已久的因素,更多的是两人观念不合。

从国庆那次俞微宁领着叶橙远赴东城不难看出,俞微宁十分热衷于这种虚无缥缈的网络交友关系。

叶橙却不相信,好几次劝她别放那么多精力在和网友聊天上,俞微宁表面认同,背地里每晚都要聊到两三点。

事情败露在俞微宁又一次扯着叶橙见网友,说是这次就在隔壁三中,她们就过去坐坐。

叶橙眉眼已经隐隐可见不耐烦:"真的靠谱吗?"

俞微宁举手指和叶橙发誓:"靠谱靠谱,绝对靠谱。"

叶橙这才勉强答应在晚会前和俞微宁去一趟三中,前提就是在元旦晚会时必须要回来。

俞微宁自然清楚她是着急回来看薛陈周的话剧,一放学就把人拉走,比"OK"手势:"我明白,肯定能让你赶上薛二的节目。"

可两人在奶茶店坐到晚会快开场了,对方还没出现,叶橙催俞微宁问对方到底什么时候到的频率越来越高,最后直接撇下她离开。

"你自己玩吧,我不陪你玩了。"

和俞微宁吵架的直接后果就是,叶橙连假期都提不起劲出门,选择窝在书房。

顾青李几次路过,想进去看看,手握在门把上,又收回。

吴妈同样担心,叶橙中午都没下楼吃饭。吴妈衣服都换好,忙着出门,情急之下想起顾青李,往他手里塞了碗汤,交代:"小李,你上去看一眼,催她吃点东西。"

顾青李看着手里的瓷碗发愣。

房门是虚掩状态,顾青李连着敲了三声门,才推门进去。

第一眼,顾青李怀疑他来错地方了,叶橙人都不在这儿。

放下汤碗,他才看见叶橙藏在一堆抱枕底下睡着,隐约能听见细小的鼾声。亏他担心叶橙因为吵架的事情难受。

顾青李看着她睡着的模样,最后抱来一床毯子给她盖上,才掩门离开。

叶橙和俞微宁冷战足足持续了一周,刷新了冷战时长新纪录。

十七班众人也得以见识这对连体婴吵架的模样,明明是同桌,中间的距离隔得比银河都要宽。

叶橙要出去打水,拍拍俞微宁椅背,俞微宁不肯让。后桌看叶橙黑成锅底的脸色,立马拖着桌子往后拉:"您请,您请。"

课代表收英语习题卷,瞧见叶橙座位是空的,让俞微宁记得提醒叶橙第二节课上课前交过去。在叶橙从洗手间回来时,俞微宁笔尖一戳前桌后背,声音很大:"课代表让那个谁交试卷。"

前桌被骤然叫到,人也蒙了,看看两人,弱弱地问叶橙:"用不着我再说一遍了吧。"

叶橙鼻孔出气,在卷子上写上名字,哼一声离开。

几天下来,两人周围一圈人苦不堪言。

这甚至惊动了作为十七班调解员的班长，特意在大课间过来问她们两个要不要一起去小超市。

叶橙："我去。"

俞微宁："我不去。"

班长正要劝。

叶橙："那算了。"

俞微宁："走吧。"

实际上，余光瞥见那两人消失在后门，叶橙郁闷撇嘴，半张脸贴在课桌上，好一会儿都没起来。

顾青李跨过半个教室来找她，见她好半天都没起来的迹象，拉了拉她的头发。

叶橙立马很警惕地抬头："干吗？"在看清来人后，又趴下去，"哦……是你啊。"

顾青李见她失落的神情，一时间忘记要说什么，过了一会儿才开口："你和爷爷说一声，我今天不回去吃饭了。"

叶橙回头定定地看着他："你要去哪儿？"

"图书馆有个讲座，我报名了志愿者。"

"知道了。"叶橙很不感兴趣地趴了回去，专心看着窗外，没回头。

临近期末，课业越发繁重，假期可贵，这天放学，同学们散得更快。叶橙却慢吞吞地一本一本收拾课本，在学校都快走空了才踏出校门。

天更冷了，即使在北城生活了十来年，叶橙依旧厌恶这里太干太燥的冬天，捏着围巾一角，在脖子上又绕了一圈。

她太过心不在焉，居然坐过了站。

所幸就两站，叶橙脑袋低垂着跟着人流下车，有些茫然地看了圈四周，才开始找回家的路。

行人道有积雪，叶橙双脚并拢踩上去。如法炮制几次后，叶橙又觉得什么都不新鲜了。

她手欠，随手扯了一把路边的叶子，有雪落下来，落了她一身。

正当她拍拍头发抖雪时，有人帮忙把她帽檐上的雪拍落，叶橙看着突然出现在面前的女生，光看脸有些眼熟，又想不起来。

女生更拘谨，说话声都低到听不清："我也是十七班的。"

叶橙顿时有些尴尬，明明都快过去一学期了，她连班里同学都认不全。

叶橙只能打着哈哈过去："好巧。"

肖易遥当即热情起来："你也是走这条路回去吗，我们一起走吧。"

叶橙没想到女生看着怯怯，倒是挺自来熟。

但跟着走了几步，她想了起来："你脚好些了吗？"

肖易遥眼睛微微睁大一瞬，随即化成个很浅的笑容："好多了，上个礼拜还有点肿，这几天突然就好全了，托你的福。"

不怪叶橙想不起来，肖易遥在班里存在感实在是不高，游离在班级边缘，是在清点人数时才会发觉的那类人。

瘦小，有点黑，和人说话时总是细声细气。

叶橙唯一记得的可能就是肖易遥数学成绩很好，是老师常挂在嘴边的其中一位。

而叶橙和她的交集不过是有节体育课，叶橙去器材室还球拍，听见里间有微弱声响："有人吗？能不能帮帮我？"

叶橙看着被脚下杠铃绊倒，脚崴了下，坐在地上动弹不得的肖易遥，当即搀着人去了医务室。

肖易遥说："那次谢谢你啊，一直想找机会和你道谢。"

叶橙看着自己的雪地靴鞋尖，随口道："不用客气。"

再无话可说。

走到岔路口，肖易遥往右手边指了下方向："我往这边走，你呢？"

叶橙眯了眯眼，看着前方："哦，那我们不是一个方向。"

肖易遥顿了顿："那我走了，你路上小心。"

叶橙点头。

实际上，叶橙在原地立了半天，看着肖易遥小小的背影，在想事情。

肖易遥的棉服是浅色的，最简单的基础款，可明显不太合身，对她来说太大了，像偷穿了大人的衣服。叶橙又想起，班里后排那些男生提过，肖易遥家里是开网吧的。

叶橙终是在那道身影快消失在拐角处时，小跑着追上了肖易遥。

被叶橙叫住，她也震惊，很快回以温温柔柔的笑："你慢点说，怎么了？"

叶橙问："你家里是不是能上网？"

肖易遥微愣，随即点头。

在得到确切答案后，叶橙眼睛一眨不眨地看着她："我能去吗？"

后街，原名厚街，因城中村改造并入另一条街道而改名，是北城众多胡同巷子中再普通不过的一条。但叶橙日常活动范围其实很小，商场、商业街、剧院、体育场，出行都配备司机，目的地明确，从来没有因为路边的风景停留过。

这是和她的认知截然不同的一个世界，没有各大品牌的商标，没有带着微笑迎上来接过她手中行李的侍者。

既不冬暖，也不夏凉。

叶橙生怕在这里被人流冲散走丢，一路都是小心地跟在肖易遥身后，却又抵不住好奇，打量着头顶横七竖八的电线。

这里的楼房看得出来有些年头，路边饮品店都是些她从没听过的牌子。

没一会儿,叶橙就累了,正想问到底还有多久能到,肖易遥领着她走进其中一间店面:"到了。"

这是一家和叶橙印象里截然不同的网吧。

叶橙只去过几次钟鹏亲戚家开的电竞网咖,装潢漂亮,走的是赛博朋克科幻风,LED灯险些闪瞎人眼睛。但眼前这个灯光昏暗,充斥着键盘敲击声和咒骂声,还有一股浓重到散不掉的泡面味和烟味。

叶橙的鼻子皱了皱。

肖易遥似是早预想到她的反应:"这里有两层的,一楼人比较多,也比较乱。二楼好一点,我们上去吧。"

事实上,二楼也好不到哪里去,甚至叶橙闻着异味有点想吐。但地方是自己要来的,她硬生生忍住了。

跟着肖易遥进了房间,叶橙在门口嗅到了空气清新剂的味道,肖易遥顺势关上房门,将那阵喊打喊杀的动静隔绝在门外。

叶橙看着角落一张床铺,和一个很小的衣柜,不少衣服堆在桌上,后知后觉这应该是肖易遥的房间。

但太小了,叶橙很难想象有人就是在这样逼仄的环境中生活。

肖易遥先是给她倒了一杯水,又问她要不要坐坐。

叶橙看着那张她把衣服抱走,用衣袖擦了擦才算得上干净的椅子:"不了,你忙你的,不用管我。"

两人僵持了一会儿。

最终,叶橙看肖易遥在小到除了她们俩站不下更多人的狭小房间内转来转去,手上动作未停,不是把衣服叠好就是在摆弄课本,她开口说:"你能偷偷帮我在二楼开台机子吗?对了,你们这里有没有吃的?"网吧管理并不规范,叶橙是跟着肖易遥进来的,并没有登记信息。

她没吃晚饭,饿了。

肖易遥立马说:"有,有泡面,你要什么口味的?"

这对于叶橙来说是非常新奇的经历。

如果她没有坐过站,她现在应该已经吃过晚饭,在床上躺着,和钟鹏他们讨论寒假去向。

无非就那几个选项,滑雪、泡温泉或者看海。

但现在,叶橙在面前电脑屏幕映出的光亮中,静静等泡面泡开。

肖易遥又给她拿来两样东西,火腿肠和卤蛋,示意她可以放在面里一起吃。

叶橙趁她下楼去忙活,又打量了周围一圈。这里也不是完全待不下去,二楼确实相较一楼清静很多,人也少,肖易遥解释是因为二楼上网费比一楼一个小时高两块钱。

整间店就一个前台小妹,忙活不过来的时候,肖易遥会在楼下帮忙,登记信息，或者帮忙泡面、拿烟酒。

叶橙面前的泡面就是肖易遥弄的，她捏着调料包没反应过来，肖易遥已经把面端到她面前，露出个不好意思的笑容："你先吃，我楼下还有事，等闲下来再来找你。"

叶橙心情有些复杂，只能默默吃面。

她不敢告诉爷爷这件事，在报备行程时，捂着话筒，声音压低："我在外面和同学一起复习呢，今晚可能会晚点回去。"

叶于勤问："哪个同学？"

叶橙装作不耐烦，掩饰自己的心虚："还能有谁，班长啊，学委啊，就知道抓我们几个，说是要弄什么帮扶小组。行了，不和你说了，这里不方便说话。"

电话挂了，叶橙美滋滋地开机子玩游戏。

在家里时，她千辛万苦瞒着偷偷玩，好不容易有光明正大的机会，叶橙带着报复性心态一直玩到了晚上十点。

下楼时，热闹丝毫没有因为时间流逝而消减。

叶橙和肖易遥说明天她还会来。

肖易遥笑着点头："那我今天不熬夜了，明天换成白班等你过来。"

叶橙蹑手蹑脚回了家，叶于勤在家雷打不动九点半休息，叶橙担心的是吴妈起夜发现。

但她不过才放下心落了房间的锁，就有人来叩门，叶橙的心瞬间悬起："谁啊？"

"我。"

"你有什么事？"

顾青李缓了缓，是在思索怎么说才合适。

"爷爷晚上问了我几句话。"

叶橙一拍脑袋，她怎么把这事忘记了。

顾青李又道："你放心，我是顺着你的话说的，没有露馅，爷爷也没看出来。"

只一门之隔，叶橙抱着手里的外套，有片刻失神。

"谢谢你啊，顾青李。"

"不客气。"

但她依旧没有开门。

叶橙连着两天都是准时准点去肖易遥家里的网吧报到，比上学都积极。

她打着是为了期末考试努力，去市图书馆学习的借口。顾青李低头喝粥，保持沉默，他从来没有在市图书馆看见过叶橙。甚至叶橙拿他当借口一起出门，顾青李去公交车站，叶橙躲过了家里监控就朝相反方向走去。

可他没有资格过问叶橙的私事,同样他也清楚,按照叶橙的性子,不需要特意对他说明。

叶橙在网吧玩了一上午游戏,午饭是和肖易遥一起吃的,饭菜都是肖易遥做的,家常菜,不算精致,简简单单,但味道不错。

叶橙看愣了:"你好厉害。"不只是她,俞微宁、钟鹏他们都从未下过厨。

肖易遥羞涩一笑:"没你说的这么好,我们家里人都会做饭。你们不一样……其实我早听说过你们。"

叶橙想起来,问:"对了,你初中是哪个学校的?"

肖易遥如实说了,叶橙听了只觉得茫然。

肖易遥见她不吃了,把保鲜盒里的剩菜倒在一起,准备去冲一下。

"我说了……不是什么好学校的,就是北城底下一个小县城。"

叶橙便大概有些明白。

北城初高中升学的路径不少,统招、提前招、自主招生都有。师大附中作为市重点,一个名额就足够抢破头,而高中部最多的莫过于初中部直升上来的,众人在高一开学第一天,不仅没有初来乍到的拘谨,反而报到那天下午就已经约好出去玩。叶橙自己就是其中一员。

但也有北城底下各个地方成绩名列前茅的学生考进师大附中,他们面临的难题就是不适应教学环境,曾经在学校当龙头,在师大附中却成了凤尾,落差太大导致心理问题,叶橙就听说十班有个学生在期中考之后直接转学离开。

下午,或许是那阵玩游戏的新鲜劲过去了,加上叶橙觉得眼睛有些累,她兴致缺缺地点掉了网页。

独自发了一会儿愣后,叶橙下楼去找肖易遥:"有什么我可以帮忙的吗?"

肖易遥在清点货架上的货物,闻言停笔:"你怎么下来了,不玩电脑了吗?"

"有点无聊,想找点事情做。"

肖易遥笔头抵着脸颊想了一下,把纸笔递给她,指着纸上的地方道:"那你来登记吧,王哥等会儿也要来了,我得跟着卸货。很简单的,你数一下还剩多少东西,在这里填数字就好。"

确实不难,叶橙数得快,没一会儿就填好了。

叶橙循着肖易遥的方向看过去时,发现她正和几个五大三粗的男人一块从货车上搬一箱又一箱的矿泉水和可乐下来,她惊觉肖易遥看着虽瘦,力气却不小。

这次完全没有她能帮忙的地方。

叶橙看着地上的货物,喃喃问道:"真的不重吗?"

"还可以。习惯了,练着练着力气就大了。"肖易遥活动了一下关节,"对了,你要喝点东西吗?我请你喝。"

叶橙想起从前被人这么问起,她的选项是蓝色星空饮品、话梅冰柠可乐或是青提柠檬气泡水。但在这里,什么都没有,只有最普通的罐装百事可乐或是芬达。

她要了罐可乐就回了二楼,竟然从包里掏出拿来打掩护的试卷和习题册。

二楼人不多,就一两个人窝在皮椅里闲散看剧,抑或是热火朝天打枪战游戏。

叶橙自己都意外在这种环境下,她能静下心来看书,时间比她想象的要过得快。叶橙这天依旧是晚上十点才到家。

一来二去,叶橙在学校结伴下楼买东西,一起去洗手间的对象都成了肖易遥。

两人其实没什么共同话题。生活背景差距太大,圈子不重合,说来说去不过是后街和网吧的事情,诸如那只老是会跑来网吧讨食的流浪猫,和小地摊上过于便宜的发圈饰品。且叶橙无意在肖易遥面前提起她不熟悉的领域,两人相处还算和谐。

可看在俞微宁眼里,就成了赤裸裸的背叛。俞微宁表面云淡风轻,在目送叶橙又一次跟着肖易遥结伴去洗手间时,一掌拍在桌上,直接吓得前桌同学"啪"一声按断了一截自动铅笔芯。

俞微宁绕过中间的课桌去找顾青李。

在此之前,他们从未有过交流。

即使是主动搭讪,俞微宁也摆足了架子:"你知道我是谁吧?"

顾青李点头。

"我就直接问了,你不是和橙子住一块吗,应该知道她的动向吧,你知不知道她最近都在做些什么?"

顾青李:"不知道。"

俞微宁又是一掌拍在他桌上。

顾青李镇定异常,甚至抽空心算了个答案。

俞微宁哼哼:"那她怎么和那人认识的,才几天啊,就勾肩搭背的。"

顾青李继续:"不知道。"

俞微宁早有预料会是这个答案,边嘀嘀咕咕,边往外走:"算了,怎么什么都不知道,问你都是白瞎,我去问问薛二和钟鹏有没有头绪……"

顾青李看着那支被俞微宁震开的水笔,过了小半天才重新拿起。

期末考试前一周,学年课程早就全部学完,各科都进入冲刺复习。班主任宣布晚自习改成自愿参加,实际上当天晚上走读生全都收拾东西回家了。

叶橙也顺理成章,每晚在放学后直接跟着肖易遥回网吧。

但与游戏无关,她只是想找个地方看书。

不只是肖易遥,来上网的客人同样对叶橙在网吧学习的行为表示不解,嘀嘀咕咕,像在动物园看猴子。

叶橙对这些目光不理不睬，专心投入做题。

在第三天，肖易遥也加入她的队伍，两人并排复习。

叶橙也是在那时惊觉，和她狗啃一样的成绩对比，肖易遥虽在网吧忙里忙外，成绩却可以说是名列前茅。

这么一想，她更心塞，到家后直接脸朝下倒在床上，好半天都没起来。

顾青李在门外喊："吴妈分错了，有两件你的衣服叠到我这儿来了。"

叶橙人依旧没起来："你进来就是了，门没锁。"

顾青李看见她整个人呈"大"字瘫在床上，像只被抠掉电池的电子洋娃娃，视线一时不知道该往哪里放，在屋里转悠了一圈后，只敢落在墙角。

"衣服我放这儿了，你自己收进衣柜。"

叶橙骤然抬头："等会儿，我问你个问题。"

顾青李这才睨一眼她："你问。"

叶橙托着腮，若有所思："你有没有过那种时候，比如说看见别人成绩比你好，还比你会玩，会觉得不舒服。"

顾青李说："好像没有。"

叶橙迟疑："真的？就我一个人这么想？"

顾青李说："以前比我成绩好的不多。"

叶橙沉默，她就多余问。

在确定她没什么其他事后，顾青李退出房间。

但就在一瞬间，顾青李脸色突然变得凝重，他分明在她房间里闻见了很浓重的烟草味道。

离考试时间越来越近，叶橙更加疲累，自习课上都能打瞌睡。

俞微宁几次看她一张脸被室内的暖气烘得微红，眼睛紧闭，嘴唇微张，睫毛轻轻颤动。

其实就一句话的事情。

以前也是，总是神不知鬼不觉，推过来一本本子，上面写要不要一起去逛文具店，发现笔芯用完后递过来一支新的。

谁都没表态，谁都没主动开口。

俞微宁人也别扭，给叶橙买了一只抱枕，午休垫着睡或者拿来垫腰都舒服，却不好意思直接交出去，找顾青李转交。

顾青李头都没抬："你自己去。"

俞微宁一口气差点没提上来。

顾青李放学时特意留到最后一个走，留了点距离，亦步亦趋地跟在叶橙身后。

叶橙自然注意到他，某一时刻回头，干笑："你也这么晚呀。"

顾青李"嗯"了一声，走近了。

叶橙并不想和他一块走，拐进旁边一间便利店，装作买水的模样。但站在货架前犹豫半天，她就拿了一盒牛奶。

冰柜门一关，顾青李顺势问："就要这个吗？"

怎么还没走？叶橙呵呵两声，假装不知情："我以为你走了呢。"

顾青李没理她，自顾自接过她手里的东西，结完账，又让便利店的小哥帮忙撕开纸盒加热，才把热牛奶递回给她。叶橙捧着热牛奶，有一口没一口喝着，继续认真思索该怎么甩掉他。

但一路都像是被黏上，无论叶橙拐去哪个方向，在店里逗留多久，甚至在某家宠物店的橱窗外专心逗猫逗狗，一回头，顾青李就这么立在路旁。他穿着长款的黑色羽绒服，并没有很专心等人的样子。叶橙就是莫名有种感觉，好似今天不管她走到哪儿，只要回头就能看见人。

叶橙有些烦躁地扯了下头发。

这次她没理人，狠下心低头小跑两步跑远，就在她以为终于甩掉人时，帽子被拉了下，接着是那道再熟悉不过的声音："你要去哪儿？"

天冷，才跑过一段路，两人嘴边都有一团若隐若现的白雾。

叶橙更甚，喘着粗气，一句话断断续续："你跟着我干什么呀，不能乖乖回家吗？"

顾青李只是慢吞吞地道："要么带上我，要么……你晚归的事情就兜不住了。"

雪天行人不太多，大多都穿着厚重棉服，头戴毛线帽，步履匆匆。

叶橙简直难以置信她听见了什么："顾青李，你是在威胁我？"

顾青李因为这个字眼，不自觉就垂了眼："我没有。"又瞬间改口，"对，就是威胁。"

叶橙一时无言，看着顾青李，反应过来如果他在自己面前站直，她必须仰头才能看清他的脸。

而顾青李刚来北城那会儿，太瘦了，瘦到脸颊凹陷，手腕极细，衣服撑出薄薄的肩胛骨。吴妈手艺了得，反映在他身上就是养回了些肉，下颌线依旧清晰，带着少年特有的单薄。

叶橙放弃了："算了，你要跟就跟着吧。"

没走出两步，她又觉得不解气，愤愤回头，扯着顾青李的灰色围巾打了个死结："顾青李，你真烦人。"

叶橙到网吧时，肖易遥已经在忙活了。

前台姐姐晚上回家时不小心踩到冰滑了一跤，摔到了腰，需要静养。伤筋动骨一百天，尽管肖易遥和舅舅强调自己最近要期末考试，根本没时间看店，让他可以请个临时工顶上，舅舅却对肖易遥这个建议并不理睬。

"请什么请，请人不用钱啊？"他又是喝酒喝到凌晨，人不清醒，床边还有滚落一地的酒瓶，"本来开这个破店就赚不到钱，酒钱都赚不回来，请人？说的比唱的好听。"随后，翻了个身继续睡。

肖易遥看着躺在行军床上的中年男人，顿觉无力，默默把空酒瓶收好，掀开帘子走出去。

叶橙站在网吧门口和顾青李低声说话，见肖易遥总算出现，朝她招手："今天给我开两台机子，我还在路上买了饭，你要不要一起吃？"

肖易遥先是看看叶橙，她倒没有不记得顾青李，她不过是有些好奇，这两人在班里接触并不多，联系更是少之又少，怎么会在这时走到一起。

肖易遥依然只是笑得温和："好。"

顾青李跟着叶橙拐进后街，又跟着叶橙在网吧二楼坐下。他自然知道叶橙毛病不是一般的多，任性、肆意，喜欢与讨厌界限分明。但顾青李也是实在没想到她会愿意来这种地方，更是能在这种脏乱环境中泰然处之。

她总不能是网瘾太重，迷上上网了吧。

"你每天放学后就是来这里？"

叶橙摸摸鼻子，虽说这么说不完全对："你可以这么理解吧。"

顾青李更不解："这有什么好玩的？"

叶橙示意他开机。

顾青李没动。

开机键就在显示器旁，叶橙顺手帮他开了。

"是你非要跟过来的，我都说让你回家了，不理解算了。"

顾青李自觉说不过她，闭嘴了。

叶橙登上QQ，回了几条信息，才敲下回车键，瞥见顾青李没动："你没什么想玩的吗？这里的机子配置都蛮好的，打什么游戏都不卡。"

顾青李偏头看了她一眼，手规规矩矩搭在膝盖处，他当然知道瞒不过去。过了几秒，顾青李低声道："我不会。"

叶橙眼睛瞪大："不会什么？"

顾青李这回声音大了些："不会玩电脑。"

叶橙一句理所应当的"这都什么年代了，怎么可能有人不会玩电脑"正要脱口而出，在键盘上飞舞的手指停住了，像被人按下了暂停键。

来后街次数多了，她看过不少形形色色的人。

因为家里小孩要交学杂费骂骂咧咧的炒粉摊主，会趁老板不在偷着在门口抽烟的手机店小哥，一家好几口齐上阵，连年过六十的老人都穿行在桌椅间充当服务生的烧烤摊。

她想起不是家家户户都有电脑，也不是人人都理所应当拥有这项技能。

忽然，之前的事就有了解释。

比如被爷爷发现她偷玩家里电脑那次，不是顾青李不愿意替她说话，但凡爷爷让他操作一次，就全部露馅了。

叶橙一颗心像是被泡在酸水里，小心翼翼地看他脸色："对不起啊。"

顾青李却并不觉得这是什么丢人的事情，而且他也有错。

叶橙愧疚感更重，又瞬间恢复，语调上扬："不会怎么了，不会可以学啊，很简单的，我教你。

"你手机输入法用的是26键还是9键，如果是26键，打字学起来很快的。

"你手别抖啊，怎么手指这么僵，看着像鸡爪，能不能放松点。"

肖易遥拿着两罐饮料上二楼时，看见的就是这一幕。两人头靠得很近，时不时叶橙还会凑近纠正他的姿势。虽然顾青李全程不发一言，但肖易遥有种感觉，他和在学校里的冷漠模样不太一样。

肖易遥递给他们饮料，语气满是歉意："不好意思啊，最近员工请假了，挺忙的，没空招待你们。"

叶橙摆摆手表示不在意。

可努力一晚上的成果，不过是教会顾青李基本打字技巧和浏览网页。

从后街回东街胡同走大路要绕一圈，抄小路却很近，脚程大概十五分钟。叶橙尝试过打车，但这边实在是打车困难，出租车都不往这块走，小路太偏僻，有几盏路灯还在闪，明显不安全。叶橙次次都是一路默念着社会主义核心价值观，小跑着回去的。但有了顾青李跟着，叶橙可以半张脸埋在围巾里，慢悠悠走回去。

把顾青李拖下水这件事比叶橙想象的要简单得多，她再不用费尽心机在爷爷面前找晚归借口，对于顾青李，叶于勤向来是最放心的那个。她也不必再担心在网吧这种鱼龙混杂的地方，有通宵打游戏、晃晃悠悠起身，一身隔夜汗臭味道的男人路过，不怀好意地打量她。

顾青李学东西很快，没过几天叶橙就没东西教他了。

反倒是顾青李对打游戏逛论坛一概不感兴趣，叶橙好奇看过去他在做什么，发现他在搜数学卷才考完的类似例题的答案。

密密麻麻的公式和数字，叶橙光看一眼都觉得伤了眼睛。

考完试，叶橙看着班长在十七班班级群登记众人的寒假去向，有人就在北城，有人跟着父母回外省过年，突然想起问顾青李："你过年要回去吗？"

顾青李起初没听明白："回哪儿？"

"小镇啊，"叶橙解释，"大过年的，过年不是要和家里人一起过吗？"

叶橙并不清楚顾青李在小镇还有没有亲戚，他不说，她便没想着去问。

"我没有可以回去的地方了。"

在叶橙带着惊诧的目光中，顾青李重复了一遍："我在小镇没亲人了，所以回不回去都可以。"

叶橙不知道该怎么安慰他。

顾青李语气说不上多深刻，和称赞今天天气不错没什么差别。

叶橙不安分的手指在下巴点了半天才想出新的话题："你有微信吗？"

顾青李摇头。

那年，微信才流行没多久，界面干干净净，很简洁。在叶橙的带动下，俞微宁、钟鹏他们都注册了微信。

"手机给我。"

叶橙朝他伸手，而顾青李好似没有思考过，解锁后就递到了叶橙手上。

他连手机软件都不太多，叶橙低头摆弄一阵："我帮你注册一个吧，联系起来也方便。"

顾青李看着她动作，并未说什么。

叶橙注册好后就火速在他手机查找好友加上自己，看着好友界面就她一个，叶橙头都不抬地调侃了一句："哎，我发现我是你列表里的第一个联系人哎。"

顾青李听见，嘴角勾了勾，笑意又很快消失不见。

叶橙弄完才退出软件，锁屏，把手机还给他，继续对着电脑屏幕长吁短叹。

顾青李便问她："你怎么了？"

第一声，叶橙没听见，他清了清嗓子又问了一遍。

叶橙想说，但觉得他应该是不会懂，说没事，就这么揭了过去。

叶橙对后街失去了新鲜感，又不好意思对肖易遥明说，只说寒假她可能会比较忙，会很少过来。叶于勤给她找了个一对一的数学课外班，叶橙是一百个不愿意，可她也清楚她资质平平，如果不在课外下功夫，只怕成绩会更难看。

叶橙请肖易遥去网吧对面的饮品店喝果汁，光看价格就知道不可能是鲜榨的，尤其里面还包含牛油果、车厘子，以及一些非应季水果。

叶橙起初喝的时候带着些嫌弃，她自然清楚这都是色素勾兑和香精的味道，但莫名有点上瘾。这里的东西是到批发市场统一进货的，大老远拖回来，在未亮的晨曦中挂上铁网搭上木板，一一摆上，在冷风中，老板时而在屋里看电视，时而走出来招揽顾客。

叶橙不自觉地咬着吸管，问起肖易遥住在一楼里屋的那个人是谁。

肖易遥搅着饮料，冰块浮浮沉沉，与杯壁碰撞发出很轻的声响，她说："是我舅舅。"

叶橙撇嘴："舅舅？和你长得一点都不像。"

她见过一次，好凶。

肖易遥声音轻柔："他们也经常这么说。"

叶橙想起在肖易遥房间看见的那张照片，也是真的好奇："那你爸妈呢，我怎么好像一次都没有在这里见过他们。"

肖易遥一贯好脾气的笑这次才收住："他们在南方打工，不在北城。"

叶橙停顿时间长了些，抬头看天："我爸妈也很忙，我好像连他们的样子都忘记了。"

叶橙没忘记顾青李,走的时候给他打包了一杯百香果汁。看他口型就知道他要说自己不渴不用了,叶橙不由分说地把东西塞到他手里:"给你的东西你就拿着,磨磨叽叽的。"

两人走在回家的路上。

已经放假,叶橙自然没穿校服,大衣配小靴子,大衣是很浅的黄色,牛角扣,帽子上坠两颗毛茸茸的毛球,随着她的动作一跳一跳的。

顾青李看着离他最近的那颗毛球,心念一动,想伸手去抓,又在叶橙脚步放慢时及时收手:"怎么了?"

叶橙人站定,看了他半天,说:"这里的事情,你别和爷爷说。"

顾青李也不知道是不是他打小报告的形象太深入人心,正要解释,叶橙表情很认真:"嗯……不只是爷爷,俞微宁也不行,别人谁都不行,你别和任何人说。"

顾青李沉默了片刻,最终选择什么都不问:"知道了。"

许是他停顿的时间有点长,叶橙不信,非要在他面前伸小指头:"光说没依据,得拉钩,万一你真说出去了,知道后果吧?"

顾青李失笑,他是觉得幼稚,拉钩这种事都是他以前哄隔壁家一到饭点就上蹿下跳、不肯吃饭的小妹妹做的事情。

叶橙见他不动,已经默认他同意了,钩了下他的围巾。

"好了,这是我们之间的秘密了。"说完,叶橙便转身继续大步往前走,有冬日阳光在她浅黄色的衣服上跳跃。

他突然开始喜欢"我们"这个词。

Chapter 03
朋友

黑暗里，顾青李语焉不详，但又再笃定不过："会有很多人喜欢你的。"

"一定会的。"

夜风微凉，叶橙出于想透透气的原因开了一点窗，有风从缝隙迫不及待地钻进来。叶橙被冷得一激灵，更多的是有点不知道怎么回应他。

顾青李也在看着叶橙露出为难的表情时，低垂了眼，决定当作无事发生回包厢。

只是他才踏出一步，叶橙跟着转身："你等我一下，我和你一起去。"

顾青李路过薛陈周时瞥了他一眼，并没有出声打招呼。

在两人拐了个弯，彻底看不见薛陈周后，叶橙才松了口气。她小跑两步追上顾青李，方才听他声音都是哑的："你嗓子疼吗？"在饭桌上，她听见顾青李和许妄说话时，说两句话就要清一下喉咙，面前的茶杯空了又添上。

"感冒了吗？"

顾青李这才看向她，在注意到她脸色如常后，眉目间的冷淡这才松动些："嗯，可能。"

"别硬拖着，实在不行，上医院开点药吧。"她真诚建议，脸上的担忧不是假的。

"常有的事，吃点润喉糖就好了。"

话题又拐回来，顾青李直接一抬下巴提醒她："你们话说完了？跟我过来干吗？"

叶橙脸上流露出落寞的神色，又极快恢复正常。

"算了吧。"她本来就不想和薛陈周独处。

待回到包厢，许妄注意到两人出去一趟，叶橙就回到了以前聚餐时的状态，闷闷的不说话，也不怎么接茬。

众人准备离开转场去酒吧，叶橙把手机收进包里："我就不去了，你们去吧，我先走了。"

钟鹏哪里愿意放她走，他一米八的大高个，一身不掺水分的腱子肉，硬是扯着她的手臂撒娇。

叶橙被恶心得鸡皮疙瘩起一身，跑得更快，电梯按键被她按得啪啪响："你们好好玩，我有事先走了。"

顾青李见状，把外套拎在手里："我也回去了。"

饭馆门口，叶橙正在冷风中犹豫是打车还是让人来接，外套帽子就被人扣上了。她心下一惊，视线受阻，把帽子拎起来一些，看见是顾青李，才放下心来。

"走吧，送你回去。"

叶橙刚吃饱，脑子转得慢："为什么，许妄哥好不容易回来一趟，你不跟着他们一块去玩吗？"

"玩什么？"冲锋衣拉链拉到顶，刚好抵到喉结，他单手勾着指头把衣领往下拉了点，"打牌喝酒唱歌吗？没什么兴趣。"

叶橙"哦"了一声。想也是，以前精力足，她跟着钟鹏他们熬夜通宵都是常事。钟鹏念的是当地的警校，一周就周末能出来，常常是几人玩了个通宵，踏着晨露各自回学校。但现在，她只想趁休息时间好好补工作日没睡好的觉。

叶橙忍不住搓了搓脸，好让自己清醒点。

刚好被顾青李看见，他已经开始往停车场走了，问："累了？"

"没有。"

"昨晚几点睡的？"

叶橙本想随口扯句很早就睡了，但想到他但凡留心问小姑，透个底，什么实话都出来了，顿时觉得自己在他面前好像什么秘密都没了。

不禁有些挫败。

叶橙撇了撇嘴，选择老老实实说了句："早上五点。"

本以为顾青李要劝诫她熬夜的危害，结果他居然点了点头表示知道："实在困，在车上睡会儿。"

"嗯。"

到了车上，顾青李见她把外套脱了下来扔去后座，又长手一捞给捞回来了："盖着睡。"

叶橙倒真乖乖依言做了，顾青李又从门边储物盒里摸了一块糖给她。他去摸糖的时候，叶橙发现车里多了一些毛绒抱枕，还挂了挂件，不像上回坐他车时，车厢里冷冰冰的，像刚从4S店提回家的，都没什么人情味。

从那几日开始，叶橙发现小姑在家出现的次数越来越少，甚至两三天都看不见人。

好不容易撞见，还是叶橙在小区门口碰见顾青李那天，两人才打开门，小姑抱着只纸箱从房间里出来，看着一同回来的两人，顺嘴使唤了句："你俩一块回来的？小李，正好，我房间里还有个箱子，挺沉的。你搭把手，帮我拿出来。"

叶橙不明所以，看着那零零碎碎一箱子的化妆品，问："小姑你干吗？清库存吗？"

"收拾东西搬家啊。"

叶其蓁的语气再理所当然不过，看着纸箱里一堆面膜、护肤品、小样，和叶橙交代："这些是给你的，我公司那边流程都走完了，月底就能入职。"

消息来得太突然，叶橙好似被人凭空捶了下脑袋，好半晌，才跟着拨弄下箱子里的东西："这么快就要走吗？"

"不快了。"她都快在家里游手好闲一个月了，这次是经朋友介绍，公司正好有个职位空缺让她去试试，没想到真能面上。但看着叶橙精神恍惚的模样，叶其蓁拍了拍她的肩，"发什么愣呢？我是去上班的，又不是去上刑。"

"那你以后是要定居西城了吗？"

"没想好，不过大概率是。有点不想在这儿待着了，待了二十来年，换个环境挺好的。"

叶其蓁拨弄下长发，转移话题："行了，我不在，你千万看着点老爷子，有事记得给我打电话。"

叶橙闷闷地"嗯"了一声。

第二天晚上，顾青李照常热了一杯牛奶递给在客厅写稿子的叶橙，告诉叶橙他也要搬出去了，房子已经找好，两室一厅，就在三棱长街那块。

叶橙好似回到了以前的生活状态，早上急匆匆扎好头发出门，晚上拖着疲惫的身子按开门锁回家，进门时，看着黑压压，没有一丝光亮的客厅，她也没了兴致去开灯，选择直接上楼。

叶橙照常去办公室交选题的时候，季霄都注意到了她的异常，难得放下手里的工作，关心了一下下属的情绪问题，就是话依旧不太好听，板着冰块脸："别把个人情绪带进工作里。"

叶橙"哦"了一声，硬是挤出了个假模假样的笑。

"算了，你还是别笑了。"季霄看一眼就低头继续批阅文件，"丑死了。"

叶橙撇撇嘴，如果不是因为工作，她也不想在这儿。

季霄窝在皮椅里，眼角带着显而易见的疲倦，翻看资料却很认真。好半天，他突然一合文件，问叶橙唐教授最近有没有联系过她。

叶橙站得笔直，老老实实地说："没有。"

季霄仍是那张万年不变的扑克脸，然后淡漠地道："行，下周五有个行业会议，唐教授帮忙批下来的名额，你和我一块去。时间细节待会儿发到你邮箱。"

算是通知，没有拒绝余地。

叶橙第一反应："就我们？"

季霄冷冷地道："不然？要我八抬大轿请你去？"他又上下扫一眼叶橙，

看着她身上的衬衫牛仔裤，提醒她，"着装要求，纪律规矩，用不着我再给你强调一遍吧。"

叶橙忙点头，开门走了。

组里能抛头露面的名额很有限，一年到头就那么点，以往季霄都是带其他同事去。回想一下，她算是有些明白为什么这个名额会落在她头上。

叶橙捋了捋头发，照常回了工位。

小姑离开北城那天是周末。

小姑走得悄无声息，连叶橙提议要去机场送她，都被无情地拒绝了，说与其搞这些花里胡哨的，叶橙少惹老爷子生气上火比什么都强。

但在搭上去机场的网约车前，小姑把叶橙叫下楼，交代她以后一个人在家千万别靠近厨房，担心她把厨房炸了。

叶橙哭丧着脸："我哪有。"

"哪都有。"

叶其蓁最后抱了她一下，在叶橙耳边道了句："别等了。"

转眼城市设计会议当天，叶橙特意起了个大早，到报社楼下时，车已经在那儿等着了。

令叶橙意外的是，季霄居然一大早过来送他们，开的不是公司专用采访车，而是他自己的一辆黑色大众。

这么想着，叶橙人坐在车后排，更拘谨了，脊背挺直，双手放在膝盖上，完全小学生的坐姿。

正在调试设备的摄像大哥注意到她的异样，主动问她脚下的纸袋里是什么。

"咖啡，要喝吗？"叶橙秒接茬，抖落着纸袋。她在小程序上订了咖啡，整整齐齐四杯。

正好一人一杯。

摄像大哥不太客气地晃了晃纸杯："谢了，下回换我请你。"

坐在叶橙身侧的是组里另一位女记者，平时就不怎么和其他同事来往，性子有点傲。叶橙主动把杯子递到她手边，姜虞仍在专心低头回消息，当作没看见。

还是季霄从后视镜看向她："东西放下吧。"

叶橙这才手疾眼快地把最后一杯饮料放到中央扶手杯托位置。

车内安静，叶橙也不再东张西望，安安静静地坐在原位翻看资料。

季霄此前没带她出来过，到底不太放心叶橙，找位置停车时也没放她下车，趁着就他两人在，交代她待会儿别乱跑，别丢他的人。

叶橙直点头，左耳进右耳出。

季霄向来不照顾下属情绪，该骂就骂，表扬可能都是下辈子的事情，所

/ 085

以玻璃心是完全行不通的。

车停好，叶橙不忘很狗腿地绕了半圈车去给组长开门。

季霄挥了挥手示意不需要，同时冷冷地瞥了一眼叶橙："少做那些有的没的，你记录本呢？"

叶橙表情一僵。

"忘了？我就知道指望不上你。"

"脑子呢，不会也落在车里了吧，要我提醒你带上吗？"

叶橙只能灰溜溜地拉开后座车门，去拿被她落下的本子。

她在路上咖啡喝多了，临时出来找洗手间，回去的路上穿过会场的玻璃长廊。今天天气很好，阳光透过格窗肆无忌惮地洒在长廊上，将阴影均匀地分成一格一格。

叶橙在路过身旁的一盆绿植时碰到了傅连城。

傅连城来过春水湾一趟，是帮顾青李送一份报价表，三人一块吃了顿饭。叶橙对他印象不太深，傅连城叫住她。叶橙眯着眼睛辨认了好一会儿，才认出这是顾青李的同事："哦，是你啊。"

傅连城主要是不想进去和人打交道，能在这儿撞见叶橙，他再高兴不过。

"小姐姐，这么巧啊。"

明明一点也不巧。

两人随便聊了几句。会议准时准点开始，眼见着差不多到点，在门口闲聊的，抽烟的，都陆陆续续进来。媒体区摄像和录音已经准备就绪，叶橙也及时和傅连城告别，回到会场坐在季霄身侧。她要做的事情并不多，录音备份，配合摄像对准发言人演讲镜头。

还有时间，叶橙转了圈手里的中性笔，视线在会场转了一圈，没看见人。

傅连城后她一步进场，独自立在角落，有点孤立无援的模样。

叶橙视线正要移走，那个瞬间，看见傅连城眼睛亮了，在朝大门口挥手。

与此同时，她斜前方一直在找焦点的电视台媒体同行，几乎是瞬间稳稳对准了一个方向。

叶橙心下疑惑，跟着看过去。

先进来的是唐鹤松，穿了件深色中山装，头发梳得一丝不苟，看着比前几次见面更精神了。

唐教授身后几米，是跟着进门的顾青李。顾青李今天一身深色西装，一米八五的个头在这个会场简直是鹤立鸡群，他肩宽腰窄，瘦却不柴，换上正装后更显利落挺拔，眉眼出众，气质清冽干净，连头顶规规矩矩打下来的灯光都偏爱他。

头一次见他穿西装，感觉很不一样，叶橙看得眼睛一眨不眨。

而这刻，不仅是她，在场不少人同样在关注他的举动。

众目睽睽之下，年轻男人只是边挽袖口，边在媒体区扫了一圈，像是在找人。直至，他在一堆镜头和带点好奇探究的眼神中，精准和叶橙对上目光。

叶橙隐约能听见前排一个自打顾青李进场，镜头就牢牢锁定在他身上的小报记者激动地拍打身旁同事的手臂，像行走的人形弹幕："我没看错吧，他是在看我们这边吧，是吧，一定是吧。"

"天，他是在对我笑吗？这帅哥到底是什么来头啊，藏得也太深了吧，哪家单位的，怎么去年来的时候没见过？"

叶橙笑了声，觉得哪有这么夸张。而后，她又惊觉她这会儿到底在干吗，连忙拍了两下脸提醒自己回神，认真工作。

再抬头，顾青李早没往这边看了，只留一个干净利落的背影。

会议正式开始，嘈杂的会场安静下来，媒体区也开始忙碌。叶橙只感觉被周围一阵又一阵的快门声、纸张翻页声围绕。

怕错过重要消息，她把手机调成了振动模式。十点整，外套口袋里的手机振动了两声，直觉告诉她是顾青李的消息。

事实上，叶橙在看消息前多看了眼场内那个端正的后脑勺，一点都看不出来他在开小差。

她因为这隐秘的联系，莫名感到有些心虚。

顾青李是来问她今天中午有没有什么打算，没有的话可以跟着他们一起，唐鹤松已经订好了包厢。

媒体人员一般是食宿自理的，叶橙猜测可能是吃盒饭或者是去附近吃。她尽量把话说得委婉："不用了，你替我谢谢唐教授的好意。"

顾青李说："你自己下来和他说。"

叶橙无奈，她也不知道她哪里又惹到他了，说话这么不客气。

进场前，季霄提醒过她这次会议名额来之不易，话里意思再明显不过。答应下来后，面对身旁季霄的"死亡射线"，她忙把手机收好。

中午，叶橙在会场门口观望许久，确定组长一行人不会突然折返时，才按照约定去找人。

还是那条洒满阳光的长廊，叶橙找到人时，他们围成一圈，在说话。

或是场内温度偏高，即使在外场也有些热，顾青李就穿着里头一件单薄的白衬衫，下摆整整齐齐收进西裤，没打领带，扣子开了两颗，西服外套简简单单搭在臂弯。

见她出现在身后，顾青李仍在耐心地听前辈说话，只是把手上的外套顺手递给她。

叶橙简直一脑袋问号，她又不是什么酒店门童，凭什么替他拿衣服。

到底考虑有外人在，叶橙决定给他点面子，乖乖接过来抱在怀里。

衣服上好似还带着他的温度和味道，像淡淡沐浴露的味道，他好像从来不用乱七八糟的男士香水，身上的味道永远干干净净。

阳光很烈，叶橙被刺得眼睛睁不开，想偷偷往角落挪挪。这都被顾青李注意到,他直接把人拎回他身边,角度找得巧,高大影子正好把叶橙整个人罩在身下,又低声问了句:"饿不饿?"

叶橙看着他,可怜巴巴地点头,她早上就喝了杯咖啡。

接话的却是正和他们说话的那人:"那就不打扰你们去吃饭了,下回我让小符攒个局,我们几个一块喝点?"

把人送走后,他们几个松散下来,唐鹤松顺势看向叶橙,乐呵呵地瞥着他们旁若无人的小动作:"赶紧走吧,我也饿了。"

饭店距离会场只隔一条宽阔马路,吃饭的总共就他们四个,唐鹤松要的却是个大包,一张能容纳十人的圆桌稀稀拉拉坐着人。

落座后,有一瞬安静,很快就被唐鹤松弯着笑眼打破:"点单啊,你们几个愣着做什么。"

唐鹤松又面朝傅连城:"刚开会时不是就偷摸发了好几十条消息说饿了吗,吓得我还以为你师母查岗,这会儿你就没动静了。"

傅连城瞬间欢天喜地地拿过其中一本菜单。

待好不容易点好单,唐鹤松突然趁那两人跟着服务生去楼下挑鱼时,鬼鬼祟祟地凑过来:"小叶,你别介意啊,是不是我让小顾叫你过来,挺为难的。"

"没有没有。"叶橙依旧惦记着唐鹤松的人情,一本正经地道谢,"这次名额的事情得谢谢您。"

"一点小事,这有什么好谢的。"唐鹤松随意道,确定顾青李短时间不会回来,才压低声音和她打听,"小叶,问你点事,叶于勤叶院长是你什么人?"

叶橙诧异在这儿能听见她爷爷的大名,倒也没藏着掖着:"是我爷爷,怎么了?"

唐鹤松表情微妙了些,继续抛出个名字:"那航天六院的叶其河叶总师,是你父亲?"

叶橙弯着的嘴角一下子拉了下来,即使她不太愿意承认,但这是事实,点了点头。

"这么巧,您认识?"

"上个月在饭局上见过一次。"

顾青李和傅连城回来后,两人都默契地没再提这个话题,一顿饭悄然过去。

叶橙是计划着在组长回来前回到会场门口,完美解决需要解释她中午去哪儿了的问题。可就在她打算借着去洗手间的由头先离开时,顾青李看穿她的意图:"你想去哪儿?"

叶橙手背着,有点像做错事罚站的小学生,干笑两声:"我能去哪儿,我得回去了啊。"

"一块走。"

叶橙继续干笑:"不了吧,都不是一个方向。"

结果,顾青李人立在她面前,大约是被她躲闪加敷衍的态度气到了:"叶橙。"

被叫到的瞬间,叶橙仿佛梦回中学时代上课打瞌睡被老师点名回答问题,心下一惊。

但他说出的话却挺无奈:"和我认识,这么丢你人吗?"

她觉得这个问题不太好回答,摇头。

"那你躲什么?"

叶橙只能嗫嚅道:"太帅了。"

顾青李不太相信自己的耳朵:"什么?"

叶橙声音提上来了点,打量他的脸色,确定他不会因此生气,才重复一遍:"今天太帅了。"

于是,傅连城眉飞色舞和唐鹤松建议多批点经费团建被拒绝时,想让顾青李帮他说两句,遥遥注意到什么,问:"老大,你的耳朵怎么红了?"

顾青李头都没回:"太冷,冻的。"

傅连城看一眼头顶蓝得都快要碎掉的天空。叶橙却没怎么怀疑,甚至抬手捂了捂自己的耳朵试探温度:"好像是,风有点大,要不我们进去吧。"

下午的会议宽松很多,四点后是媒体自由采访时间。

前后几家小报和电台记者都开始单采,季霄早已和人约好,和摄像大哥举着设备下去了。而叶橙的任务是留在现场检查拍摄素材,正当她来回拉着进度条看录像时,傅连城悄无声息地坐在她身侧。

叶橙被吓了一跳,险些没拿稳相机:"你来干吗?"

傅连城老老实实地说:"老大说暂时没我什么事了,让我来给你帮忙。"说着,傅连城真的朝叶橙伸手,"说吧,有什么事要我做的。"

叶橙:"……没你什么事,你就在这儿待着吧。"

叶橙把素材来回看了一遍,才注意到傅连城真就没走,而是开着手机在玩游戏,最普通的俄罗斯方块。

这倒有些意外了,叶橙看着他的分数不断往上涨,突然问:"你今年多大了?"

傅连城认真地刷着游戏最高纪录分:"二十一。"

和叶橙想象的大差不差,但她蓦地想起个问题:"这么小啊?可是你不用上学吗?"

傅连城一脸理所应当:"我跳级上的大学,去年就硕士毕业了,还上什么学。"

叶橙一时哑然。她不太懂学霸的世界,看了一会儿傅连城玩游戏就觉得无聊,托腮看着不远处。顾青李刚应付完采访,身后又有人拍了下他的肩膀。

傅连城刚才说顾青李那块展板前快被人挤爆了,估计没一两个小时都抽不出身来。

叶橙并不意外,上午大会提过市里要主推青年领军人才计划,换作是她,也会优选上镜好看、贴合会议主题的采访对象。但她托腮看着,心里确实有点五味杂陈。

重逢又见他那会儿,叶橙以为他过得并不好。但现在顾青李面对黝黑镜头依旧淡定从容,眉眼疏离冷静,好似在镁光灯下待惯了,顿生一股说不出的距离感。仿佛是纸牌转过了另一面,那面是她并不熟悉的。

然后,叶橙看见顾青李朝她勾了勾手指。

叶橙以为自己看错了,没理,他又发来一条信息:过来下。

叶橙这才让傅连城帮她看着东西,拿着手机走过去。那阵陌生感依旧没散,她站在离顾青李社交距离开外的地方:"什么事?"

顾青李皱眉:"站那么远做什么,我又不会吃了你。"

叶橙只能不情不愿地走近,看见了之前远远见过一回的那位短发美女,明明留着狗啃刘海,但五官明艳又大气,硬生生驾驭住这款极容易显得土气的发型。

她今天穿了一身职业装,气场更足。

顾青李介绍人时并不废话,简单直接:"叶橙。

"这是肖易遥。"

叶橙听着这五个字消化了很久。她实在是很难将眼前的美女和高中时那个唯唯诺诺、温柔如水的女孩子联系起来。

肖易遥却已经朝她伸手,大大方方:"好久不见,叶橙。"

叶橙难以置信,依稀从她的五官辨认出从前,才确定下来:"真的是你?你变了好多。"

"你倒是没怎么变。"

也不知道是太过敏感或者其他,叶橙总觉得肖易遥这话有其他含义,可要细究,又像是伸手抓住了路过的风,不等抓紧就已经溜走。

肖易遥实在是变了太多,加上她从师大附中转走前,两人闹得并不愉快,叶橙一时无言,并不想和她谈太多。碰巧组长已经在叫她,寒暄两句,叶橙就离开了。

之后,叶橙坐在回程车上有些不安,几次偷偷看手机时间。

季霄冷冷问了句:"叶橙,你很赶时间吗?"

"没有,没有的事。"叶橙干笑。

这会儿过去是真的要迟到了,原定六点离开,会场门口却大堵车,堵到六点半才堪堪开出来。

叶橙在下一个路口朝季霄道:"您能在前边放我下去吗?我有别的事。"

季霄竟然没再多问什么,真放她下去了。

没过多久,一辆路虎揽胜停在路边,坐在驾驶座的小赵绕了半圈车,停在她面前开车门:"秦总等很久了。"

"我知道。"

小赵看着叶橙,出于好心,还是出声劝告:"小姐,秦总今天偏头痛发作,态度可能会不太好,你……"

叶橙说:"我知道。"

车厢宽阔,叶橙上车时,秦方兰还在合眼休息。

叶橙很长一段时间没有见过秦方兰了。上一次见面,还是叶橙到南城出差,秦方兰正好到南城转机,两人短暂碰面吃了顿饭。那次依旧不欢而散,五位数的一顿饭,两人一口未动,叶橙更是气得差点掀桌离开。

而今天,秦方兰因为来公司总部汇报,听说她在附近,顺带把她叫来。

叶橙反手把车门关上后,才规规矩矩地叫了声:"妈。"

叶橙自然认为秦方兰不可能是因为想她才把她找来,在她妈的字典里,几乎没有情绪字眼存在,秦方兰像个感情缺失的机器人。如她所料,秦方兰端起一杯咖啡,才面朝她:"和你一块的那个男的是谁?"

"你谈恋爱了。"是陈述句,并不是疑问句。

叶橙冷笑一声,不甘示弱,反唇相讥:"您又找人监视我?"

秦方兰不应,只顾在自己的频道自说自话:"我早和你说过吧,你这个年纪能够接触的男生大多不够成熟,无论是思想还是心智,那个男的是什么来头,什么背景,你们认识多久了,怎么认识的,你真的了解他吗?"

叶橙有些泄气:"不是谈恋爱,就是普通朋友。您见过的。"

秦方兰根本没记起来。

叶橙也并不指望她能想起来:"所以呢?妈,这很重要吗?如果我真谈恋爱了,您打算怎么办?要我说,您不如好人做到底,给他五百万让他离开您女儿。"

依旧是不太和谐的开场。

秦方兰也像是意识到自己先入为主误会了,转移话题:"要不要一起吃顿饭,我知道有间法餐馆离这里很近。"

叶橙低头,并不想和她一起吃:"我不饿。"

两人像模像样地聊了两句。

秦方兰问:"今天小赵去了趟花语苑,才发现都积灰了。怎么,你不喜欢吗?"

叶橙说:"有点远,住着不方便。"

秦方兰回:"那再给你买一套。"

叶橙:"不用了吧。"

秦方兰问:"你爷爷上个月打电话就说腰有些疼,最近应该去医院复查了吧?"

叶橙回:"嗯。"

秦方兰问:"还在原来那个什么报社?要我说,你当年就不该直接工作,保研、留学,哪一样不比你现在的生活强,你看看你现在都在干些什么。"

叶橙回:"哦。"

秦方兰拍案而起:"叶橙,你这是什么态度,我难道不是为了你好?我是管不了你,你但凡有点上进心,早着手准备出国材料和语言考试了,至于像现在这样整天浑浑噩噩混日子,你当你还是小孩叛逆期吗?"

这番话,叶橙不是第一次听了。

秦方兰和叶其河是大学同班同学,同为全国最高学府的优秀毕业生,都有着非常清晰的人生规划。学生时代一路保送过来,竞赛奖状和奖牌多到拿去垫桌角都不心疼。

两人都偏理智,爱情在生活中占比不多,能走到一起,更大的可能是因为习惯,从恋爱到结婚水到渠成。

甚至叶橙出生那年,两人依旧忙于工作,秦方兰生下她第三天就直飞欧洲见客户,第二年升公司亚太地区总代理,叶其河更是在她一岁时才抱过她一次。

可以说,叶橙几乎是家里保姆带大的。

第一任保姆是个才二十岁的女孩,做这行不久,对她很用心。叶橙至今都记得小阿姨会温柔地说童话故事哄她睡觉,直到小阿姨因为要回家结婚生子才离开。

而第二任保姆是个为人处世非常圆滑的大婶,秦方兰难得在家时,保姆会为她端上一碗燕盏。叶橙却一直很怕这个保姆。保姆不止一次光明正大地带她才上小学的儿子到家里住,那段时间家里冰箱都是空的,她想找吃的都难。

那男孩会把叶橙的手臂掐得青青紫紫一片,并且威胁她不许告诉别人,不然就把她的头发全部剪掉。在幼儿园,老师问起是怎么回事,叶橙只敢说是不小心在家里磕伤的。

直至某次保姆和儿子回老家吃酒席,有些事情耽误了,直接把叶橙忘在了家里。叶橙足足发了两天三夜的高烧,保姆因为担心叶橙醒来之后乱跑给她惹麻烦,门锁都是反锁的。在被人发现时,她已经高烧到40.6℃,奄奄一息直接被送进医院。

她做完全身检查后,家里人才发现,她发烧引发了右肺炎症,营养不良,左手手腕还有轻度骨裂。

因为这事,保姆被开除,秦方兰和叶其河也大吵一架,妥协的结果是处在异地状态的两人一人带孩子半年。

跟着叶其河时,他若忙起来基本没空管她。叶橙那会儿已经懂事,会往自己脖子上挂饭卡,抱着饭盒去家属院食堂打饭。

但轮到秦方兰，或许是觉得叶橙到读书年纪了，秦方兰几乎倾注了她所有的教育心血。

但或许叶橙真的资质平平，无论学什么，没有一项能达到秦方兰的期望，秦方兰的教育方式逐渐转为拔苗助长。

在叶橙七岁以前，她只能整天坐在书桌前，面对秦方兰给她一对一请的名师，身旁是两人高的书架。秦方兰有时会检查她的学习情况，发现她走神或者进度慢了，她要在外面罚站一个小时。

叶橙那时候年纪小，虽不太清楚秦方兰为什么要她这么做，但在她的小世界里，潜意识认为妈妈说什么都是对的。

直到她跟着父母回东街胡同看爷爷。

"姐姐，姐姐，你要吃糖吗？"跑到她面前的是家里哪个亲戚家的小孩，五六岁的模样，脸很圆，面色红润。

对比之下，动不动就被秦方兰罚不准吃晚饭，头发还被迫剪成齐肩短发不许留长的叶橙，瘦得就像根豆芽菜，风一刮就能吹走。

"不吃，妈妈不让我吃糖。"

"为什么啊？"

"对牙不好，牙齿会掉光的。"话是这么说，但天性如此，叶橙眼睛分明对零食有渴望，又不敢伸手。

"那我们去放烟花吧，我爸爸给我买了好多烟花。"

叶橙继续背着手，一本正经地摇头："不行，我奥数题还没做完，要做完才能睡觉。"

小孩完全听不明白："什么是奥数啊？"

叶橙故作老成地板着脸："你不懂的。"

大概是被问烦了，叶橙学着秦方兰总是和她说的那句话："你好笨，长大后只能去捡垃圾。"

而这一切，都被角落里的叶于勤看在眼里。

叶于勤问什么，叶橙就答了，小姑娘下巴瘦到只剩一点尖，一双圆圆的眼却清亮，看得人心生不忍。

"都是妈妈教的。"

之后不久，叶橙就被叶于勤接到了东街胡同。

后来长大一点，叶橙明白了父母态度的转变。站在金字塔尖的二人没办法接受一个天资有限，甚至可以说根本没什么天分的女儿，对她失望叠加，直至不闻不问。

叶橙到这里，都快接受自己的命运了，她确实不聪明，甚至可以说是笨，没什么大志向。

但她高考前和大学毕业前夕，秦方兰突然给她介绍了国外教授，如果她愿意，现在就可以把她送出国。

叶橙态度很坚决："我就想留在这里，我不想走。"

秦方兰太久没和这个小时候事事顺着她的女儿接触，仍以为叶橙是任她摆布的性子。

之后，秦方兰百忙之中抽出时间约了她几次，都被叶橙拒绝了。

待发觉谈话内容开始跑偏，叶橙也没什么耐心和秦方兰继续说下去，话不投机半句多。

秦方兰还在挑刺，不是嫌弃她太咸鱼没野心，就是觉得她对人太没防备心。

叶橙下意识地皱眉。

秦方兰觉得这时主动权还掌握在自己手里："你到底年纪小，接触的人太少，好了伤疤忘了疼。因为你高中那个同班同学，伤了腿进医院的事情就忘记了？识人不清，吃亏的都是你自己。"

叶橙不想听："好了，您别说了。"

秦方兰直接从手包里掏出薄薄一张纸，上面是顾青李的背调资料，甚至用回形针别了张近期的照片，看角度，还是偷拍的。

叶橙疲惫异常，随手把A4纸折好放进包里："妈，我可以回去了吗？今天真的很累。"

依旧是不欢而散，秦方兰直接上了小赵的车，大概觉得她是真的没救了。

反倒小赵关上车门前，遥遥看了叶橙一眼，犹豫着叫了声："秦总，您对小姐是不是……"

被秦方兰提醒一句："走。"

叶橙没有第一时间回家，而是打车到春水湾附近一家二十四小时便利店坐了坐。

她面前，是一碗就吃了两口的关东煮，萝卜块和海带结都冷了。

有人在门口进进出出，叶橙只是很麻木地托腮看着玻璃墙上反射的倒影，她依旧是白天参会的装扮，就是头发有点乱，柔柔地披在肩头。

最后，她拎着一塑料袋东西回了家。

大门在叶橙喝到第二罐啤酒时被打开，顾青李看客厅没开灯，以为叶橙今天有事没回家，"啪"的一声开了灯。

叶橙整个人窝在沙发里，看见他时微微愣神，想叫人，下一秒顾青李又关了灯。他换了衣服，黑色冲锋衣配工装裤，好似又回到了叶橙无比熟悉的模样。

"我回来拿点东西。"

顾青李早在一周前就开始陆陆续续搬东西，东西不多，没找搬家公司，他自己一点一点往外清已经足够。

不出意外，今天应该是最后一趟，一是为了取东西，二是打算离开时把大门密码锁的指纹清一下。

叶橙应了一声,没说话。

等顾青李拿了东西下来,叶橙已经喝空一罐,又拉开另一罐的拉环。顾青李从她身后夺过啤酒举高。

叶橙没理,反正脚下有小半打啤酒,总不愁没得喝。

借着落地窗外薄得像纱的月光,顾青李单手拎着那罐酒凑近,打量她的神情:"你不高兴?"

叶橙这会儿根本没有心思和他开玩笑,也没顾得上看他:"你房子找好了吗?小心别被骗。"

顾青李摸摸鼻子,猜她情绪从何而来。

半晌,无果。

顾青李只好在她身边坐下,两人一人占了沙发一头,叶橙主动伸长手朝他举着酒:"要碰一个吗?"

顾青李沉默无声地和她碰了碰易拉罐沿。

半打啤酒,很快被消耗完。

她手指抠在最后一罐拉环上时,顾青李终于拦下:"别喝了。"对上她一双眼后,他又收回了手。

叶橙是浑然不觉,但真没喝了,而是把酒搁在矮几上,整个人蜷成一团,下巴抵在膝盖上。好半天,她才小声嘀咕了句:"顾青李,我有点困了。"

他把最后一口酒喝完,随手放在那堆空罐子里:"那就去睡。"

叶橙努力眨了眨眼保持清醒:"我现在睡不着。"

"那待会儿再睡。"

她又说:"但我好困。"

就在顾青李以为他们这种毫无意义的对话会车轱辘来回好几遍时,叶橙忽而问:"你说,我是不是一直都挺不讨人喜欢的。脾气差,又笨,做什么都做不好。"

顾青李刚想反驳,她声音更低:"不然怎么会连我爸妈都不喜欢我。"

"因为我是在他们的期待下出生,却没有按照他们期待的路线长大。我没有拿小学奥数竞赛第一名,没有拿英语演讲比赛第一名,没有入选'丘成桐人才培养计划',没有事事都顺着她心意,没有和什么什么总的儿子搞好关系。可是我真的很讨厌说话时会流鼻涕喷口水的男生。"

"也可能根本没有期待吧,我不知道。"

"不过没关系,他们不喜欢我,我也不喜欢他们。"

顾青李看见她在沙发上缩成小小一团,似是真的累极。

他没有接茬。

"算了,太晚了,你回去吧。"叶橙也觉得自己今天晚上说多了,平白无故给人添麻烦。

黑暗里，叶橙瞥见他似乎往自己的方向挪动，接着脑袋被人揉了下。顾青李语焉不详，但又再笃定不过："会有很多人喜欢你的。"

"一定会的。"

凌晨两点，顾青李终归没走。叶橙靠在沙发扶手上睡着了，依然蜷成一团，没什么安全感的模样。

第二天，谁都没有提起这件事。

叶橙也忘了自己是怎么从床上醒来的，洗了个澡后下楼，发现岛台上摆着早饭，最简单的煎蛋配烤好的吐司片，煎蛋圆滚滚的。

顾青李恰好从阳台推门进来，见了她，只是淡淡提醒道："醒了？吃早饭吧。"

叶橙头发未干，湿漉漉地搭在肩头，两人对坐着吃了一顿非常沉默的早饭。

当晚，叶橙照常加班，回家后发现顾青李正好把最后一盘凉菜端出来，问她要不要一起吃点。

她其实在报社和同事吃过晚饭了，但看着桌上的饭菜，犹豫了下，决定坐下来喝一碗汤，结果还是不小心吃撑了。

叶橙渐渐习惯了家里有另外一个人存在，晚上睡前会问顾青李房门有没有反锁，出差或者加班也会记得在冰箱上留字条。

也是某个周末，叶橙在客厅安安静静看书时，余光瞥见有道身影闪过，她把人叫住。

"顾青李。"

顾青李应声回头。

叶橙停了一下，随后慢慢道："你搬到一楼住吧。"

叶橙去过阁楼几次，那时阁楼还是小姑的杂物间，堆了她用不着的化妆台、全身镜，甚至还有一台落了灰的电子琴。唯一的好处就是有一面天窗，躺下就能看见窗外的风景，下雨还能听见淅淅的落雨声。

叶橙自告奋勇，说是要陪顾青李一起收拾东西，实际上进去才发现他东西并不多，或许是搬出去一次又搬回来的缘故，两只箱子都有空余。

叶橙不方便看他的衣柜，便主动去抱书，一沓书抱在怀里，又被顾青李拦下，给她塞了两本打发她下楼。

叶橙觉得他瞧不起人，正要反驳，顾青李已经把地上的箱子抱了起来，衬衫袖子高高挽起。

她也是这时才发现他瘦归瘦，青筋从手臂蔓延到手背，很明显，视线被顾青李手腕上的一抹红吸引。

研讨会时叶橙就发现了，顾青李穿一身剪裁合身的西装，全身上下一水的黑白色调，没半点其他颜色，看着冷淡疏离，不好亲近。

他解开白衬衫袖扣，整整齐齐叠起至小臂时，居然很反差地戴了根红绳，还是戴褪色的那种。

可能是挺重要的人送的吧，叶橙想。

好不容易归置好东西，两人坐下来谈了一会儿。

依然是那张沙发，一人占了一头，但这次叶橙是盘腿和顾青李面对面坐着的，对着平板界面上从网上搜来的合住攻略和心得，一本正经地和他讨论细节。

顾青李很少见她这种表情，不由得失笑，又硬生生忍住了。

结果正好被叶橙看见，她有点莫名其妙，看一眼身上成套的睡衣，又以为他是对她的话不满。

"笑什么笑，你不想负责卫生，有意见？"

"没，我在听，你继续说。"

"那这样，水费、电费平摊，不过我看你平时不常在家，会不会觉得吃亏，你有什么建议也可以直接和我提。"

"平摊，我都可以。"

"我平时回家的时间不定，可能会很晚，我会注意不发出动静不打电话，以免影响你休息，可以吗？"

"可以。"

说完，叶橙手里的笔头戳着右半边脸颊，继续补充："剩下的好像就没什么了……对了，如果你要带朋友回家，最好提前和我说一声，别不打招呼就把人领家里来，特别是女朋友。"

"当然，我也一样。"

顾青李低头看着她，语气不自觉变得正经："好。"

"那先这样，以后有什么其他问题再说。"

不过，那天之后，明明同住在一个屋檐下，两人却连碰面的机会都不太多。

顾青李每天很早离开，叶橙则是选择踩点上班，提前二十分钟起床，每天边扎头发边小跑着出门。她晚上有时需要加班回来晚，顾青李也早已进了房间，基本碰不上面。

叶橙想起来自己还有个室友，是有时岛台上出现热牛奶和水煮蛋、三明治之类的早饭，盘子底下压着字条，解释是做多了，反正开了火，饭菜、饮料都是 AA 的，可以分她一点。

午夜时分起来喝水时，她会发现一楼房间门缝还透着一丝光亮。

接下来几天，叶橙难得没加班，稿子都很痛快地通过了。

叶橙顺利跟着顾青李蹭了顿饭，作为报答，她饭后洗了碗——具体操作是把碟子一个个放进洗碗机，又一个个取出来放进柜子里。

周五是组里一月一次的聚餐。原本是约好饭店、KTV 一条龙，但有同事提议，有家大排档的小龙虾做得不错，对此没人有异议，瞬间敲定。

大排档开在湖边，春天到了，冰消雪融，湖边一排绿油油的垂柳，叶片轻扫平静无澜的湖面，荡起一圈又一圈的涟漪。

点好单的同一时间，环湖一圈路灯亮了起来，像魔术师打了个响指，橘黄色灯光暖融融的。

因为室内被挤满，桌椅一直摆到湖边。

以前季霄不参与这类聚会，只交代句聚完早点回去注意安全，就继续看电脑。故而这次，服务生收走菜单，几人在圆桌旁围成一圈，你看我我看你，谁都不敢先开口说话。

还是在端上第一盆蒜香小龙虾后，气氛才活跃开。

可有些人就是天生气场不对盘，齐蕊不太喜欢姜虞和梁颖菲，叶橙也察觉到了，把一次性手套递给齐蕊："吃吧，不早在办公室就说饿了吗？"

又一扭头，叶橙变换脸色，恭恭敬敬地给季霄递上手套，心里不忘腹诽他今天吃错了什么药，不仅在她和齐蕊等同事车时直接截和，还因为停车场门口堵了会儿，三人来晚，就剩下角落的座位，被迫挤在一起。

"您要喝饮料吗？"叶橙握着易拉罐，自认体贴入微，俗称狗腿子。

结果，季霄皱眉叫了遍她的名字："叶橙。"

叶橙："啊？"

"我很老吗，还是嘴坏了，不会说'你'字？"

那当然不是这个意思，叶橙不由得多想了些。

季霄来组里前，众人都在猜测替代前任组长——那位"佛"到每天不是举洒水壶在办公室转悠，就是和他们热烈讨论养生及养猫猫狗狗心得的中年男人的新组长会是什么类型。

结果意外年轻，也意外不好相处。

不过二十七八的年纪，却做事老练、不苟言笑，堪比刚毕业就有着十年工作经验的老油条。

叶橙忙摆手，说哪有哪有，还是把饮料给他放下了。

在蒜香小龙虾和冰啤酒的加持下，气氛不算差。中途，叶橙沾了一手汤汁，怎么擦都擦不干净那阵味道，去了趟洗手间洗手，边甩手边出来，结果在门口撞见了人。

是薛陈周。

他轮廓干净利落，穿着成套白色运动服，稍稍偏了下头，山根很高，架一副薄薄的眼镜。

他同样看见了她。

这下，叶橙不好装作没看见，走过去："这么巧？你也在这儿吃饭。"

"不是。"薛陈周动作略微顿了下，还是举起手里的塑料袋示意，"是云栀突然想吃这家的小龙虾了，托我来买。"

一瞬间，两人默契到谁都没有说话。

这里离市三院确实很近，常有病人在湖边散心，春风拂柳，阳光融融。

叶橙觉得脑海里仿佛有两只黑白小人在打架。一只说着"哪壶不开提哪壶，你还真是会找话题"，给对方一拳；另一只不甘示弱，叫嚣着"你不也忘了薛陈周从不来这种地方"回击。

也是，太久了，她都快忘了，薛陈周向来不吃这种路边摊。

薛陈周自小洁癖严重，在公园长椅歇脚都要用手帕纸沾酒精来回擦一遍才肯坐下，在春不晚吃饭，饭前都得叫侍者专门把餐具烫一遍。

师大附中门口有着周边一圈学校的学生都艳羡不已的美食街，两人常有分歧。一般都是叶橙妥协，她眼巴巴嗅着食物香气，乖乖跟着薛陈周回胡同。甚至在某次俞微宁加入时，叶橙义正词严地拒绝她去吃校门口那家羊杂粉的邀请，还语重心长地教育她要注意饮食卫生。

俞微宁当时看叶橙的眼神就不对了，即使事后得知缘由，她也真诚劝过叶橙没必要为了薛陈周改变自己。

叶橙只是晃荡着小腿，翻着搭在腿间的漫画书，嘴里咬着薛陈周买的薄荷糖，语气轻快："我也不想啊，可谁让我崇拜他。"

俞微宁被她的话激出了一身鸡皮疙瘩："你少恶心我。"

叶橙只是看着她笑，十几岁的少女，青春正好。只要一个动作一个眼神就能让她在睡前反复琢磨好久，梦里都冒着粉红色泡泡。

而薛陈周现在做的也没有错，不过是一个因为女朋友嘴馋，跑过来买小龙虾，尽职尽责的最佳男友。

叶橙勉强挤出个笑，指着不远处解释："我和同事来这儿聚餐。"

话音刚落，薛陈周的手机页面弹出"支付成功"字样。

"那行，你们好好玩，我先走了。"

叶橙是心不在焉地回到座位上的。

没等她拿起筷子，姜虞神情微妙，朝着叶橙先问了句："叶橙，你认识小薛医生啊？"

叶橙随手抽了两张纸擦面前的污渍："认识。"

梁颖菲也扭头："姜姜，小薛医生是谁啊？"

姜虞声音掐得刚刚好，一桌人都能听见的分贝："之前和市三院肿瘤科的柳主任吃饭时见过一次，三院最年轻的主治医师，我现在还有他的微信。"

梁颖菲面露惊喜："真的？医生？还这么帅，年轻有为啊。"

姜虞说："是啊，听说家世背景都不错，医院高层都很看重他，前途无量。"

梁颖菲捅了捅姜虞的胳膊肘："姜姜，那他还单独加你微信呢，不然另外找个时间，约出来试试。"

姜虞的话也不知道是说给谁听的："不了吧，就是为了方便工作联系加的。而且人家硬件条件好，早有女朋友了，女朋友很漂亮，两人感情很好，郎才女貌。"

梁颖菲:"啊,我就知道,帅哥果然都英年早婚……"

齐蕊的关注点则和她们不太一样,凑近小声问叶橙:"不只是邻居吧?"

叶橙在低头剥虾,觉得店家辣子一定是放多了,面无表情地把剥好的一只虾扔她面前:"吃你的东西,少说话。"

齐蕊不依不饶:"说说呗,我又不告诉别人。"

叶橙声音很闷:"你想听什么,八卦吗?没听见吗,人家有女朋友了,感情很好。"

齐蕊看叶橙真不高兴了,瞬间噤声,也没敢继续问下去。

季霄见叶橙带着些杀气把手边的一罐啤酒拖过去,也没敢提醒她。

那是他的酒。

圆桌中间几盘小龙虾被干掉大半,梁颖菲叫来服务生加菜,结果来点单的刚好就是老板本人,梁颖菲熟络招呼,示意自己这回可是给足了他面子,特意带同事来吃,别忘了打折的事。

"一定,八折?行行行,七折行了吧,再折下去要亏大发了。"

叶橙其实这晚没怎么喝,反倒是齐蕊喝得多。或许是不喝白不喝,或许是齐蕊临近毕业季,难免触景生情,在和叶橙哭诉毕业即失业,且面临异地恋风险,可能加一条毕业即分手。

"我想留在这里,他说想回家,我也不是说非要决定他的未来,但是两个地方搭高铁都要四个小时呢,我不想异地恋……"

一句话,灌一口酒。

叶橙只觉得头脑清醒异常:"不喜欢就分。"

齐蕊不哭了,抱着啤酒罐满眼泪花地看着她:"不是说劝和不劝分的吗?你怎么这样。"

叶橙只是把她面前的啤酒收走:"你还是少喝点吧,别都喝进脑子里。"

众人吃饱,大多都喝了酒,没有在办公室时气氛压抑拘束,有些甚至趴下呼呼大睡。

有人叫来老板结账,老板却笑呵呵地说他们这桌的钱都付过了。

众人齐声问:"谁付的?"

"市三院的薛医生啊。"老板显然和薛陈周相识,"就你们说完打折的事情后,发消息过来说你们这桌饭钱都挂他账上。"他眼神在一桌几个女生间扫了圈,"叶橙?你们谁是叶橙,小薛医生挺担心你,说让我一定得看着你上车,不然他待会儿亲自来送。"

叶橙顿觉头皮发麻,只能和老板举手示意说:"我是,等会儿吧,我先送我朋友走。"

在姜虞几人的目光中,叶橙先是确定齐蕊已经让她男友来接人,又伸手朝老板要了两瓶酒。

不喝白不喝,反正有"冤大头"给钱。

老板看她脸色，确定她没喝多后，问："白的还是啤的，什么价位的？"

叶橙说："最贵的。"

此时天色不早了，有同事叫了代驾回报社继续工作，也有人喝到站起来都难，靠人搀着才打车离开。

不知不觉，就剩下蜷在座位上的齐蕊。

叶橙有一口没一口地灌着酒，看着齐蕊的男朋友在十分钟后匆匆赶来，乍暖还寒的春天，能看见他额头上细细密密的汗。

"真不好意思，她喝多了没闹事吧，我现在就带她走。"

他第一眼看上去普通，没什么辨识度，多看一阵，才看出来清秀。

在齐蕊哼哼唧唧一阵撒娇后，他把齐蕊手臂绕一圈在脖间，搀着离开，还很有眼力见儿，一口一个姐姐："谢谢姐姐，麻烦姐姐了，姐姐再见。"

叶橙和他们告别后，又独自把剩下的酒全清了。老板隔老远看得心惊胆战，在叶橙开最后一瓶酒时拦下，提醒她："哎，姑娘，这可就剩你一个人了，你要是喝多了我怎么管。"

叶橙不太满意地把酒瓶抢回来，脸有点红："我叫朋友来接了。"

老板狐疑，忧心她在说胡话："真叫了？"

"叫了。"

大排档人声鼎沸，到处都有人在侃大山，桌上堆着食物残渣，背景是炒菜溢出的淡淡白烟，平白为静谧无声、冷清到仿佛能听见露水滴落的声音的湖边添了几分人间烟火气。

叶橙独自一人坐在角落，手里紧紧抱着她的那只链条包，就是脑袋一点一点的，差点没坐着睡过去。

接到电话就火速赶来的顾青李蹲在她面前，叫了她好几声。

叶橙这才抬头看他，缓缓笑了："你来了呀。"

顾青李微微皱眉："你这是喝了多少？"

叶橙闻言，不笑了。

顾青李刚要问这是怎么了，她紧紧抱着包，声音很低："顾青李，我好难受。"

季霄不认识顾青李，独自守了叶橙一阵，发现她即使喝醉都守口如瓶，什么都不肯说，只能等着。他才进里间洗个手的工夫，就看见叶橙身边多了个人，还以为是趁女孩酒醉不怀好意接近的小混混。他刚要赶人，就听见叶橙脑袋抵在那人肩膀上说出这一句。

看着两人脑袋挨在一块的模样，季霄多问了句："你和她什么关系？"

顾青李单手握着叶橙单薄的肩膀，都没拿正眼看季霄一眼。

"朋友。"

"有证据吗？"

顾青李不太耐烦，按了串号码，而后叶橙的手机铃声响起："够了吗？"

季霄敏锐地察觉到他语气不善，淡声提议："你开车过来的？停车场离这里有点远，如果你觉得人重的话可以……"

一句话说了一半，顾青李已经直接脱下身上的外套罩在叶橙身上。她今天穿了裙子，稍有不慎就会走光，顾青李特意把衣服捋平，才捞起她双腿直接把人打横抱起。

季霄被噎了下，细看才发现这人有些眼熟，就是忘记在什么场合见过。

待车开回春水湾，顾青李背着她回家。此时叶橙已经完全放下戒心，可能也是真的太困加喝多了，呼吸打在他颈间，毛毛的，有点痒。

偏偏他还得应付她半梦半醒间的呓语："顾青李，我重吗？"

"不重。"

"我今天其实喝得不多的，就喝了一点点。"

是"亿"点点吧，他想。

但他还是很照顾她的面子："我知道。"

叶橙没头没尾地问了句："顾青李，今天晚上，天上有星星吗？"

其实没有，万里无云，北城空气质量向来堪忧。他莫名想起了那个他长大的小镇，临川倒是有很多星星，夜空极美，像在夜幕洒了一大把闪亮钻石。

那样美的夜空，从他离开后就再没见过了。

顾青李脸不红心不跳："有。"

最后她说的是："你身上好香哦。"

客厅没开灯，顾青李到家后把人放在沙发上，随手扯了条毯子给叶橙盖上后就一直保持着同一个姿势。

他牢牢地、一动不动地盯着她。

半响，他才头往后仰，黑暗中徒留一声叹息。

叶橙在半夜两点时醒来过一次，是被渴醒的，结果起身太猛，有点想吐，抱着马桶干呕了半天，没吐出来。

她撑在洗手台上看着镜中的自己，面容憔悴，眼里有淡淡的红血丝。

就着冷水漱了漱口后，叶橙缓慢反应过来这是在她房间。

等会儿，她是怎么回来的？

断片太严重，叶橙拍着脑袋想了半天，只能想起来貌似是顾青李送她回来的，具体细节已经忘记了。

她索性不管，头依旧有点晕，便拉开阳台门透气。

夜风凉得像水。叶橙独自看着远处亮着灯的高楼，她曾在某个跨年夜搭晚班飞机回北城，从万米高空看下来，高楼大厦的灯光连成彩色光带，流光溢彩，却像隔着道玻璃橱窗，冷冰冰没什么人情味。

她拢紧了身上的衣服，打算转身回房，却听见开盖声，接着一声清脆的打火机打火声。她左右望了望，正好看见一楼阳台，顾青李咬着烟头，抬手虚拢着火焰点烟。

烟雾轻轻散开,顾青李低垂着眉眼磕了下手上的烟灰,整个人像是被笼在一层烟雾中。明明很近,却感觉离得极远。

看着顾青李沉在烟雾中的模样,叶橙心口一室,竟莫名有种没有认识过他的错觉。

他身上依然是那件常穿的黑色套头卫衣,但整个人看起来消沉又颓靡。

她从来不知道顾青李有抽烟的习惯。

或许是她的目光太大胆直白,一点不躲闪,顾青李感受到有视线停留,也看了过来。

静默几秒。

大约是意识到了这个样子不太合适,顾青李捏着抽剩的下半截烟藏在身侧。没一会儿,他干脆直接掐了,那烟雾很快随风散去,顾青李又借着两处角度差往后退,背贴着身后阳台推拉门,退到叶橙看不见他的地方。

全程没有出声说过一句话。

叶橙人蹲坐在楼梯上,看着一楼那扇紧闭的房门许久,终究没敲门。

门还是从里面被打开,顾青李看着蜷成一团的她,只是略略扫了一眼,并没理。

叶橙跟上去,看着他从冰箱里拎出瓶矿泉水,直接拧开润了润喉咙。离近了,她嗅到他身上确实有很淡的烟草味。

她想问些什么,开口却成了:"顾青李。"

冰箱门被缓缓合上,厨房最后一丝光亮消失,但叶橙知道他确实在看她。

叶橙理直气壮:"我饿了。"

好半天,她似乎清楚地听见他笑了一声。

"去开灯。"他说。

冰箱里剩的食材不多,只够做碗鸡蛋面。莹白面条下窝一只煎得金黄、吸足了汤汁的荷包蛋,放一把碧绿青菜,几点香油。

顾青李把面端到她面前:"我回房了,你吃完自己洗碗,或者留着我明天早上洗。"

他说完就走,一点情面都不给。

叶橙只好继续硬着头皮道:"不行,你煮太多了,我一个人吃不完。"

顾青李真又倒回厨房,拿了一个小碗摆在她面前:"你自己看着夹,能吃多少吃多少,剩下的匀给我。"

知道被看见了,顾青李也懒得装,叶橙就看着他这么三下五除二吃完碗里的食物,剩下的时间都在无聊地把玩手里的打火机。

叶橙吃东西很慢,看看剩一半的面,又看看他。

吃累了,她放下筷子,起了个话题:"打火机挺好看的。"

"嗯。"

她试探:"什么时候买的?"

"前年。"

"你给我看一眼。"

打火机外壳是金属的,好似还带着他身上的体温,叶橙翻看了两眼,觉得没什么好看的,又双手递上还给他。

顾青李把打火机收了起来。

叶橙实在是吃不动,但她潜意识里觉得不能在这时放他回房,只好托腮看着他:"你在国外过得怎么样,有没有遇到什么事?"

顾青李总算听出来叶橙在和他没话找话说,抱着手臂:"你问这个做什么?"

大半夜的,不睡觉在这儿聊什么天。

叶橙摇头:"刚睡了会儿,不想睡了。还是你困了?"

也还好,他平时作息就混乱,忙起来不辨白天黑夜,并不差这一时。

顾青李随便拣了几件事情和她说。一开始他声音还有点哑,见她真感兴趣,他清清嗓子,叶橙及时把他喝到一半的矿泉水殷勤地递上:"后来呢?"

话音落地,又见她直勾勾地盯着自己看,顾青李微微侧过头:"怎么了,看什么?"

叶橙迟疑:"没事。"又直接道了句,"就是突然觉得,好像你从来没有和我说过这么多话……不管是以前,还是现在。"说着,她自己都笑了,"我一直觉得你挺烦我,如果不是爷爷的缘故……宁愿自己坐一整天都不想理我。"

顾青李脸上的笑意渐渐淡去:"为什么会这么觉得?"

叶橙不明所以地歪头:"不是吗?"

最终,顾青李只是盯着木地板,很单薄地替自己辩解了句:"我没觉得你烦。"

叶橙没太在意,自顾自收拾面前已经凉了坨成一团的面条,大大咧咧:"我知道了。"

自那晚后,两人的关系迈入了一个新阶段。除去在家里碰面,有时叶橙被俞微宁放鸽子,找不到吃饭搭子,也会问顾青李要不要一起出门吃饭。

而这期间,也发生了一件事。

某天,季霄把叶橙叫回办公室,把资料扔给她,交代之后市三院肿瘤科柳主任的电话专访交给她单独做。

叶橙记得这个电话专访是组里同事约的,怎么会莫名其妙落到她手上,叶橙确实这么问了。

季霄居然真的耐心答了:"姜虞生病了,病毒性肺炎,嗓子坏了状态不好,担心影响效果。你还有其他问题吗?"

叶橙猛摇头。

时间紧任务重,叶橙临时接手,熬了两个大夜查资料、打采访提纲,所幸没出什么差错。

周一例会时,季霄意外地单独把这篇报道拎出来表扬。

众人表情微妙起来。要知道,组长开会,向来就是把他们的工作批一通,都不等人反应就直接散了会,会议气氛沉重,一会议室人安静如鸡,大气都不敢喘,生怕悬在头顶的达摩克利斯之剑落下来。

叶橙连续一个月没放假,身心俱疲,和组长要了三天假。或许是念在她工作态度端正,组长很痛快地批了。

但叶橙假放到第二天就觉得无聊,只跟着顾青李蹭了顿饭。

"不是喝酒的局,就是几个同事随便吃个饭。"

"去啊。"叶橙果断点头。

饭后,顾青李随口问了声傅连城回哪儿,傅连城想了一会儿:"回我爸那儿吧,我妈最近出差了,家里没人。"

叶橙觉得奇怪,多看了傅连城一眼:"你爸妈不住一块吗?"

傅连城倒是很坦然:"早八百年前就离婚了。离婚了也好,省得见天吵架摔东西,烦都要被他们烦死了。"

傅连城所说的地方在北城老城区,一字排开的低矮平房,封好的古井和石椅,道路两旁是未逢春枯树,偶有几只昏鸦在枝丫间停留。

趁着顾青李下车去给他俩买糖雪球,傅连城看着老街,感慨一句:"其实这里挺漂亮的,以前怎么没发现。"

叶橙觉得他言重了:"现在发现也不迟。"

傅连城便叹气:"挺迟的,也不知道这趟去临川出差能不能早点回来,想到要在那边待挺长时间,还没有暖气,就心烦。"

叶橙只听见了"临川"二字,心不在焉道:"你要去临川啊。"

"对啊。"

傅连城看她完全不知情的模样,也迷惑:"老大没和你说过吗?不只是我,老大也去啊。"

叶橙发誓,她真的一丁点儿都不知道。

傅连城直觉自己好像说错了话,但觉得这种事也没必要瞒着:"你真的不知道?今天这顿饭就是为了庆祝投标成功啊,临川那边一个古建修缮的项目,工程量挺大的呢。"

"要去多久?"

"一年多吧。"

"什么时候走?"

"后天下午。"

傅连城充斥着竞赛和排名的学生时代,鲜有和女生打交道的机会。他跳级上了大学,在僧多粥少的建院,平时靠选修课能和女生说上两句话都是奢

/ 105

佗。他自然不太明白，为什么自己说出了事实，叶橙却莫名其妙就生了气。
她没管顾青李有没有买完东西回来，上了车，"砰"一声关了车门。
傅连城简直一头雾水。
五分钟后，顾青李回来了，见车外只有傅连城一个人，敏锐地察觉到什么："她怎么了？"
傅连城把方才的对话简单复述了一遍，更多的是难以理解："老大，我有说错什么吗？"
顾青李扫一眼紧闭的车窗："没，你要没什么其他事就先回去吧。"
顾青李其实早就预感到会有这一刻，只是不知道怎么和叶橙开这个口。但这个项目太重要，去年年底唐鹤松就和他透底，市土建局会在今年放标，让他们记得留意相关系统信息。
他们前期做了太多努力，中标通知书下发那刻，他自然知道这意味着什么。
所以这会儿顾青李没什么底气，他只是坐进驾驶座，把手里装了糖雪球的牛皮纸袋给她："新做的，老板说不早点吃，糖衣要化掉了。"
叶橙就和耳边飞过只苍蝇似的，连头都没转一下。

一路，没人开口说话。
到了春水湾，顾青李才停好车，叶橙便流利地开门下车回家，头都没回。
他抱着那袋糖雪球到家。
叶橙早已窝在沙发上开始打游戏，话筒那头是俞微宁激烈的反对声。
叶橙作势要关掉游戏界面："不打的话算了，抠抠搜搜的。"
她们一块玩游戏的时间很长，彼此熟悉，平时打打闹闹就过去了，但俞微宁看一眼时间，感觉不对，又觉得叶橙语气太硬，问她是不是最近遇到什么事了，要靠打游戏消遣。
叶橙已经进入游戏界面，拖着屏幕上的小人往前跑。
"打你的游戏。"
队友战绩垫底却对着叶橙破口大骂，开麦骂了好几条，声音稚嫩，听着才到变声期不久。
叶橙原本心就烦，听着更烦，尤其俞微宁是一点都忍不了，已经开始和他对骂了。
打完一局，不出意外地输了，叶橙索性直接放弃："不想玩了，你该干吗干吗去吧。"
"别啊，我才刚骂爽。你等会儿，我把那几个小学生拉进来，不能便宜了这帮小兔崽子，我们再开一把。"
叶橙确实没有打游戏的心思，只觉得心里很乱，又不知道是因为什么在乱，临时找上俞微宁就是单纯想找人说说话。

就在叶橙出神之际，页面显示被对方单杀。

对方兴奋不已，嘲讽声不断，顾青李从身后接过了她要往沙发上扔的手机。

打法忽而换了。

俞微宁迟疑着叫了声叶橙的名字："你找代打了？"

"是我。"顾青李道。

"哦，怎么是你，她人呢？"

顾青李操控小人蹲草丛之余，瞥了眼客厅周围，并没有见到人，可能是上楼了。

"不在这儿。"

俞微宁缓慢反应过来了前因后果："你今天惹到她了？"

顾青李沉默了一瞬，把来龙去脉讲了一遍。

饶是俞微宁私心并不想他们闹翻，但听完后，她干脆利落地拒绝："帮不了你，你自求多福吧。"

一局打完，顾青李上楼还手机，叶橙只是很例行公事地开门，抽走手机，十分机械地道一声谢谢，关门，全程半点感情都没有。

不太好哄。

顾青李叉腰在叶橙房门前立了片刻，是真有点不知道拿她怎么办好。

叶橙的情绪一直持续到第三天，顾青李要离开的当天下午，她工作完后，独自在711坐了一会儿。

她真的很讨厌不告而别。

更小一点的时候，她不明白为什么父母把她一个人留在家里。大一些，她不明白父母怎么能做到把她扔在爷爷家对她不闻不问，连一句解释都懒得多说。在东街胡同，爷爷很忙，小姑也不常回家，大部分时候是她与俞微宁分别，独自回到偌大的别墅。

而这两天，叶橙自己都觉得反常，对待顾青李离开的态度。

711的店员起身收拾她身边上一位客人留下的纸杯和垃圾，叶橙才想起看时间，调出聊天框问俞微宁顾青李离开北城的那趟高铁是哪班。

"这你都不知道？"俞微宁幸灾乐祸，"你现在才问？怎么不等到一年后，有点晚了吧，朋友。"

"行行行，你别发火啊，怕了你了，我给你找找。嗯，不过就剩半个小时了，按照这个点的交通拥堵程度和你的车技估算，你可能得开直升机。"

叶橙得知具体信息后就直接在路边抬手拦了一辆出租车："师傅，去高铁站。"

俞微宁确实估算得没错，出租车抵达高铁站是五十分钟之后的事情。列车从不等人，她来了都是白来。

叶橙迟疑着，抱着最后一丝希望随便买了张高铁票刷卡进站。

偌大的候车厅，顾青李坐在第一排，依旧是黑色衣服，薄款的连帽衫，罕见地戴了顶棒球帽，带些青春气息。

叶橙都没有费心找，这些日子相处下来，想要第一眼认出人并不是什么难事。

叶橙是小跑过去的。

顾青李就这么看着她跑过来，气都没喘匀。等人站直了，他想扶一把，却摸不清她现在的态度，选择收回手。

叶橙及时抓住他的手臂，有点担心他待会儿就跑了。

"你不是上车了吗？"她问。

顾青李摇头。

按照俞微宁给的信息，他应该是跟着唐教授一起走，高铁都是买的同一班，怎么会只剩下他一个人。叶橙想起一种可能："你……不会被解雇了吧？"

都什么乱七八糟的。

顾青李终于开口："不是，我改签了。"

叶橙不解："为什么？"

"在等你。"

"……万一我不来了呢，你就不走了？"

"我知道你会来。"

那刻，叶橙看着他的眼睛。好似有冻得发硬的坚冰在融化，有小溪流过，慢慢融化成一整片春色。

"对不起。"没人天生愿意做别人的情绪垃圾桶，她意识到了自己莫名其妙的脾气，主动道歉。

顾青李示意她可以先坐会儿喘口气，递给她一瓶没开封的矿泉水："喝吧，没喝过的。"

叶橙灌了两口，才想起来问："改签到几点，不会耽误你时间吧？"

"不会。"他遥遥看了眼滚动的大屏幕算了下时间，"还有半个小时。"

那也快了。

叶橙就这么听着他临走前和自己交代："这个月水电费我交了，账户上还有点钱，但估计用不过两个月。你得看着账户余额，省得突然断水断电。"

叶橙点头。

"别总吃外卖，爷爷知道我住在春水湾的事情了，让我平时多看着你点。"

叶橙"啊"一声，腹诽："我知道……"

她又觉得有点好笑，明明走的是他，反倒衬得她像个留守儿童。

大屏幕显示车次检票中，叶橙跟着顾青李站起来，知道他是真的要走了，她看着他把行李箱扶杆，刚要说那你一路顺风，顾青李人却没动。

叶橙以为他仍有什么话没交代全，却听见一句："不抱一下吗？"

叶橙大脑有短暂宕机。

108

但这里是高铁站，不乏依依不舍的路人，他们轻声说着话，尽管听不见说了什么，眼中流露出的情绪不会骗人。

叶橙想起她有几次送许妄和钟鹏去机场，他们会捏捏她的脸，说回来会给她带礼物。

俞微宁就夸张多了，表情活像是离婚后担心宝贝女儿会沦为恶毒继母和继女欺负的可怜辛德瑞拉的妈妈——所幸那只是开始，俞老板习惯空中飞人的生活后，就逐渐演变成了有事及时给她打电话的普通问候。

叶橙瞳孔有短暂失焦，在这一刻，她并不太想把顾青李划入和他们并排的朋友范畴，虽然她并不明白自己为什么会这么想。

见她整个人僵住，顾青李自嘲地笑笑，握行李箱拉杆的手更紧。

而叶橙已经朝他伸手：“好啊。”

叶橙真以为只是简单抱一下。

但当抵在顾青李怀里，嗅着他身上那股好闻的气息，叶橙眼睛眨了眨，选择闭眼，更别提顾青李还揉了揉她后脑勺，动作很轻。

“等我回来。”他说。

Chapter 04
读心术

他怕,在远离她闹闹嚷嚷的世界后,她会就此忘了他,所有努力都前功尽弃。

在顾青李的印象中,春节是他和奶奶一年到头最隆重的节日。每到这时,奶奶会拿出压箱底的好料子,香云纱或者真丝棉,托熟识的裁缝裁成旗袍,一年就穿这一次。

临川镇上有花船和舞龙活动,都是自发组织的,河道两旁挤满穿新衣梳新发型的镇民。顾青李被奶奶领着一路打招呼过去,口袋里塞满长辈给的纸包,一块自家做的糕点或者花生糖。

但在北城,就除夕夜当晚一顿年夜饭。

顾青李收到了叶于勤给的红包,他已经有好几年没有收到红包了,他上初二那年,奶奶的身体每况愈下,根本没有闲钱给他发红包。

叶橙兴致缺缺,从年初一就一直窝在家里不出门,有时顾青李路过书房,会看见她抓耳挠腮在写寒假作业或者是打游戏。他问过吴妈才知道,叶家春节上门来拜访的客人多,叶于勤和叶橙下过死命令,如果不在一楼接待客人,至少不能出门。

顾青李在三楼看书,都能听见一楼的喧闹声就没消停过。

年初五那天,顾青李和叶于勤下棋下到一半,正捏着棋子在想下一步,碰上一家三口上门来拜访,手里提着大包小包。

大人们在谈正事,他们领过来的那个五六岁的小男孩自然无事可做,左看看右戳戳。

连在楼上的叶橙都被喊下来带小孩,叶于勤让她带着出去玩一圈再回来。

小男孩就和一块狗皮膏药似的,一口一句小表姐围在身边。

叶橙明显对眼前的小男孩烦得不行,一指正欲上楼的顾青李:"我总不能一个人带着他出门吧,顾青李也得和我一块去。"

叶于勤则是看到叶橙就觉得烦:"去去去,你俩一块去。"

三人不过才出了胡同口,小男孩就撒泼打滚,非要去游乐园。

叶橙根本不吃他那套,躲在顾青李身后朝他吐舌头:"我管你想去哪儿,游乐园人又多又挤,不去,要去你自己去。"

小男孩脸一皱,就要哭。

叶橙已经举起手机:"你哭吧哭吧,哭,我就录下来给爷爷看。可不是我不想带,是你自己太作。"

叶橙说:"你现在就哭,也省得我再跑一趟。"

顾青李出来给他们打圆场:"游乐园太远,我们换个地方,好不好?"

叶橙注意到顾青李和他说话时,都是特意蹲下,尽量保持视线平视。

最终的结果是,他们陪小男孩去附近商城的儿童乐园,不出意外被叶橙嫌弃了。小男孩倒是很理所应当,甚至颐指气使,又是指挥顾青李去买奶茶,又是赖在乐高玩具店门口不走,硬是要人给他买一套最新款的乐高积木。

叶橙从前就最烦这个被宠坏、对谁都没有好脾气的表弟,愿意带他出来已是极限,看他一哭二闹三上吊的模样,想起的却是去年自己就是这么被他顺走了一套限量版手办:"你爱赖着就赖着吧,顾青李,我们走。"

顾青李终归是不放心,跟着叶橙走出一段路,忍不住回头。

叶橙绷着张脸:"你别管他,熊孩子就是惯的。"

但两人显然低估了小男孩记仇的程度。

他们回到叶家,距离开饭还有些时间。

叶橙懒得应付这小孩,偷偷和顾青李交代了句:"他要是闹你,你就把他扔出去。他要是不信,你就说是我说的。"

话扔下,她揉着酸涩的胳膊上楼了。

顾青李见小男孩尚且算乖,就是在后院看看虫子,拿树枝在地上划拉。

叶橙在写作业时卡壳,第一反应是在窗前探头探脑,发现薛陈周窗台上没有摆那盆栀子花,就是不在家的意思。

她正托腮苦恼,才想起顾青李,拎着张试卷就下了楼。

两人站在灯下看了一会儿卷子,突然一声巨响,接着是碎瓷片碰撞的动静,小男孩把一盆兰花摔了。

叶橙在看清那盆兰花的模样后,直接倒吸了口凉气。

小男孩鬼精鬼精的,假哭功夫了得,捂着眼睛跑进屋里:"妈妈,姐姐把花给摔了……"

叶橙当场气成了河豚,可顾青李意外的是,她最后竟然没有替自己辩解,被叶于勤罚了半个月零花钱也毫无怨言。

那盆兰花就是被碰掉了两片叶子,第二天顾青李去花鸟市场买了只新花盆,就这么看着叶橙戴着手套小心翼翼地把兰花移到盆里。

顾青李忍不住问:"为什么?"

叶橙专心地把底部腐烂的根剪掉:"什么为什么,和个小孩计较什么。"

昨天你可不是这么说的。

叶橙撇嘴,选择转移话题:"你知道这株兰花多少钱吗?"

111

"多少钱？"

叶橙说："三十万。我爷爷最宝贝的一盆，平时连我都不让碰一下的。"

她继续说："他们家也不算我们家的正经亲戚，都隔了好几代血亲了。他爸是个大专老师，他妈在中学教书，但属于临聘，钱少事多，两个人一年工资加起来可能只有二三十万，哪里赔得起。"她声音低下去，"而且……他们这些年的积蓄本来是打算在北城付首付买套公寓的，但那小孩小时候生过一场病，身体里长了肿瘤，几乎掏光了家里所有的积蓄。"

叶橙又说："他们为什么来家里来得勤，是因为想要我爷爷帮个忙，打听调职的事情。"

顾青李有片刻惊讶于她这几天都没下过楼，怎么会知道这些事情。

叶橙最后拍了两下土，把土压实："反正罚我就罚我喽，等风头过去，和爷爷撒个娇，这事情应该就算过去了。"继而愤愤地道，"下次一定得让他把手办还回来，东西不能白拿。"

她感觉自己头顶忽而被揉了下。

叶橙瞬间炸毛，根本顾不上自己满手泥，张牙舞爪："顾青李，你皮痒了是不是？"

寒假就这么悄然过去。假期最后三天，叶橙都处在疯狂赶作业的状态，时而抬头，发现天空飘起鹅毛雪，会兴奋地跑去找钟鹏一块打雪仗，疯玩一阵回来后继续对着空白卷子唉声叹气。

叶橙抽空去了趟后街，肖易遥今年没有回老家过年，她说她爸妈没有到车票，自己一个人过年也没有意思。叶橙了然地点头，但看着肖易遥话才说到一半，就被客人提醒赶去帮忙泡面和修机子，瘦瘦小小的身影在灯光偏暗的网吧里穿行。

她是同情的，但有些人或许根本不需要这份同情。

叶橙在一堆吃食里挑挑拣拣，最终只拣了些老式的点心。

她对比着纸包折叠痕迹，郑重其事地打包好，打了个结，但依旧丑丑的，怎么看怎么不像样。叶橙又挑了一盒巧克力，一块拎上才去找肖易遥。

出门前，她问了吴妈顾青李人呢。

吴妈说："好像跟着老爷子出去了。"

叶橙便"哦"了一声，脚步轻快地出了门。

后街多的是商户做批发生意，叶橙在这儿已经有如鱼得水的感觉，先是在街口买了皮筋，又在网吧门口那家饮品店提了两杯果汁，店里那位奶奶在叶橙准备付钱时，提醒她还没过完年十五，买东西都打八折。

叶橙抬头瞥了一眼狭小的店门，招牌都黑得快看不出具体字样，换作以前，她或许会一时心软说着不用找了。

但看着奶奶递回来两张纸币，叶橙笑了："那奶奶，我明天还来买。"

"哎，好。"

网吧没开门。

这倒是令叶橙有些意外，放假期间很多人处在无所事事的状态，拉一波营业额绰绰有余。

叶橙给肖易遥打过电话，她才匆匆从二楼跑下来开门。

一个年过去，肖易遥不仅没胖，反倒瘦了一圈，看起来很憔悴。

见叶橙好奇地在一楼打量，发现电脑被搬走了几台，她也只是解释："电脑坏了，昨天才送去修，没那么快送回来。"

"那怎么不营业呢？我看周围一圈店都开张了。"

肖易遥顿了顿，才缓慢开口："我舅舅……生病了，一时间没有人供货。而且前台姐姐也没回来，缺人手，就干脆歇两天了。"

叶橙似懂非懂地点头，晃一晃手里的东西，脸上带笑："我给你带了好吃的。"

肖易遥带叶橙到了二楼房间，看叶橙像小孩一样给她显摆糕点，肖易遥浅浅笑了一下："你先等一下，我烧水煮茶。"

叶橙顺势坐下，腿伸直，无意识地跷着脚尖，手乖乖巧巧地放在膝盖上。

看肖易遥捏着水壶操作半天，叶橙好奇地探头："怎么了，其实不喝茶也没关系的。"

肖易遥这才回神："好像是停电了，最近老这样，电闸不稳定，修理工叫了好几次都拖着不肯来。你等一下，我去隔壁借点热水。"

叶橙在这儿待了快一下午，直到外头天都快黑了，肖易遥催她："你早点回去吧，天黑了，路就不好走了。"

肖易遥见她今天穿得太少，把一件棉服递给她："你这么回去肯定是要着凉的，加一件衣服吧。"

确实，今天叶橙出门时看见过分灿烂的天气和蓝得要碎掉了的天空，果断把外面那件大衣脱掉，就穿了件毛衣出来。

但看着肖易遥手里那件浅色棉衣，叶橙想起那天晚上她坐过站，在路上被叫住时，肖易遥穿得偏大的棉服。

叶橙说："我不穿。"

肖易遥没想到叶橙会拒绝，愣住了。

最后，肖易遥似是没有办法，话里带了哭腔："叶橙，你帮帮我吧。"

天好像突然冷了下来，寒风阵阵，叶橙裹紧了棉服都无济于事。

自打从网吧出来，叶橙就开始留心身边的动静。这条小巷，两边是老式居民楼，楼比叶橙年龄都大，铁栏杆，窗台上种着花花草草，晾着一家人的衣物。

路过几个分岔路口，路边种着榕树，树下有石桌石凳，或有一台二八杠自行车，一拨铃，铃声清脆。叶橙平时因着这些烟火气，和墙角几枝蜡梅，会有种在日复一日的寻常生活里开盲盒的小确幸。

但今天，她感受着周边藏在暗处的几道目光。

叶橙一开始还在按照正常步伐走，在心里默数着离东街胡同距离多远。

拐过一个路口，叶橙和一个脸上带一道长长疤痕的中年男人差点撞上。叶橙惊魂未定，在男人想要伸手来扶她时，更是极其敏感，直接躲得远远的："不用了，谢谢。"

她从未有过一刻这么希望东街胡同能近在眼前。

走过又一个街口，叶橙似是察觉到耳边脚步声重了，她开始往前跑。

身后的人也在一瞬间炸开："快！快追！别让她跑了！在这儿蹲了几天，这次再让她跑了，钱可真就追不回来了！"

叶橙耳边都是风声，听不真切他们在说些什么。

好不容易找到一个狭小楼道躲着，叶橙一刻不停地开始给钟鹏发消息让他来接人，想了想，又发了条给俞微宁。

接着，她细心听着外头的动静，同时手捂住口鼻，尽量不让自己发出声音。

那阵脚步声渐渐远了。

叶橙胸膛剧烈起伏，可也只敢在确定没危险的时候，才松开手，小心翼翼地看一眼外头的情况。

正当她扶着墙角，向前挪了两步时，一只手又捂着她的嘴将人扯了回去，叶橙瞬间眼泪就出来了。

但味道和那道声音再熟悉不过，顾青李手指悬在唇边示意叶橙："嘘，不要说话。"

总算在这地方见到熟人，叶橙简直像抓住了根救命稻草，紧紧攀住顾青李的手臂不放。

顾青李察觉到她情绪不稳，安抚性地摸了摸她的头发，但他向来寡言，不怎么会安慰人，憋了半天也只是憋出一句："你不要怕。"

叶橙没回应。

顾青李又说了一遍："你别怕。"

叶橙这才回过神，把眼角泪花擦干："你怎么来了……不对，你怎么会知道我在这里？"

顾青李很难和她解释是肖易遥主动和他坦白，而他在得知消息后就火速从东街胡同跑过来，一条一条小巷不厌其烦地找。他随口糊弄："可能是瞎猫碰上死耗子。你在这儿等我一会儿，我先出去看看情况。"

叶橙始终攀着顾青李的手臂，顾青李见状，也不敢离她太远，只能小声哄："那你跟着我，得跟紧了。"

叶橙小幅度点头。

顾青李不是从叶橙进来的方向过来的，另一侧是一扇废旧铁门，翻过去再跑一阵就是大路。

叶橙看着那扇两米多高的铁门，有点尴尬地挠了挠下巴："顾青李，我翻不过去。"

她打小跳远跳高就没有及格过，奇葩到跳高时会把杆子直接卡下来。她可怜巴巴地抬眼："不行的，我真的翻不过去，我们再想其他办法好不好。"

顾青李想点头，但他耳朵尖，听见脚步声近了。

他在铁门前直接蹲了下来："你快点，有我扶着你，不会摔的。"

叶橙也听见了动静，但看着顾青李略显单薄的身影，她没试过，也不想试，可身后突然响起几声。

"他们在那儿！"

"我说怎么到处都找不着！原来躲这儿了！"

叶橙一咬牙，攀着那铁门颤颤巍巍，总算从另一侧跳下来，她是膝盖着地，手掌好像也磨破了。

对比她，顾青李直接单手攀着铁门翻过，轻轻巧巧落地，之后拉着她手腕往大路跑。

叶橙被他拉着，只感觉肺都要炸了。

偏偏在他们离大路不过几十米距离时，那个叶橙撞见过的刀疤男出现在前方，手里还拎着一根小臂粗的铁棍，显然已经等候多时。

见他们停下，他也笑了："跑啊，怎么不继续跑？"

顾青李把叶橙挡在身后："你们找错人了，我们就是路过。"

叶橙跟着点头。

刀疤男却掂了掂那根铁棍："找没找错人我们还不知道吗？欠债还钱天经地义懂不懂？都多少天了，你舅舅不还，就得你顶上！"

叶橙才反应过来："你们真的找错人了……"

她话没说完，刀疤男已经过来，顾青李下意识把她往后推。叶橙也是跟着钟鹏他们打过架的——但都是钟鹏负责打，她负责找个地方躲着，不拖后腿就谢天谢地。

这次，她以为同样也能奏效。

恰在这时，刀疤男的帮手到了，见躲在角落的叶橙，他们想伸手抓她，叶橙个子小，灵活躲过。可人越来越多，许是情急之下，她意外撞上了近在眼前的刀尖，手背被划出一条不浅的血痕。

好在钟鹏带着人及时赶到，那几个来收账的混混本来就不成气候，见援兵来了，都纷纷跑了。

钟鹏最先去看的也是叶橙，扶起人："橙子，你怎么样，能站起来吗？"

叶橙被吓得不轻，开始还能故作镇定站定，没走两步就觉得腿软。钟鹏见情况不对，直接背起她往最近的医院跑。

叶橙平躺在病床上，不断跟钟鹏和俞微宁说，千万千万不能把这事告诉她爷爷。

"我就是走错了巷子，不小心遇到敲诈勒索的小混混了。"

"就是一点皮外伤，你们看，我现在还能跑呢。"

"真的，一点都不疼。"

但在护士给她消毒时，叶橙还是被疼得龇牙咧嘴，一句话都说不出来，只能手紧紧攥住枕头，小声嘶气。

俞微宁站在离她最近的地方，直接捂她嘴，让她少费点力气，别说话了。

这也是她们自那次吵架以来，头一次对话，叶橙疼到脸上汗珠不住地往外渗，依然在对他们笑："谢谢你们啊。"

钟鹏直接一巴掌拍在她脑袋上："说什么谢，和我们有什么好谢的。"

上好药，叶橙看着腿上和手上都是药水，想下地走走，又被护士喊住："哎，你急什么，别别走。刚看你膝盖紫了，可能会骨折，最好去拍个片。"

叶橙拍完片出来，显示韧带损伤，绑了支架，需要留院观察一阵。

叶橙想托他们隐瞒过去，当作无事发生的那颗心也彻底死了，接下来两天，探望的人有如流水。叶橙前几次还有心思笑脸相迎，应付他们问东问西的话题，后面逐渐麻木，看着花束果篮慢慢填满病房角落。

直惹得隔壁病床一位七八十岁骨折住院的老奶奶和在给她削苹果的护工羡慕不已。

临近傍晚，热闹的病房才逐渐安静下来，俞微宁给她洗完饭盒后拎着东西回病房，叶橙主动和她搭话，问她要不要吃水果。

"不吃。"

叶橙又说想下楼走走，俞微宁便把床头那副拐杖给她拿过来。

两人在楼下花园坐了坐。叶橙想起元旦晚会那天，她们因为那位三中网友吵架，隔了这么久才问起后续，俞微宁到底有没有见到那位网友。

俞微宁明显不想再提这茬的模样，架不住叶橙一直追问："没有找到，但是我找的时候，有三中的同学和我说了个事。"

"什么事？"

俞微宁看她一眼："你真想听？"

叶橙点头。

"听了不准笑。"

叶橙举了三根手指发誓。

俞微宁便撇撇嘴："那家奶茶店在网上找了托，给点好处费，广撒网找附近网友瞎聊，聊到差不多就约他们来奶茶店……"

叶橙没想到是这个走向，连自己发的誓都顾不上，扶着俞微宁的大腿笑到打鸣。

俞微宁很快恢复正经，看看叶橙放在一旁的拐杖，又看看她："行了，我说实话了，那你呢？"

叶橙试图装傻："我怎么了？"

"你骗骗别人可以，别拿应付别人那套对付我。"

有关于她受伤的真相，叶橙对外一律拿太晚回家，不小心被无所事事的小混混盯上，想勒索点钱当借口。

可俞微宁了解她，听了只觉得奇怪。叶橙从来不去那片地方，她甚至亲自去看了一眼，在附近逛了一圈，那里根本没有能引起叶橙注意的东西。

叶橙低头："别问了行吗？"

俞微宁自然清楚叶橙脾气倔，不想说的事情，一句话都问不出来，只能作罢。随后，俞微宁扶着叶橙回病房躺下。

叶橙接过被子披好，这才后知后觉地问："对了，顾青李呢？"

她住院有几天了，俞微宁、钟鹏、薛陈周、吴妈，甚至远在外地上军校的许妄哥都和她视频通话过一次问过情况，唯独没有顾青李的消息。

俞微宁："不知道啊，我没见过他。"

叶橙想了想，给顾青李发了几条微信消息，都是石沉大海，他一条都没有回。

几乎是叶橙消息发出的同一时刻，钟鹏陪着顾青李在手机城修手机，小哥翻看了两眼，不仅手机屏幕摔成了蜘蛛纹，机子都弯了，是真心实意地劝他："算了吧，都坏成这样了，有这个钱不如买部新手机，修好了也用不了多久。"

顾青李沉默了一瞬，仍想再挣扎一下："真的不能修了吗？"

"能，但是贵。"

钟鹏听不下去，主动掏手机："行了，行了。说起来这事都怪我，要不是为了替我挡拳……再买一部吧，我出钱。"

顾青李的手机没办法开机，只能答应："谢谢了，待会儿我把钱还你。"

实际上，钟鹏看着顾青李沉默敛下眼睛的模样，到现在才开始有点后怕。他刚刚亲眼看见顾青李怎么拳拳见血，打起架来简直不要命，像头孤狼。

钟鹏叫上顾青李的理由也简单，许妄现在人不在北城，薛陈周又和他们不一样，从小就是乖宝宝，没打过架。权衡再三，钟鹏选了不是很熟的顾青李。也因为这场架，钟鹏觉得他们好歹算战友，走来手机城一路都是和顾青李勾肩搭背，虽然被顾青李嫌弃得不行。

顾青李拿到新手机的第一件事就是打开微信。

耳边，是钟鹏说一定得把这事告诉叶橙，向叶橙邀功，顾青李第一反应却是："别把这事告诉她。"

"为什么？"

顾青李语气平静："你觉得这事很光彩？"

钟鹏顿时有些讪讪，确实，明明他们才是去打人的那个，反倒惹得一身伤。身上的伤口尚能瞒过去，偏偏嘴角有块异常显眼的瘀青，顾青李对着镜子涂药时，都会忍不住抽气。

当晚在叶家，叶于勤看着顾青李脸上的伤，气得到处找拐杖，他们一个两个最近不是住院就是打架。在住院的叶橙尚且能放过，叶于勤指着顾青李好半天说不出话，最终让他面壁三天。

叶橙住院足足住了两周。

在这期间，悄然开了学，为了不在班里引起误会，顾青李那段时间都是戴口罩上课。

也是开学后，顾青李得知肖易遥要转学去南方。

肖易遥在班里存在感不强，老师宣布完这个消息，只引起了一小阵骚动，老师照旧转回去写板书，学生照旧在底下开小差。

顾青李也收到了肖易遥迟来的一句"对不起"——是写在小字条上扔过来的。

顾青李看着字条良久，最终写下：你不应该和我说，应该去和叶橙说。

叶橙是在出院那天见到肖易遥的。那时她膝盖已经好得差不多，医生说只需静养，但叶于勤不让她出院，非得等到最后一天。

病房门开了一条缝，叶橙看见了一束非常漂亮的黄玫瑰。

她眼睛一亮，还以为钟鹏他们来了。

看见黄玫瑰后的肖易遥，叶橙也说不上多失望，只是让她随便坐。

肖易遥当然知道叶橙会伤成这样，全都是因为她，愧疚到坐下后仍在搓手，似乎这样心里就能好受一点。

"叶橙，对不起，都是我不好。"

叶橙穿着病号服，脸色有些苍白："我都说了，是我自己要替你出去的，不怪你。"

说起这个，肖易遥那天把自己家里的情况和盘托出——父母在外地打工，舅舅瞒着家人赌博欠钱，后街那家网吧即将抵押给别人，可就是这样都远远不够，舅舅竟然生出了想把她抵押出去的念头。

叶橙听了只是很镇定地问她："那我能帮你什么呢？"

后面发生的一系列事情，就远不在肖易遥的预料之中了。

叶橙看她丧气的模样，只是继续重复："行了，我说了不怪你。"

"我听俞微宁说，你是要去父母身边了，是吧？"

肖易遥点头。

钟鹏他们把那几名收高利贷的举报进了局子，同时清查出他们除去聚众斗殴，还有其他犯罪行为。到处躲债的舅舅一时松了口气，肖易遥也终于和远方父母通信，他们下定决心把她接到身边。

叶橙说："你要好好学习。"

肖易遥笑："我知道。"

在肖易遥离开前，叶橙道："我不想再看见你了。"

肖易遥听见了，也没有回头。

叶橙好不容易休养好拎着行李回了叶家，不免又被爷爷罚了一顿。叶于勤放话，以后周末叶橙哪里都不许去，不许出门，不许碰手机，要么就是跟着薛陈周去市图书馆学习，早晚查岗一次。

叶橙听完要求自然是苦不堪言，但听到后半句，瞬间柳暗花明，心花怒放，半是作势推辞，半是偷着乐答应，开始在周末准时等在家门口，和薛陈周一起出门。

市图书馆，叶橙从前到访的次数一个巴掌都数得出来。

但她跟着薛陈周来过一次就学会了自己寻位置坐下，抬头能看见薛陈周低头做题的模样，足够叶橙战胜周末睡懒觉的习惯。

去到第四趟，叶橙在图书馆碰见了顾青李。

彼时，她正循着书架一个个过去找某本数学参考书，嘴里念念有词，就这么看见了空荡荡书架后的人影。

叶橙瞬间想起，顾青李一直有来图书馆的习惯，她只是没想到他能坚持到现在。

她有了主意，选择悄悄跟上顾青李，问他能不能和他拼一张桌子，好督促自己学习。

他们所在的图书馆这层都是双人桌。

顾青李问："拼桌？"

叶橙一点头，做了个闭嘴的手势："对啊。我保证安静，不找你说小话。"

顾青李更疑惑："你不是和薛陈周一起来的吗？"

叶橙挠挠额角："薛陈周学习时不喜欢别人打扰他，别说一丁点动静，连坐在他对面都不行。"

她大眼睛一眨不眨地看着顾青李："你呢，你应该没这个毛病吧？"

顾青李摇头。

叶橙便拎着包抱着书跟过去。

她也确实很不安分，时不时咬一下手指，头发扎起又放下，且因为早起，会打哈欠犯困。

顾青李不知道是不是因为这些，对比平时，他做题速度明显变慢。

好不容易认真写完一张卷子，再抬头，他看见的是叶橙已经趴着睡着，面前还有一张字条，是写给他的，字迹工工整整：二十分钟后叫我起来。

后面跟着几个红笔画的爱心。

顾青李不清楚她是什么时候睡的，只是把那张字条夹进书里，继而塞进书包，今天都不打算用到。叶橙便在他刻意放水下睡了一个多小时。

他们坐的位置靠窗，阳光正盛，窗外榆钱树遮天蔽日，顾青李却再没有动笔，是担心笔尖沙沙声太响，无端吵醒早到的春天。

119

清晨。

顾青李这天起晚了，起因是昨晚傅连城在出租屋遇到蟑螂，怕得要命，一晚上夺命连环call轰炸他。来到临川后，傅连城时不时就有可抱怨的地方，他是地地道道的北城人，没有在这种拳头大的地方待过，更没有见过会飞的蟑螂。

但顾青李对小镇有着天然的维护心，俗称护短。

回到临川第一天，顾青李就决定住在从前和奶奶生活的老祖屋。算起来，他有五六年没回来过这里，上一次有事回国，在南城转机，中途大约有六个小时可以自由支配，顾青李计算着时间，依然选择坐了一个半小时大巴车回到这里。

奶奶生前留下的几盆紫苏不知不觉在周围一圈泥土中长成了一大片。葡萄藤爬满了自己扎的木架子，叶片厚重得顾青李第一眼都没认出来，那时奶奶会细心剪下一串串葡萄，葡萄很小一颗却很甜，青色的、紫色的都有，送给邻居吃或是拿来酿酒。

在顾青李的记忆里，奶奶一直是一个很会生活的人。尽管穷，生活费勉强够两人衣食住行，甚至大部分时候入不敷出，需要额外给镇上的玩具厂做工，按个计数，或者是向左邻右舍借钱，等有钱了再一点一点补上，无限循环。

电器、家具，能换新的，顾青李基本上全换了。

他甚至特地拉了条电线在葡萄架旁，奶奶以前在架子下给他补衣服的时候，就总抱怨院子里的灯不够亮，戴了老花眼镜都穿不进针线，还是顾青李做完作业出来，帮她穿好针线，反被催一句赶紧上楼看书，今日份的牛奶也别忘了喝。

奶奶手艺很好，基本看不出来衣服有补丁。

老祖屋翻新装修完工那天，顾青李并没有第一时间住进去，而是搬了张竹椅坐在葡萄架下，听微风吹过叶片的声音，像是大自然的协奏曲。

回临川快一个月，顾青李已经完全习惯这里宁静的生活。

按掉闹钟后，他去洗手间洗漱，洗手台和热水器都是新装的。他从洗手间走出来，大门口有道人影晃了一下，那动静很轻，他走出去看时，不出意外地发现门口有一只藤编的篮子，篮子里装着新鲜的莲蓬，还沾着露水，明显是刚摘下来不久。

又来了，顾青李看着那篮子，沉默了一瞬。

祖屋翻新第一天，邻居大婶注意到了这间老房子的动静，以为是原屋主转手出去，边嗑瓜子边往里瞧，还从头到脚打量顾青李，问他是哪里人，怎么这么想不开要买这老破房子。

小镇地方小，没什么娱乐活动，平常就是说说东家长西家短，流言八卦满天飞。

不过两天时间，顾青李回临川的事情就被以前的熟人知道，随之而来的是各种长辈发来饭局邀约。他不太会拒绝人，但在连续吃了几顿饭后，顾青李发现，更准确来说是相亲局。

不知道是奶奶以前的哪位牌搭子，头发花白，一手老年斑，老人颤颤巍巍地给他夹了块酥皮肉，盘问他的学历、工作和月薪。

饭桌对面是老人的孙女，她连头都不敢抬："奶奶，别问了。"

顾青李全程表情都很淡，问话一一答了，下回类似的邀约却不肯去了。

可架不住有人直接上门，还是刻意偶遇，好几次顾青李锁门时，女孩假装才从小镇南边摘完菜回来路过，手上挎一只竹篮，里面是一把嫩到能掐出水的菠菜，或者一篮子吃起来又沙又面的沙瓤番茄。

"这么巧？去上班吗？"

眼前梳两条麻花辫、眼睛亮亮的女孩叫池沛，就住在梧桐巷巷头，才二十出头，干净水灵。

他说过不止一次，不用再给他送东西了。女孩每次总小心翼翼地看他一眼，含羞带怯地点头，也不要他递过去的钱，把东西扔下就脸红着跑远。

门前隔三岔五就留下一只盛满东西的竹篮，顾青李只能打发傅连城去池家还篮子，篮子底下压几张钱币，隔两天竹篮又出现。

这天，顾青李锁了门，看着脚下的篮子沉默不语，可人早已跑远，他索性把那篮莲蓬拿到施家大院门口分给大家。傅连城难得早到，打着哈欠坐在石阶上，看着那极其眼熟的竹篮，八卦一笑："那女孩又给你送东西了？"

临川是南城底下一个再普通不过的小镇，唯一出名的就是十里荷田，家家户户都靠荷塘吃饭。镇里多是老人和妇女，年轻人外出打工或上学，人口流失很严重，小镇发展缓慢。近几年新镇长上任，拟定项目向上级审批资金，招商引资，情况才好一些。

他们手上这个施家大院修复项目就是其中一环，镇里计划靠标志性古建筑景点带动产业发展，打造特色旅游小镇。

施家大院在风吹日晒中破损太严重，彩画掉色，木制建筑腐烂，修缮难度极大。一个月过去，他们在外墙搭起了脚手架，粗略补了补墙漆，确定了其中几大项破损较为严重的斗拱墙柱的质地标准、腐烂程度和年代时间，破败彩画和腐朽木雕得等认识的熟手师傅空出时间。

晚上，顾青李打算把西花厅右墙填完再走。但唐鹤松临时通知他有个饭局，是镇长攒的。据说镇长是从市里开完会专程赶过来的，不难看出他对这个项目的重视程度。

顾青李停下手里的工作，诚恳地问："一定得去吗？我晚上有别的事。"

"你说笑呢，人家请你，你还推三阻四，你等人还是人等你？"唐鹤松一语道破，"你能有什么事？陪你那个同学聊天啊？"

顾青李挠了挠眉毛。

唐鹤松多少有些恨铁不成钢，一连几天顾青李到点就跑，他怎么想都觉得有猫腻。在目睹顾青李一下午心神不宁，掏手机看八百次后，他忍不住说："早干什么去了？我是不是和你说了要抓紧抓紧，喜欢就上。现在这没名没分的算怎么回事，着急了吧。"

唐鹤松开始吹嘘当年："我像你这么大的时候，你师母对我可是一见钟情。那时候她还在上学，鹅蛋脸，柳叶眉，眉清目秀，天庭饱满……"

顾青李完全不吃这套说法："是吗？我怎么听师母说，当年是您死皮赖脸追的她。饭堂、课室、图书馆，哪儿哪儿都能偶遇，就差跟到女厕所了。"

唐鹤松一时哑然。

其实这几天的视频通话都是叶橙提出的，她被外派到西北出差，正值旅游旺季，附近酒店间间爆满，她找不到住的地方，没办法只能在一家偏僻旅馆凑合下榻。

旅馆隔音不好，周边太黑，路灯都没几盏，叶橙有些害怕，睡不着，蜷在床上，禁不住给人发些有的没的的消息，希望有人能在这时帮忙转移她的注意力，但只有顾青李是在一分钟内回的消息。

聊天框足足跳过去两页，顾青李发觉她比平时话更多，问她是不是发生了什么事。

叶橙才叹口气，把这些天在西北的遭遇和盘托出。结果就是，顾青李让她给他发了定位，皱着眉让她打开视频通话，隔着屏幕，确定门锁是好的。

叶橙躺在大床上，寂静房间多了道声音，心里才有底："谢谢你啊，要不是你回我，我今晚可能都睡不着了。"

"我正好醒着。"

叶橙翻了个身，想起："顾青李，你是一个人在家吧？你家大不大，自己一个人在家不害怕吗？"

"不怕。"

"真的假的，害怕又不丢人。"

电话这头，顾青李人待在房间，只开了一盏台灯。夜晚小镇安静得过分，好似能听见窗外有风路过的声音。

"嗯，我怕。"

叶橙得寸进尺的本事见长，声音拖长了，在夜里显得格外轻："别怕，我陪你啊。"

搞清楚，到底谁陪谁。

顾青李还真跟着"嗯"了一声："知道了。"

这天晚上，顾青李到底是跟着唐鹤松去了那场饭局，没按时到家。他和叶橙解释了句有公务在身，迟迟没收到回复，一顿饭下来心不在焉，人站在酒楼大厅，盯着手机屏幕。

唐鹤松盯着网约车把领导送走，看不下去顾青李这副样子，直接抢过手机给他拨通,又把手机塞回他手里:"看什么?再看下去能看出花啊,我看你就是想七想八想太多,有那个工夫打个电话发个消息怎么了,面子哪有对象重要。"

顾青李难得没回嘴,拿回手机,电话居然真接通了。

叶橙声音压低了,却清晰:"喂,顾青李?"

他"嗯"了一声。

"我刚到家呢,路上手机没电,也没带充电宝,就没回消息,不好意思啊。"

"没关系。"

一旁的唐鹤松手势夸张,在提醒他多说两句。

叶橙回过神,想起这通电话是他打来的,以为顾青李是有事找自己:"你是要和我说什么吗?"

好半天没人说一个字。

顾青李看着马路对面的几个垃圾桶,有瘦骨嶙峋的野猫缩在桶边翻里面的食物,脏兮兮一团。他说既然回家了就早点休息,别一天到晚光顾着玩,叶橙乖巧地"嗯"了一声:"我知道,洗个澡就睡了。"

顾青李也没什么好说的了,正打算挂了,却听见话筒那头有人中气十足地喊:"叶橙,叶橙你人呢!"

"打麻将三缺一,就差你了,赶紧来顶上!"

接着,是好一阵哗啦啦麻将洗牌和摸牌声。

在死一般的沉寂中,叶橙干笑两声,还在狡辩,假意抱怨:"那什么,顾青李你别误会。小区里新开了家麻将馆,每天都营业到晚上十点,真的很吵……"

顾青李镇定地提醒:"嗯,听动静,你边上的是俞微宁吧,她牌快和了。"

叶橙缓了缓,决心离这群吵吵嚷嚷的神经病远点,在一楼寻了个清静角落待着,确定顾青李找自己没别的事。

俱乐部名叫 Recall(撤销),是一家在各大社交平台都找不到相关信息的会所,因为老板纯属玩票性质,不在乎盈不盈利,也不在乎口碑,甚至营业时间不定。但就因为这样,才引得更多富家子弟为赢得一张入场券争破脑袋。

说小众,它也并不小众,回回叶橙过来时都很热闹。

二楼是 Recall 小老板特意打通的平层,一眼就能看全,此时分了好几拨人。

一拨在打麻将;一拨围成一圈在打游戏,有人坐在地毯上,有人脚踩沙发坐在沙发把手上;另一拨则是开了投影仪在看中文版的《蜡笔小新》,时不时发出一阵笑声。

总之,场面十分混乱,又有种诡异的和谐。但不管是哪拨,显然都忙得很,没工夫搭理叶橙。

俞微宁边催上家快打,边码牌。

钟鹏才接手牌局不久,手忙脚乱:"催什么催,这么爱催,玩什么牌。"

钟鹏在打麻将这事上一向又菜又爱玩,回回不是说出门忘了拜财神就是忘了带招财猫上桌,其实不管带不带,结局都一样——有他在,牌桌上谁输得最惨毫无悬念。

叶橙看他们玩了两把就没心思看了,也并不想听劝加入牌局,咬着饮料吸管盯着白色幕布,跟着在一旁看了两集《蜡笔小新》。她的确是才出差回到北城,都没等回春水湾放行李就被叫来Recall。

正当叶橙喝空一杯果汁,跷着二郎腿窝在沙发时,突然看见楼梯口缓慢出现的人影,叶橙瞬间放下腿,正襟危坐。

薛陈周比她早一些见到人,朝她挥手示意,云栀便再自然不过地走过去。

这并不是叶橙第一次见到云栀,有些人似乎天生有这种气场,让你察觉他们本身就是一类人。

譬如薛陈周,譬如云栀。

云栀身上的书卷气非常浓,是典型的古典气质美人,在工作以外的时间,惯常穿搭都偏新中式,脑后用一根紫檀木发簪绾起圆圆的发髻。

两人坐在一块儿,叶橙简直秒想到"一对璧人"这个词。

可能是时过境迁,叶橙早已接受现实,甚至能主动招呼人:"云栀,你要不要喝点什么。这里东西挺多的,果汁或者酒。"

云栀脸上笑容很清淡:"西瓜汁吧,谢谢。"

牌桌上,几人都是从小认识到大的发小,谁都不敢出声,没想到这么和谐,纷纷收回看热闹的目光,重新把注意力放回牌桌上。

叶橙边喝东西边想,待会儿应该怎么和顾青李解释。

叶橙在洗手间按了一泵洗手液,哗啦啦的水流冲掉手上的泡沫,薛陈周走进来。说起来,这是在小龙虾店偶遇后,叶橙第一次和他在同一个空间。

叶橙不再抬头,专心揉搓手上的泡沫,认真冲干净。

薛陈周在那阵水声消失后,递给她一张手帕纸:"擦擦吧。"

叶橙看见了,却没要,甩着手上的水珠路过他。

薛陈周是真的无奈,这话他也确实很早以前就想和叶橙说:"叶橙,还不够吗?都过去多久了,你到底要闹脾气到什么时候?"

叶橙听了却有点想笑,一直到今天,薛陈周依然觉得她只是在闹脾气这么简单。

临近大学毕业季那段时间,周围的同学开始跑秋招,现场投简历面试,考研的考研,考公的考公,实习的实习,叶橙依旧心很大,雷打不动风雨无阻,每天在上完课后搭三站公交车去医学院找薛陈周吃午饭。

所有人都默认他们是情侣。

叶橙常和他结伴同行，同学朋友碰见他们时，两人几乎都在一起，像是连体婴。可是只有叶橙知道，没有表白，情人节也不会有玫瑰花，他们依然只是处在好友至上，恋人未满的地位。

钟鹏庆生攒了个局，排场很大，直接租下一整栋泳池别墅开派对。叶橙并不熟悉钟鹏的社交圈，只是和他们在别墅角落喝东西。

渐渐地，角落空了，只剩叶橙一人。

她捂着嘴打哈欠，正想着找个借口离开，身旁不知道什么时候多了个女孩，穿酒红色的花苞裙，锁骨又细又白。女孩和她打招呼："你好呀。我见过你，你是钟鹏的朋友，你记不记得我？"

叶橙没什么兴致，更懒得敷衍，跟了句你好。

女孩继续凑近："你怎么不过去和他们一起玩啊？那边有香槟塔和提拉米苏呢。"

叶橙依旧没有兴趣，拒绝了。

女孩妆容精致，长睫毛扑闪着，像个大号的洋娃娃。

女孩再开口，竟然是在拉拢她："你帮我个忙好吗？我想追钟鹏的朋友，那个戴眼镜的帅哥，我听说你们都是从小玩到大的发小，可不可以，替我搭个线约他出来？"

叶橙有短暂的错愕，她还是头一次听见这类请求，但并不排斥，或许是因为她的眼神像极了从前的自己。

直白、坦诚、无畏。

"可不可以嘛？"

他们连男女朋友都算不上，叶橙自然没有理由干涉薛陈周谈恋爱的权利。

可她到底有自己的私心，并没有大度到帮情敌追人，只是给女孩提供了一条信息——薛陈周有攀岩健身的习惯，每周日下午三点，都会准时出现在滨江路一家室内攀岩馆。

女孩对叶橙感恩戴德，笑得很甜，直说着下次见面要请她吃饭。

就在叶橙快把这件事忘了时，那女孩的好友竟然上门来质问她，都不等叶橙问对方是谁以及来意，对方就噼里啪啦一通说："是你让冉冉去学攀岩的？你知不知道她有先天性心脏病，根本做不了极限运动，连学校选修的体育课她都是免修的。要不是薛陈周正好在场，她差点就死了你知不知道！"

叶橙被骂得莫名其妙。

得知前因后果，她才知道那姑娘为了追人，去那家攀岩馆报了个会员。

叶橙很冷静，指出对方的逻辑错误："我和她根本不熟，我就是提供了信息，攀岩馆是她自己要去的，锅别扣我头上。不信你可以自己去翻聊天记录。手起开，你说完没有，我要走了。"

对方却不肯退让："可是冉冉说是你让她去学的攀岩！"

叶橙和她没什么好说的："我说了我没有，你再无理取闹我报警了。"

125

但三天后,薛陈周突然联系叶橙,让她去和人道歉。

那时事件再度发酵,那位自称冉冉朋友的女生在校园集市公开信息发帖子,以叶橙嫉妒心重蓄意设局谋害之名,帖子附上了医院出示的诊断书和打过码的病床照。或是背后有人助推,这条帖子在首页飘了很久。

叶橙一觉醒来,微信消息直接爆炸。

有的在问事情真相,有的表示相信她,更多的是在吃瓜。

叶橙从未有过如此失措的时刻,只能选择性忽视那些恶意中伤的评论。她整整三天没出过宿舍门,饭都是舍友帮忙带回来的。

所以在薛陈周问起时,叶橙很不耐烦:"我说了我没有,信不信由你。"

薛陈周不说话,态度明显。

叶橙难以置信:"你也觉得是因为我?"

薛陈周只是目光沉沉,隔着一张咖啡桌看着她。

叶橙的心已经凉了半截。她难以想象,他们认识二十余年,在一个才认识不到一年的女生中间,薛陈周并没有选择相信她。无论别人怎么说,怎么编派她恶毒可憎、嫉妒心重,叶橙都不在乎,她向来不在乎陌生人怎么看她……

是真的太累了,叶橙真的玩不起这场恋人未满的游戏。

或是经这件事提醒,过往记忆纷至沓来。

她始终以仰望的姿态追随薛陈周的脚步,努力考进师大附中高中部,即使初三一年差点学吐,很长一段时间看不进书,最后只够以垫底成绩留在全年级最差的班级。

叶橙也曾不切实际到夸下海口说要跟着他考进火箭班,薛陈周并没有说什么,反倒是他的同班同学听了,在一旁嗤笑叶橙异想天开:"能不能看看分数说话,真当我们这儿什么杂鱼烂虾都能进来,又不是废品厂。"

叶橙嘴唇动了动,想反驳,可这话伤人,却也是事实。她下意识地看向薛陈周,薛陈周只是在认真做竞赛测试卷,没有说一句话。

好像一直如此,薛陈周从来没说过她不可以,也从来没说过她可以。

喜欢一个人可能就是这样,费尽心思替自己找补,他的目光在你身上停留过,你就认为自己在他眼里是最特别的那个,用星盘、星座、生肖,甚至用名字笔画去佐证最后能走到一起。

但当爱慕的幕布揭开,就像一颗表面光滑诱人的苹果,其实内里早就被虫蛀透了。

叶橙是真的有点累了。

所以,叶橙只是深呼吸一口气,压下那些乱七八糟的情绪,再平常不过地答应下来:"好,薛陈周,我去道歉,但这是最后一次了。"

真的是最后一次了,我不要再喜欢薛陈周了。

在此之前,叶橙数不清曾有多少次在小字条上写下这句话,团成一团扔给俞微宁。一次两次，次数多了，俞微宁会看热闹般帮她计数。

"六十六次，姐姐。"

"你第九十八次这么说了。"

薛陈周却以为叶橙指的是想尽早结束这件事，自然点头："谢谢，最好不过。"

那之后，叶橙专心毕业论文和找工作的事情，彻底和薛陈周失去联系。工作学习连轴转，她没有多余的时间去想有的没的，这样倒很充实。叶橙每天八点出门，有时晚上十点才到家，洗澡睡觉，一天就这么过去。

是俞微宁先意识到不对劲，叶橙却再平静不过地表态："我不想再喜欢薛陈周了。"

俞微宁虽不清楚发生了什么，见她总算醒悟，单手搭在她肩膀上："能想通就好。"

Recall 二楼，洗手间。

叶橙并不认为那件事全是薛陈周的错，更何况阴错阳差，帮她把生活扳回了正轨，她不认为现在有什么不好的地方。

"你想多了，我没有在闹脾气。可以让一下路吗？"

直至晚上十点钟散场，俞微宁原本说好送叶橙回去，但她手头上有一批货出了问题，临时要去见个供应商，问钟鹏顺不顺路，帮忙送人。

钟鹏刚要说行，薛陈周已经立在楼梯口开口："我送你吧。"

他一出声，几人有片刻愣怔，不知道他葫芦里卖的什么药，正牌女友前脚刚走。

搞什么啊。

叶橙拽了下链条包，语气平和，并不给他们看热闹的机会："好啊。"

薛陈周开车稳当，他向来如此，规规矩矩，从不会做出格的事情。如果说把规则比喻成一个框，他便是永远会待在框内的那类人。

叶橙人坐在后座，没说话，专心看着车外的风景。

薛陈周坚持要送她到家门口。

叶橙也没说什么，只当他是个普通朋友，在薛陈周提出能不能借地方上个厕所时，她帮忙指了个方向："可以，那里直走进去。"

洗手间东西很少，镜子是推拉式的，拉开后能看见柜子里空荡荡的，只有一支用了一半的男士洗面奶和一把剃须刀。

薛陈周眉头皱着，就没松开过。或者说这种异样是从在 Recall 看见叶橙和人通电话开始的，那种轻松是他许久没在叶橙身上感受到的。

最终，薛陈周只是就着冷水洗了把脸。

叶橙正边盯着顾青李留在冰箱上的字条，边给自己煮粥。她觉得自己最近厨艺见长，完全脱离炸厨房的范畴，甚至美滋滋地拍了张照发给顾青李。

顾青李照例很捧场，情绪价值拉满："厉害。"

叶橙嘴角上扬，收起手机。

"你们还住一起吗？"

猝不及防的一句，叶橙险些没拿稳手机。

她回头，见薛陈周站在客厅，抽了两张纸巾在擦领口上的水，动作悄无声息。

那天过后好一段时间，叶橙照常忙碌。

天已经很热，日常要出外景，叶橙差点没热到中暑，一到家喂了两颗药，又灌了好几杯水才缓过来。

这天晚上，叶橙盘腿坐在地上，为突然失控的扫地机器人发愁。

扫地机器人并不是她买的，是顾青李某天搬了只小箱子回春水湾，说是朋友公司送的试验品。叶橙当时没有放在心上，是在家政阿姨和她说明有了新的雇主后，叶橙才想起这台扫地机器人的存在。

没有说明书和产品介绍，这是叶橙第一次操作，机器人运转了不到五分钟，在原地转了十来圈，不动了。

她心下疑惑，想着不会这么倒霉吧。她试过重启，充电，都于事无补。最后，她想起来问顾青李，收到一条：*拍张图片过来*。

这条消息很快撤回，一个视频电话打过来。

接通后，叶橙先是看见星空和右下角的葡萄藤，应该是顾青李随手把手机扔在一边，声音倒是很清晰。

叶橙依照他的指示，把扫地机器人来来回回检查了一遍，听着听着她却开始走神。

他那边动静尤其多。正常说话声外，隐约能听见一声又一声悠长的蝉鸣，现在更是掺着几声别的什么动物的声音。

于是，顾青李自顾自说完一通，发觉这头没动静，随意扫了眼屏幕，画面定格在扫地机器人上："……你在听吗？"

叶橙自顾自地问："啊，你家里有鸭子啊？"

顾青李一愣，什么东西？

顾青李的视线落在葡萄藤下，才明白叶橙指的是什么，他习惯在院子乘凉时大门开一道小口透气，隔壁邻居家养的鸭子趁这时偷跑进来觅食，毛茸茸一群，不时扑腾一下翅膀。

叶橙霎时露出了很没有见过世面的惊叹："真的吗？你给我看看。"

顾青李真拿起手机，转换摄像头给她看了一眼。

叶橙继续道："我还听见猫叫声了，你家是不是养猫了？"

"不是，野猫。"

"你给我看一眼。"

叶橙专心托腮看着，觉得在小镇生活好似并没有她想象的糟糕，更多的是觉得新奇。

"顾青李，临川好玩吗？"

顾青李觉得很难回答她这个问题。

犹豫片刻，他只好如实告知："很多人来这里看花。"

叶橙心里突然泛起一个想法，说起来，她很久没有独自出门玩过。

"顾青李。"

"嗯？"

"我可不可以，去你那里玩？"

声音越来越低，到最后一个字已经趋近于听不见。之所以这样，是因为她想起顾青李确实从未和她提起临川的事情，叶橙心里没底。

顾青李顿了顿，是在反问她："你想来吗？"

叶橙被他问得莫名其妙。

顾青李这段时间其实心情不太好。唐老师临时病倒，工人不是之前常合作的那批，人不太靠谱，总是没干两天就跑路，工期一延再延。他原定这周末回北城一趟，因为大大小小的事情堆在一起，未果。

顾青李心下清楚，叶橙身边朋友多。她高中时出手阔绰大方，人很好相处，很随和，加上大部分同学是师大附中初中部升上来的，早有了自己的小团体，时常课间去楼下买零食，在班里喊一声，一呼百应，都是成堆人去的，隔老远都能听见吵吵嚷嚷的说话声。

他们像两条向不同方向行进的平行线，很长一段时间内，二人各有自己的宇宙，并没有交集。

就像那天在电话里听见麻将声，顾青李最先想到的并不是叶橙骗他，而是感觉在师大附中的一切仿佛重来了一遍。明明只是一个教室对角的距离，那头热热闹闹，独留他一人在这头，像一座无人问津的孤岛。

他怕，在远离她闹闹嚷嚷的世界后，她会就此忘了他，所有努力都前功尽弃。

故而这会儿，顾青李嗓音甚至带了点蛊惑，又沉又哑："要来吗？"

叶橙利落地答应："可以啊。"

周末假期加上年假，满打满算能玩一周。

次日早上，叶橙马不停蹄地赶往机场。结果运气不好，遇上飞机故障延误，叶橙捏着登机牌，心里想的却是她来之前告知了顾青李航班信息，不知道他这会儿有没有从镇上出发。

飞机落地南城是下午的事情了，机场人流络绎不绝，叶橙边站在传送带旁等行李箱，边等着手机开机。

她抽出行李箱拉杆，想给人打个电话，才按下那串号码，手机放至耳边，箱子就被人接过去，伴随着一声熟悉的嗓音："找我？"

漫长的冬春季节早就过去，两人也有一个多月没见。

叶橙看着那道穿着T恤、长裤，头戴一顶鸭舌帽，高大修长的身影，手边是她米白色的贴着玉桂狗贴纸的行李箱。

人好像更白了点，不是夏天到了吗，真稀奇。

叶橙感觉心跳都漏了一拍，多半是吓的，连手上电话都忘了挂。

顾青李摸出手机看了眼来电显示，似笑非笑地询问她："我要接吗？"

叶橙才回神，收起手机。

明明平时聊天很利索，骤然面对面，叶橙手不自觉抓着身后短裙裙角，两人在高铁站拥抱那幕，非常不合时宜地出现在脑海。

顾青李也才注意到她今天穿了一身短衣短裙，四肢纤细，小腿笔直又紧绷，看起来青春活泼。

他咳嗽一声，有些不习惯刺眼的阳光，把帽檐往下压了压才道："走吧。"

叶橙"哦"一声，缓慢跟上去。

道路两旁是绵延不绝的青山，山川湖泊不断往后倒退，叶橙看得目不转睛。

"看见指示牌没，快到了。"

其实不用他提醒，叶橙看见那大片大片的碧绿荷田，也能猜到是真到了临川。

顾青李给她在酒店订了房间，虽说酒店各方面条件比不上北城，但好歹是镇上唯二的酒店，他特地对比了两家优劣，最终敲定这家，拉开窗帘就能看见镇上那条穿镇而过的母亲河，依山傍水风景很好。叶橙对此一无所知，打量着酒店大厅的环境，见他只递了一张房卡过来，好奇地眨眨眼："怎么就一间？那你住哪儿？"

顾青李："家里。"

"离这儿远吗？"她对临川的大小根本没有概念。

"不远，这里过去两条街区。"

叶橙便又不说话了，有段时间没见，有点不知道该说什么的窒息感，她站在电梯角落，双手都不知道往哪里放，只能老老实实地背在身后。

把人送到房间，约好晚上来接她的时间，顾青李站在走廊拐角处，在脑海里复盘了下方才一系列的动作，回想起关门前叶橙莫名有点失落的眼神，终究，他还是忍不住倒回去按门铃，也不进去，就靠在门边解释了句："昨晚通宵了，早上八点才睡。我又开了间房，就在你隔壁，你有什么事直接敲我的门。"

叶橙才发现他不是冷脸而是疲倦，反应过来了，乖巧点头。

他这回笑了下，拎着帽檐把鸭舌帽取下，直接反手把帽子扣她头上："你慢慢休息，我去睡会儿。"

叶橙的视线有短暂受阻，但把帽子取下后，心情跟着明朗了些。

顾青李睡足后，情绪要好很多。

叶橙跟着顾青李往河边饭店走，不时打量镇上的建筑。这里历史悠久，青瓦白墙，河道两边是两层的木楼，带一个小露台，晾衣服或者用来晒干货。红彤彤的辣椒，或者玉米粒，其中点缀着几盆绿得亮眼的茉莉和栀子，大片大片的苔藓爬满码头的墙壁，绿意盎然。

第二天，叶橙直接在酒店待到下午，人仰躺在大床上，不时起来拉开窗帘看一眼。风景很好，山是山，水是水，是在北方钢铁森林看不见的风景，水乡温柔，荷塘春色。但终究有种闲到发霉的错觉，快下午三点半时，顾青李才给了她指示，让她下楼。

循着顾青李在消息里的说明，叶橙径直走到梧桐巷，从最里头那间数，倒数第二间，大门没关，仿佛打开了另一个世界的开关。

阳光肆无忌惮地穿过葡萄藤和宽大叶片，有光漏下来，几盆小葱、小米辣、韭菜苗和芦荟，生机勃勃。

祖屋看起来有些年头，但并没有想象中那么破，一共有两层，房子依水而建。窗下河道，有渔民撑一根长篙驶着乌篷船路过，漾起一圈圈水波纹。

晚饭是在家里吃的，就在院子里支了张小桌子，夜风清凉，叶橙突发奇想问能不能去施家大院一趟。

"好奇这个？"

叶橙点头："工作内容对外开放吗？不是的话就不要了，怕打扰你们。"

"没关系。"

叶橙不熟悉镇上布局，手机导航因为没有实时更新，也不太准确，导不到具体地点。担心她找不到地方，顾青李还特地让傅连城去接她，骤然在这个陌生小镇遇到熟人，可以说是老乡见老乡，傅连城激动得眼泪汪汪，一路上对叶橙嘘寒问暖。

施家大院坐落在临川镇西南角，以前某个姓施的乡绅盘下用作私人住宅，建筑格局、院落风格是非常典型的江南风格，白灰色墙面，几枝鲜嫩翠竹做了点缀，美得像泼墨山水画，后家族没落，大宅前前后后换过好几个主人，近代才正式交由政府接管。但临川不是个富裕小镇，始终没重视起修缮问题，施家大院里头的文物交由当地文物局看管，平时只是个空壳子，就连当地居民都只能隔着青瓦白墙远远看一眼。

修缮项目开始，这里才像是被重新注入灵魂。

叶橙跟在傅连城身后靠近施家大院，就瞧见唐鹤松正接过一个戴草帽穿白色背心的老头手里的旱烟。

路过门口照壁，大宅是合院格局，叶橙已经能感觉到一股扑面而来的历史厚重感。

她是在其中一个天井下找到顾青李的，他正在察看这两天拆下来的斗拱编号,时不时用铅笔做标记。

两人都没先出声,是唐鹤松走过来,问了两句叶橙是什么时候过来玩的,准备玩多少天。

叶橙一一答了,注意力却始终落在顾青李那儿,唐鹤松暧昧地笑笑,也不在这时打扰他们,只说了句:"有空常来玩。"

她接过顾青李递来的一卷卷尺。

"等很久了吗?"

他工作时很认真,或者说他不管做什么都挺认真,明明是非常枯燥乏味、重复单调的内容,他却能保持同一个姿势好几个小时。

钟鹏曾经评价过,他们这群人中,他最羡慕顾青李。从一开始就知道自己想要什么,认定了目标就不会改变。因为孑然一身,没有什么后顾之忧。

而且,能数十年如一日,坚持自己喜欢的事情,本身就是一件非常难得的事情。

坚守初心,举着这个旗号的人很多,能做到的人却少。

故而,叶橙在这时并不敢轻易打扰他,摇头:"没有很久。"人也很体贴,"你今天是不是也要忙,忙的话,要不我先回去?"

"不忙。"顾青李在院落右侧洗手,"这两天都陪你。"

夏日黄昏五六点时分,小镇已经不太热,顾青李计划领她去小镇西边的荷田看看,听说镇里新推出了泛舟赏莲的活动,女生应该会喜欢这些。

但他平时就梧桐巷、施家大院两点一线,显然不太注意外界信息。

两人站在荷塘边,身旁大大小小一家子出行,不时有人撑着遮阳伞晃过去,连穿插在荷塘其中的九曲回廊桥都挤满了人。

兜兜转转,他们还是回了梧桐巷。

两人才到门口,就发现早有人等在那儿,顾青李个子高,池沛先看见他,语气惊喜:"青李哥哥。"

瞧见他身后的陌生女孩,池沛嘴角像挂了块秤砣,耷拉下来,又很快扯出个笑,笑得很甜,同时把手里一只竹篮往前递:"这是我妈让我带来的菜,知道你喜欢吃豌豆苗,我还特地多摘了点。"

叶橙在顾青李把钥匙交给她时,感觉头顶被大力揉了下:"你先进去,我和她有话要说。"

什么毛病,怎么都喜欢摸人头发。

叶橙"哦"了一声,理着头发进去。

顾青李确实挺头疼池沛。他离开临川前,池沛还是个不到十岁的小孩,正是爱玩的年纪,池婶整天和他抱怨自家好端端一个女娃怎么就知道跟着男孩爬树抓蛐蛐下水游泳,顾青李边听边点头,他在超市帮忙理货,薄薄的T恤撑起尖锐的肩胛骨。因为心疼他奶奶赚钱辛苦,一老一小实在是不容易,池婶破例让他一个初中生在店里帮忙补贴家用。

毕竟有恩，连带着顾青李这时都不好拒绝池沛，她把竹篮递过来，眼神慌乱，扭捏着问他明天晚上有没有空，想请他去家里吃饭。

"我妈说，你回来后还没来过家里吧。"

顾青李确实很久没见过池婶，想不到拒绝的理由，便答应了。

翌日清晨，叶橙特地起了个大早，顾青李在酒店大厅等她。

天才蒙蒙亮，叶橙一肚子起床气没处发，但没办法。

她昨晚听见饭馆老板娘提起这边有水上集市，游客很多。她多问了几句，而后一脸振奋地拍着顾青李的手臂问能不能去看看，顾青李顺手帮她把面前的茶水添满，显然十分了解她的性子，嗤笑："你确定？"

"确定啊，这有什么不确定的。"

顾青李开诚布公："集市九点半就散了，去晚了连根菜叶都捡不着，你起得来吗？"

叶橙嘴硬："起得来啊，怎么起不来。"

故而这会儿叶橙只能耷拉着脑袋跟着，哈欠都不敢打，直至他们在道路尽头拐弯，叶橙眼睛缓缓睁大。

天在这时候亮全了，阳光并不刺眼，但照在身上仍有温度。水上集市顾名思义，就是成排的小舟停在岸边，船上都是新鲜摘下来的各色水果和捧花，摊主搬了张小椅子坐着。

河道并不宽，此时挤满了小船。有些摊主为了招揽客人，还会在船上扎红色的绸带，系上鲜花。

河道两旁更是夸张，行人如织，有镇民，也有慕名前来的游客。

从前，临川的水上集市非常简陋，因为找不到摆摊的地方，在船上摆摊成本低又方便，随走随停，卖的也多是应季蔬菜，刚从田地里摘的冬瓜、番薯叶、豆芽菜之类的。

叶橙觉得新奇，瞌睡一扫而空，时不时在某条小船前停下，问摊主东西怎么卖。

但这里的摊主大多是在临川生活了几十年的镇民，普通话说不利索。叶橙听得云里雾里，沟通不畅，只能靠顾青李翻译。

没一会儿，顾青李手里勾了好几个塑料袋，一转头，却没找见人。

叶橙此刻正蹲在集市角落看人做草编蚂蚱。那是个年轻的单眼皮男孩，手指很灵巧，一只巴掌大的蚂蚱很快做好，摆在摊位前。

叶橙咬着豆浆吸管问他，会不会做草编的凤凰。

集市嘈杂，到处都是人声，要凑很近才能听清在说什么。

那男孩显然没听见她的话，叶橙叹气，两人离近了，男孩才听清。但他脸皮薄，陌生女孩骤然靠近，身上有着好闻的味道，脸蛋也漂亮，他耳朵都红透了。

叶橙还想问这怎么卖,熟悉男人的气息凑近,距离拉近,叶橙稍稍侧头,两人几乎是贴在一起。

集市依旧热闹,并没有因为这边的动静改变一分一毫。有人在砍价,有人在翻弄着竹篮里的菜叶。

但顾青李的脸色看上去并不好。

叶橙如愿拿到草编的凤凰,高兴地朝他晃了晃:"顾青李,你看!"

顾青李一眼没看:"走了。"

剩下一整天,叶橙直觉顾青李情绪都很淡,面上和平时无异,她猜测是她想多了。

当晚,顾青李带她去池家吃饭,交代了句她少说话多吃饭。

叶橙当然是点头。

可池沛在家看见她,脸色就不是那么好看了,她也不藏着掖着,直接当着叶橙的面和池婶说悄悄话:"妈,你什么时候多请了个客人,她是谁啊?"

声音大得就怕隔壁邻居耳背听不见。

池婶和池沛长得很像,都是柳叶眉瓜子脸,听见这话,先是打了把她的胳膊,又示意顾青李把人带进去:"厨房还有道鲫鱼豆腐汤,你们先坐,不然菜要凉了。"

叶橙坐在顾青李左手边,全程看着池沛不断给顾青李添菜,碗里饭菜快堆成一座小山。

池婶知道顾青李当年是被叶家接去北城念书后,对叶橙态度好了很多,不时问两句:"你是北城人?"

"嗯,本地的。"

"你和小李还是高中同班同学?"

叶橙闻言,给顾青李递了一个眼神。他不知是没看见还是故意的,没反应,在低头吃菜。

叶橙解释:"对,本来他高我一个年级,爷爷担心他来北城不适应,跟不上学校学习进度,建议留一级。那时候转学生都统一放在我们班,阴错阳差就成同班同学了。"

池婶太久没见顾青李,有点触景生情:"那就好,小李真的是好孩子,能在大城市上学太好了。不像在我们这种小地方,他和佟婆婆相依为命这么多年,苦日子也算是过够了,苦尽甘来喽……"

她还有话欲说,被顾青李夹一筷子菜堵住嘴巴:"池婶,先吃饭,有什么话饭后说。"

饭后,池沛却不肯放叶橙回去,紧搂着叶橙的手臂,一副亲亲密密的模样:"叶橙姐,要不今晚你别回去了,和我一块睡吧?"

叶橙被这突如其来的示好吓到,感觉手臂上起了细细密密的小疙瘩,但池沛看上去就是个普普通通的小姑娘,叶橙也没觉得对方会针对她。

池沛的房间很大,叶橙观察了下,应该是两个房间打通成一间,窗户开着,晚上蚊虫多,能嗅到很淡的熏香味道。

真正一块睡下时,池沛却一扫和善态度,板着脸,字字句句都是有关顾青李在北城生活如何,就差声泪俱下:"哥哥多老实啊,北城又这么远,他一个人在那儿,受了委屈能和谁说啊,太可怜了……"

叶橙困意来袭,但脑海留一丝清明,心说你哥哥和他们一块逃课、打架,和"老实"这个词根本就不沾边。

池沛想到这层,恶狠狠地道:"喂,你不会趁他在北城举目无亲,欺负人吧。"

叶橙困极,小声道:"哪有啊,哥哥……"

池沛一巴掌扇在她手背上。

叶橙改口:"顾青李人挺好的,我们都很喜欢他。"

没承想,这直接触发了池沛的关键词:"不准你喜欢他!"

叶橙有些无奈。

很快,池沛提起今晚最重要的问题。她仔细观察过,觉得顾青李和叶橙关系不太一般,今天这顿饭后又觉得他们就是普通朋友。但第六感告诉池沛,没这么简单,她想直接问,顾青李是不可能告诉她的,只能从叶橙这边下手。

"我知道你是谁,我听见过几次青李哥哥给你打电话。

"我们关系很好的,你别想骗过我。"

叶橙态度真诚:"是吗?可我没听他说起过你啊。"

池沛又是一巴掌,打在她手背上。

叶橙开始后悔为什么今晚会答应留在池家,她眼皮都沉重得快抬不起来。

池沛语气里藏着的其实是羡慕:"你们关系挺不错的。"

叶橙嘟囔:"还可以,就是认识比较久。"

池家氛围就是最普通人家的日常,池婶在镇上开超市,池父则是跑货运的,因为这几天出门了,才没在家里见到人。

早晨起来,桌上是池婶给她们做好的早饭,叶橙没什么胃口不太想吃,但碍于是在别人家做客,就舀了一碗白粥,勺子碰撞瓷碗发出清脆的响声。

池沛不知道受了什么刺激,像只斗败了的公鸡,蔫蔫的,还问叶橙要不要自家做的酸萝卜和咸菜下粥。

叶橙答应得干脆:"要。"

然后,池沛端了一小碟东西摆到她面前,坐回离她最远的位置,默默地撕馒头,一条一条塞进嘴里。

叶橙喝了小半碗白粥就没喝了。

她看着池沛,突然来了句:"你很喜欢他吗?"

尽管没点明,昨晚上被池沛折磨了一晚,叶橙再傻也不难猜出她是什么意思。

池沛却瞪了她一眼:"谁说我喜欢他。"

叶橙"啊"了声,没跟上她的思路,既然不喜欢,干吗问这么多。

池沛咽下最后一小块馒头,给自己也倒了碗粥。

叶橙这才发现,池沛不脸红不支吾的时候,算得上是清秀可人。她皮肤很好,白嫩有光泽,吹弹可破。

池沛并不在意她的看法,耸了耸肩:"你知道吗?我去过最远的地方,是跟着我爸去南城进货。"

小镇生活有点称得上是与世隔绝,几乎家家户户都有承包的荷塘鱼塘,养鸡鸭鹅,种瓜果蔬菜,自给自足。

春天播种,夏天挖藕,秋天晒谷,冬天腌腊。

整个小镇被群山合抱其中,只有唯一一条穿镇而过的公路,像片世外桃源,生活在这里的人有点安于现状,却也因此经济常年居于全市倒数,迟迟发展不起来。

池沛上个月过了二十岁生日,她上学的时候成绩奇差,只在临川中学念完高中便没继续读书,不是跟着父亲去跑货,就是在母亲超市帮工。

外面的世界对她来说,很陌生。

但顾青李因为施工项目回到临川后,她时不时去找人,顾青李空闲时间也会给她说说国外的事情。

他好像什么都知道,无所不知,无所不能。

那些对于池沛来说,都是认知以外的东西,就像常年蹲守在井下的青蛙,终于堪堪看见了井外天空一角,她理所应当被那一身人间烟火气吸引。

更何况,顾青李看上去虽冷,实际上人很好,做的远比说的多。

要说喜欢嘛,池沛都谈过两个男朋友了,当然明白这和喜欢没什么关系。

叶橙听完,没纠结,而是看着池沛,抛了一个与这些都无关的问题:"可是你是怎么知道,你不喜欢他的?"

"这也要问?"池沛纳闷,"是不是真的喜欢一个人,你自己心里难道不清楚吗?"

叶橙沉默了,她是真的不太清楚。

算起来,她其实除了明恋未果,感情经历一片空白。这些年她孑然一身,不是和俞微宁就是和钟鹏玩,该吃吃该喝喝,从来没有把恋爱提上过日程。

从池家出来时,天飘起了细细密密的小雨,池沛让她走的时候拿把伞。叶橙看着池家门口整整齐齐的三把雨伞,没拿,而是冒着小雨独自回的酒店,顶着块毛巾擦头发。

她运气好,人将将迈入酒店大门,身后雨就下大了。

叶橙窝在沙发上,捧着手机,一条一条回这两天攒的消息。

在回到俞微宁问她什么时候回北城时,叶橙正算时间,门铃就被按响了。

同一时刻，天空有落雷，夏天的雷阵雨来得猛烈，叶橙被吓得咽了咽口水，望向身后骤然被映亮的天幕，又瞬间恢复平静，好似什么都没有发生过。

她在猫眼看人："谁啊？"

随着门打开，门口是浑身湿透的顾青李，因为头发沾湿，不断有水珠沿着他清晰的下颌线滴落在浸湿后颜色更深的衣服上，连门口地毯都晕开了一小片水渍。

叶橙皱眉："你怎么搞成这样。"又探头，看了看空荡荡的走廊，把人拉进来，"你先进来说话。"

在顾青李进门时，叶橙看见他手里有一柄长伞，正滴滴答答往下滴着水珠。

这雨太大，怕是手上有雨伞都没多大用。

光是扯他手臂那一下，叶橙就摸到了一手掌雨水，当下也顾不上问他前因后果，把干净浴巾抱出来给他擦身上水珠，又看着顾青李把一整杯热水喝完，催他进去洗个澡。

顾青李全程不发一言，叶橙说什么都只负责照做。

听见浴室传来哗啦啦的水声，叶橙去看窗外，瓢泼大雨，似乎比刚才下得更大，天阴沉沉的。

叶橙才拿起手机，回俞微宁一个回去的大概时间。

俞微宁话题一转：临川怎么样？

叶橙略想了下，打下：下回你自己来不就知道了。

俞微宁：算了吧。

顾青李出来时，便瞧见她在低头看东西，叶橙听见动静，手上的荧光笔没停，翻看完最后一行，才合上本子。

小沙发分两张，摆在桌子两旁。

他衣服湿了，只能拿去这层楼的烘干机烘干，身上穿的是酒店统一的白色浴袍。如果不是没办法，他也不想这样出现。

叶橙的注意力却落在墙边的黑伞上，她又看向他："你是因为去给我送伞，才淋雨的吗？"

顾青李没答，反问："你走的汽车站那条路？"

叶橙不知道临川汽车站在哪儿，但回想起她确实路过一个铁制大门，点头。

顾青李收到池沛的消息，说外头下雨了叶橙却没拿伞走，他第一反应是去送伞。一路走走停停，他担心她被雨困在某个地方，结果叶橙误打误撞绕了条远路走，两人根本没碰上面。

既然没什么事，顾青李便不打算说。

叶橙举着电视遥控器朝他挥挥："反正闲着也是闲着，雨一时半会儿都停不了，我看这里电视机里有家庭影院，你有什么想看的吗？"

顾青李揉了下脖颈:"随你,我都行。"

在这个令人昏昏欲睡的、下着暴雨的夏日午后,液晶显示屏闪着荧荧蓝光,她看得认真,视线黏在屏幕上,思维仍是跳脱的,冒出的问题一个接一个。顾青李都耐心答了,只是当屏幕色调暗下来,剧情快到高潮处时,叶橙忽而开口:"你是不是在生我的气?"

她抱着膝盖坐在小沙发上,也顾不上剧情,那双眼睛就这么一动不动看着他。

顾青李顿了顿:"没有。"

叶橙不太相信,但说到底这只是她的感觉,没有证据。她只能小声说:"那如果你生气了,我和你认错,别气了好不好?"

过了大概五分钟,顾青李才弯着手指敲敲桌面,朝她勾手指。

叶橙虽不清楚他什么意思,却真倾身过去,接着她的脸被人重捏了下,顾青李甚至心情很好地帮她把翘起的衣领抚平。

夏日阵雨来得快,去得也快。

一整晚风雨飘摇,但到了凌晨,就成了和风细雨,整个小镇都干净得好似被这场雨冲刷过一遍。叶片滴落露珠泛着光,还有蜗牛顺着脉络在慢慢爬,又在初升的朝阳中消失,无影无踪。

叶橙跟着顾青李坐在巷口的面店吃面。

面店是老字号,其貌不扬,店面很简陋,招牌更是被陈年的油污覆盖,黑亮得看不出原本的颜色。叶橙站在店门口犹豫片刻,最终还是接过顾青李的话头:"要一碗招牌牛肉面吧。"

顾青李点头,又加了几道菜,跟着落座。

待面都上来,叶橙就着面汤吃了口面,雪白面条上忽而被人盖上几片酱牛肉。

再抬头,叶橙被他手边一碗小馄饨吸引:"能给我匀一个吗?"

顾青李也没什么意见,找老板要了只干净勺子,把面前的海碗推给她:"你吃饱了再给我。"

这条小巷生活气很足,有人挑着担路过,碰见熟人,立在一旁寒暄两句。有人在原地摆摊叫卖,都是一些小食,或是手工制品。

吃饱,叶橙专心盯着马路对面一群小孩看,有男有女,看起来不超过六岁,都围着中间的纸箱看,时不时争吵两句。

她走过去,听见几句。

"哎呀,你手这么脏,别碰它,没看它在躲着你吗?刚刚你力气太大把它抓疼了。"

"就是就是,都在叫了,你太过分了。"

"你们管这么多干什么,又不是你家的,有本事你养它啊,反正是只没人要的野猫。"

一群人正争着，抱着猫的女孩首先看见叶橙，见她好奇，主动把才十几天大的小奶猫捧到她面前，问她要不要摸一下。

猫真的丁丁点大，头大身子小，瘦骨嶙峋，应该是才睡醒不久，眼睛都没完全睁开，骤然嗅见陌生人的气息，直往纸箱角落缩。

而叶橙低头看着，并没有动。

小女孩是昨晚在自家店门口发现它的，当时它小小一团缩在地上，狂风暴雨，屋檐下是唯一一小片淋不到雨的地方。但她心里清楚，家里人是不可能同意她养猫的，昨晚一整晚，她都是提心吊胆把猫藏在床底下。

看叶橙面善，小女孩甚至大着胆子推销："姐姐……你要不要养它？它真的很乖的，我可以证明，不乱跑也不闹，你给口饭就行，一点也不麻烦。"

叶橙依旧没动，那猫却好似察觉到了自己又要被抛弃的命运，缩成一团，抬起了脑袋，一双眼睛怯怯地看着她。

身后，是顾青李结完账出来找人。见她蹲在路边，他隔着马路叫她的名字，二人回了梧桐巷。

叶橙来临川没带电脑，借了顾青李的电脑在改组长交给她的稿件，要得急，叶橙隔着手机都仿佛能看见季霄那张冰块脸，她一点都笑不出来，人快到梧桐巷，想骂街。

顾青李问清缘故，倒很体贴地把电脑和房子留给她办公，他今天要出去一趟，离开前和叶橙说有事记得给他打电话。

"知道了，知道了。"叶橙随口应了句。

顾青李见她已经进入状态，顺手帮她把门带上。

下午的时间就很无聊了，任务完成，叶橙坐在小院子里，不是在数葡萄藤上的叶子，就是在揪狗尾巴草玩。

不自觉地，她又想起早上见到的那只小奶猫。

叶橙没告诉过任何人，她喜欢小动物。但秦方兰非常讨厌，甚至厌恶一切需要费心照料的活物。叶于勤同样觉得猫狗都是玩物丧志，叶橙只能常去俞微宁家逗她那只马尔济斯。

叶橙想成为旁人眼里的好孙女、好女儿，甚至好恋人，可结局总不尽如人意。所以她习惯把问题埋得很深，直至被厚厚时间覆盖，完全看不见。

但她也想别人在某天能看见她其实并不快乐，其实很累。

如果可以，她只想当一颗山顶上的小石头。天晴时看看太阳，望望远方，什么都不用想。

但真被人问起，她出口就成了很无所谓的一句："没事，我能有什么事啊。"

顾青李回来时是黄昏时分，天空被染上火烧云色彩，鱼鳞云排列整齐密布，明天应该是个好天气。

晚上八九点，两人在院子里乘凉，叶橙在话题中装作不经意地提起面店对面的小猫，语气难掩失落："不知道它现在怎么样了，这么小一只，可能这个冬天都熬不过。"

顾青李从手机里抬眼看她："是吗？"

叶橙搓了下手："是啊，我看它特别瘦，头顶还秃了一小块，可能营养不良。"

顾青李合上手机，语气很认真："你想养它？"

叶橙愣怔了下，听从内心召唤，点头，又摇头："想有什么用……"

顾青李勾勾嘴角，让叶橙进去帮忙拿一下东西，出来时她看见地上多了个笼子，笼门大开，一旁是正在舔毛的小奶猫。

叶橙完全不敢相信，顾青李真把猫带回来了。

"下午我带去宠物医院检查了一遍，确实有点营养不良，其他没什么大问题，灌了点葡萄糖，就带回来了。"

说着，见她愣怔住，顾青李直接提溜着小猫的脖颈，放进叶橙怀里："愣着干什么，不好好看看吗？"

叶橙才如梦初醒，视线落在怀里的小猫身上，它应该是在宠物医院洗过澡，隐约能闻见香味。

他还买了一大堆东西，日用品和猫粮，叶橙听他一样一样地介绍，心思却不在这儿了，而是："你是不是有读心术？"

顾青李正把最后一袋猫粮收好，闻言低头笑了下。

为了方便她看，顾青李整个人半蹲着，尽量和她保持平视。故而叶橙几乎能看进他内心，更别提他仿佛撞进心里的话——

"你其实可以任性一点。"

说完，顾青李咳嗽一声，摸了摸鼻子，进去了。

叶橙还抱着猫，小奶猫似乎已经习惯她的味道，并不挣扎，反而头拱了两下，在蹭她的掌心。

叶橙却全然顾不上，心跳漏了半拍，在目送顾青李走远后，她才后知后觉地捂脸。

是烫的。

叶橙是第二天下午的飞机，顾青李另外有任务没办法送她，只能托认识的人捎她一程。

离开前，她握着小猫的爪子和它告别。

这是只很漂亮的狸花猫，像只毛茸茸的小橘子。狸花一向不太着家，可能适应不了家养。它还小，托运不方便，也怕小猫路上出点什么意外，她和顾青李最后敲定的结果是猫先放在这儿养着。

明明说好是她养，叶橙自己都觉得不好意思。

"你会不会觉得不方便？不方便的话，我改天来带回去。"

顾青李瞥她一眼："不会。"

"你讨厌猫吗？"

"那倒没有。"

见他答应下来，叶橙托腮，忍不住开始提要求："不过说到底，它的主人是我，我得观察它的成长过程，不然下回见到我，怕是认不出我了。"

小猫初来乍到，依旧在熟悉环境。它能认出她的味道，不过是因为叶橙给它喂过几次猫粮。和其他狸花猫清瘦机灵的模样比，这只看着有点太笨了，眼神呆滞，动作也迟钝。

"不会是弱智吧？"顾青李猜测，并不排除这种可能。

"说什么呢。"叶橙瞪他一眼，飞速捂着猫耳朵，"猫猫还小，听不得这些。"

顾青李打开从宠物店带回来的箱子，拎起剪刀开了根猫条递给她："你喂它这个试试看。"

叶橙乖乖接过。

顾青李继续问："你想怎么观察？"

叶橙略想了一会儿，注意着他的神情："视频通话吧，你把猫放在摄像头前，剩下的就别管了。"

他失笑。

叶橙却异常认真："反正我要视频的时候，你不能拒绝。"

顾青李收了笑，仍是耐心："好。"

刚刚那话其实算是试探，但细想下，不管她提什么无理请求，顾青李都会照单全收。顾青李好像在她面前，说得最多的就是"好"。

她也有点相信，顾青李不是在诓她，叶橙盯着他的眼睛："你真好。"

帮忙把行李打包到尾箱，叶橙最后和他告别。目送那辆车离开后，顾青李仍是立在原地没走，一旁还有只在认真舔毛的猫。

良久，他才转身，顺便睨了眼地上呆呆愣愣的猫："进去了。"

猫并不理他，认真舔毛。

他干脆戳穿，语气很冷淡："等也没用，你妈走了，没人给你当靠山了，我可不惯着你。"说着，他就要去拎它的后脖颈。

猫也没挣扎，整只缩成一团悬在半空中。这时，它才后知后觉地看向车离开的方向，恋恋不舍地"喵"了一声。

"这么快就舍不得了？"

他点评："傻猫。"

/ 141

Chapter 05
奶油向日葵

就好像手里一直握着的细细的风筝线，在这一瞬有断裂迹象，而她甚至不知道风筝线那头到底拴着什么。

叶橙回到北城后，发现自己居然有些不适应这里。交通拥堵，耳边总是有止不住的噪声，完全不似在临川时空气清新，她常拉开酒店窗户看风景，淡淡水雾扑面而来，心灵都仿佛被净化了。

但她根本来不及多愁善感，好几个采访任务压下来，日程安排得满满当当，每天回家倒头就睡，说要视频看猫的事情也被她抛到脑后。

某个周四下午，叶橙总算明白在临川时，俞微宁让她小心自家老爷子是怎么回事了。

当时，叶橙正在报社楼下买咖啡，听见小姑的话，吓得手里咖啡都差点没拿稳。

爷爷让她去相亲也就算了，这次居然连小姑都倒戈。

"你皮痒了是吧。"叶其蓁也觉得烦，那男人的照片和信息她都看过，第一眼觉得不太顺眼。但她转念一想，男人属于成熟稳重型，年近三十事业有成，在北城有房有车，各方面条件都不错，如果真的能成，正好压一压这小丫头的性子。

叶橙瞬间噤声。

"你不着急？你也不看看你以前的同学，孩子都生了吧。"

叶其蓁又道："还是说你还惦记着薛家那小子，能不能有点出息，别那么死心眼，离了他，你是不是不能活了。"

叶橙沉默，她其实有好一段时间没想起过薛陈周了。

叶其蓁语重心长："见见怎么了，人家是上市公司市场部经理，你以为还是小孩子过家家的年纪？实在不喜欢，勉强去一趟，就当应付老爷子了。"

最后，叶其蓁嘱咐："穿好点，别挂脸，真出点什么事丢的是老爷子的脸，就这样，挂了。"

周日，叶橙真从头到脚收拾了一番，在镜子前比画到底是戴宝格丽黑色扇子还是那条梵克雅宝孔雀石，俞微宁趴在她身后的大床上，出声建议："孔雀石好，孔雀石显气色。"

叶橙哼唧："不需要。"然后，她解开黑色扇子项链搭扣，对着镜子戴上。

俞微宁坐直了，问她："你真要去相亲？实在不想去，和老爷子撒个娇，老爷子不是挺吃你这套的，也没这么不好说话吧。"

叶橙心底当然是不想去，但老爷子脾气很倔，其他事或许可以通融，定下了的事情就不可能改变。

一天下来，叶橙脸快笑僵了。

叶橙上了车，从车后视镜看那道西装笔挺的身影越来越远，忙偷偷在车后座脱下鞋子，揉了揉酸痛的脚腕。

然而，才上车没多久，叶橙就接到了一个陌生来电。

八个小时前，顾青李人在南城采购定制的砖瓦，临时接了个电话，俞微宁二话不说，让他放下手里的事情赶紧回北城，家要被偷了。

他很冷静："有事，在忙。"

俞微宁先问了个问题："这事很急……但有件事情我得提前和你确认一下，你是不是喜欢橙子？"

顾青李这才收了笑，走出店里，但话分明很做作："这都被你看出来了？"

"有点怀疑，刚刚才确定。"俞微宁也很暴躁，"全世界应该就那个傻子看不出来。"

顾青李回："说什么都行，别说她。"再然后，就是一整天的奔波。连和唐教授请假，顾青李都是赶在飞机起飞前说的。

只是，在落地北城后，顾青李突然有点不清楚自己是以什么定位回去，好像根本没有立场。

叶橙约的网约车，定的是直接回东街胡同，接到这个电话后只能临时和司机改目的地，结果司机一听，不太乐意："你这地方都两个方向，离十万八千里的，我还亏钱了。"

叶橙直接扫过去一笔车费，语气十分财大气粗："没事，您尽管开，少了我再给您补。"

车停在春水湾大门口，正好晚上七点。

一勾弯月孤独地挂在半空中，映着地面上的路灯和行人，叶橙穿行其中，很快到了保安亭。

保安大叔工作经验丰富，小区住户面熟的基本上都认识，这也是他为什么会同意顾青李喝多了在这儿落脚休息。

叶橙非常不好意思，双手合十和保安道歉："给您添麻烦了，我现在就带他走。"

保安笑得憨厚，直说没关系："不过我看你朋友醉成这样，你一个小姑娘能行吗？要不我让我同事过来，给你搭把手把人送回去？"

叶橙不知道顾青李怎么会喝成这样，第一反应是用手指戳他手臂，想着

/ 143

先把人叫醒:"顾青李,你还能自己走回去吗?"

他眼皮沉重,细细密密的睫毛颤了两下,尽管眼睛没睁开,却"嗯"了一声。

叶橙便转身和保安道:"不用麻烦了,我应该自己可以。"

她今天为了搭配裙子和妆容,特意穿了六厘米的高跟鞋,扶着一个一米八几的成年男性显然有点吃力,更别提还要适应高跟鞋重心不稳,走一步崴一步的问题。

好不容易到家,叶橙气喘吁吁地坐在玄关,灯都没来得及开,又起身把人扶到沙发。

叶橙按着他的肩膀,尽量不让人滑下去,全程他都没有要醒过来的意思,一身浓重酒气,看来真是喝多了。

叶橙把手包扔到一旁,想着翻翻他口袋里会不会有什么酒吧小票或者提前写好的字条,才按到他裤子右侧口袋,直接被人握住手腕。

"你往哪儿摸?"他声音像被砂纸磨过,比平时多了一分哑,莫名有点性感。

叶橙终于听见他出声,惊喜道:"你醒了吗?现在有没有好一点?渴不渴啊?要不我去给你倒杯水吧?"

她语速又快又急,不细听根本听不清,故而听在顾青李耳朵里,最后蹦出一句:"你真的吵死了。"

叶橙嗅着那股酒气,不断告诉自己他只是喝多了,不记事,强行按住想把他掐死的冲动。

"那你好好休息,我上去换衣服。"

然后,叶橙见他居然睁了眼,上下扫了眼她的打扮:"今天去约会了?"

叶橙不知道他这一副质问的口气哪儿来的,他回北城也没告诉她,喝醉还得她来收拾残局,当即脾气上来,脑袋别开:"我去哪儿都和你没关系。"

顾青李依旧低头瞧着她,轻轻叹口气。

这回,他直接捏着她的脸把脑袋掰回来,两人对上目光。

"临时组的局,本来我没打算去的。"

叶橙想挣脱,未果,但光看表情就不太乐意:"哦,喝多了,知道想起我了。"

对峙了有一会儿,还是叶橙先软和下态度,她觉得他现在酒没醒,处在半梦半醒的状态,和个酒鬼有什么好计较的:"要不要给你倒杯水?"

他摇头,话题拐回来:"所以,真的是约会?"

叶橙别别扭扭,把他仍掐着自己脸的手掌打掉。

"不是,周末嘛,难得休息,我今天和俞微宁逛街去了。"

"是吗?"他语气凉了几分,"可是俞微宁明明告诉我说,你相亲去了。"

这个什么都往外说的叛徒。叶橙捏了捏拳头,索性放弃挣扎:"对,是相亲。"

"聊得怎么样?"

叶橙肩膀都垮了下来,表情也是:"聊什么聊,不太感兴趣。"

"那你还去?"

叶橙嘟囔:"我没有,爷爷让我去的。"

"哦。"

或是心虚,叶橙换了个姿势,肯定道:"烦死了,以后都不去了。"

"为什么?"

"反正也遇不上喜欢的。"

"那以后别去相亲了,好不好?"

叶橙刚要说凭什么,在触到他的眼神后,却又噎住了。

他在难过什么?

鬼使神差地,叶橙认真地点了点头:"好。"她重复一遍,"不去了,以后都不去了。"

终于得到肯定答案,顾青李似是真的累极,微微弓着腰,眼角眉梢都是困倦。叶橙半天没听见回话。

"你困了吗?"

她微微侧头,面前却突然落下一片黑暗,比往常更加强烈的男人气息袭来。

他伸手过来,直接把她整个人罩在身下。

叶橙血液仿佛都凝固了一瞬,却并没有在第一时间推开他。

沙发上,他们紧紧贴在一起,明明开了空调,却好似周边气温都在不断攀升。

叶橙不确定他是否酒醒了。

久久。

"你压着我外套了。"

气氛瞬间变冷,叶橙往身下摸了摸,还真是。

就在叶橙"哦哦"两声,一点点扯出衣服时,右肩突然多了重量。她在黑暗中眨眼,感受着脸侧近到不能再近的呼吸,以为他在开玩笑:"顾青李?"

没人应她,他眼睛紧闭,呼吸声逐渐均匀,叶橙好一阵无语。

严格来说,叶橙只要稍微闪身,就能从包围圈里脱身。但她懒得动,想着反正顾青李大概明天起来就忘了。

便宜不能白被占。她压住逐渐乱了的心跳,像只偷腥的小老鼠,偷偷揉搓了下他的脸,手感不错。

顾青李是早上才洗的澡,身上酒气虽重,但他喝得真的不算多,远没有到喝醉的程度。那冲天酒气很可能是因为酒吧服务生失手打翻了一杯威士忌,

145

洒落的、溅起的酒水沾湿了一大块衣角。

酒吧经理赶来处理突发事件，不仅给他免了酒水钱，还提供干净衣服换洗服务。

顾青李只是嗅嗅衣服上的味道："不用换，效果挺好的。"

经理和服务生都没听懂。唯有当时一个同样独自喝闷酒的大哥，给顾青李递了个"我懂你"的眼神，还冲着都是被老婆扫地出门，打算待会儿回家装装可怜卖卖惨，有种同是天涯沦落人的感慨，两人干了一杯。

顾青李洗完澡从洗手间出来，叶橙早窝在沙发上，捧着手机看早间新闻。瞧见他出来，她心虚地往地板上看，假装什么都没发生过，笑容灿烂："早啊。"

顾青李"嗯"了一声，坐在沙发最边上。

大概是出于想逗逗她的心理，他声音拖长："昨晚——"

叶橙眼睛瞬间瞪大，手指悬在手机屏幕上，半天没按下去，是在等下文。

"我喝多了，应该没说什么奇怪的话吧。"

叶橙表情严肃，摇头："没有没有，你睡得很早。"

顾青李眯眼看她："是吗？可是我怎么记得——"

叶橙及时打断，双手在胸前交叉成大大的叉："你真的睡了，都是在做梦，梦里的事情都是假的，信不得的。"

顾青李这才心满意足地开冰箱拿牛奶。

叶橙以为这个话题就此中止，结果一道回旋镖拐了九转十八弯回来，直戳她膝盖："对了，我昨天听俞微宁说，你是去相亲了？"

叶橙到底是回了一趟东街胡同，和叶于勤沟通了一番，确定他不会再给她介绍什么乱七八糟的对象，离开时拎了一大兜家里保姆给她准备的吃食走。

收到她消息后，顾青李说是有事，事情办完就回来。

其实，他只是在周边逛了一圈，很快把车开到巷子口，依然是那辆无比低调的黑色大众辉腾。

叶橙把东西放在尾箱，上了车。

路上，叶橙想起顾青李这两天都在这儿，并不急着去临川的模样，多问了句他打算什么时候走，家里的猫怎么办。

顾青李盯着路况："猫我扔给傅连城养两天。再过几天吧，来都来了，正好替老师在这边开个会再走。"

叶橙来了精神，眼睛很亮："要穿西装吗？"

"不穿。"

见她真有兴趣，顾青李挑了下眉："想看穿西装？"

叶橙撇撇嘴，口是心非："不想。"或是顾青李这段时间总是说些奇怪的话，叶橙手指不自觉绞了绞，觉得尴尬，气氛在狭小车厢里蔓延开，她却只顾着看窗外风景。

顾青李中途在路边停车去拿唐鹤松朋友从国外带过来的手信。叶橙不想跟着上去，索性进了附近一家甜品店等。

整间店由粉色和紫色的色调构成，非常少女心，很符合当下年轻女孩的审美，橱柜里的蛋糕和点心小巧精致，二楼有人在捧着盘子合照，叶橙远远观望着。

然而没想到，叶橙不过一转身的工夫，竟然在这儿撞见了组长。

季霄同样惊讶，叶橙有些走神地想，这绝对是她在季霄脸上看见过最生动的表情，可以载入史册那种，却仍是很殷勤道："组长？你也来这儿吃东西啊？"

季霄飞速恢复原状，"嗯"了一声。

叶橙看他两手空空，正要和他介绍一下这家店的招牌，季霄说不用了，然后叶橙看见了肖易遥。

这个世界真的好小，叶橙完全没想到这八竿子打不着的二人是怎么凑到一起的。五分钟后，几人转移阵地到了咖啡厅，中间是长桌，四人分成两拨各坐一边。

心思各异。

顾青李是其中最不惊讶的那个，替他们点完单："就这样？需要什么再加。"

安静下来，有一瞬，不知道这场突如其来的偶遇该说什么好。

肖易遥极快调整好状态，和他们介绍季霄："这位是我老公的大学舍友，也是最好的朋友。大学霸，国奖拿到手软，大四就拿了全奖赴美留学。"

叶橙呵呵干笑两声："认识，组长。"

顾青李也点头，算是打过招呼。

肖易遥更惊讶了，看向季霄："之前不是说拿到了4A广告公司的工作邀约吗，怎么跳槽到报社去了？"

季霄语气极淡，言简意赅："不适应，工作强度大，工作性质需要经常出差，就辞职了。"

季霄难得对除自己以外的事情感兴趣，下巴轻点对面二人："你俩呢？怎么认识的？"

叶橙回："高中同学。"

顾青李回："室友。"

话出口，叶橙就有点后悔了，跟着点头，捧着咖啡喝了口："嗯嗯，对，室友。"

肖易遥来这趟本来是打算和季霄叙叙旧聊聊天，有外人在，季霄明显不太愿意说私事，肖易遥便转了对象。

"我以前在北城念过半年高中，我们三个是高中同学。"

这回轮到季霄稍稍惊讶。

叶橙同样没想到肖易遥会这么坦然地说出口，好似他们真的只是那种寻常的同班同学。

那时叶橙受伤住院，肖易遥转学离开前来找她告别，叶橙并没有说重话。实际上，叶橙问过肖易遥为什么一整个班偏偏选中她。或许是真的要走了，肖易遥很平静也很诚实："你知道我是怎么认识你们的吗？"

"附中校长是你爷爷从前的学生，你根本用不着努力，随便考考都能进附中。但是我呢？我在家里连个自己的房间都没有，晚上看书还得看亲戚脸色，害怕被说浪费水电。"

她简直对叶橙他们的情况如数家珍："俞微宁她爸是教育厅的一把手，钟鹏家里是市里优秀企业家，纳税大户，薛陈周家的中医医馆一张药方千金难求……你们这种人，天生命就比我们金贵，怎么会明白我们小心翼翼想活下去的感受。"

叶橙愣住，想说她并没有随随便便进附中，都是她自己考出来的成绩，话到嘴边又作罢。

从小到大，叶橙听见过无数种声音，觉得她取得的成绩全都是家世背景下的结果。一次两次，听得多了，她难免觉得自尊心受挫，心里难受，跑去找叶于勤。

老爷子却根本没有安慰她，反而问："你有什么资格难受？"一句话，直接把叶橙骂蒙了。

老爷子继续道："你想从我这里听到什么？你觉得他们想法不正确，更应该做的是闭嘴，用努力证明你不是他们所说的绣花枕头。"

"你不能只享受鲜花和掌声，捂住别人的嘴巴，拒绝质疑和谩骂，把所得当作理所应当。"

想到这里，叶橙只是叹气，看着肖易遥离去的背影，赌气："我不想再见到你了。"

四人闲话说了快一个钟头，季霄和肖易遥先离开。

叶橙一整场就没说过几句话。肖易遥看着叶橙的模样，思绪纷杂，那时自己到底太年轻，说话伤人，事后才开始后悔。

明明叶橙也没做错过什么。

报社，齐蕊叫了叶橙好几声，叶橙才回神，同时敲下回车键："怎么了？"

"哦，组长让你待会儿把交流会心得交过去。"

说完，齐蕊先是左右张望一番，才凑近小声说："你觉得，组长最近是不是谈恋爱了？"

叶橙近期对"恋爱"这个词很敏感，脑子像是过了电，冷静下来，问："怎么说？"

"不知道啊。"齐蕊同样迷惑,"我感觉组长没之前冷血了,脾气好了很多啊。昨天例会,他居然说大家最近工作状态不错,再接再厉,这简直是里程碑式的改变。而且,我昨天在电梯里偶遇他,他居然!对我笑了下!"

叶橙不关心组长八卦,表面听着,实际上已经开始神游。

而后,叶橙等开完会,在空无一人的会议室犹豫许久,面前文件夹打开又合上,终究是给肖易遥发去消息。

上次见面分别前,肖易遥给她留了联系方式,尽管叶橙不太情愿。

倒没想到这么快就派上用场。

时间宝贵,叶橙也没和她拐弯抹角:你知不知道,他在国外有没有过感情经历。

这个他,二人都心知肚明。

肖易遥:我没有夸张,你尽管去问,圈子里公认的男德班班长,能问出一段暧昧情史算我输。

回答在意料之中。

只是很快,肖易遥补了一句:不过我记得有次玩真心话大冒险,他透露过,有个喜欢了很多年的初恋白月光。

白月光啊。

叶橙倒不是很意外,大家都是二十来岁的成年人,要说感情经历一点没有,干干净净如同一尘不染的白纸,才像是痴人说梦。

她没想到的是,他的嘴居然能这么严,高中三年朝夕相处,她愣是一丁点都不曾从顾青李嘴里听说过。

是小时候的玩伴青梅?还是在临川小镇上认识的发小?

他这么多年没谈过一次恋爱,难道都是因为那位白月光?有这么喜欢吗?

是了,应该很喜欢吧。

叶橙放下手机,托腮盯着会议室的磨砂玻璃出神。

顾青李是在工作日下午离开北城去往临川的,这次叶橙并没有去送他,只是当晚,在确定他回到梧桐巷后,叶橙给他发语音消息:"你到家了吗?"

顾青李回:"嗯,刚到。"

叶橙说:"我想和你视频,看看猫。"

他直接一个视频通话的请求甩过来,叶橙看着手机屏幕上在镜头前嗅来嗅去的猫脑袋,说:"你把它拎远一点,我看看有没有长胖。"

屏幕那头,顾青李一如约定照做了,一只骨节分明的手直接拎着猫脖子,轻轻放在地上。

叶橙托着下巴仔细看了看:"是不是长大一点了?"

顾青李说:"没吧,就是毛多了。"

叶橙继而问了问他有没有在当地的宠物医院约好打疫苗的时间。为了伺候这只猫,她也曾翻遍宠物公众号,甚至花钱和专业的宠物博主咨询,洋洋

/ 149

洒洒聊了一大段，了解幼猫应该怎么养。

"后天吧，明天我得去监工。"

而不知不觉，通话时间过了两个小时。顾青李坐在院子躺椅上，听着一人一猫隔着屏幕在玩闹，竟然第一次觉得，从前空得只有他和奶奶二人的院子，如此热闹。

夏天悄然过去，等叶橙反应过来时，东街胡同那几棵枫树叶子都红了。

她照例回家看爷爷，叶于勤依然是老样子，端坐在桌子两侧，和隔壁薛老爷子下棋。

叶橙却不再闹腾，难得认认真真搬了张椅子看他们下棋。

入了夜，薛爷爷回了家，叶于勤不似往常随随便便放她回房，而是把叶橙叫进书房，清了清嗓子："上次给你那些书，都看完了？"

叶橙点头："都看完了。"

这算是叶于勤给她布置的任务。叶橙出了学校大门，叶于勤一改放养态度，开始狠抓她的文化课。按爷爷的原话来说，不仅要行万里路，更要读万卷书。

但这次，叶橙发现叶于勤给她的那一摞书，其中夹杂了一本诗集。

叶于勤是路桥工程师出身，书房的书籍更多是偏向于专业书，典型的工科思维，家里鲜少出现这种社科类书籍。

于是，叶橙捏着那本书，语气小心翼翼："爷爷，您年过半百，终于思春了？"

叶于勤恨不得拎着她按在老太太牌位和黑白照片前，让她把刚刚那话再重复一遍。

"再胡说八道就给我滚出去。"

叶橙吐吐舌头，到底是长辈，不顶撞他了。

叶于勤确实极少和她谈感情的事情，不太习惯，眼神飘忽，清了清嗓子："觉得让你去相亲，委屈你了？"

那件事已经过去有段时间，叶橙心大无比，翻了翻记忆才想起来。

叶于勤背着手，叶橙难得听他提了和奶奶认识的过往。

叶于勤和老太太算是标准的青梅竹马、两小无猜，从前就是同住在北城的邻居，一块抓过蛐蛐，拿石子打过水漂。

他小时候就皮得很，每次犯错，都是老太太帮忙求情。

二十世纪七八十年代那会儿，叶于勤是村里唯一一个大学生，响应国家号召下放到农村支教。在南边一个小镇上待了三年，回来后二人就扯了证，半生举案齐眉相敬如宾，儿女双全感情很好。

叶橙对老太太印象不算深，她出生那年，老太太才因病去世不久。但她的温柔贤淑，她的灵慧通透，叶橙不止一次从小姑嘴里听说。她把一整个家族大大小小的琐碎事情都处理得干净利落,一家子和和睦睦。

小姑对老太太评价颇高:"你如果见了她,一定会明白,没有人会不喜欢她的。"

她清楚地记得每个人的生日,知悉每个人的口味喜好,她会笑眯眯地倾听每一个儿孙的诉求。在那个年代,辞去工厂铁饭碗选择下海经商是非常奇怪的想法,但老太太能做到力排众议,全然支持,安慰他们既然喜欢就去做。

人活一世,开心最是重要。

别人或许会感慨,好一双令世人艳羡不已的神仙眷侣。叶橙却敏感地从这个故事里,窥得一丝裂开的缝隙,因不太确定,开口的时候声音都带着颤:"爷爷,那个小镇,是临川吗?"

最终,他只是缓慢道:"你应该去过了吧,临川。"

"那里很美。"

千言万语,想到那个如一块碧玉镶嵌在群山中的小镇,只有一句"很美",寒月落江,清波戏水,烟雨锁轻舟。

叶橙垂眼附和:"是啊,临川确实很美。"

春水湾的日子一切如常,叶橙时常会在晚上端坐在书桌前,来来回回翻那本诗集,思索爷爷和她说过的话。

叶于勤说,她父母的事情,他一直觉得愧疚。当年他听信空穴来风的流言,硬是逼着她父母要一个孩子,来证明他们的婚姻并不是个错误。秦方兰也是个硬骨头,说要孩子可以,但绝不能因为这个孩子干涉到她事业的一分一毫,不然她会选择离婚。

换句话说,是用叶橙换了他们事业上的完全自由。

她的出生并不是在父母期望下发生的,反像个架在天平上衡量的砝码,她是理所应当被牺牲的那个。叶橙本以为自己知道这点会难过,但也许她同样对他们慢慢磨掉了期待。

叶于勤说,他并不是不支持她自由恋爱,只是不想她重蹈父母的后尘。

"自由本身就是个被框住的词语,不要排斥框架,它是一种束缚,也是一种保护。家里提供的资源和教育或许为你扩展了社交圈和眼界,站在前人的肩膀上有了更多选择和机遇,看见了更广阔的世界,让你做一个不被一颗糖果随随便便骗走的女孩。但是遇见什么人,发生什么事,应该用什么态度对待,决定权都在你的手上。"

这么说着,叶于勤还把书房一架做装饰用的小天平砝码递给叶橙。

叶橙看着手里略有重量的铁块,若有所思。

"问清楚到底想要什么,别做让自己后悔的事情。"

这晚,叶橙想得有点久。

一旁摆着的手机屏幕那头,叶富顺见叶橙迟迟没有回应,鼻子在屏幕前凑来凑去，但很快因为听见院子里其他动静，身形灵巧地从小桌上跳了下去。

猫有点随她，爱动，对什么都感兴趣，和只草丛里飘出来的萤火虫都能玩半天。

叶橙看见空荡荡的屏幕，叫了两声猫的名字。

"不知道跑哪儿去了，可能是出去了。"画面一动不动，声音倒是无比清晰。顾青李总是习惯于给她把视频打开，人就坐在离手机不远处，却不肯露面。

"要给你挂了吗？"他问。

叶橙跟着把手机倒扣着放下了，顾青李瞥见画面已经成了一片黑。

"不吧，再等会儿？"

隔三岔五的视频电话，两人都已经养成习惯，视频开着，双方各做各的事情。有时没注意，手机就剩1%的电量，系统提示三十秒后关机，即使狼狈地翻箱倒柜找充电器也不愿意把视频挂了。

偶尔，听见话筒那头的键盘敲击声，或是刻意压低了的说话声，叶橙看着笔记本电脑屏幕上没写完的策划书方案，觉得夜好似并没有那么难熬。

叶橙时不时也会小声叫顾青李的名字，确认他依然在屏幕那头，没有离开。

"顾青李。"

"嗯？怎么了？"

"没事。"

然后十分默契，两人继续各做各的。

但这晚，叶橙捧着诗集，翻过诗集最后一页，对着台灯若有所思。

"顾青李？"

顾青李今天一整天都坐在电脑前，几个小时没动弹过，现在才闲下来休息，疲倦异常，按了按酸涩的眼窝，顺带应了她一声，却迟迟没听见叶橙的声音。

顾青李以为家里网卡了，伸长手臂打算检查一下网络。

叶橙有点不太好意思，声音却清晰："我怎么觉得，我好像……有点想你了。"

不知道什么时候，猫从墙角洞里溜了回来。

几个月大的小猫，成长速度惊人，从可怜巴巴朝你要冻干和罐罐的小奶猫，到理直气壮甩着尾巴，在看见空荡荡的猫盆后气急败坏给你一爪子的猫主子，只隔着叶橙的无限溺爱，肆无忌惮享受着云养猫的快乐，和无数"呜呜呜好可爱妈妈亲亲"的呐喊。

总而言之，因叶富顺一天比一天膨胀的体型，顾青李给它开的猫洞逐渐不太够用。

叶富顺挤了半天总算挤了进来，伸爪子抖落两下耳朵的灰尘，正想着叫两声讨可怜求个罐罐吃，发现屏幕两端的人都对它快夹到冒烟的夹子音没有任何反应。

顾青李以为自己听错了，更多是觉得："是想猫了吧？"

叶橙眼神黯淡一瞬，但话已经说出口了，她含糊地"嗯"了一声："嗯，是有点。"

顾青李真看了下行程，想着这猫确实在他这儿养了够久，到底是要还回去的。

"那我这周开车回北城一趟，把猫给你送回去？"

"不不不。"

叶橙终于反应过来，摆手拒绝："人过来就行，猫不用了。"

顾青李："嗯？"

叶橙继续改口："它在镇上生活得挺好的，你再养一段时间吧。"

顾青李顺手把那只正打算偷吃猫粮的馋猫拎走，它最近圆了一圈，再放任下去怕是要勒令它减肥。

他哂笑："这是你的猫，你打算当甩手掌柜？"

"那这得怎么算？算是你的猫，还是我的猫？"

当然是我的。

一向霸道惯了的叶橙话到嘴边，出口却成了："可是，如果你现在把猫送来北城，我是不是就不能和你视频了？"

"我想和你视频。"

顾青李看向手机屏幕，她不知道什么时候把倒扣着的手机打开了，却不是看向镜头，眼神没什么焦距，只露半张侧脸，小小白白，非常秀气的鼻尖。

叶橙头更低，有些不着边际地想，拒绝也没关系，这本来就不是他的义务。

可是她期待能在这里听见一个肯定答案。

顾青李没正面回答，而是把那个问题又问了一遍："所以这算是你的猫，还是我的猫？"

叶橙没听明白。

他已经自问自答："算我们的，行不行？"

仿佛有一滴水珠落在湖心，一圈一圈涟漪随之散开。

最后，顾青李说："我这周末回北城。"

直到叶橙关灯睡觉，被子被她整个捂住脑袋，又掀开，脸颊因为缺氧微微发红。

不要再想了。

然而，人算不如天算。

为了提升报刊质量，报社在六月份调整了绩效考核制度，有人叫苦连天，叶橙却在组长一连几天的压榨下漂亮完成任务，在报社流动性极大，内卷竞争也极其激烈的情况下，居然难得连拿了几次优。

结果，她临时接到组长通知，让她把这个周末空出来。

隔壁视频组这个月走了好几个实习生，一时缺人，让季霄从组里抽人过去帮忙。

叶橙拒绝态度强烈，但仍维持着应有的体面，含蓄表示："可是组长，我不会拍视频。"

季霄说："别给自己脸上贴金，什么拍视频，你就是个扛机器的。"

被打击得多，叶橙已经养成自动过滤组长刻薄话的习惯。她压住语气里的不情愿，和他摊牌："组长，我这周末有事，要去接个朋友。"

季霄问："朋友？"

叶橙回："嗯。"

季霄说："你去扛机器，我替你接。"

这是什么新时代打工人……

叶橙到家，发消息和顾青李说明情况，一再强调是出差，是工作，并不是刻意躲着他。

尽管理由充足，叶橙难免心虚。

顾青李却只是问："什么工作？"

叶橙回想了一下："好像是到村里拍一个旅游宣传片吧，人手不够，所以才叫上我。"

他声音依旧很轻很淡："让带家属吗？"

叶橙手机开着免提，在洗脸，听见这声，她动作顿住，瞥一眼镜中的自己。

他多问了一遍："让吗？"

叶橙不自觉地低头："让的。"

视频组的同事很随和，对叶橙和另一位来帮忙的组外同事十分欢迎。

说是扛机器，就真的是扛机器。社里基本这样，着急上火起来不分男女。好在虽超出预期一些时间，但组里效率高，工作顺利完成。

叶橙在座位上打字，问顾青李的行程，问他下飞机了没。

负责人宣布解散后，叶橙一刻不停地归置好机器，掐着秒表往外跑。

身后，有同事喊了句："叶橙，你跑哪儿去，饭不吃了？待会儿一块聚餐啊，早订好了。"

叶橙头都没回："你们去吃吧，我有点不太舒服，好像中午吃太多了吃撑了，先回去休息。"

众人看她不到半分钟，人影都快跑没了，哪有半分生病的影子，都笑开了。

旅馆是报社统一订的，固定差旅费标准，两人共一间双人间。不想住也可以，自己另外掏腰包开房。

叶橙从前都是跟随大部队，但这次情况不一样。她径直进了一间路边民宿，出示身份证登记后，问隔壁房间的客人有没有入住。

前台点了两下鼠标，在输信息："入住了，半个小时前来的。"

叶橙在自己房间收拾好东西，去隔壁敲门找人。

这里的民宿颇有个人特色，是独栋的小院，木质装修，有一整面落地玻璃窗，窗外绿水人家绕。

叶橙敲了两下门，发现门并没有关，只是虚掩着，她等了一会儿，推门进去，伴随一声："顾青李，我进来了哦。"

房间太暗，没有开灯，但触目可及，并没有人，叶橙正想着他会去哪儿，有一团软绵绵的东西悄然蹭上她的腿。

叶橙被吓了一跳，恐惧如藤蔓爬上心头，结果才往后退，撞上一堵人墙。

"找我？"

耳边滚过呼吸声，很烫。

待开了灯，叶橙总算看清脚下那只说熟悉并不熟悉，说陌生也不陌生的黄狸花，以及顾青李手上几只猫罐头。

"你去哪儿了？"她背着手，立在墙边，反而更像一只被惊到的小猫。

顾青李熟练地给猫主子开了罐头："猫粮落在车上了，三分钟不吃就饿到差点抱着桌子啃，我下楼给它拿吃的。"

叶橙听他这么说，脸色变得古怪："你大老远从临川开车过来的？"

他不是坐的飞机？从临川到北城，开车起码得十三四个小时呢。

顾青李说："临时改的主意。"

顾青李又说："我好像也没说是从机场过来，你不是想见它？"

然后，他一把拎起毛茸茸快看不见脖颈的猫，塞进叶橙怀里："好好看看。"

叶橙怀里骤然被塞了团温热的东西，只能接过。

叶富顺很乖，并没有挣扎，反而在乖乖地舔她的手掌。

叶橙抱着猫，左看看右看看，眼神有点古怪："你这是把它当猪养的吗，怎么胖成这样？"

因为叶富顺出镜一般都是大脸撑头，很难静下来让人看全身，加上镜头有畸变，叶橙一直以为是上镜显胖。如今沉甸甸抱在怀里，叶橙终于撤回溢出的母爱，语重心长，生无可恋："你真的要减肥了，胖猫。"

叶富顺似是意识到叶橙不满，手也不舔了，满眼都是它的宝贝罐罐。

叶橙本来来这儿的重点也不是它，许久没和顾青李面对面相处，叶橙抱着猫，难得有点胆怯，脚步在原地停了会儿，才走过去："我能坐这儿吗？"

顾青李觉得她话问得奇怪，视频通话时挺能打直球的，真正见面却这么怂。

"随你便。"

得了允许，叶橙才好奇地看着他面前的电脑屏幕："你出来还要工作吗?这是什么东西?我怎么看不懂。"

或是太久没感受到近在咫尺叽叽喳喳的动静,顾青李有片刻愣神,注意力重新放回屏幕,才说:"傅连城找我要点数据。"

叶橙做乖巧状:"没事,你慢慢弄。"

她在窗旁逗猫,北城正处最好的秋日,这间房间隔着玻璃窗就能看见楼下院子一棵参天枫树,红枫似火,片片枫叶拂落水面。

考虑到他估计一整天都在开车,晚上二人就没有走出过民宿。中途,叶橙接到同事消息,她表示自己这两天都在外边住,她和负责人打过招呼,有什么行程变动都会叫上她。

第二日早上出门工作前,叶橙敲开顾青李的房门,把猫放回去,顺便捋了捋头发,事无巨细地和他交代:"我中午不回来,你自己随便吃点。不过今天剩的事情不多,估计下午三四点就收工了,你别乱跑啊,在这儿等我消息……"

顾青李不知道是不是才醒,头发乱蓬蓬的,有种不同于往常的随意劲儿。

听她一开门就一通说,顾青李也没打断,而是等她说完,他抬手,叶橙很敏感,瞥着他的小动作,躲了下:"……你干吗?"

"有东西。"顾青李从她耳后捏了一小撮白色猫毛出来,以证自己清白。

叶橙悬着的心放下。

顾青李把那撮猫毛随手扔掉后,却轻轻拍了下她的脑袋:"嗯,我哪儿都不去,等你回来。"

她鼓着嘴,直到出了民宿门,仿佛还能感觉到方才一下一下,那钝钝的心跳声。

这天的拍摄效果却一直不理想。天气多变,乌云阴沉沉地压着,光线很差,无人机在空中飞了好几趟,拍出来的素材都不能用。加上事先和村里对接的负责人沟通出了问题,好几个定下的场景都没及时清场,进度一拖再拖。

晚上八点,最后一个镜头才补完。

资历最老的那位一拍手,招呼大家去吃饭,叶橙"啊啊"两声,依旧是那套说辞。

相处下来,这帮人公私分明,严苛都是对工作的,私底下怎么舒服怎么来。故而听她这么说,几人直说她不给面子:"昨天就算了,今天一定得来啊。"

叶橙有点窘迫。但她先答应的顾青李,她挠了挠下巴,只能结结巴巴给出个干瘪瘪的理由:"我有事,要陪男朋友。"

众人一听,觉得这新鲜啊。

"不是出差吗?男朋友也跟过来了。到底是小年轻,感情真好。"

"这算什么大事,带出来一块见见嘛,我们又不是外人。"

叶橙不应,只是认真摇头:"下次吧,他比较害羞……不太爱见人。"

然而,当叶橙和他们告别后回头时,像是戏剧厚重的幕布拉开,"比较害羞，不太爱见人"的那位就立在不远处的台阶上，手上松松拽一根牵引绳。

叶橙不自觉心虚方才随口扯的谎，小跑过去："你怎么来了？"

顾青李一拉手上绳子："看不出来吗？遛猫。"

好似是在配合他，叶富顺在民宿屋子憋了一天没出来，心早野得不行，如果不是脖子上拴着那根绳子，只怕是能飞起来。

空气安静片刻，顾青李半侧了张脸对她，语气听不出喜怒："谁害羞，不太爱见人。"

到底被他听见了。

叶橙不说话，盯着鞋尖，耳朵尖微红。

顾青李见她这模样，弯了弯嘴角，又秒正经。他把绳子那头递给她："拿着，别把它放跑了。"

而后，他径直走近那群看热闹的同事，因为离得远，叶橙并不是很能看清他的动作，只一个瞬间，她看见了他手里小半截烟。

是在发烟？

不得不说，顾青李做事比她世故周全多了，同事们举着烟离开时，都是笑着的。

"你和他们说什么了？"叶橙牵着猫跟着顾青李离开时，没忍住好奇，问了出口。

"秘密。"他只是这么说。

但回市区那天，有同事扛着大包小包过来和顾青李求助，说是既然都要回市区，能不能帮忙腾点后备厢位置出来放设备和行李。

叶橙看向顾青李，他却早已看向她，意思是随意，让她做决定。

"可以啊。"叶橙把猫包放在大腿上，人坐在副驾驶，担心它应激反应，时不时拉开拉链喂它点吃的。

考虑到东西多，叶橙让顾青李先把她和猫放回春水湾。

"不用开进去了，我自己走回去就好。"

顾青李帮她把皮箱从尾箱拿出来："东西太多，我让保安送你进去？"

叶橙又是摇头。

叶橙催他，看着后座两位同事："你先送我同事回去吧。"

顾青李点头，惯常问她晚上想吃什么，如果她回去后就不想出门，他可以顺路带回去。

叶橙已经养成和他在一块，自己就什么都不用操心的习惯，毫无心理负担地报了一堆菜名。

顾青李顺带薅一把她怀里猫包中的猫头："你进去吧，这里风大。"

叶橙回去后，心情很好地抱着叶富顺给它介绍了一圈家里的房间。

直到叶富顺都犯困，打了个哈欠自觉睡回沾了它味道的垫子，叶橙看了眼时间，都晚上九点半了。她满脑子问号，就送人，需要这么久吗？

/ 157

一整晚过去，叶橙心下有疑惑，有不解，但更多的是空虚和失落，那种感觉很陌生。就好像手里一直握着的细细的风筝线，在这一瞬有断裂迹象，而她甚至不知道风筝线那头到底拴着什么。

叶橙做了半晚上噩梦，额角都是冷汗，起来后第一时间就去翻手机消息，置顶的工作群、公众号、文件传输助手。

再往下，是俞微宁的深夜美食骚扰信息，钟鹏日常问她空闲了要不要出来，他负责带她玩，酒吧、KTV一条龙服务。而顾青李的头像旁只有一条：今晚不回去，记得锁门。

叶橙一条消息都没回，把手机扔在一旁。

叶富顺一大早就在扒她房间门，叶橙却没什么心思理它，给它喂了吃的，照常洗漱完去上班。

顾青李在酒店伺候这位澳洲来的小祖宗到现在，也足够厌烦，尤其是Gabriel（加百利）列出一长串单子，直说自己好不容易来中国一趟，非要让他当导游，说一定要玩够了才愿意回去。

顾青李看着他在兴奋地收拾行李，人坐在转椅上转一圈，眼睛微微眯起："你来这儿，Susan（苏珊）知道吗？"

Gabriel很理所应当："她当然不知道。"

顾青李作势要拨越洋电话，被Gabriel连忙拦下。

不过是才成年的小朋友，身强体壮，有着一双与他父亲简直一个模子刻出来的灰蓝色眼睛，温柔又多情。

"Lee，求你了，Susan要是知道，肯定会让你抓我回去。"

顾青李本意也不是非要在这个时候送他回国，说起来，Gabriel也是他看着长大的，他当年跟随Susan去澳洲时，Gabriel还是个小孩，缩在父亲高大的身影后，顾青李算是他成长道路上的良师益友，两人关系一向很好。

Gabriel继承了母亲那方意大利的浪漫多情血统，见顾青李指尖悬在手机屏幕上半天，似是在犹豫什么，八卦之火熊熊燃烧。

"Lee，手机那头是你的缪斯女神吗？"

自从他有次被这小孩撞见他藏在素描本里的一幅没画完的素描，只有一个隐约轮廓，画上女孩连脸都没有，小孩便言之凿凿地确定，这一定就是他的缪斯。

顾青李合理怀疑，对方这次来中国大半是为了看他的八卦。想到这里，他起身边往门外走，边交代："你自己在这儿慢慢玩吧，横竖你会中文，用不着我给你当导游。Susan那边我会去说，你最好别玩太过火，昨天晚上的事情最好别再发生，玩够了早点回去，我不替你当这个冤大头。"

而另一头，叶橙一连几天下了班直接回了东街胡同，叶于勤懒得理她，任由她晚上九点才到家，缠着保姆吴妈说工作太累饿了，给她做夜宵吃。

吴妈是西北人,做面食一绝,叶橙每次都能清空两大碗。

在吃到第二碗时,叶橙觉得汤淡了,翻了小盒酱料出来,手机却"嘟嘟"两声。

顾青李:今晚回来吗?

他秒撤回,改成:有没有什么想吃的?

叶橙倒完酱料,才拿起手机回复:我回东街胡同了。

想了想,她补了一句:不用麻烦了,谢谢。

可以说是非常之客气了,完全公事公办的语气。

叶橙回了房间,背贴在门板上,翻出手机看了看被她刻意遗漏的消息。

顾青李:我明天走。

顾青李:如果没有什么其他事宜,可能下次回北城,得过年的时候。

叶橙敲开日历算了算,离春节还有好几个月。意思就是说,假如错过这次,他们再见面,得是几个月后。

叶橙:知道了。

然后,真的再没有消息过来。

叶橙吹干头发,人坐在床头,抵不住又开始胡思乱想。

之前他彻夜未归直接鸽掉那事没有和她解释,现在也是一样。她态度很冷淡吗?不然怎么几句话就吓跑了,为什么不回她消息。

哪怕随便说些什么都好,一句话也好,给个台阶下。

可是这样又算什么呢,她到底在期待什么呢?他们只是朋友,顾青李没有义务一定要迁就她的坏脾气,甚至是哄她。

想清楚这点后,叶橙瞬间舒心,人钻进被窝,被子拉到头顶。

然后,她又放下,她换掉了睡衣,随意拢了拢半湿不干的头发。

直至叶橙开车乘着夜色回到春水湾,她都觉得这一切太玄幻了,有种不真实的感觉,像踩在软绵绵的云朵上。

房屋没开灯,并没有人,叶橙随手锁了门,看着空荡荡的屋子,反而有种如释重负的感觉,她突然不知道该以什么姿态面对顾青李。

心脏太沉了,沉得她整个人好似在往下坠,完完全全失去思考能力。

叶橙走进去,想在冰箱里翻罐酒出来,却发现她根本没有喝酒的习惯,只有一排可乐。

可乐就可乐吧。

抽了一罐出来后,叶橙也懒得走,就地在冰箱前盘腿坐了下来,有一口没一口地喝着。

顾青李是在她喝到第三罐时出现的。他视力很好,即使没开灯,看见冰箱边上黑乎乎一团,他还是止住了脚步,掉转方向走了过来。

然而,他和她说的第一句话是:"别坐地上,凉。"

又管她，有完没完了，好烦啊！叶橙听见了，抱着可乐，并未理睬。

顾青李便知道她在闹脾气，或者说，其实他早在叶橙单单发一个"哦"过来就明白了。

故而这会儿，他也只能跟着手里拎罐可乐，坐在她身侧，专心给人顺毛。

顾青李挠了挠鼻尖，开始解释："我朋友来北城遇到了点事，我着急去找他，就没顾得上和你说。"

叶橙还在气头上，思维果然被顺利带跑："什么事？"

顾青李头别开："他才到北城，人生地不熟，被几个混混敲诈。"

其实他这么说都轻了，Gabriel虽长得牛高马大，但实在人傻钱多，堪称傻白甜中的傻白甜。顾青李至今觉得难以置信，找到Gabriel时，他正被一个红毛和一个绿毛带着往巷子深处的台球厅走。

见顾青李来了，Gabriel还非常热情地招呼他："Lee，快看我新认识的朋友！"

顾青李持怀疑态度地打量了那两个骨瘦如柴的年轻人。

红毛忙附和，和他勾肩："对，我们和加……百利是铁哥们！一条道上混的！"

看着Gabriel被揽着没心没肺的灿烂笑容，顾青李有种恨不得当场把他打包送回澳洲的冲动。在台球厅，顾青李问过Gabriel他这几天都去哪儿了，顾青李听见他列举的那些地下酒吧和夜店，头更疼。

偏偏Gabriel还一副很乐意的模样："Lee，你从来没和我说过，北城是这样的。"

顾青李看着台球厅的混乱模样，一刻都不想继续待下去："你现在跟我走。"

Gabriel迟疑："可是我的钱包和护照，还在他们那里。"

顾青李头疼到不行，最终他还是趁人不备把东西拿走，带着Gabriel跑出好长一段距离。

叶橙听得一愣一愣："那你朋友没事吧？"

顾青李多看了她一眼："没事。"

叶橙抚摸着冰凉的易拉罐罐身，又没什么话好说。

顾青李问："你为什么不问我有没有事？"

叶橙撇嘴，不知道他在委屈什么："你不是都好端端坐在这儿了吗？能跑能跳能走，我有什么好问的。"

顾青李说："我受伤了。"

叶橙皱着眉头看他，从头到脚打量了一遍："哪儿？哪儿受伤了？"

顾青李却只是指着贴了创可贴的下巴提醒："这儿。好严重，差点进急救室。"

叶橙带着气把手里的易拉罐捏得哗啦啦响，顾青李合理怀疑她是把易拉罐当成了他，而后听见了一句："顾青李，我讨厌你。"

他把手里的东西放下："哪儿讨厌了？"

"哪里都讨厌。"叶橙觉得此时她才是最委屈的那个，连日来的提心吊胆加莫名的心悸，大晚上都快睡下了，因为他两句话，又巴巴跑回春水湾，还只能靠喝可乐买醉。

这些都怪顾青李，全都怪他。

叶橙深以为然地点头，然后那阵带了淡淡汽水味的男人气息凑近，叶橙在黑暗中，简直被吓了一跳，只能整个人紧紧贴在冰箱门上。

"……你想干吗？"

话说出口，她才发现声音半哑，想清清嗓子，却已经听见："想……让你更讨厌我一点。"

真正吻上来之前，他其实停留了片刻，是在询问她的意见："可以吗？"

叶橙看着他近在咫尺的眼睛，他说话其实带着颤，认真听才能听清。可他们原本离得就近，更别提屋子里半点动静都没有，满室黑暗，只有他们这一隅，周身温度都好似在不断攀升，皮肤好似烧了起来。

一定是临川的星星落了下来，落在了他眼睛里，不然怎么会这么亮。

叶橙还未想到词句回答，身体已经先一步凑了上去。

明明只是再普通不过的一次触碰，叶橙飞速缩身，声音很低，甚至温柔到缱绻，她都不清楚自己怎么能发出这种声音："讨厌你。"

顾青李已经单手抚上她的嘴唇，手掌稳稳地托着她半边脸颊。他的手指偏凉，叶橙能闻见有很淡的烟草味道。

怎么又抽烟了？

叶橙惊诧自己这时候居然能分心想这个。顾青李用了些力气，手指触到她牙齿尖尖。

叶橙还未来得及反应，尚维持在微微张着嘴的姿势，嘴唇被咬了一口，后脑勺被他控在手掌里，整个人动弹不得。叶橙被亲得泪眼汪汪、呼吸不畅，还要应付他一句："别往后躲。"

大概是发觉她呼吸乱了，顾青李托着她脸颊的手掌轻轻拍了拍，咬她嘴唇的频率也调整了。

她大着胆子反击，舌头胡乱地在他嘴里绞一通。他也不拦着，任由她亲，最后额头抵着她的，轻声问："要不要抱你去沙发？"

灯没开，却显得更隐秘刺激。

尤其房间里还有只猫睡懒觉起来，听见了外边的动静，迈着轻巧猫步出来，打着哈欠，却没看见人，又回房去啃猫粮。

在那阵啃猫粮声中，叶橙几乎整个人都伏在他身上，时而低下头啃两下，因为没经验，总是自己憋不住呼吸松开，又被他衔住嘴唇，回回都是叶橙经不住捶他肩。

来回几次，两人都累了。

叶橙揽着他的脖颈，却不肯放开，只好埋在他颈窝。

顾青李侧头看着怀里的人，突然有种珍重多年的珍宝落在怀里的错觉。想抱，又觉得此时不太合适，于是只是整个人放松下来，后脑勺抵在沙发扶手上，时不时顺两下她的头发。

许久，大概是觉得他顺毛太顺手，简直和摸猫如出一辙，叶橙不太乐意了，闷声叫他："顾青李。"

他那双漂亮的、颜色偏浅的眼睛难得闭上，闻言，也只是睫毛颤了颤。

他这几天其实很累，叶橙情绪起伏不定，连带着他连天睡不好。如果不是事出突然，脑子里像绷着根弦，刺得他脑袋疼，顾青李也不想在这时候把窗户纸捅破。

叶橙喊完，直接扶着他肩坐直，似是缓了过来，眼神清明澄澈。

那年春天，叶橙跟着顾青李学习了一段时间。

平日里，顾青李常在桌前一坐就是一整天，周末在市图书馆学习时，她并没有仔细计算过顾青李做练习卷的时间。偶尔叶橙抬头，她会发现他早已写完作业，开始做按自己水平另外购置的练习册。

叶橙并不喜欢和别人拼桌学习，她进度太慢，师大附中遍地都是学霸，每当注意到对面翻页或者换卷子，她都会感觉异常焦虑。

但莫名地，面对顾青李，她不会有这种感觉。

在叶橙对着题苦恼，中性笔笔头无意识挠额角时，会听见桌板被敲响的声音，顾青李朝她伸手："题，给我看看。"

被递回来的习题册，题目旁贴着写了最精简的步骤，以及过程清清楚楚的便利贴。

叶橙没想到顾青李进步会这么快，从上个学期期末考全年级五十二名，到下学期才开学不久的月考，他已经是二十一名了。

在师大附中，全年级前三十名一向是被火箭班的同学包揽。

班主任宣布这一消息时反反复复核对了好几遍数字，在这个公认全年级最差的班级有人考到这个名次，全班同学，包括老师都行注目礼时，顾青李不过在认真做一篇完形填空。

下了课，路过顾青李身侧的同学明显增多，但他们都和他不熟，不知道能说些什么。

叶橙则是再自然不过地走过去，侧坐在他前桌位置，双手扶着椅背，直直看着他。

顾青李被盯得有些发毛："怎么了？"

叶橙真诚地感叹："你好厉害哦。"

顾青李觉得喉咙有些痒，低低咳嗽一声。

这周末，顾青李没有去图书馆，他在广播站曾经有过一次合作的站长推荐下，找到了一份兼职。兼职内容并不复杂，他要面对的是个才七岁半的男孩，教他简单的算数加减法。但男孩上的是国际小学，家长希望小老师能全英文教学。

顾青李被领着去试过一次课，顺利过了，他便开始在闲暇之余偷偷备课。

叶于勤对他很好，基本上叶橙有什么，也一定会有顾青李的那一份，他这辈子手上都没有过这么多零花钱。而顾青李的日常开销也不大，买文具、买书，每个月都能攒下一笔钱。

但他有种感觉，这钱不是他的，他想用自己赚来的钱做点什么。

小孩叫小星，顾青李才见到的时候有些讶异。眼前的小孩又瘦又矮，头大身子小，像根豆芽菜。而小星母亲，自称徐阿姨的那位女人，在试课结束后，似是觉得有些抱歉，没提前说明。

"他小时候身子弱，但我工作又太忙，顾不上照顾他。

"小星是个好孩子，我也带他去看过心理医生，医生说小星……有厌食症，发育慢，反应也慢，很难与人交流，教起来可能会比较麻烦，需要老师您耐心点。"

顾青李看看不远处，正坐在地上拼积木，不等积木房子成型，又一股脑儿把积木都扫走的小孩，点头。

徐阿姨惊喜地道："那你可以先和小星好好相处一阵，我公司还有些事情要忙。哦，对，你也是师大附中的？今年高一了？成绩这么好，应该在实验班或者火箭班吧？"

顾青李摇头，不甚在意的模样："不是，十七班。"

"十七班……十七班……"徐阿姨喃喃，"巧得很，我那个不太省心的大儿子也在十七班。"

顾青李只想把自己的本职工作做好，对其他和他无关的信息并不关心。

他上门补课时，徐阿姨总会借口公司事务，嘱咐家里保姆适时端果汁或者果盘给小顾老师，而后匆匆离开。

顾青李会在小孩面前摊开书本和自己出的检测卷子，刚开始，小星一点都不配合他，在他讲课时不住地把玩手上的橡皮小兔——具体表现为用圆规尖端从小兔脑袋上扎下去，拔出，又重复以上动作。

终于，顾青李眼见着那只橡皮小兔的脑袋都快被扎成蜂窝煤了，实在看不下去，忍不住扶额，说我们先停一停，等玩够了再重新开始。

这一停就是快一天，即使顾青李很有耐心，安静地看着小孩在房间里玩了一天，还是有些挫败感和无力感，他没办法教好别人。

顾青李也觉得抱歉，向徐阿姨说明情况。

徐阿姨听了只是觉得讶异："小顾老师，你不要这么说，你已经做得很好了，小星其实很喜欢你。"她给他指桌上一只空盘子，"你没发现吗？今

163

天小星把东西都吃光了。"

顾青李顺着徐阿姨的目光看过去时，想起那是一盘保姆端上来的切好的蜜瓜，顾青李一口都没动过。

第二天，顾青李吸取经验，转换教学方式，开始转为观察小星的日常习惯。

他发现小星虽完全坐不住，对玩具有种近乎偏执的占有欲，但来来回回摆弄的不过就是那几样玩具，积木、小火车、飞机模型、赛车模型……好似有强迫症一般，一定要按照顺序玩。

顾青李掐着时间，看着他放下小火车后，拿走飞机模型。

小星果然把注意力放在了他身上。

顾青李蹲下，朝他晃晃手里的课本："我们先讲半个小时课好不好？"

当天下午，徐阿姨回到家，看见的就是两人乖乖坐在书桌前的模样。徐阿姨欲留顾青李吃晚饭，顾青李自然拒绝。在门口，顾青李和打球回来的罗佑安擦肩而过，两人都注意到了对方，却没有开口打招呼的意思。

那一阵，叶橙也没再去过图书馆，因为薛陈周忙于竞赛，人影都见不着一个。

顾青李去书房找资料时，会看见叶橙趴在书桌上，手闲不住地在按自动铅笔，按出长长一条铅笔芯，又小心塞回去。

顾青李把她面前的卷子抽走："哪里不会？"

叶橙愁容未散，先是伸了个懒腰，整个人异常松散。听他讲完题，眉头仍是皱着的，顾青李便问她发生什么了。

叶橙指着自己左手手腕，声音刻意压低："也没什么……就是薛陈周最近手腕伤了，我挺担心的，想去给他求个平安符。"

本来叶橙都想好和俞微宁一块去，结果俞微宁听说是给薛陈周求，死活不肯去。想叫钟鹏，但钟鹏最近搞了个飞机头，在姥姥七十大寿那天，气得老太太差点住院，钟叔也算是胡同里远近闻名的孝子，趁他睡着偷偷把那头毛给他剪了，现在父子俩冷战中，钟鹏连门都没法出。

说完，叶橙继续趴在桌上，唉声叹气。

她再抬头，却发现顾青李没走。

"你还有别的事？"

顾青李看着的却是书房木地板："我最近没什么事。"

"所以呢？"

好在叶橙眼睛眨巴两下，总算接收到信息："顾青李，你是不是想和我一块去？"

"……嗯。"

叶橙歪头："这周日可以吗？"

"可以。"

周六，顾青李和徐阿姨说明情况请了一天假。几次相处下来，顾青李大概也懂，这个年纪的小孩根本用不着补课，徐阿姨不过是想给小星找个能陪他说话、打发时间的玩伴。

小星问题太多，封闭、注意力不集中，顾青李在书房查过网上的资料，试着和徐阿姨说了，每天花半个小时训练他的注意力，现在已经小有成效。

有时候，小星碰散了模型，会把零零散散一堆零件交到他手上，没一会儿模型就能恢复原状。

但这天下午，顾青李拼到机翼时被隔壁的动静一惊，手里的零件落在地毯上。

罗佑安带了一帮朋友回来玩。

顾青李对罗佑安印象不深，日常就是校服不好好穿，人同样吊儿郎当，班里那位年轻又脸皮薄的英语老师好几次被他气到脸红抱着教案跑了。

隔壁房间来的都是罗佑安在外校的朋友，并没有同班同学，顾青李去洗手间途中看了一眼才放心下来。

架不住声音越来越大，顾青李原本想过去把房门关上，却在听见他们的谈话内容时，身形顿了顿。

"你好意思说我？你看这都多久了，快一年了吧，不是说你留在师大附中就能和叶橙搭上话吗？我看你现在连人都约不出来。怎么，罗少总说自己有人格魅力，不会是吹的吧？"

罗佑安说："你们懂什么，我有自己的节奏。"

"有什么节奏啊，你看叶橙一天到晚跟在薛陈周后面跑，哪有你什么事。"

"就是就是，人好歹有个竹马挡在中间，你有什么？有自己的节奏吗？"

一阵笑声传来。

罗佑安大概也是说不出反驳的话语，几声脚步声过后，他看着立在门口的顾青李："你看什么看。"

顾青李听他语气不善，没追究，而是平淡指出："我还在上课，你们太吵了。"

罗佑安愣住，转而又想起这里是他家，顾青李一个外人，凭什么这么和他说话。他脑子不经常用，转得慢，好不容易想出完美反驳的话语，顾青李已经"砰"的一声把房门关上了。

什么神经病！

即使关了门，顾青李依然能听见隔壁的动静，不是在打游戏嘻嘻哈哈，就是在对某个女同学的身材相貌评头论足。

青春期男生荷尔蒙分泌过剩，说话难听。在他们又一次说到叶橙时，顾青李直接站了起来，椅子与地板摩擦，发出很大的声响。

小星不懂发生了什么，一脸蒙："小顾老师？"

165

顾青李很温柔地拍拍他的背："你先在这儿看书，等我一下。"

顾青李走到罗佑安房门前敲门说："徐阿姨让我提醒你，别忘了泡发她晚上要吃的燕窝。"

罗佑安不耐烦："我知道了，一天到晚就这么点小事，让保姆去做不就好了，催催催。"

顾青李在他合上房门前，扫了眼里头。

或许是知道家里还有别人在，那帮人收敛了些。

顾青李却更加心不在焉，被小星指出好几次错误。顾青李看一眼钟表，见时间差不多，和小星交代了两句，收拾东西离开。

出门前，他特意在房门外多停留了一段时间，里头是罗佑安那些狐朋狗友在撺掇他明天约叶橙出来。

罗佑安开了免提，把手机放在一圈人中间，一时间房间里只有外放声音。

可惜第一个电话没打通。

罗佑安咳嗽一声，试图给自己找补："可能是在练琴，她平时可忙了，不是练琴就是去课外班。"

顾青李手捏紧斜挎包包带，他从来没在家里见过叶橙练琴。课外班也没去了，她不想出门，和爷爷申请换成网课一对一，就这样还得上八个闹钟，生怕起不来。

罗佑安说："你们这帮没文化的知道什么，叶橙书香世家出身，听说五岁能读《红楼梦》，八岁背《诗经》，日常消遣肯定和我们不一样。"

顾青李忍不住嘴角上扬。

叶家书房的书确实不少，但大多崭新，有些都没拆塑封。顾青李问过她为什么不看，叶橙便打哈欠回："试过，我看书会犯困，毛病改不了。"

顾青李正想着，房间里的电话接通了。

罗佑安的声音柔得简直不像他自己："你吃晚饭了吗？"

叶橙回："没。"

罗佑安没话可接，憋了半天："怎么不吃？"

周围几个朋友齐嘘他，叶橙很敏锐："你那边什么动静？"

罗佑安忙捧起手机，示意他们安静："没有没有，是我朋友他们也在这儿玩。"

叶橙点头："哦。"

叶橙又说："你还有什么事吗？"

罗佑安一句"你明天有没有空"扭捏了半天，没说出口。

叶橙说："你要不说，我就挂了。"

还是罗佑安的朋友实在看不下去，替罗佑安冲着话筒道："他明天想约你。"说完，朋友直接被罗佑安按倒，恨不得现在就给他脸上来一拳。

叶橙问："罗佑安，他说的是真的？"

罗佑安"嗯"了一声。

叶橙说："你早问啊，我明天没空。"接着就是"啪"的一声挂断电话，不留半点情面。

走出罗家时，顾青李收到了叶橙发来的消息：**明天陪我去求平安符。你别忘了。**

实际上，顾青李晚上失眠，快到凌晨五点才睡着，完全错过闹钟声。他对着镜子边抓头发边刷牙，只希望叶橙不会因为没等到人先行离开。

吴妈见他才穿着外套下楼，也惊奇："你怎么还在这儿？"

顾青李问："叶橙呢？"

吴妈说："早出去了。"

顾青李突然就顿在原地，有种不知道该如何是好的感觉。

吴妈说："你出去看看吧，万一没走远。"

顾青李便真的小跑出去，不等他开始找人，就看见叶橙站在门口。

她今天穿了浅色长裙条纹衬衫配背带短裤，细白如瓷的小腿露着，也没看见他，在专心踩地上摇曳树影间的斑驳光点，一下一下，踩得很认真，他一时连呼吸都不敢。

看见地上拉长的人影，叶橙才抬头和他抱怨："顾青李，你好慢啊。"

说完，叶橙转身就走。

顾青李顺势跟上去。

好在公交车来得快，顾青李上车前偷偷按了下腰，反被叶橙扯着衣袖嫌弃太慢："你快点啊，错过这班，要等半个小时。"

他们在后排随意找了两个座位坐下。顾青李和她并排坐着，连肩膀都僵硬，不知道摆出什么姿势才看起来自然。叶橙则是全然没有注意到，专心找攻略。在公交车驶过沿江大桥时，叶橙才收起手机，只是很快她注意力就被顾青李口袋里牵出的长长的耳机线吸引。

"你在听歌吗，可不可以分给我一个？"

顾青李其实就戴了一边耳机，闻言扔给她一只，顺手把手里的MP3藏得更深。

叶橙已经捏住耳机线："我想看看你的MP3。"

顾青李这只MP3是他从临川小镇带过来的，跟了他很久，以前他是去音像店找人帮忙下新概念英语音源，每天听英语用。后来带来北城，智能手机覆盖掉听录音功能，MP3便只剩下听歌功能。

叶橙捏着那只小机器，第一反应果然是："iPod哎，我记得我以前也有一个，小姑给我买的，银白色的。以前可喜欢了，不过很久没用过了，都不知道放哪儿了。"

可实际上，顾青李那只MP3就是普通杂牌，外形仿的iPod，背面还掉了几块漆，不能奢求音质太好。

能简单听歌，顾青李除此之外再无要求。

叶橙也似是从触感和界面察觉到异常，没继续这个话题，而是问："我可以切歌吗？"

顾青李看着她捏着 MP3 的模样，两人距离太近，喉结不自觉滚了下，道："可以。"

虽是仿的牌子，功能大差不差，叶橙手指在圈圈上滑了一圈，耳边音乐立马换了首。

听见熟悉的歌曲，叶橙语气很惊喜："你也听这首啊。"一连切了好几首，叶橙发觉自己居然都听过，就差开心到手舞足蹈，"你可真有品位。"

顾青李忍不住跟着笑，不知道这话到底是夸他还是她自己。

这里头每一首歌都是顾青李晚上在房间看书时，听着对面房间放歌的动静，一首首听歌识曲识别记下，再导到 MP3 里。

本以为她永远不会知道，没想到这么快就被发现。

看着叶橙跟着节奏摇头晃脑的模样，顾青李一时忘了用手挡窗外阳光。

他们到目的地有一段距离，后半段时光，叶橙大概是有些累了，安分很多，人窝着在休息。

在一个十字路口时，司机看见突然跑出来的一只流浪狗，方向盘打得急了些，叶橙直接被甩进他怀里。

叶橙担心压着他，忙撑着座椅坐起来："对不起，对不起，有没有碰伤你？"

顾青李欲伸手接住她的手火速缩回："没有。"

叶橙松了口气，同时一脸迷茫地去看窗外的风景："这是在哪儿，我们还有多久能到啊？"

顾青李算了算："还有两个站。"

下车时，顾青李出于礼貌走在前面，抬手扶了叶橙一下，又极快收回。

叶橙看上去心情不错："我们走吧。"

顾青李"嗯"了一声，他跟在她身后，下意识抓了一下叶橙方才扶过的地方。

这里的平安符都是开过光的，叶橙捏着符想了想，给爷爷也拿了一个。

继而，她觉得应该公平一点，给俞微宁和钟鹏都拿了一个。

最后，叶橙捏着手里一堆符，一个个清点这些都应该给谁，才想起她身旁的顾青李："你要不要，很灵的，我给你也求一个。"

顾青李看着她手上好似批发、五颜六色的平安符："不了。"

今天天气很好，游客如织，两人去了附近吃东西，叶橙穿行在游人间，有好几次顾青李都担心走散，之后在各种卖小银饰，或者手工织物的小摊上看见她。

叶橙捏着一朵毛线织的花看半天，看得顾青李都想直接付钱买下，她已经把花塞回塑料桶，窜去下一个小摊。

顾青李倒也耐心，等着她慢慢选。

但她一般只看不买，在顾青李又一次找不到她时，叶橙悄然出现在他面前，背着手，脸上带着笑："快，顾青李。你把手伸出来。"

顾青李不太明白她葫芦里卖的什么药，并没有动："什么？"

叶橙说："让你伸你就伸。"

顾青李照做了。

叶橙撇嘴："左手。"

然后，顾青李眼见着她不知道从哪儿拿了根红绳给他系上。

叶橙想得很简单，爷爷和俞微宁他们都有平安符，顾青李不要平安符，她就改送别的。

红绳款式很简单，细细的金刚结，最尾端打了个结。

叶橙给他戴好才往后退了一步："红绳能辟邪消灾的，你不想要也千万别扔。不过就是什么装饰都没有，你别嫌弃，但是我听店家说这种优点就是戴得久。"

说完，她就又晃去了别的街摊，顾青李看着手上多出来的绳子，杵在原地很久。

顾青李是听十七班班长提起，才知道师大附中有校庆这回事。

今年意义尤为特殊，是整百岁校庆，才开学不久，校方就开始精心筹办文艺晚会，不仅早早派发邀请函邀请社会各界杰出校友，广邀媒体人员。校内学生会也讨论商议过节目问题，最终敲定每个社团尽量出一个节目，剩下五个节目在校内自主报名选拔。

本来这一切与叶橙没有太大关系的。

自从英语话剧那件事后，广播站一时间人心涣散。广播站站长私底下找过那几个高二成员谈话，可惜效果不佳，次次都是不欢而散。她也不想再理这些陈年烂谷子的事情，在听说叶橙从前参加比赛拿奖拿到手软后找到了她。

叶橙听见之初，面色为难："我……很久没拉过了，不能保证效果。"

学姐语气温柔，不容置喙："没关系。"

"学姐，你找别人吧，这种大场面，我不行的。"

"我相信你。"

说到最后，叶橙整个人挂在楼梯栏杆上，完全放弃挣扎："去可以，但不能独奏，你得给我另外找个钢伴。"

站长和她比了个"OK"的手势，非常懂地点头："薛陈周是吧？他那边我负责去说，你答应就好。"

回到教室，俞微宁才午休起来："高二的学姐，有什么事非要来找你。"

叶橙把事情原委和她说了。

俞微宁问她是不是最近闲得慌,非要给自己找事情做。

叶橙挑了下眉,其实也心虚,咳嗽一声,清清嗓子:"爷爷常和我说,在一个集体,要有集体荣誉感,懂得为同学为老师分忧。"

俞微宁冷哼一声,没好气。

但当叶橙去艺术楼排练时,俞微宁又是来得最勤快的那个。

艺术楼位于师大附中最西边,走过要横穿一片小竹林和紫藤花长廊。这个季节,有不少同学会选择吃过晚饭来这边散步或者背书。

叶橙很久没拉小提琴了,她小学时在乐团尚能混个首席。那时,带队老师是个年过半百头发花白的老教授,听说年轻的时候是皇家乐队一员,两次登上维也纳新年音乐会的舞台。叶橙犹记得老教授非常喜欢她,有心把她引荐给青少年弦乐团,好几次询问过她有没有意向考央音附中。

但叶橙能接触到小提琴,不过是因为从前在母亲秦方兰的高压教育下,拉琴是她日常生活的唯一消遣。当秦方兰女士发现她拿拉琴做借口刻意占用学习时间时,砸坏过叶橙的一把琴,甚至烧掉她的参赛证。

是叶于勤把她接到东街胡同后,叶橙才重新开始拉琴。

叶橙把教授的原话原封不动地转达给爷爷。

叶于勤没表态,反问她想不想去。

叶橙想了想,最终还是摇头,乖乖把琴还给叶于勤。她原先那把坏了,这把是叶于勤找人给她定做的,既然她以后都不拉琴,留着也没有必要。

叶于勤只是让她自己收着,不咸不淡地道:"给你了,就是你的东西。"

叶橙便把琴挂在房间落灰,直到这次校庆才重新拿出来。

练习时间很紧,从下午放学到晚上开始上课这段时间,叶橙都待在艺术楼。

第四天,俞微宁校女篮队有事没来,是顾青李过来给叶橙送饭。

叶橙盘腿坐在地板上给琴弓上松香,瞧见顾青李在门口,似是犹豫该不该在这时打扰她。

"你进来啊,这里除了我又没别人。"

晚饭很简单,一个火腿三明治,一袋巧克力牛奶,一盒切好的桃子。

叶橙慢悠悠地把桃子一块块往嘴里塞,余光瞥见顾青李头侧着,是听见了隔壁的大提琴声。艺术楼这边常有艺术生或者社团活动,叶橙一口水果没咽下去,忽然心生一计,拍拍手上的灰尘去拿琴。

她语气格外正经严肃:"顾青李同学,为了提高你的音乐素养和艺术鉴赏能力,我决定把这次校庆曲目的先行版本给你试听一下。"

叶橙手指按在琴弦上,先是给他递了个眼神:"准备好了吗?"

顾青李莫名紧张,点头。

音乐教室窗户大开，有风吹来，纱质窗帘鼓起一个大包，又轻柔落下。只是他听了没几分钟，犹豫开口："……是哆啦A梦？"

叶橙拉琴的动作停了下来，见恶作剧成功，笑得见牙不见眼："顾青李，你反应好慢啊。"

顾青李仍坐在墙边，一条腿打直，一条腿屈着，就这么看着她在笑，没有出声反驳。

又一阵风吹过，窗外有梧桐花瓣飘进来。

翌日，顾青李在路上碰到老师耽搁了些时间，推门进去的时候发现里面人不少。俞微宁和钟鹏应该是才打完球过来，身上校服有点脏，一个靠墙站着，一个就这么大刺刺瘫在地上。

叶橙坐在讲台台阶上，旁边放着打开的琴盒。

而最里面，是坐在那台钢琴旁的薛陈周，他正单手抚着黑白琴键。

大约因为薛陈周是这群人里唯一一个和顾青李没什么交情的人，他下巴轻抬："他是谁啊，怎么在这儿？"

顾青李的手指被塑料袋勒得有点疼，并没有出声。

叶橙走过来，接过顾青李手里一袋子水："我让他来的呀，你们不是说口渴了吗？"

水派了一圈，在递到顾青李面前时，他却往后退了一步："抱歉，我回教室了。"

气氛有些凝滞，叶橙一时间不知道该说什么好。

钟鹏让顾青李过来："你急什么啊，现在离上课还远着呢，闲着也是闲着。"

薛陈周没练一会儿就合上琴盖，借口有事，先行离开。

在他走后，几人才松了一口气。

俞微宁此时已经跟着坐下，和顾青李解释："你别介意啊，薛二最近事情一大堆，忙到脚不沾地的，他平时不这样的。"

顾青李笑笑，并不介意。

几人的话题逐渐拐到校庆晚会那天谁负责上去献花。

俞微宁说："我那天得主持，还得听现场调度安排，可能抽不出时间。"

叶橙看向钟鹏，他直接一指自己才长出不够一个指节长的头发："不不不，这种抛头露脸的事我现在干不了。"

叶橙叹气，就知道他们一个两个都指望不上。

最后，俞微宁说："我尽量吧。"

叶橙要收拾东西外加锁门，让他们先走。

她收好琴谱，把乐谱支架和椅子放回原位，关上门窗。

在背着琴盒下楼时，叶橙被仍等在楼下的顾青李吓了一跳："你怎么还没走？"

顾青李只是朝她伸手,让叶橙把琴盒递给他。

离上课还有十五分钟,两人走得不紧不慢,顾青李一路都在想要怎么开这个口。

两人走过紫藤花长廊时,叶橙伸长手,抚了下头顶的紫藤花:"顾青李。"她看着他,"你是不是有话想和我说?"

顾青李瞥了她一眼,又很快别开。

"校庆那天,我去给你献花,行不行?"

叶橙答应了。

但她并没有放在心上,让顾青李不用太费心,用不着买太贵的,要是真来不了就算了。

顾青李有种感觉,觉得叶橙自从肖易遥那事后,就有点做什么都提不起劲的模样。脾气也收敛了很多,不再动不动就炸毛。

正想着,叶橙忽而想起:"顾青李,今天刘老师是不是说,小测不及格的罚抄十遍课后单词?"

顾青李虽不是那拨人,但他回想了一下:"不是,是十五遍。"

叶橙整张脸皱成一团,嘴里念叨着完了完了,脚步更快。

虽然叶橙说着不用买贵的,但顾青李算了算这些天补课赚的钱,跑了好几家花店去问,香水百合、向日葵、香豌豆、碎冰蓝。最后,他抚了一下面前的向日葵花瓣,还是选了店主正在拿玻璃纸包装的小铃兰。

店主放下手里的捧花,看着男生胸口的中学标志,提醒他这束花很贵。

"实在喜欢的话,不如试试送梦幻泡泡或者七彩铃兰。"

顾青李的目光依然停留在那束花上,面色柔和了几分:"不用,就这个。"

店主答应,递过来一本登记簿,让他留下联系方式,当天小铃兰到了会通知他过来取。

同时,校庆一天比一天近,顾青李走在校园里,能看见各处的指示牌和展板,以及新装的 LED 灯。

叶橙彩排那天,顾青李本打算去看,临时被班主任叫去登记成绩。他人在办公室登记成绩,看着面前几排数字,实际上满脑子都是彩排的事情,心不在焉。

班主任捧着超市满两百送的不锈钢保温杯美美喝了口水,问起这都快高二了,他总不能一直留在十七班,按理说早应该转班,有没有什么别的打算。

顾青李便大概明白过来。

期中考试后,他被几个老师拉过去做了几套卷子,问他想不想去火箭班。火箭班师资力量强,学生是同级中的佼佼者,去了就是半只脚都踏进了名校大门。

顾青李面朝几位老师,拒绝了:"我不想去火箭班,现在挺好的。"

老师们面面相觑,本以为是板上钉钉的事情。

顾青李一番话说得诚恳又客气:"真的很麻烦各位老师因为这事跑一趟,我也真的不打算转班,我随堂作业没做完。看时间,要准备上课了,您们先忙,我走了。"

现在听班主任这么说,自然也是想跟着劝他走。

顾青李手里笔未停,再次告诉老师自己是真的不打算转班。他事情做完,把那一沓纸交到老师手里之后便转身离开。

班主任一脸欣慰,和对面的物理老师炫耀:"看看,我们班的学生。"

顾青李紧赶慢赶,到礼堂时只看见往外走的人潮,晚会彩排已经散了。

校庆当天,附中只上了半天课,下午是自由活动时间,晚上七点钟表演准点开场。

晚上有节目的,或者在学生会做事的,基本下午就开始在礼堂候着。

顾青李却连午饭都没吃,人在去罗家的公交车上。

这时已经入夏,车里开了空调。顾青李坐在窗边,从斜挎包里摸出几张便利贴,都是今天早上叶橙贴在他房门上的。

第一张是问他今晚有没有空。

第二张是让他没空都得空出时间。

最后一张写着要是他今晚不来就死定了。

临近下车,顾青李才把便利贴收起来。

兼职到了后期,顾青李上课的时间越来越短,有时候他不过只是陪小星玩一下午,什么都没教,徐阿姨却完全不会指责他。

这几天,小星嗓子不太舒服,发低烧,在家静养,徐阿姨的意思是,问顾青李有没有时间,能不能过来一趟陪他,钱照给。

顾青李和徐阿姨约了校庆当天下午,但没有要钱,隐晦提了两句学校事情多,时间太紧任务重,他没有多余时间再出来兼职。

徐阿姨是第二天才回的他,一条长六十秒的语音,大致意思是明白顾青李的难处,她作为一位母亲,同样很愧疚自己没办法陪伴孩子。最后,她说:"小顾老师,要不您再认真考虑一下,小星真很喜欢您,钱这边都好说的。"

顾青李看了半天,才打上:谢谢您,我会经常来看小星的。

一整个下午,顾青李都在陪小星拼拼图。足足一千块拼图,小孩额头上贴了块退热贴,生着病却非要玩。

说是陪他玩,顾青李并未插手,只在他卡壳,捏着一块拼图犹豫时,顾青李坐在一旁,帮忙给指了个位置:"试试这儿。"

小孩虽不爱说话,看着呆呆愣愣,倒是格外听话,接连几次后,他也学乖了,学会捏着拼图看着顾青李:"顾老师?"

顾青李却不再给他提示,而是教给他方法:"先看相近的颜色,再看形状。你仔细看看这里和这里,是不是线条走向一致?"

/ 173

小孩似懂非懂地点头。

好不容易拼好一小个角，小星很高兴地举给他看，顾青李安抚性地摸了摸他的脑袋，随之而来想到的是，这或许是他最后一次来这里了。

小孩似有感应，也可能是徐阿姨早就告诉过他小顾老师要离开，眼神流露出不舍。

直到花店老板给他发消息说铃兰到了，顾青李提前三十分钟离开，他担心去晚了被人买走。

走在路上，他想起他离开时小星乖乖摆弄拼图的样子，他在岔路口拐了个弯，决定去买点东西当作补偿。老式的麻花，小星和他提过喜欢吃，但徐阿姨家的保姆年纪偏大注重养生，这种重油重盐的食物根本不会出现在家里。

顾青李挑了两款口味没那么甜的，打包成盒拎在手里，打算回去放了东西再去花店拿花，时间赶得及。

顾青李才到小区门口，却注意到有辆救护车驶入。

罗家门口挤满了人，医护人员、附近的邻居，连徐阿姨都回来了，细看她居然在哭。

顾青李正想问发生什么事了。

罗佑安却已经冲出来给了他一拳，顾青李没拿稳麻花盒子，东西飞出去一段距离。

罗佑安依旧不肯放过他，提着他的衣领："你不是在照看我弟吗？你乱跑什么？你知不知道，你要是不走他就不会出事！"

徐阿姨眼睛仍是红的，但到底尚未失去理智："行了，这事和小顾老师没关系。"

"妈！你还替他说话！他给你灌什么迷魂汤了？"

"罗佑安！我让你放开！"

罗佑安大叫："妈！"

"你还知道我是你妈！"

罗佑安这时才松开他，但眼里恨意未消，用别人都听不见的音量说："你给我等着。"

而后，救护车拉着人离开，围观人群也慢慢散去。

顾青李始终维持着原样姿势，很漠然地立着，几句话环绕在耳边。

"那小孩怎么回事啊？好端端的怎么突然送医院去了？"

"好像是一时没看住，从楼梯上摔了下来，我刚看了眼，啧，好大一个口子呢。"

"本来她家这小儿子就看起来脑子不太好，叫人都不应，又呆又笨的，这么一摔……"

"行了，人家家里人还在，积点口德吧，你少说两句。"

顾青李完全忘了自己是怎么循着街道慢慢走到花店的，花店店主遥遥看见他，也是有些紧张地搓了搓手，不知道怎么将他订的那束小铃兰已经被其他客人用三倍价钱买走的情况说出口。

走近了，她却先是看着顾青李脸上的伤口惊呼："你脸怎么了？摔了？"

顾青李这才回神，看着店主姐姐拉他进去，从前台拿了棉签和药水出来。

顾青李说："不用麻烦了。"

店主很坚持，直说他这张脸绝对不能敷衍，留疤可就不好看了。

待上好药，店主也没闲着，搬了张椅子过来，问他出了什么事。

顾青李想起："我的花呢？"

店主突觉尴尬，眼神乱瞟，向他推荐别的："今天刚到的奶油向日葵也不错。"

顾青李有些无助地捂住了脑袋。可能是看见方才那辆救护车，也可能是罗佑安那一拳，轻易得就像根稻草压垮了他。那种曾经经历过的无力感卷土重来，譬如他曾亲眼看见奶奶倒在雨水中，譬如医生问到他家里还有没有大人。

他什么都做不了。

顾青李曾在书里看到一句话：年轻是无所不能。

可是对于他来说，年轻是无能为力。

店主清楚自己违约，未经允许就把小铃兰卖给别人。看顾青李状态不好，她把一束奶油向日葵包好递到他面前："这花就当我送你的，不收钱，去送给她吧。"

最终，顾青李还是抱着那束向日葵回了师大附中，到十七班教室时，班长正好在，说俞微宁和叶橙找了他很久，让他赶紧去礼堂。

顾青李低低"嗯"了一声，把包放好。

看见班长欲伸手碰一下那花，他立马抱走了，一句解释都没有留下。

顾青李在礼堂后台见到了俞微宁，她今天是八位主持人中的一位，穿了礼服化了浓妆，顾青李险些没敢认。

"橙子在化妆间。"她提醒。

顾青李进去时，叶橙还在等化妆师，她节目偏后，化妆师又短缺，自然先让给他人。

叶橙是在托腮盯着镜子时，看到了他的狼狈模样，凑近他："你怎么了，脸上的伤怎么来的？"

顾青李却下意识往后退了一步："没事，碰了一下。"

叶橙皱眉："顾青李，是不是又有人欺负你——"

顾青李直接打断她："我说了没有。"

叶橙觉得他今天奇怪，但这晚是她的重要演出，台下领导众多，连叶于勤都来了，她实在没办法分神。

175

顾青李也意识到了这点，不想再打搅她的心情，之后都没再说重话。

化妆师是学校请的，有过许多大型演出的妆造经验，手指抬起叶橙的下巴，指了指她左边锁骨附近的一小块红斑："用不用给你遮一下？"

叶橙却看着她指的那块地方笑了："不用，这是琴吻。"

她许久不练琴，本来这块红斑都已经淡了，最近练习频率高了，这才又出现。

顾青李盯了那块琴吻有一会儿，推开化妆间门出去，想问俞微宁有什么他能帮上忙的地方。

俞微宁正在和钟鹏说话，看模样是在生气。

钟鹏则是在安慰她，别人就是随便说两句闲话，这有什么好生气的。

"今天直播呢，你别气到卡粉了。"

俞微宁抱着手臂，不知道想到什么，神情缓和了下来："也对，有什么好气的，她们能知道什么内情。说了就说了呗，她们不乐意，我看薛二倒是乐意得很。"

钟鹏问："知道什么？"

俞微宁看着钟鹏，笑了一下："差点忘了，你好像也不知道这事。"

钟鹏更好奇，好似有只小兽在挠他的心："知道什么，你别卖关子了。"

俞微宁声音拖长了："你以为薛二为什么学钢琴，你觉得他对音乐有一丁点兴趣吗？"

"他最开始就是为了叶橙学的琴。"

"考级、比赛，哪一次不是薛二陪着她走过来的。"

那天晚上，顾青李到底没有上去献花，他站在礼堂离舞台最远的角落，听完了那曲合奏。

《查尔达什舞曲》，他记得这个名字。

在舞台上，两人一曲毕，牵手谢幕时才转身离开。

那束他护了一路的奶油向日葵，就这么被顾青李扔在门口的垃圾桶里，有几片花瓣飘落，又被风扬起，飘到路中央，被路过的车轮碾压成泥。

没有人知道花来过。

Chapter 06
喜欢

如果月亮可以替他做证，如果这个世界上爱而不得的人只能剩下一个，他一定不希望这个人是叶橙。

叶橙在他灼灼的目光中节节败退，扶额的那只手慢慢放下，最后只好伸手去抱他。两人贴得太近，好似能感受到身下人一呼一吸的起伏，叶橙继续叫他："顾青李。"

"嗯？"

但这次顾青李显然有所防备，有一下没一下地捏着她的脸。

叶橙浑身都卸了力，紧紧贴着人，被他动作撩得后脖颈绒毛都好似立了起来，有预感地离远了些。

"我能问你一个问题吗？"

"说。"

"你对别人都这么好吗？"

"……好在哪儿？"

叶橙觉得他肯定懂，这么问单纯就是在套她话，这么一想，更不乐意答了。

"哪儿都好。"

顾青李则是觉得她今天在玩些什么文字游戏，眼睛仍是闭着，却单手按着她脑袋，将人往怀里带得更紧："你不一样。"

"有什么不一样？"

"你不像任何人。"

叶橙原本还在他怀里小幅度挣扎，顾青李搂太紧，勒得她险些喘不过气。听见这话，她缓慢收回挡在两人中间的手掌。

那之后，好似一切都顺理成章起来。

叶橙不再事事和俞微宁分享，她有了属于自己的秘密。她和顾青李视频也不再找乱七八糟的借口，有时候两人单开一个语音电话放在一旁，两边都是鼠标键盘声，就只是因为顾青李突然一句："想听听你的声音。"

那年的北城，雪下了一场又一场，漫天雪花在空中飞舞，落下，又被人踩在脚下，无声无息地消融，像从未落下过。

177

一转眼，就是一月份，离除夕还剩一周。

报社年会过后，大家的工作态度懈怠很多，清掉积压了一年的工作库存，组里天天下午人手一杯下午茶，围在一块，不是在交流今年社里放出的奇葩新闻，就是在讨论节后报社有什么新政策新动向。

叶橙准时下班打卡，依旧报社、春水湾两点一线，生活规矩得很。

这天算是例外，叶橙下午收到钟鹏的消息，问她要不要来市体育馆看他们打球。

叶橙第一反应是："不去啊，我又不会打，看你们打吗？一身臭汗离我远点。"

钟鹏说："别这么不给面子，许妄哥这不是回来了，俞微宁也来，好不容易人齐了，总得有人帮忙买水吧。"

叶橙说："我就是个买水的是吧？都说了不去啊。"

钟鹏说："来吧，打完球，哥今晚请你吃大餐。"

钟鹏磨人技术一向可以，不然每回的局也不能由他攒起来。

然而，等走出报社，叶橙就后悔答应了。

外头才下过一场雪，路并不好走，融雪车正在工作。叶橙粗略算了算，从这里到市体育馆，起码得四五十分钟。

叶橙正在纠结去或不去，就这么碰上了要出门，说是可以顺路载她一程的组长。

说起季霄，两人除去报社公务，这个冬天私底下有过几次接触，叶橙却始终对他热络不起来，没办法当成普通朋友相处。

直至车在市体育馆门口停下，季霄头都没回，让叶橙下车的时候把车尾箱几箱土特产干货拎走。

叶橙看着，却有点为难，尽量表现出不是自己不想要的态度："我今天有别的事，可能不太好带……能下回吗？"

季霄直接一个眼刀过来："你的意思是，让我给你保管？"

叶橙咽了咽口水，完全不敢出声。

季霄居然真笑了下，点了头答应："行。还不下去？那么大标志看不见？这儿停车不能超过三分钟，不知道？"

叶橙忙下了车。

组长竟然就真的这么放过她？叶橙自己都觉得玄幻。

没等她细想，身后跟上来的钟鹏勾住她肩膀，抱怨她怎么这么晚才来。叶橙没好气地捶他肩膀："能来算给你面子了，我还没问你呢，你们今天几个人打球啊，都有谁。"

钟鹏卖她关子："进去你不就知道了。"

室内体育场，多是放了寒假过来打球的高中生，个个只穿着短衣短裤，戴着护袖束着发带，青春气息满到能把屋顶掀了。

叶橙即使毕业几年，心态上已经是个社会人，目光仍忍不住在他们身上流连。

手长脚长，小腿肌肉块明显，隐隐还能瞧见球衣下块块分明的腹肌。

钟鹏召回她思绪，一指馆内角落，薛陈周竟然会出现在球场边："我磨了薛二好几回才把人叫来，以前他可是从来不来打球，连球场都没怎么进过。"

叶橙的视线却轻飘飘地收回，在看见那道穿着成套白色运动服的清瘦身影后，微微瞪大了眼睛，说话都有些结巴："你……怎么这时候回来了？"

不是说，年二十九才回北城吗？

"和唐老师说了声，提前了。"

顾青李十分满意他这时出现的效果，不枉他掐着点赶红眼航班从临川回来，还特意在附近酒店洗澡吹头发换了套衣服才过来。但回想起刚刚叶橙一路过来，恨不得能当场多长两双眼睛的模样，他语气淡得像水，却分明是质问语气："刚刚看什么呢？"

叶橙莫名心虚，顾左右而言他，抬头望天："没看什么啊……"

顾青李冷笑一声："腹肌好看吗？"

叶橙倒是反应很快，语气认真，是刻意凑近，只对他一个人说的："没有，他们都没你好看。"

叶橙继续道："不用憋着，就是在夸你，想笑就笑吧。"

本来顾青李没打算笑的，被她这么一说，唇线抿了抿，招她过去想问她这些天有没有想他。

只是钟鹏极没有眼力见儿地在两人中间窜头："顾青李，许妄哥人呢，说好的，怎么老迟到。"

"我怎么知道，你自己去问他。"

顾青李的目光依旧落在叶橙身上，手指却捏住了运动外套的拉链。

于是，叶橙就这么看着他在自己面前把外套脱了，里面是一件最简单不过，没有任何图案的白T恤，薄薄布料下能清楚看见，肱二头肌、腹肌一块不落。

顾青李还挺自然的，把外套递给她让她拎着，又俯身把鞋带系紧后才轻声交代："你要是觉得无聊，可以先离开，钟鹏那边我去说。"

叶橙只是摇头，紧紧抱着还带着他气息的衣服："你不冷吗？"

"等会儿打球就热了。"

不多时，许妄姗姗来迟，几人终于凑齐。

叶橙仍抱着顾青李的衣服，有些走神地想起以前一桩小事。

师大附中每年都会举办联校篮球赛，因为场地大，经验丰富，每逢那段时间，校园里总是热闹异常。

教导主任那段时间也格外忙碌。

不为别的，那时候不知道哪儿来的风气，女生爱给男生抱校服外套，一传十十传百，抓早恋简直一抓一个准，并且这种"抱校服"行为屡禁不止。叶橙就因为钟鹏、许妄总是爱上场前把衣服扔给她保管，被老师抓住过好几次，回回都得解释他们只是好朋友，比白开水还纯的好朋友。

见他们几人商量了半天，叶橙在市体育馆观众席探头探脑，纳闷为什么迟迟不开始。

俞微宁过来找她要发带，叶橙从包里掏出递给她，狐疑道："你今天也要跟着他们一块玩啊？"

"那当然，不然我闲着没事干来看他们打球，有什么好看的。"

叶橙托腮看人："他们怎么还不开始，我有点饿了。"

俞微宁知道她没看明白，边扎头发边和她解释："你以为他们在说什么，他俩在那儿说半天，可都是为了你。"

叶橙更疑惑："为了我？为了我什么？"

俞微宁"哎呀"一声，索性提示到底："以前有一次，你不是因薛二被网暴过一次嘛。正好今天人齐，干脆就新账旧账一起算了，哪有白让人欺负的道理。"

叶橙真没想到是这事，那次许妄和俞微宁都不在北城，没人帮她说话，钟鹏则是根墙头草，别人说什么信什么，完全靠不住。

说寒心，是真的寒心。

叶橙不仅孤立无援，还被曾经最喜欢的人指责。

叶橙想打听那女孩住在哪个病房，情况如何，都包着脑袋拎着果篮走到门口，又因为那女孩父母都在而黯然离开。

俞微宁活动了一下手臂："你看着吧，钟鹏那傻子，现在都搞不清状况呢。"

"什么状况？"

那头，钟鹏确实一点没看出来，还在沾沾自喜组队占了便宜，对方队里有个女孩。

而他的两位好队友——薛陈周此时心不在焉，想起叶橙从进来后别说维持应有的体面，甚至一个眼神都没落在他身上；另一个是从前他们的高中同学，一块打球打惯了的，已经很敏感地察觉到赛场上剑拔弩张的气氛，尤其是看见许妄的脸色后，他有些欲哭无泪。

这不是准备打球，是要把他往死里打吧?

另一头，气氛就和谐多了。

许妄先是踢踢顾青李的鞋子，问要不要给他帮忙。

顾青李问："帮什么忙？"

许妄啧啧评价："情敌见面分外眼红，待会儿打完球，也别去吃饭了，找条巷子雇几个人打一顿，我给你递麻袋和棒槌。"

顾青李听得失笑："你今年贵庚？都多大了，快三十了吧，还玩这套，早点洗洗睡。"

许妄仍不太解气，遥遥看了场边的叶橙一眼，却见她专心看着场上，忽而福至心灵："等会儿……不对，这气氛不对，你俩在一起了？"

中场休息，薛陈周正单手取下眼镜，按着单薄眉骨。

视线里，叶橙朝他们的方向走来。

薛陈周再习惯不过，潜意识里觉得不管这里人再多，叶橙总会是第一个找到他的那个。

却见，叶橙直接从他面前走过去，话虽是朝着俞微宁说的，看着的却是顾青李。

"要我去给你们买水吗？"

俞微宁说："我要水溶C。"

许妄接过叶橙递来的毛巾："矿泉水。"

最后，顾青李示意她今天他请客，手机就在外套口袋里，让她买完别逗留赶紧回来。

叶橙都走出十来步了，又折返，举着手机问他："你手机我怎么用，我又没有密码。"

顾青李若无其事地接过她递来的手机摆弄一阵，叶橙就这么听见他指着录指纹的界面，似笑非笑，半哄的语气："你怎么知道没有？"

叶橙一时间大为震撼，她什么时候在他手机上录了指纹。

顾青李真想了下："没有吗？可能是我记错了，那现在录一个？"

叶橙哪敢，当代年轻人，手机是再隐秘不过的物品。听他这么说，她忙摇头，怎么都不肯："……不太好吧。"

非亲非故的。

顾青李没打算把她逼得太紧，只是笑笑，没当一回事，把密码和盘托出。

叶橙把玩着他的手机，仍有点持怀疑态度："你就这么老实？什么都和我说，不怕我待会儿就把你卡里的钱都转走，一毛钱都不给你留。"

他语气随意："算了吧，就那点钱，花就花了。"

叶橙乖乖把手机收好，还想说两句，抬头时视线刚好和他撞上，因为才打过球，他额角还有点点汗珠滚落，眼尾有点发红。

叶橙突然就什么也不想说了。

临近过年，家里有几件大件家具叶橙想换很久了，加上要置办带回东街胡同的年货，叶橙起初有些手忙脚乱，在顾青李回来后，自然而然把这类琐事交到他手上。

她不太满意客厅几个置物架的颜色，想趁这时候全都换掉，安装工人在

/ 181

这时候大多都放了假,所幸顾青李回来,于是叶橙只负责下班后看顾青李检查新购置的电器,或是对着说明书敲敲打打。

全部完工后,两人一人递东西,一人负责摆放。

顾青李注意到她半天没说话,又偏头,看着她欲言又止的神色。

"有话就说。"

叶橙把花瓶递到他手上,才把憋了半天的问题问出口:"你今年过年,打算在哪里过?"

她去年这时候就好奇了,但实在不熟,没有问出口。

谁能想到,一年过去,发生了这么多事情。

可是快到年三十了,顾青李依旧每天在春水湾陪她消磨时间,明显没有计划的模样。

叶橙当然知道,他现在孑然一身,已经算是孤儿。但她并不熟悉分开的这七八年,他有没有找回亲人,或者是干脆回临川祖屋。

顾青李闻言,把手里的东西依照原样摆好,才低声说:"没,在哪里过都行。"

叶橙不说话。

顾青李却先笑出了声:"你这什么表情,我说了哪里都行,反正早就习惯了。"

习惯了,哪里都行。

叶橙决定还是顺从他心意,拉起他尾指晃了晃,询问:"那你今年要不要跟我回家过年呀?"

他顺嘴说:"回家?是要见家长吗?"

在被叶橙瞪一眼后,顾青李的笑收了收。叶橙轻轻咳嗽一声,好似理由再正经不过,全然和她本人的意愿没有任何关系:"爷爷都好久没见你了,看见你能回来,一定很高兴。"

而其实,说高兴也没有多高兴。

对于今年顾青李留在家里过年这事,叶于勤没有太多异议。饭后,他甚至单独找顾青李到书房谈了会儿话。

叶于勤特地在叶橙面前强调了"单独"二字。

叶橙多少有点不满,有什么话不能开诚布公地说,搞这么神秘。她趴在房间门板上听了半天,听见对面有动静,才躺下给顾青李发消息。

叶橙:怎么去了这么久?爷爷没有难为你吧?

顾青李:有什么好难为的。

过一会儿,他又发:我明天早上陪爷爷出趟门,见几个爷爷的老朋友。你要是醒了,记得下楼吃早饭。

一夜无梦到了早上,叶橙坐在长饭桌旁吃东西,热腾腾的蔬菜粥、一笼烧卖、一笼奶黄包。叶橙吃得很慢,俞微宁不知道什么时候进来的,素着一张脸,甚至还穿着睡衣,进厨房舀了碗粥,又抓了只包子往嘴里塞,嘴巴就没停过:"还是你这儿好啊,起来就有吃有喝的,我妈一大早就走亲戚去了,别说早饭,连口水都没给我留。"

叶橙注意到空气里乱飞的口水,默默把面前的食物护在了怀里。

倒是俞微宁发觉粥是温热的,烧卖是羊肉馅的,连个奶黄包都是小猪造型的。

"顾青李跟你一块回来的?"

叶橙懒得问她是怎么发现的,"嗯"了一声。

俞微宁啧啧称奇,算是真心话:"说真的,你俩这实在太方便,完全没有过年到底回谁家这种低级矛盾。要不你问问他,答不答应入赘,我给你俩随八十八万八千八。"

叶橙让她闲着没事干的话可以找个班上,别出馊主意。

大年三十当天,秦方兰和叶其河一前一后进了家门。对于这对父母,叶橙一直惊诧于两人的合拍,多年异地婚姻,居然能靠那一个月都不见得能打一通的电话维系感情,更是在一些小事上有该死的默契。

可就是和他们相处越久,了解越深入,叶橙更觉得自己对于这个家来说像一个外人。

像一个讨不到糖果硬要无理取闹,结果还没人哄的小孩。

而今年情况显然不太一样。

秦方兰难得给叶橙带了礼物,是一双绒面的墨绿色高跟鞋,才在秀场上亮相,国内根本买不到。

叶橙看着那双高跟鞋,有短暂讶异。只不过很快恢复如初,收起东西,她神色淡然地道了句:"谢谢妈。"

也是这时,秦方兰才开始觉得眼前的女儿眉眼很陌生,她早在自己看不见的地方悄然长大了。这个念头不过涌起一瞬,又被一通底下主管的来电压下。

照旧是一大桌子菜的年夜饭,家里保姆忙活了一下午。

如果家里有长辈在,食不言寝不语这条规矩自然是要摆在明面上,连除夕夜都不例外。

为了缓解尴尬,叶橙只能不断往嘴里塞食物,而后偷偷在房间吃健胃消食片。

院子里早就喊开了,楼下几人连电话都懒得打一个,叫叶橙赶紧下楼玩。

"叶橙!叶橙!"

"赶紧啊,就差你俩了!"

这算是他们的老传统了。

近年,北城禁燃禁放的这项规定有松动趋势,钟鹏早早打听好哪里能放烟花，车尾箱几乎全是提前买好的成箱烟花。

目的地在郊区，平日里人迹罕至，这会儿倒是早早被人占上。几人开车抵达时，空气里还飘散着硝烟味，一层极薄的雾气将散不散。

叶橙长时间保持一个姿势窝在车里，腿有点发麻，加上脚下石子路凹凸不平，下车时差点崴了脚。

所幸身旁有人手疾眼快地拉了她手腕一把，叶橙正要道谢，手腕处传来轻微不适的触感。

是订婚戒指，有点硌人。

叶橙在瞬间挣脱了薛陈周的桎梏，扫了他一眼，算是回应。

顾青李慢他们一步下车，这一幕全都收入眼中，却当作没看见。注意到叶橙单脚在原地跳了两下，他去扶她："脚疼？"

叶橙看见是他，表情委屈，声音也放柔了："崴了下，缓缓就好了。"

这天晚上，耳边的轰鸣几乎就没停过，从市区大老远驱车过来的年轻人，带来的烟花一个比一个花样多。

叶橙不敢玩冲天炮，许妄哄了半天才哄她玩了几个，结果叶橙直接上瘾，边认真捂耳朵，边四处乱窜躲飞溅的火光，不小心撞进顾青李怀里，场面极其混乱，根本没人注意到这一隅的异样，天上接连炸开几个烟花，看都看不过来。

"这么高兴吗？"顾青李把她大衣上乱甩的毛球捋好，又把她黏在脸边的几缕头发用手指勾开。那张极其漂亮的圆瘦脸掩在毛线帽下，像某种小动物，鼻头圆圆，眼睛弯成月牙，里头好似盛了一湾清泉，清澈明亮。

"当然高兴啊。"她脆生生地应，把手里的烟花棒分给他，示意他拿着木棍。

顾青李以为她是要他陪玩的意思，正要说免了，就听见她说："你帮我拿一下，我怕火星子溅到我衣服上。"

当晚，叶橙即使再小心，大衣还是被烧出一个很小的小洞，手也被烫出一个泡，火辣辣地疼。

叶橙面露苦恼，想戳破，却又被走过来察看伤口的薛陈周捏住手腕，他职业病发作，下意识就是："千万别戳，回去拿消过毒的工具再戳，涂一层云南白药。"

时间就这样不知不觉过去，那一阵一阵的鞭炮声也慢慢消停。

叶橙去找许妄借打火机的时候，低头看了眼时间，快零点了。再抬头，她却发现顾青李不知道什么时候离开了。

叶橙先是问了钟鹏。

钟鹏挠挠后脑勺，也不清楚："我没看见啊，刚刚还在这儿，是不是去那边了？"

叶橙又问了一圈，接连排除了几个方向后，她开始往他们停车那块空地走。

他果然在那儿，叶橙拉开后座车门，单腿跪在车后座上小声叫他的名字，他依旧没睁眼。

"顾青李，你怎么了，怎么不继续一块玩？而且来这儿也不说一声，我找了半天没找见你哎。"

车内打了暖气，车外风大，叶橙想着保暖，顺手把门关上，连最后一丝光线都消失殆尽。

顾青李只是看着她。

叶橙有些恍惚，敏感地察觉这目光有不对劲的地方，却没有躲。

直到她抬手，在他面前晃晃："顾青李？"

手被他扣住，他有点霸道地插进十指，但叶橙连挣扎都没有。

手掌相贴，叶橙回味了一下今晚，才有点反应迟钝地开口："你生气了呀？"

他直接收回视线，语气冷淡傲娇，又掷地有声："我没有。"

叶橙觉得这男人多少是有点嘴硬在身上的。今天是除夕夜，不只是叶于勤，连秦方兰都把她的恋爱问题提上日程，吃饱后，游说她去和某家族的少爷吃顿饭。叶橙自然是拒绝，眼见着饭桌上逐渐剑拔弩张的氛围，是老爷子一声令下，今晚才不至于吵起来。

叶橙顺势靠他更近，手在虚空中抓了两下，才捧着他的脸："你要不说实话，我亲你了哦。"

顾青李头偏开，没理她。

"你不信是吧……我真亲了哦。"叶橙就着黑暗里一点微光，手指准确抚到他的唇，低头亲了一下。

她期待他能有反应，却见顾青李依旧冷眉冷眼，很难哄的模样。

叶橙叹气，这回亲下去时，嘴唇相贴，她思维有点卡壳，一时忘记了下一步该做什么，之前都是由他主导。于是在接下来的一分钟内，叶橙都只是含着他下唇舔舐，单一动作不断重复。

顾青李恨不得在这时捏着她脖子把人拎开，但又抱着想看她到底能玩出什么花样的心态，结果就是他整个人被压在椅背上被不得章法地亲。

到后面，叶橙也放弃了，有些颓然地松开他。

他没有回应。

却在这时，她听见了窗外的人声，是钟鹏回来找东西。

叶橙脊背僵住，连呼吸都屏住了。

天空在零点又一次炸开烟花，这一次简直前所未有的盛大，半边天空都被映亮，所有人都抬头去看。

叶橙还在担心钟鹏会走到这辆车附近，脖颈忽然被人控住，顾青李直接凑近，撬开她牙关，她被他如暴风骤雨般亲了一阵，气息被全部掠夺，连呼吸都染上灼热。

在叶橙缺氧,想着待会儿嘴会肿,把着他肩膀想把人推开一点时,顾青李似有察觉,动作放轻了,如春风化雨,只是有一下没一下地啄着。

叶橙主动反扣住他的手指,指尖在他手上薄茧处打转。

她最后解释:"我没有想去相亲……"

"我知道,"顾青李只是抵住她额头,轻声说,"新年快乐。"

车外声音渐渐静了下去,脚步声走远。

车内那阵火热氛围也逐渐散去,叶橙借着一阵阵扫过的车灯摸他嘴唇:"不会很明显吧。"

顾青李把她不安分的手指捏在手里,同时催她下车,待会儿他们得找了。

叶橙忍不住腹诽,你闹脾气的时候怎么不想想,现在零点都过了才想起来。她声音压得极低,依然被他听见,脸颊被他单手掐了下,掐成小鸡嘴:"说什么呢?"

叶橙点评道:"你个醋精。"

说完,她很懂事地自动离他三步开外。

脚下石子路依然难走,顾青李就这么任由她握着自己三根指头,时不时晃一下。

新年假期充斥着各类社交,高中班级群一到这时候就开始攒局,八面玲珑的班长说好不容易能聚到一块,一年就聚这一次,有空的都得来。

这算是十七班难得的优点了,虽说成绩排在全年级垫底,比年级主任一个月发飙的次数都稳定,但众人在高压下足够团结一心,和毕业即失联的大多数人相比,他们每年至少能聚上一次的频率实在是非常感人。

叶橙不想待在家里应付亲戚,问顾青李今天下午的班级聚会他来不来。

他常年在国外,这中间的聚会自然是完全错过。但班长不知道从哪儿打听来他回来了,在群里放话,谁今天能把人带过来,今天聚餐开销他全包了。

顾青李问:"你和班长有仇?"

叶橙回哪有,她只是想着他不来,她就让俞微宁带自己去。

顾青李年初三就很自觉地回了春水湾,这会儿并不在东街胡同。

叶橙和俞微宁到包房时,已经很热闹了,同学算是给足了班长面子,除去在外地旅游的、在国外念书回不来的,一个大包被挤得满满当当。

班长毕业后就自己开了个工艺品公司,规模不大,和俞微宁有一些业务上的往来,叶橙自然算是沾了俞微宁的光,一进去就被安排在班长身侧,手里塞一杯果粒橙。

周边都是说话声,有人在唱《贝加尔湖畔》,跑调快跑到天边了。

也有同学主动凑上来和她说话,话题却是拐了十万八千里拐到薛陈周,昔日年级风云人物身上。

当年叶橙跟在薛陈周身边,看热闹的有,说闲话的也有,甚至有人暗戳戳下注,赌叶橙能不能追上薛陈周。这点八卦就像嚼不烂的老帮菜,被人翻出来津津乐道。

"你们校庆晚会那场合奏,可是现在都归在学校网站的晚会集锦里。"

叶橙年年听这些轱辘话都听烦了,想着这应该不算是秘密,干脆道:"薛陈周订婚了,应该年后就结婚,以后这种事情别问了,不大尊重人。"

打听八卦的几位同学也是一愣,你看我我看你,然后看叶橙的目光都带了点同情。

叶橙被这种目光瞧着,也有点烦躁了,她不是离开薛陈周就不能活了。

顾青李就是在这时推门而入的。

最开始是门口几人让他进来记得关门,在看见那道几乎认不出来是谁的身影后,班长直接爆了句粗。

包厢内众人也察觉到了异样,纷纷围过去。

叶橙才是头一个看见他的人,但隔着人潮,估计叫他也听不见。就在她犹豫间,班长已经往他手里塞酒,直说这么多年不露面,是不是该先罚两杯。

曾经同过窗的情谊在故人出现后,那些或熟悉或陌生的记忆像潮水般涌过来。

毕业后,班里男同学难免因工作压力大或者幸福肥身材走样,不过一两年没见,叶橙再面对面见到人,都快喊不出名字,而顾青李眉眼却能算是少年时期的放大版,完全褪去年少的青涩后,这种成熟男人味道更加勾人。

不多时,不只是男人,连坐在叶橙身边的几个女同学也端着酒杯围了过去。

简直像是在盘户口,班长问顾青李什么时候回来的,回来后都在干些什么工作。

顾青李记性很好,依旧能叫出他们每一个人的名字。室内温度偏高,他把外套脱了扔在一旁,衬衫扣子也解了两颗。叶橙能清楚地听见那几个女同学在小声惊呼,这男人怎么能做到这么多年过去,几乎没怎么变,好像更有味道了。

俞微宁同样听见了,胳膊肘捅一下叶橙的腰:"你还在这儿愣着做什么,要不我替你把人叫过来?人得看好了。"

叶橙只看了被团团围住的那人一眼,就移开目光。

"不要了吧,而且你别这么说,各人有各人的生活。也别误会,我和顾青李没什么关系的。"

俞微宁笑着骂她,看她在这儿装。

罗佑安到场的时候,同学会的气氛再次被推向高潮。他一身简装,模样很低调,但他去年获奖的视频在师大附中校友群里小火了一把。曾经在十七班和他们一块厮混度日,常年力争倒数第一第二的差生,居然混上了市青年企业家。这种反差,几乎是打了众人一巴掌。

罗佑安本人也越发飘,来这儿之前,他刚赶完一场饭局,一进门立马和众人攀谈起来。

叶橙隐约觉得她是不该来的。前几年还好,大家的聊天重点都集中于校园生活和吐槽上,但工作后,高中同学就成了再好不过利用的人脉圈,尤其是男生,染上了酒局上那套做派,饭桌就成了他们的舞台。

叶橙小声和俞微宁道:"我有点想回去了。"

俞微宁在和班长说话,根本没听清她说的什么:"啊?你想喝水,待会儿看看有没有人进来,问问他们有没有凉白开。"

叶橙撇撇嘴,自动选择远离他们,人独自坐在包厢角落。

这里实在太吵。

坐在离叶橙最近位置的两人,甚至拿出了烟和打火机,叶橙不想抽二手烟,正要转移阵地。

顾青李直接拦住那欲抽烟的二人,把一包完整没开封过的软中华扔给他们,指指门外,又拎了杯东西过来递给她:"不是酒。怎么躲这儿来了?"

叶橙接过杯子,仍有点热闹都是他们的,自己完全置身事外的感觉:"没,你今天不是说不来这儿吗?"

顾青李说:"我可没说。"

现在追究这个也并不重要,叶橙低垂着脑袋,看着他们在那儿打官腔,觥筹交错间,是有点难受的:"顾青李,你说,人是不是一段时间不见,就都会变啊。"

顾青李当然明白她什么意思,反问:"你觉得是好事,还是坏事?"

叶橙确实迷茫。

顾青李也顾不上这是在聚会,揉了揉她的脑袋:"人生哪有定数,你常去的那家早餐店,过一周不去都有可能关门。购物车里加购的商品,一个月不去看都可能售罄,更别提人。

"过好自己的生活就够了,别想这么多,身边来来往往人这么多,留得住当然高兴,留不住就算了。"

叶橙觉得挺有道理。

她看着顾青李单手拎着啤酒罐的模样,那话像是亲身感触,心底竟然有点替他泛酸:"那你呢,你会变吗?"

"你希望我变吗?"

真狡猾,居然又把问话抛给她。

叶橙垂眼,看着地板上不断游走的各色光点,这里实在有一股很难闻的味道,不太能待得住,她却又奇异地因为身旁这个男人,不太想动弹。

"不想。"叶橙在确定这一点后,声音大了些,对上他的目光又重复了一遍，"我不想。"

顾青李语气随意，话却很认真："嗯，那就不变。"

一定是舞台上有人在唱一首幽怨情歌的缘故，叶橙差一点就把"你为什么对我这么好，是不是喜欢我"当作玩笑问出口，但话到嘴边，硬生生忍住了。

倒是罗佑安在老同学间打了一圈太极，脸上带着笑，领着一堆人过来，硬是要和顾青李好好喝一场。

话里话外，都是贬低。

"现在行业不景气吧，你说说你，以前成绩这么好，在班里多风光一人，做什么不好，一脚踏进了个无底洞。再拖下去，怕是连骨头渣子都剩不下。

"年薪多少？十几万？几十万？能在北城买套房安家吗，怕是不能吧，别怪我现实，买个浴室都难。

"顾青李，老同学一场，我这是好心劝你啊。就你这条件，别说安家立业，就拿谈女朋友来说，哪个能接受异地恋。

"入错行，跟错人，及时止损，这可是你当年教会我的道理，怎么你这么聪明一人，越活越回去了，现在过得还不如我呢。"

这话残酷，却很现实，原本看顾青李眼神热切、跃跃欲试、想要留个联系方式的女同学听见后，也都冷静了下来。帅不能当饭吃，自己能跟着他被困在出租屋里半生，在锅碗瓢盆鸡毛蒜皮的小事中耗尽青春，连个落脚的地方都没有吗？

成年人，早过了有情饮水饱的年纪。

而全程，顾青李只是拎着酒不发一言，时不时抿一口，见他讲得尽兴，还挺赞同地点头。

这简直可以载入罗佑安晚年回忆录最爽时刻，困扰他半生的假想敌越过越差，反观自己，扶摇直上，成为昔日瞧不起自己的同学眼中的香饽饽。

罗佑安攒了第二波心灵鸡汤，正要摆出胜利者姿态开始说教时，叶橙在两人中间比了个暂停姿势。她向来看不惯罗佑安，高中时就如此，没想到这么多年过去，这人依旧是老样子，歪道理一套又一套。

"你说够了没啊，别仗着他脾气好就在这儿乱吠。"

罗佑安见这时还有人帮顾青李说话，脸面多少有点挂不住。

好在，他早不是从前的他，语气嘲讽："顾青李，你怎么还是老样子，一遇到事，居然要个女孩护着，连个屁都不敢放。

"到底是不是个男人啊，这么没担当。躲在女生身后，你尿不尿啊！"

顾青李情绪稳定得简直像是罗佑安嘴里说的不是他一般。

不光是叶橙，班长也跑出来打圆场，直说今天这场可是他请客，千万别闹事，算给他个面子。

话音未落，班长面前却直接出现了一张银行卡，他看着卡，没懂什么意思。

俞微宁解释："拿着吧，叶橙给的，人是她叫来的，今天这饭钱不可能

/ 189

让你出。"

那头,叶橙挡在顾青李面前,算是示意今天这场闲事她就是要管到底。

某个瞬间,叶橙觉得这个场景有些似曾相识,但只是一念之间,极快闪过。

"罗佑安,你有你的活法,别人有别人的活法。既然不是一个圈子的人,你何必这样对着别人的生活指指点点。"

渐渐地,也有人开始加入这场闹剧。

一边是在劝罗佑安不必如此咄咄逼人,大家都是同学。

另一边,则是在大骂他们怎么这么玻璃心,敢做还不让人说。

叶橙被人挤到往后退了两步,正好听见顾青李低声在自己耳边说了句:"没事的。"

这些对他来说,都太稀松平常了。

叶橙却觉得这不公平,她鼻子有点酸,想继续为他辩解。顾青李已经拽着她手腕,把人往后带,用手势示意罗佑安这件事就这么算了吧。

俞微宁接收到他的信号,把KTV背景声调大了些,众人很识趣地散开,不再聚在一处看热闹。

叶橙却沉浸在自己的情绪里,直到顾青李趁人不注意,捏了捏她脸颊,动作很轻:"难过什么,我都不难过。"

叶橙脑袋低垂着,依旧情绪不高。

班长使劲鼓掌,让现在仍留在包厢的各位围在一张大桌旁,为了活跃一下气氛,一起玩个小游戏。

最简单的"我有你没有"游戏,每个人说一个自己做过的事情,剩下的人如果同样做过,就要罚一杯酒,反之不用。

趁班长科普这游戏该怎么玩,顾青李问叶橙:"待会儿送你回去?"

叶橙想起:"你不是喝酒了吗,怎么送?"

"找个代驾,或者打车。"

叶橙没什么异议,点头。

可是第一把,两人就栽了。

因为说的是在高中时逃过晚自习。

全级就数他们班最不安分,怎么可能有人没逃过课,一时间你一言我一语,桌上酒杯几乎都空了。班长的目的顺利达到,场子轻易热了起来,一群人忍不住追忆往昔,动作也不客气起来。

再次轮到班长时,估摸着是想玩个大的,他在一桌人中扫了一圈,不惜自损八百:"我暗恋过同班同学。"

大概有三秒,一帮人是安静的,又瞬间炸开,叶橙听见有人在说:"可以啊,不愧是班长,这八卦效率,简直一挖一个准。"

叶橙听完，暗自庆幸薛陈周不是十七班的人，这杯她用不着喝。

正好这时，叶橙口袋里的手机响了，朝顾青李晃晃手机，示意："爷爷打来的，我出去接个电话。"

她走得急，自然没看见，从第一局直到现在，只喝过第一杯酒的顾青李倒了第二杯。

众人没听说过这位的花边绯闻，在他这一举动后，直接起哄了一波，开始低声八卦他和班里哪个女生来往多。

听者有意。

罗佑安特意拖到叶橙打完电话回来，班长都开始催了："罗佑安，你快点啊，拖什么，这里二十来个人等你一个，就是浪费了我们二十分钟！"

所有人都笑了。

叶橙才推开门，便听见罗佑安高声道："我以前喜欢叶橙。"

气氛急转直下，一屋子人忽然安静下来，颇有吃瓜群众的自觉，更多的是不明白罗佑安在这时自爆这个做什么。

罗佑安挑衅地指着顾青李面前的酒杯："你呢，不喝吗？"

"还是，到现在都不敢认？"

叶橙看着桌子那头，顾青李捏着倒了满满一杯的酒。

叶橙脑子像被人直接拿锤子敲了下，她几乎以最快的速度拿起门口的包："对不起班长，我家里有事先走了。"

直到叶橙终于快步走到电梯门口，拼命按了几下电梯按键，心跳仍然乱得久久未能平复。

可回想起来，又觉得头疼，她到底都做了些什么啊……

而另一头，顾青李在喝掉满满一杯酒后，也起身告辞。或者说，他早知道今天来这一场局就没办法回头。

连老天都好似在冥冥中帮他，顾青李总算在电梯门合上前一瞬赶上。

叶橙看着门又缓缓打开，眼神是从未有过的茫然，他却只是沉默地走进，两人并肩立在电梯轿厢。

从五楼到一楼，距离很短，叶橙连电梯门打开后，走哪条路逃走都想好了。

在那声叮声响起后，门迟迟没开。

叶橙看着那只按着关门键骨节分明的手，听见了她的名字。

"叶橙。"

明明这时候，叶橙不断警告自己要理智，脑海却简直乱成一锅粥。

而顾青李只觉得有点好笑，明明再简单不过的一句话，怎么会像一场经年散不掉的雨，困住他这么多年。

他早该说的，无论是从前，还是现在，他真的不想再错过了。

故而顾青李再次开口时，声音带了点哑。

"如果你还不明白的话，我可以亲口说一遍，是，我喜欢你，很多年了。"

校庆那晚后,叶橙好一段时间没在家见过顾青李,在学校同样。

她边翻看着俞微宁发给自己的消息,边问爷爷顾青李去哪儿了,叶于勤道:"他回老家祭拜去了。"

叶橙不解:"拜谁?"

顾青李犹记得,不善言辞、不苟言笑的奶奶在得知自己所剩时间不多后,才像真正放下了所有,不再憋着一股劲,整个人都轻松下来。

流连病榻,卧床多日后,某天回光返照,她给他做了一顿饭。

应奶奶要求,顾青李独自一人从火葬场拿回骨灰后,把她葬在了镇后某个小山坡上,从这个角度,能看见整个小镇的全貌。

这个时节,顾青李先是把墓前杂草清了清,草已经长得很高,深深扎根。红烛纸钱,几盘糕点,山坡上开满了不知名的星星点点的紫白色小花。

顾青李对着墓碑叩了三个响亮的响头。

祖孙俩从前就不怎么交心,而今顾青李即使看着碑上字样许久,也不知道该说什么好。

他很快下了山,恰逢叶其蓁开着车回来,她上个月才提车,这边山路多,不免心疼,想着回去后一定得找老爷子要一笔维护费。后备厢被纸箱子堆得满满当当,她趁顾青李上山祭拜,去镇上集市扫荡了,满脸都是捡了便宜的得意。

叶其蓁摇下车窗,看着顾青李一路沉默着走过来,钻进车里,她去年初次来临川接人时,这小孩也是这样,穿洗得发白的T恤,侧面看肩胛骨薄得像纸。

叶其蓁瞥着后视镜,说:"就拜完了?你这么久才回来一趟,没什么话好说?"

顾青李回:"没有。"

叶其蓁换了个话题:"你们这儿的东西可真便宜,换在北城,要是打个农副产品的旗号,价格能翻三番。"

顾青李早在上车时就注意到尾箱的几只箱子,想也知道应该是什么藕粉、糕点、青梅酒之类的。

顾青李请了足足一周假。

回到东街胡同时,家里没大人在,只有叶橙躺在沙发上吹空调,整个人无精打采,注意到有人进来时才坐起来。

她裹着毯子过去,一双细白的腿就这么大剌剌露着:"你回来啦?"

行李箱还在手边,顾青李别开目光才应:"嗯。"

叶橙兴奋未减:"你吃饭了吗?"

顾青李以为是要他做饭的意思:"你饿了?"

叶橙缓了好一会儿才明白他的意思,连忙摆手:"不是不是,我的生日蛋糕还剩了点,你要吃吗?"

蛋糕是小四寸的,很清新的绿色,上面点缀了白色的奶油花。

叶橙从冰箱里把那块完好的点心捧出来,顾青李的视线落在上面很久。

叶橙不好意思地笑笑:"是我晚上饿了,把剩下的都吃了,今天才去新买的。"她把托盘往前推了推,托着腮看他,"你快尝尝甜不甜。"

顾青李其实不爱吃甜食,但看着叶橙跃跃欲试的模样,他很给面子地坐下,用叉子刮下一小块奶油。

"甜。"

下一秒,叶橙笑得像只狡黠的小狐狸,朝他摊开手掌:"既然吃了我的蛋糕,那我的生日礼物呢?"

但笑完,叶橙发觉他没什么大反应,依旧在低头吃东西,额前头发盖住眉眼。

顾青李离开的这段日子,叶于勤和叶橙解释过,他不是什么资助的贫困生,不过是叶于勤受逝去老友所托照顾一阵子。

叶橙初听见时,是迷惑的。按理说爷爷的老友她几乎都知道,即使没见过,也都听过名字。

叶于勤淡笑:"一个以前的朋友。"

叶橙再问下去,他却不愿多说,只说顾青李从小父母双亡,由奶奶带大,以及在小镇上生活的细节。

叶橙嘴角耷拉下来:"他好可怜。"

叶于勤变了脸色。

叶于勤那晚和她说了很多,叶橙以前没少被爷爷训,但从未有一次话这么重。爷爷说,可怜是非常残忍的一个词,当你没有经历过他人的苦难,却轻飘飘用可怜盖棺定论,这种都是自我感动居多。

"永远不要用你最廉价最虚伪的善意去同情对方。"

故而在这时,看见顾青李安静吃东西的模样,叶橙觉得他应该是在临川遇到事了,却不好问。

晚上八点,叶橙正对着作文烦恼,顾青李来敲房门,手上托着一只纸盒。

"这个是给我的礼物吗?"

顾青李点头。

"我可以现在打开吗?"

他继续点头。

叶橙打开第一眼觉得眼熟,再接连取出几只陶瓷摆件。

"你是怎么把它们拼好的?"盒子里赫然是之前碎掉的那套摆件,只不过拿出来时是完好的,细看时才看得出有裂纹,但并不明显。

顾青李低声说:"就是胶水拼的。"

他说得轻描淡写,但叶橙想起那时候那堆碎瓷片⋯⋯只不过叶橙很快回

193

过神来：“顾青李，这本来就是我的东西，你现在当成礼物送我？"

顾青李此前打听过俞微宁他们送的什么，无非就是一些联名相机、手表之类的，已经好好地被叶橙收进柜子里。

叶橙发觉他的小动作：“你手里拿的什么，给我看看。"

顾青李后退一步：“没什么，是我忘记了……礼物我之后补给你。"

叶橙不信，眯眼看着他。

顾青李低头：“你先忙，我走了。"

而后，在叶橙完全不知情的情况下，顾青李突然和叶于勤提出要住校。

一学期都过了一半，叶于勤先是问了他理由，顾青李说：“平时来回路上太耽搁时间了，我问过班里的住宿生，附中的宿舍环境不错，十一点半准时熄灯。"

叶于勤依然觉得他胡闹：“叶橙！"

莫名其妙被叫过来的叶橙，脑袋上又扣了好大一口锅。

即使叶于勤松口，体谅顾青李是以学习为先，叶橙踩着木楼梯上楼时，是个人都能看出她不开心。

果不其然，没等走到三楼，她转过身来：“顾青李，我最近惹你了？"

顾青李摇头。

"那是你觉得在这儿待得不舒服？"

他继续摇头。

叶橙撇嘴，只觉得什么都问不出来，回房了。

顾青李在下周三就收拾东西搬到了学校。他要求提得太晚，班主任本来是不同意他的住宿请求，碰巧有个高二住宿生转走，有床位空出来，顾青李只说不介意和高二的学生合住。

说是住宿，他平时下了晚自习，依然会在教室待到保安锁大门，踏着月色去实验楼就着灯光再看一会儿书，卡着点回宿舍休息。

住宿第一周，顾青李甚至没有和舍友说过一句话。

倒是某天下午，钟鹏和俞微宁他们打球缺人。

叶橙不懂他们为什么大热天的非得打这场球，她自己不想去，扯俞微宁拉着她手臂的手：“不打就不打呗，有这个工夫不如回家睡觉。"

"那不行，我们都说好了今天打 3V3，三缺一。"

俞微宁又看着教室的另一人，灵机一动：“要不，你去问问那个谁。"

叶橙循着她的目光，没好气：“顾青李。"

"哦，对对对，你叫他来凑个数呗。我看他个子挺高的，手长脚长，就算不会打球，我们可以慢慢教嘛。"

叶橙还在生气顾青李突然住宿的事情，不肯去：“你先等会儿，讲点道理啊，你们打你们的球，凭什么叫人得我去。"

俞微宁理直气壮:"那是你的人,你不去谁去。"

叶橙瞪一眼俞微宁:"说什么呢。"

俞微宁立马举双手投降:"行行行,我说错了,撤回撤回,你家的人。"还撒娇,"去吧去吧,就当帮我个忙。"

顾青李放下手里的中性笔,看着站在面前满脸写着不耐烦和自己说话的叶橙,竟然真的就这么看着她,缓缓道了声:"好。"

后来,因为配合默契,三步上篮干净利落,一举打败隔壁班他们惯常的打球搭子,俞微宁和钟鹏几乎次次约着打球都会叫上顾青李。

夕阳西下,叶橙再不愿意,只能坐在场边乖乖待着,脚边是帮他们看着的衣服和水。

晚自习前,他们常会大汗淋漓勾肩搭背地去校门口的店里吃一碗羊杂粉。

叶橙某次吃完粉,对俞微宁和钟鹏他们的话题不感兴趣,落了单,就是在她低头走路时,马尾辫突然被人很轻地扯了下。

叶橙回头,看见了顾青李,她仍没好气,偏过头。

顾青李已经在她面前摊开手掌。

叶橙的注意力果然被吸引:"这是什么?"

顾青李往前递了递。

叶橙指着自己:"给我的?"

"嗯。"

她捏着那根长条的铁块,一脸迷茫:"这是用来做什么的?"

顾青李笑了笑:"你回家就知道了。"

因为他这句话,叶橙这天晚上下了课,几乎是马不停蹄往家里赶。房间门口,早放了个纸盒子。

顾青李后她一步到家,这天是周五,他收拾了几件衣物回家。

叶橙捧着那只盒子给他看:"我现在可以打开吗?"

顾青李点头。

叶橙打开才发现是个小提琴造型的木制八音盒,顾青李提示她试试把发条插进提琴后的小洞里。她眼睛亮了,看着提琴随着音乐声缓缓拉动琴弦:"好漂亮好别致,你在哪里买的?"

顾青李没应。

这不是买的,顾青李有天路过精品店看见橱柜里的八音盒,问过才知道没有小提琴这款,顾青李看了眼造型,最终决定自己亲手做一个。说难也并不难,就是非常耗时间,毕竟木片都得亲手磨出来,里头的机芯更是他熬了好几个大夜才做好的。

但顾青李只是看着她兴奋摆弄八音盒的模样:"你喜欢吗?"

叶橙点头如捣蒜:"喜欢。"

这已经够了。

那只八音盒，叶橙在之后带给俞微宁和钟鹏看过，炫耀成分居多，眼角眉梢都是满满的骄傲。钟鹏对这些没感觉，俞微宁翻看八音盒底部，没有品牌标签也没有条形码。

"这到底是哪个牌子？"

叶橙看她动作粗鲁，忙抢回来："你管什么牌子，动作小心点，你别给我弄坏了。"

俞微宁"啧啧"两声："就一小玩意儿，瞧把你宝贝的。"

叶橙呸一声："什么小玩意儿，你这是典型的吃不到葡萄说葡萄酸。"

然而，叶橙还没高兴几天，就被迫在家静养——她出水痘了。

开始只是脖子处出了几颗红点，叶橙以为是夏天到了，被蚊虫叮咬留下的印记，就没太在意。但她突发高烧，叶橙被俞微宁扶着去校医室看病，却被赶了出来，直接扔了一张假条让她去市医院看。

身上水泡越来越多，俞微宁再不敢接近她，在确诊是发水痘后，医生开了口服药和几管药膏让她回家静养。

开始几天，叶橙都是在发烧退烧中循环往复，清醒的时候提不起劲，更不敢下楼。

她浑身瘙痒难耐，但医生劝过她水痘不能挠，挠破了身上会留疤，且不能洗头，不能受风，不能出门。

没几天，她头发就油成一缕一缕。

药膏有一股非常大的味道，叶橙每天晚上照镜子，看满脸水痘的模样，自己都觉得有点恶心，更不敢下楼吓人。

没闷多久，叶橙只觉得身上不仅要长水痘，更要长蘑菇。

俞微宁他们都没有起过水痘，担心被传染，知道叶橙每天闲得慌，负责轮流陪她在 QQ 聊天解闷。叶橙却不好意思生着病都要麻烦他们，每天不是睡觉就是看书，大门不出二门不迈，生活难得清静下来。

顾青李周末回家，他立在叶橙房间门口，几次想敲门，手又落下。

有声音从里面飘出来："顾青李，我知道是你，我看到你的影子了。"

顾青李没头没脑地说了句："我小学三年级发过水痘。"

半晌没有动静。

其实他只是想说明，他已经有抗体了，不用担心水痘会传染给他。

叶橙声音大了些："不行，我现在很丑，特别特别特别特别丑。你找我什么事，就在门外说吧。"

顾青李从包里掏出卷子，一张一张从门缝底下给她塞进去："我是来给你送作业的。"

房间里，叶橙仍在为水痘好了后自己会不会毁容忧心，听他这么一说，被子直接拉到头顶，在被里蹬了两下。

"顾青李，爷爷知道你这么热爱学习吗？"

顾青李假装没听懂她的嘲讽，一张一张很认真地塞着东西，唯恐她不做："我这里还多抄了一份课堂笔记，你一定要记得看。"

门后又安静下来。

好在顾青李第二天去看，门口整整齐齐放了几张卷子。

他拿回去批改，在一旁贴上订正过程的便利贴，下一次一并塞进去。

一来二去，他们也会在试卷上交流。每当叶橙遇到明明做过但偏偏一丁点都想不起来的题目，还会在一旁画个捶地小人。顾青李改卷子时看到那几只小人，会会心一笑，订正时都会刻意避开，想了想，他又用手机拍下才还回去。

叶橙身上的水痘慢慢消去，开始结痂。

伤口处却更痒，叶橙几次想去挠，但吴妈进来给她上药时都劝她别挠，痂掉了就好了。

饭也是吴妈端进来的，过大概半个小时，等她吃完再收走。

顾青李几次看见，想帮忙，想到叶橙应该不会想看见他又停住。

某天中午，顾青李回房，看见叶橙门口的托盘，门开了窄窄一条缝，在看见他后，又火速"啪"的一声合上。

顾青李失笑。

但在听见对门一声巨响后，顾青李扔下手里的书。

叶橙看见他进来后，连不小心碰掉在地的碗都顾不上，直接钻进被子里。没一会儿，她又伸出一只手，摸索着床头的抱枕扔过去。

"顾青李！谁让你进来的！出去出去！没看见！你什么都没看见！听见没！"

顾青李短暂愣神，听她这么说，也没走，而是收拾起地上的碎瓷片。

叶橙见他还没走，被子露出一小条缝，更恼火。

顾青李说："别躲了，我说了我也发过水痘，又不是没见过。这点小事，别麻烦吴妈了。"

叶橙其实也知道自己成天躲在空调房里不对，吴妈年纪大了，因为她不肯下去吃饭，一天上下十来趟。

叶橙面子上仍挂不住："那你不准笑我。"

顾青李瞥着她露怯的模样。

叶橙自己都觉得身上一股子难闻味道，拎起领口嗅嗅："你闻得到怪味吗？不会很臭吧。"

顾青李只是让她把垃圾桶递过来，把碎瓷片用胶带封了一层又一层才扔掉。

那之后，叶橙好歹愿意下楼见人，却仍不愿意出门。

她趴在窗台上，看着路过的行人。

她才洗过头,没吹,任由头发披散在肩头,眼神落寞。

晚上九点半,家里长辈睡得早,夜深人静,叶橙却眼见着顾青李叫她出来,把口罩和帽子扔在她面前。

顾青李又催她去换套衣服:"你不是想出门吗?带你出去逛一圈。"

直到叶橙刻意压低帽子、捂好口罩跟着顾青李走出好一段路,她依旧有些难以置信顾青李会愿意这个时候带她出来。

"顾青李,你不怕爷爷发现吗?"

叶于勤担心她晚上跟着俞微宁他们偷溜出去玩,早嘱咐过顾青李得看住她。

顾青李瞥一眼她身上薄薄一件防晒衣,衬得身形更瘦,叶橙时不时整理一下口罩。

"你不说,我不说,有谁会知道。"

叶橙便笑得眉眼弯弯,手指一点一点:"你也很叛逆嘛,顾青李。"

好在他们是这时候出门,只要走不太亮堂的地方,街上行人也少,不必担心被人发现她脸上未脱落的痂。

叶橙始终亦步亦趋地跟在顾青李身后,碰到人多的地方就避着光走,又被顾青李拎回来:"你怕什么,没人会发现。"

叶橙说:"不行,真的很丑。"

两人待到快十一点才回去,叶橙依然走在前头,口罩和帽子都拿在手里,背着手。但在拐弯处,顾青李看着她脚步收回,绕一圈躲到了他身后。

胡同岔路口多,拐角多,这条道又黑。只要他们躲在暗处,自然不容易被人发现。

顾青李看着骑着山地车过去的薛陈周。

叶橙在确定薛陈周没有注意到他们后才抚了下心口:"好险,差点就被撞见了。"

顾青李感觉脊背僵直,说话语调都听着不对:"你怕他什么?"

叶橙重新把帽子和口罩戴上,才往前走:"你知道吗?所有人都觉得我配不上薛陈周。他成绩好,长得好,我太普通了,扔在人群里就找不到的那种。"

顾青李想说不是,她虽不是那种一眼惊艳的浓颜系大美女,但看着很舒服,五官小巧,皮肤白皙透亮,眉眼灵动又漂亮。

她很漂亮。

叶橙已经继续道:"但是我也有自尊和私心,不想让他看见我现在这个样子。"

叶橙站定回头:"你应该能明白的吧。"说完,叶橙便一蹦一跳,继续往前走。

而顾青李整个人隐在黑暗中,觉得眼前又看见了那束他没有送出去的奶油向日葵。

他也听见了蝉鸣声,一声一声,悠长,格外令人烦躁。

但很快,顾青李莫名安定下来。

头顶是一轮圆月,他只是在想,如果月亮可以替他做证,如果这个世界上爱而不得的人只能剩下一个,他一定不希望这个人是叶橙。

叶橙病还未好全,就快迎来期末考试,班里氛围一下子就紧张起来,有特意早起到教室背单词的,课间都不松懈看书的。

顾青李平时状态绷紧惯了,这时候反倒轻松起来,专心给叶橙划考点。

她其实基础不错,一点就通,就是不够专心,顾青李陪她做两个小时的题,她要下楼喝三次水。

顾青李直接把水壶给她摆在桌上,叶橙不好意思地挠挠额角,又开始摆弄一旁的几盏小夜灯。

顾青李放下笔看她,她便会吐舌头,但没一会儿又说:"顾青李,我饿了。"

没办法,他只能尽量把题讲得通俗易懂,不至于让她听着容易犯困。

这段时间老师办公室太挤,去请教问题根本排不上号。一开始是有一个来问顾青李滑动变阻器电压题目的女生,抱着本子弄懂后欢天喜地地离开。慢慢地,班里有人陆续捧着卷子来找顾青李探讨。顾青李脾气好,很耐心,条理也清晰。一时间,一到下课时间,都不等顾青李把叶橙的卷子拿出来看,已经有人过来找他。

连俞微宁托他保管篮球时都忍不住调侃:"可以啊大忙人,最近在班里人气很高啊。"

十七班不让在教室放球,他们都是给顾青李带回宿舍放着。

顾青李这会儿才有时间喝口水,顺带让她把球放下。

"橙子怎么样了?"

他咳嗽两声:"还可以,过几天应该就能来上课了。"

"行,你帮我带声好啊。"

"嗯。"

不远处,罗佑安才和外班的朋友在走廊侃完大山进来,隐约听见了他们几句不成句的谈话内容,若有所思。

顾青李拿起笔低头看着题目,草稿纸都懒得用,在答案处填了C,继续看下一题。

他手边成摞的书和卷子,就是在这时被人碰了下。

"不好意思啊。"罗佑安声线吊儿郎当,明显不是正经道歉的语气。

顾青李懒得和他计较:"没关系。"

但架不住罗佑安已经先他一步捡起地上的卷子,罗佑安把纸张拍到他面前，指着名字道："没什么关系啊没关系。我就不太懂了，你能不能说说……叶橙的东西，为什么在你这儿？"

有关小星受伤那件事，顾青李一直到现在都抱着歉意。即使徐阿姨已经说明清楚小星的情况，轻微脑震荡，腿磕了一个小口，在医院住了小半个月后已经痊愈，没什么大碍了。

徐阿姨：小星醒来后也和我们解释过了，是他太过不小心。

徐阿姨：小顾老师，你不用太自责，是我考虑不周，应该让保姆早点回去。

顾青李看着这两条消息很久。

听见罗佑安这话，顾青李也没有过多解释："就是碰巧在我这儿。"

罗佑安说："怎么碰巧了，全班人那么多，怎么不见她试卷飞我这儿？"

罗佑安又说："你是傻了还是聋了？把话说清楚。"

顾青李只是把他手里的试卷抢了回来，一句话都懒得和他多说，随手塞进桌肚。

叶橙在十七班朋友多，和他有接触不稀奇，但在大部分人眼里他们没有熟到那份上。顾青李则是不觉得这事有多重要，没必要提。以至于在早对他不满的罗佑安眼里，顾青李俨然成了个偷藏班里女同学东西的变态。

叶橙生病连日请假，罗佑安也有好一段时间没见过她，正好借这次机会和她通话。

叶橙的反应比他想象的要平淡得多。

"哦，我知道了，然后呢。"

"你身体有没有好一点？"

"好多了。"

罗佑安抓耳挠腮一阵，没话好说。

"我要写作业了。"她说。

"你好好休息。"

"谢谢。"

然后，一阵嘟声。

电话挂断，叶橙继续对着顾青李给她的笔记对比错题。

叶橙的病是在期末考前好全的，身上的痂基本脱落，看不出什么异样。和爷爷商量后，她决定第二天去学校。

顾青李自从住宿后，只有周末才回叶家。眼见着期末在即，他更是成天泡在教室，上周连周末都不回家。

叶橙第一时间把这个消息告诉了顾青李，电话接通，她听见了一阵脚步声。

"顾青李，你还没到宿舍啊？"

"嗯。"

叶橙那阵兴奋劲没有消减，就差手舞足蹈："爷爷说，我明天可以去学校了。"

"嗯。"

叶橙稍微冷静下来,听着他话里的倦意:"顾青李,你是不是很累啊?"

"嗯。"

"那……你早点回去休息吧,我也要睡了。"

"等一下。"话筒那头,有很重的呼吸声,"你先别挂,我想听听你的声音。"

叶橙抱着枕头在床上滚了两圈,觉得他可能是在学校无聊。许妄从前念高中时就是被家里人按头滚去住宿,叶橙在初中部,都得忍受他隔三岔五的骚扰。

两人一直说到宿舍熄灯才挂断电话。

叶橙休息了这么些天,精力旺盛,起得很早。她许久没来学校,几乎是一在座位上坐定,就有人围过来问候。班里同学有小学就发过水痘,也有到现在都没发过的。叶橙便把手臂内侧和额角留下的印子给她们看:"好多了,就是没办法,这几处怎么都消不掉。"

叶橙把书包里的书一本一本拿出来摆上,顾青李就是在这时走进来的。

叶橙眼睛一亮,想和他打招呼,却发现自从他进来后,他走过的地方,几乎路过的人都避着,顾青李的同桌更是将桌子拉开,捂着耳朵在背英语范文,两人中间很宽一条三八线。

叶橙脸上的笑容缓慢收住了。

课代表来收作业,叶橙回过神来,"哦哦"两声,从抽屉里抽出本子递过去。

一整个上午,叶橙都在应付班里同学。连钟鹏都从高二楼过来,但不是空手来的,他给她们带了牛奶。

叶橙看着手里的草莓牛奶:"我不爱喝这个口味的,我爱喝巧克力味的。"

钟鹏很敷衍:"下回吧下回。"

俞微宁冷笑:"瞧把你抠的,大老远就带两盒牛奶过来,给一排是不是得累死你了。"

钟鹏哇哇大叫:"有得你喝不错了,天天挑挑拣拣,不喝拉倒。再说了,我又不是来看你的。"

俞微宁"喊"一声:"说得我稀罕你来。"

眼见着两人又要吵起来,叶橙及时打断,说她今天中午在校外请吃饭,问钟鹏要不要一起来。

钟鹏说:"来啊,肯定来啊,吃白食,不吃白不吃。"

叶橙吃不惯学校食堂,平时午饭一般是叫外卖解决,如果时间多点,也会和俞微宁出去校外吃,算是开小灶。

班里班长、学习委员、课代表,在她请假这段时间,一有什么学习资料也会单独给她发一份扫描电子版。故而叶橙以感谢名义请他们去校外吃饭,基本上开口邀请的都答应了。

上午最后一节课才下课,叶橙从包里摸出零钱包,俞微宁要去洗手间,一群人和她挥手示意,走在前头。

叶橙隔着大半个教室,看着收拾好东西打算去食堂的顾青李,拍了下自己的脑袋,心想她怎么把他忘了。

她走过去,在后门拦住顾青李的去路:"顾青李,别去食堂了,你和我们一块出去吃吧。"

顾青李见是她,错了错身,想走,但很快又被叶橙堵住。

叶橙眉头皱起:"你怎么了?"

昨晚不是还好好的吗?

顾青李没看她,说:"没什么,最近忙。"

叶橙哪管这么多,想去抢他手里的饭卡:"走吧走吧,我请你吃饭。"

但顾青李已经先一步抬手,叶橙扑了个空:"我不去,你去吃吧。"

马尾拂过她的肩头,叶橙一脸蒙,侧身看着顾青李走出很远,形单影只,他原本挺直的脊背居然开始打弯。

小饭馆开在师大附中隔一条宽的马路正对面,因为物美价廉,味道也不错,一贯在学生中很火爆。来不及去食堂的,想换换口味的,基本上都会来这儿。

叶橙和俞微宁是最晚到的,最里面一张宽大圆桌,一桌都是他们班同学。

这时候话题已经打开,陆续有人聊到学校貌似打算趁暑假把实验楼翻新一遍,外墙太破了。

俞微宁见叶橙始终在咬着吸管发呆,用胳膊肘捅了她一下:"想什么呢?"

叶橙手掌捂着嘴,小声问俞微宁:"顾青李最近是不是遇到什么事了?我觉得他状态不太对。"

肉眼可见的,俞微宁脸色变了变,话却很简单:"没有啊,你多心了吧。"

叶橙不信,转而去问班长。

班长同样语焉不详:"怎么可能,他挺好的。"

或是他们说到这个时,碰巧桌上安静下来,有人冷笑一声:"你们在说顾青李啊,不是我说,就一瘟神。叶橙,你就别打听了,不知道最好了,平时离他远一点……"

班长的目光瞪过去,他也不敢说话了。

班长继续呵呵笑,俨然什么事情都没发生过:"那个李哲,你往右边让让啊,给人服务生姐姐腾个地上菜。"

吃饱喝足,叶橙因为要结账,走在最后一个。

俞微宁原本打算跟着钟鹏走,叶橙的声音从身后传来:"你留下,我有点事想问你。"

俞微宁很少听叶橙用这么强硬的语气和她说话。

钟鹏依然乐颠颠的，一点眼力见儿没有："那我呢？你们要说什么，能不能带我一个？"

室外，蝉鸣声就没有断过，一声接着一声。

她们在实验楼找了个楼梯口说话。叶橙和她并肩坐在台阶上，俞微宁也无奈，声音压低了："也没什么……就是罗佑安……"

叶橙对罗佑安的印象不太好——长相气质都是混子一个，既不正经又不学无术，家里算是暴发户，估计穷得就剩下钱。

叶橙尽量减少和他的接触，好在罗佑安虽然有时会联系她，但并无太多交流。

叶橙问："他怎么了，不会又打群架被老师批了吧？"

"不是。"俞微宁特意看了楼上楼下才开口，"是顾青李。"

顾青李考试一战成名之前，罗佑安勉强能算是班里女生口中的高频词。

叶橙看不上他，但在其他人眼里，罗佑安篮球打得好，会耍帅，家里有钱，一切都可以美化成是富家小少爷的个性。

直到顾青李的年级排名越来越靠前，大家这才发现他其实长得很好看，人也低调谦逊。

不止一次，罗佑安发现篮球场边来看他打球的女生中途跑了，问她们这是赶着去哪儿。

"有两道物理题，快上课了，我得抓紧找顾青李问问。"

"就是就是，快点吧，我看郑晓媛已经去了，她每次一问题就是问一个小时。"

罗佑安对这些女生突如其来的学习热情表示不理解。

他转着篮球回班，发现顾青李课桌旁被围得满满当当，都是女生的笑声。

"顾青李，你好聪明啊，老师说这道题班里就你一个人做出来了。"

"是啊是啊，你平时除了《小题狂做》，还有没有什么推荐的练习册，天，你是不是有泪痣，好特别啊。"

罗佑安觉得自己身上的关注完完全全被抢走了。

叶橙当即一拍俞微宁手臂："他打人了？不是，他是不是有病，以为学校是他家吗，捐个球场很了不起？"

"不是，你听我说。"俞微宁只觉得她怎么这么暴躁，"他是想了个特别损的招，顾青李以前不是在临川上学吗？罗佑安不知道从哪里弄来一张他在临川时的照片，发到了群里。"

"什么群？"

叶橙顿了顿："什么照片？"

校园里装了屏蔽器，图片中央的灰色圆圈转了好半天才转出图像。

叶橙不解："这是什么？"

俞微宁没应，而是点开一个几百人的 QQ 群，里面都是附中的学生，各个年级都有。

俞微宁曾经加了好几个附中的群，对学校信息动向了如指掌，她也问过叶橙要不要加，叶橙光看一眼满屏乱飞的消息就觉得头疼，拒绝了。

两人在一起，时常是叶橙在看漫画，俞微宁打字飞快，手速惊人，同时聊八个网友根本不在话下。

俞微宁说，最开始是罗佑安在几个附中的大群里发了几张照片，有人认出是顾青李。虽说那照片一看就是偷拍的，但有正脸入镜，确实是他本人没错。照片上，赫然是顾青李在酸辣粉小摊上帮工时偷拍的，少年身形清瘦，脸蛋却带着一点婴儿肥，看着不过初一初二的年纪。

"不只是这张照片，罗佑安还在教室当着他的面说了些话。"

"说他家里卖酸辣粉，那股味道都腌进骨子里了，每次走过他身边都能闻见一股酸味，让他别靠自己太近。"

"还有，"那话实在太难听，俞微宁都能预想到叶橙听完后的脸色，"说他既然这么穷，就不要上赶着来北城市重点念书了，一年学费挺贵的。而且穷还穿耐克？他穿这么好对得起他家里卖酸辣粉吗？一双鞋都抵多少碗粉了……"

叶橙看完，却出奇地平静。

叶于勤曾经和她说过，顾青李在小镇上和奶奶相依为命，就靠着那点补助金自力更生，用自己的双手挣生活过日子，这并不丢人。

叶橙把聊天记录从头到尾翻了一遍，话却是针对俞微宁的："所以，你就任由他被人这么说。"

"别人不清楚到底是怎么回事，你还不清楚吗？"

"你俩不是一块打球的朋友吗？你既然知道，为什么不帮他？"

俞微宁一时被她问住。

她确实有帮顾青李说过话，罗佑安在班里当众造谣时，她让罗佑安收敛一点。

罗佑安看着班里女同学满脸都是对曾经拥护的学神跌落神坛的浓浓失望，得意和兴奋都写在脸上。

"你帮他说话？你是不是喜欢他？"

"你说我造谣，你有什么证据证明我是在造谣？那张照片总该是真的吧，你现在就可以去那个小破镇上问问，那里的人都知道他。"

俞微宁心虚："你又不是不知道罗佑那人，和块狗皮膏药一样，又黏又烦，沾上就甩不掉了。"

那张照片流传度广，只是球友而已，她和顾青李交情不深，看着周边人的眼神，实在是不至于蹚这浑水。

她能做的，不过是让认识的人把网络上那张照片删掉，阻止照片继续乱传。

叶橙听完，却更加心寒。

俞微宁试图劝她："没事的，橙子，最近不是要期末考吗？考完试再放个假，大家应该就把这事忘记了。"

叶橙依旧低着脑袋。

俞微宁推了叶橙一把，见她并没有反应，这才着急："你别不说话啊，要不，我们现在去找顾青李？"

叶橙小跑出实验楼。

找到顾青李时，他还在小卖部挑文具。顾青李本来有一支红笔和一支水笔就足够用，叶橙总嫌他做的笔记太单调，差生文具多，给他扔了一套荧光笔方便标记，他想顺便补两支荧光笔。

顾青李才取了东西准备去结账，叶橙好不容易找到人，着急忙慌地冲过来。

店里也有同样在群里见过那张照片的同学，声音压低了，对顾青李指指点点。

叶橙选择性忽视他们，从一旁的冰柜里拿了瓶冰可乐："我渴了，没带饭卡，你帮我刷。"又指着货架上的零食，"这个也要。"

顾青李一句"你离我远点"还未说出口，怀里就被塞了一瓶可乐。

回教室的路上，顾青李几次想提这个事情，都被叶橙打断："就刷你一次卡怎么了，大不了我明天还你钱。"

顾青李手里拎了袋她的零食，百口莫辩："我不是这个意思。"

叶橙不想听："你乖乖拿着就是了……嘶，手好疼，一定是生病留下后遗症了……"

顾青李露出了这些天以来的第一个笑容。

走进十七班后门，后排几人见他们俩一起回来的，叶橙在众人的目光中，刻意提高了分贝，朝他摊手："顾青李，我的可乐呢。"

期末在即，按理说大伙应该各忙各的，专心学业，更应该避着流言。

但明眼人都能看出，一连几天，叶橙都在刻意与顾青李同进同出。

顾青李要去楼上老师的办公室，叶橙挥挥手上的卷子："我也要去，我和你一起。"

顾青李中午等教室人走得差不多才去食堂，叶橙会跟在他身后："你去一饭还是二饭？二饭好啊，二饭有例汤。"

顾青李从宿舍过来，把本子塞进桌肚，在走廊透风的叶橙跟上来："你要去哪儿？"

顾青李把她拎到一旁。

"男厕所，你去吗？"

叶橙会摸摸鼻子傻笑:"那我在这里等你。"

在顾青李走后,有同学拉开教室与走廊中间的窗子,用气音提醒叶橙:"叶橙,你别被骗了,你那时在生病不知道,顾青李他……"

"我知道。"叶橙打断,认真地看着那人的眼睛,"他的事情,我全都知道。你还有什么要补充的吗?"

流言四起,老师都隐约听到一些风声,特意给顾青李批了请假条,准许他这一周走读。

"你这几次小测都是满分吧,就是放在全年级,满分的都不多。"

顾青李"嗯"了一声。

班主任又提醒他,这次期末考后,要打乱重新分班了。

"你最好早点计划,火箭班进度和普通班不一样,这是机遇,也是压力。"

顾青李继续点头。

但这些对他来说都不太重要:"老师,快上课了,我先走了。"

门口,是无聊到快数起窗台上搬家的蚂蚁数量的叶橙。

"这里好热,你怎么才出来啊。"

"不过,老班真批了走读啊?"

顾青李干脆把请假条给她看。

叶橙把条子摊平,看模样很高兴:"那我和吴妈说一声,她说晚上给我们做陈皮绿豆沙。"

那阵流言带来的后遗症仍在,只是因为叶橙,有消减一些,他不至于像之前人见人嫌。

期末考试前一天,叶橙中午跟着顾青李去食堂吃饭。

食堂并不好吃,叶橙也劝过顾青李和她一块吃外卖。顾青李向来什么都听她的,唯独这件事不行:"外卖不健康。"

叶橙撇嘴:"我当然知道。"

"你怎么和爷爷说的话一样。"

顾青李见说不动她,选择自己去食堂。

叶橙便只能不情不愿地跟着,但习惯以后,说难吃真不至于,尤其是打饭时,她跟在顾青李身后,只探颗脑袋看着窗口。

"这个咕咾肉,那个排骨我都想吃……"

顾青李便会很识趣,基本上点的都是她爱吃的。

俞微宁是后来加入的他们,对于曾经也是孤立他的其中一员,自然很愧疚。

顾青李并不介意,在饭吃到一半时间:"你们要喝酸奶吗?"

他们身后,薛陈周和钟鹏端着餐盘出现。

薛陈周大约也是觉得奇怪,问钟鹏:"她不是从来不来食堂吗?"

薛陈周忙于学习,对外界发生的事情不太感冒,信息闭塞,钟鹏却是早在照片那件事一出就了如指掌，他用最精简的话语把来龙去脉描述了一遍。

"不是我说，那小子做事情也真的挺不讲究的，都是些上不得台面的手段。"

薛陈周起身，看着叶橙把饭菜里她不吃的姜片一点一点挑出来。

钟鹏见他动身，也急了："薛二，不是，你这是去哪儿？"

顾青李拿了三盒酸奶回来时，长长一条饭桌前已经多出来两个人，个子都高，在这偌大的食堂，明显回头率上升。

他把酸奶放在几人中间："不好意思，不知道你们在，就买了三盒。"

叶橙先拿走了自己那盒，眼珠子转了一圈，却是递给薛陈周："那我不客气，借花献佛喽，你喝吧，天热。"

薛陈周欣然接受，"嗯"了一声。

又听见钟鹏指着最后一盒问："你们不要吗？不要我拿了。"

顾青李直接抢过，放在叶橙面前。

钟鹏抢不过他，敢怒不敢言，只能闷头吃饭。

薛陈周觉得有细碎细节被自己忽视了，但期末考试来临，他脑子实在是承载过大，没精力分给这些私事。

校内流言传得很快，在下午上课前，罗佑安就知道顾青李貌似连叶橙的圈子都混进去了。

按照一般路数，明天就是期末考试，理应给他们换成自习课好好复习。可班主任见教室气氛死气沉沉，空调打得很低，不少学生身上披着外套在看书，直接打开门催他们去体育馆活动活动。

同学们面面相觑，很快，一扯身上外套，大半人都跑了。

女生来问叶橙要不要一起去打羽毛球，叶橙看都没看她："你来晚了，我要和顾青李一组。"

女生觉得委屈："以前不都是我们一起的吗？你怎么找别人去了。"

叶橙想了下："那行，我们仨一起。"

女生眼神躲闪："不太好吧，要不算了……我和顾青李不太熟的。"

一旁的顾青李这才抬眼，把一本粉色封皮笔记本递过去："郑晓媛，这是你落在我这儿的本子。"

和顾青李走在去体育馆的路上，回想起那女生的表情，叶橙顿时觉得大快人心，随之而来的，是叶橙没来由地想得多了些。

在临川时，顾青李过着什么样的生活，又有没有人为他在这时候出头。

体育馆。

叶橙本打算让顾青李去占位，她去器材室拿球拍。

顾青李看着器材室门口挤满了人，说："你在这儿等着，我去拿。"

叶橙便找了块空场地站着。

顾青李路过篮球场去往器材室时，肩膀猝不及防被一颗飞来的球撞了下，整个人险些摔倒。

"不好意思，手滑。"

始作俑者一点歉意都没有，还让顾青李帮忙把球扔过来。

罗佑安见他低眉顺眼，被欺负了也是不言语的模样，声音拖长："对了，顾青李，你待会儿晚上去吃什么，酸辣粉吗？帮我们也带一碗呗。"

球场上懂这个梗的人都在笑。

这些都被在等顾青李拿羽毛球拍回来，可迟迟等不到人的叶橙看在眼里。

她直接一把夺过顾青李手上的球，扔回去砸向罗佑安的头，一脸无辜："不好意思，我也是手滑。"

罗佑安捂着被砸出一个包的额头，震怒："叶橙，你别以为你是女生我就不敢揍你。"场上的几乎都是他兄弟，这太丢面子了。

叶橙反唇相讥："你别以为你家里有钱，我就不敢揍你。"

好一阵混战，叶橙想冲上去，被顾青李拦腰抱在怀里，叶橙反手捶了下他："你到底哪边的，我是在帮你懂不懂？"

后来，老师赶来："你们几个怎么回事？都几班的？校内禁止斗殴不知道？"

几人这时候倒是很聪明，统一口径说是只发生了口角，都没动手。

待回到家，叶于勤早已知道了她在学校闯祸的事情。

"去你奶奶牌位前跪着，两个小时。不，跪到你承认错误。"

叶橙委屈至极："我没错！"

"你还狡辩！"

晚上十点，叶橙又困又饿。她晚饭没吃，背着手在打瞌睡。顾青李悄悄开了一条门缝进来，怀里是他省下的一盒点心。

叶橙也顾不上这种点心平时摆在家里她都不看一眼，狼吞虎咽之余，顾青李给她递了一瓶矿泉水："你慢点吃。"

叶橙总算吃饱了，一双圆滚滚的眼睛盯着他看："那你呢？你没事吧？爷爷没有罚你吧？"

顾青李摇头，他更多是对她今天行为的不解。

叶橙则是觉得他个子白长这么高了，怎么人能这么怂，打个架而已，和天塌下来一样。

"罗佑安就是吃硬不吃软的小人，你越委曲求全，他越欺负你，就是不能惯着。下次他要是再这么说，你打回去就好了，很简单的。"

顾青李闻言，只是盯着她半晌，垂眼道："可是叶橙，我们不一样的。"

那一瞬，叶橙看着眼前的少年，一时哑然。

叶橙所担心的，一概没有发生。因为那时碰巧在念军校的许妄暑假回来办手续，听说了这件事情，"好巧不巧"在放学路上堵了下人，并和罗佑安好好谈了会儿心。

要说混，罗佑安哪里是许妄的对手，被许妄"慰问"了没两句，整个人已经抖得像筛糠，只顾着连声应好。

许妄担心叶橙因为这件事受影响，才拿到驾照没多久，硬是领着他们开车去北戴河玩了一圈。

这件事逐渐被所有人遗忘。

叶橙每天照旧吹着空调看书，或者出门找人玩。

顾青李都惊诧于她怎么能做到上一秒死气沉沉，下一秒在听见电话铃声后立马翻身起床。

"来了来了，我这就来！"

人都走到二楼，她又折返，冲着顾青李嘘声。

他秒懂："替你瞒着，别告诉爷爷是吧。"

"上道！"叶橙笑起来能看见一排洁白牙齿，"你等着，我回来的时候给你带夜宵。"

话音未落地，她又是一溜烟，跑走了。

每当这时，顾青李都需要好一会儿才能重新投入手里的书籍。

好似火车回到初始轨道，一切都依照原样向前推进。叶橙照旧呼朋引伴，顾青李身处叶家，告别小镇上只能与老式风扇做伴，吹出的都是热风的日子，可他依旧不太习惯空调房，能不开就不开。

他目光移向手臂。

偶尔，顾青李也会有些怀念叶橙隔着人潮坚定握住他手腕时手心的温度。

Chapter 07
谈恋爱

叶橙，没有人比你更值得被爱。

封闭空间内，叶橙的视线短暂落在身旁这个高大挺拔、侧脸堪称完美的男人身上，又收回，听见他的告白，干脆把耳朵捂住："我没听见，你也不许再说了。"

顾青李要伸手去抓她的胳膊，叶橙却趁电梯门开，先一步走了出去。

余光瞥见顾青李继续跟了上来，她直接转头下令："顾青李！你别靠近我！"

顾青李整个人被定在原地。

叶橙只觉得太乱了，她脑子太乱了。她到底哪里好，明明一无是处、平平无奇，现在也是，她不知道她身上有哪点值得人喜欢。

叶橙想要从记忆里找证据反驳，想到的却都是顾青李对她的好，一点一滴。

一堆问题盘旋在脑海，连围巾落在包厢这事都忘得一干二净，叶橙失魂落魄地走在路上，却不知道到底能去哪儿。

正值春节，又正是晚饭时间，街上热闹，多是举家出行，携妻带子的一群人。

叶橙没心思注意身边的路人，有时走累了，她也会在路边停一会儿，看着来往车流，眼神很空洞。

终于在路过一家牛肉面店时，叶橙想起自己还没吃晚饭，她在包房时就吃了果盘里几块水果。

"一碗面，不要葱花，不要香菜。"

店里热闹，不大的小店里就剩一张空桌，老板在熬骨头肉汤，满室都是卤牛肉的味道。

面端上来时，叶橙抬手去拿竹筒里的筷子，听见门口传来动静。老板在问新来的客人是打包还是堂食，如果堂食，里头位置剩得不多，能不能接受拼桌。

顾青李只消看里面一眼："不用了，打包吧。"

叶橙依旧保持着那个挑面姿势："老板，我们是一起的。"

说是一起，但面对面，两人没说一句话，氛围更是奇怪。

待老板把另一碗面端上来，顾青李就和什么都没发生过一般，语气如常："店里有酱牛肉。"

叶橙嘴里塞了一小口面条，也没继续吃了，抽了两张纸巾擦嘴角。

"你没有什么要说的吗？"

顾青李觉得奇怪："不是你让我别说了。"

叶橙出师未捷身先死，被噎了一下，气势上弱了一截，她又组织了一下措辞，定定地看着他："为什么不早些告诉我？"

明明有那么多机会，三百六十五天，为什么非要挑今天。

顾青李其实不太饿，选择进来是担心她在街上乱晃，一个女孩子太危险。这时候，忽略裤兜里一张方形纸巾快被手心汗水浸湿，他依旧是克制隐忍的。

如果不是罗佑安没事找事非要激他，他是真的打算从临川回来才和她开口。

不然异地恋吗？

"告诉你了，然后呢？"

叶橙一时无言。

想着反正自己手里的筹码也交了出去，顾青李低头笑了笑："你也别把我想太好，我没有你想象的那么喜欢。"

这人，明明才说完喜欢她。

打一巴掌，给一颗甜枣吗？

顾青李不知道什么时候拿了罐啤酒出来，可能是进门时从门口冰柜顺手拿的，见叶橙盯着，单手打开了，还好心问她："你要吗？"

叶橙现在确实心里堵得慌，口也渴，拎起酒喝了口。

顾青李却在她喝过后，把易拉罐抽了过去，就着她喝过的地方，也不擦，灌了两口才和她控诉："你记性真的很差。我有时候真的想知道，你到底脑子里都装了什么，怎么能什么都记不住。"

这是说她笨的意思？叶橙当即气炸了，冷笑一声，起身欲走，又被他拉住："叶橙，你能不能先听我把话说完？

"待会儿找个地方坐坐？"

叶橙勉强同意了。

饭还没吃完，秉持着委屈什么都不能委屈自己胃的原则，叶橙是把那碗面吃完才离开的。

中途，顾青李找老板要了一盘卤牛肉，叶橙直接把一整盘牛肉都夹走了，一片都不给他留。

叶橙把嘴塞得满满当当，还抽空抬眼看了眼他，意思是"看什么看"。

顾青李宠溺非常："你慢点吃，这些都是你的，不够再点。"

/ 211

叶橙忍不住在心里骂了自己一句：你没事惹他干什么。

最终，顾青李带她去了一间清吧。

春节期间，人并不多，连带着中间小舞台的歌手唱歌也有气无力的。叶橙进去后点了杯度数不太高的鸡尾酒慢慢喝着，是在等他的谈谈。

顾青李直到歌手唱完两首下台的安静间隙才道："你想问什么，问吧。"

叶橙有一点蒙，怎么反问起她来了。她清了清嗓子，开口："你喜欢我什么？"

顾青李低头看着面前清澈透亮的酒液。

"哪儿都喜欢。没有什么不喜欢的。"

饶是叶橙已经做好准备，依旧被他激得起了一身鸡皮疙瘩。

叶橙又做了个暂停手势，一本正经："顾青李，今天发生的事情太多了，我觉得你应该冷静一下。

"当然，我也一样。"

叶橙一刻不停地回了东街胡同。

晚上入睡前，叶橙翻来覆去睡不着，睁眼看着天花板许久，从枕头底下摸出手机，犹豫了快一刻钟，才发过去一条消息：能当今晚的事情没发生过吗？还是朋友。

她实在是想不出更好的法子了，如果不能向前进一步，不如停留在原地。

这么晚了，他居然是秒回，态度也强硬。

顾青李：抱歉。

顾青李：我们当不了朋友了。

叶橙对着这两句话，发了一会儿呆。

由此带来的副作用就是失眠，叶橙搭上最早一班离开北城的飞机，那阵细细密密的头疼才好一些。

齐蕊早在年前就邀请过叶橙去她家玩，但叶橙只想趁放假好好休息，并没有出游的打算。

故而齐蕊收到叶橙的问话时，她心下虽奇怪，但并没有拒绝，而是兴奋表示："太好了，刚好我妈走亲戚去了，我嫌烦没去。你来啊，我带你去溜冰，都是露天大冰场。"

叶橙直到下了飞机，人在摆渡车里握着头顶的扶手，仍有种不真实的感觉。

她竟然就这么逃了？因为顾青李一个表白逃了？

陌生环境，叶橙见了齐蕊，才觉得心安了些，在酒店休整了一番，跟着齐蕊出门。一整天安排得满满当当的行程下来，她自然无暇顾及被挤到角落的情绪。

天黑下来，叶橙和齐蕊坐在当地一家菜馆，端上来的几盘菜光盘子都有脸大。

叶橙今天在外头冻了一天,早就饿得肚子空空。放下筷子时,却撞见齐蕊在发语音,按着手机屏边说话边笑,她这才想起来齐蕊有男朋友。

"你有心事?"齐蕊很敏锐地看了出来。

叶橙下意识地摇头。

齐蕊:"别装了,从今天下午在店里抓娃娃时我就看出来了。"

叶橙思索再三,用了再俗套不过的一个句式。

——我有一个朋友。

尽管叶橙极力把这个故事与自己撇清,再三强调这不过是她最近听来的一个事情,因为在意所以才放在心上,但还是被齐蕊直接戳穿:"所以你也喜欢他吗?"

整个人如同被裹挟在大雾里,叶橙茫然着,不太确定。

从小到大,不乏有人和她表白,譬如罗佑安,天知道她当时被一个小学就扯她辫子的男生表白有多害怕。

后来是薛陈周,但只有她单恋的份。

她没什么正常的被喜欢的经历,骤然听见这话,会先反思自己配不配得上这份喜欢。懒散、没有上进心、脾气也差,她真的不知道自己身上有什么值得人喜欢的优点。

故而面对齐蕊这个问题,叶橙只是摇头:"我不知道。"

"不知道,你慌成这样。"

是啊,她又在慌什么呢,不过就是最寻常的"Yes or No"的问题,只是一个答案而已,并没有那么难。

但顾青李不一样,从一开始就不一样。

她愿意和他牵手拥抱,却不愿意把这层窗户纸戳破,万一日后分手,她不敢去想应该要以什么样的姿态面对他。

她怕他们会走到老死不相往来的陌生人那步。

齐蕊继续点明:"我就是随便建议一下啊,你可以只是听听。"

叶橙抬头,直勾勾地看着她。

齐蕊:"我不懂你到底在害怕什么,是朋友怎么了,现实生活中多少人和平分手后还能继续做朋友的。只要没有太大矛盾,不撕破脸皮,不过就是分手而已。"

叶橙呢喃,好像也是哦。

不,这并不是重点。

叶橙的声音低下去:"可是我真的不知道他能喜欢我什么。"

尽管顾青李已经说得再明白不过,可那都是过去的她。被社会毒打过的叶橙,早没了那股横冲直撞的勇气和替人出头的无畏。时光荏苒,她好像也抵不过时间的魔法,成为再平凡不过的大多数人。

齐蕊听完，却笑了："求你正视你自己好吗？

"白富美，金子都没这么纯，你知道有多少人羡慕你的北城户口和房产吗？条条大路通罗马，总有人出生就在罗马，这样说真的很拉仇恨。

"你别看我们那些同事个个背名牌包，买条宝格丽恨不得甩脸上给人看，还不是得乖乖在城中村租房，每天挤公交车和地铁上班。"

叶橙依旧垮着张脸："算了吧。"

齐蕊换了个说辞："可是我觉得你特别好，是认真的。

"你记不记得我才来报社那会儿，因为是实习生，常被老员工压榨劳动，功劳一点没捞着，出错了还要平白无故挨一顿批。那次我被扔了份文件在脸上，不敢说什么，生怕丢掉实习证明毕不了业，是你站出来维护我。"

"叶橙。"齐蕊换了个更正经的语气，一字一顿，"没有人比你更值得被爱。"

齐蕊到底没回家，打了个电话和家里报备，跟叶橙回到酒店。

睡前，两人一人挤一边床头，齐蕊在问她明天有没有什么想去的地方，她可以全程陪玩。

叶橙却仍在想齐蕊那番话。

一天没联系，她和顾青李的聊天框依旧停留在昨晚他们的那段谈话。这"狗男人"，叶橙忍不住腹诽，说好喜欢她的呢，居然这么轻易就被吓退了，追都不愿意追一下。

"你在听吗？"见她迟迟不答，齐蕊以为她睡着了。

叶橙捋清楚后，直接在黑暗中坐了起来，把想法如实和齐蕊说了。她想见他，一定要见他，她要回去找顾青李，一刻都不能耽搁。

第二天一早，叶橙急匆匆地返回北城。

叶橙运气不太好，从北城机场回春水湾的必经路段出了车祸，她被困在高架桥近两个小时。

说来也怪，明明昨天晚上心情那样急切，真靠近目的地，叶橙却没来由地开始害怕。

车窗外，雪又开始下。

等到叶橙抵达春水湾，按开指纹锁时，那阵兴奋急迫的心情却因为满室黑暗，像被人兜头浇了盆冷水下来。

叶橙立在玄关处，手上拎着满满当当的食物，失魂落魄地按开了灯。

她在冰箱前犹豫着是把这些东西吃一点，还是全部打包塞进冰箱，身后的房门开了。

叶橙应声回头，正好对上顾青李靠在门框边，正打量着自己。

只是很快，叶橙的注意力被他脸上不正常的潮红，和额头上一块退热贴吸引，她忙放下手里的东西走近："你是不是生病了？"

顾青李一整天都在睡。窗帘厚实,拉上后分不清白天黑夜。知道自己发烧后,他翻出来一块退热贴贴上就继续睡,这么多年都是这样过来的,他没觉得有什么不对。

听到叶橙的声音后,顾青李眯着眼睛辨认了一会儿,才"嗯"了声,晃晃荡荡回房间躺下。

没想到他反应这么平淡,叶橙顿时有种无力感,亏她这一路做了这么多心理建设。

叶橙在"当作没看见"和"进去照顾人"之间纠结了三秒,选择了后者。她戳了戳顾青李露在外头的手臂,喊人。

被子是浓重的墨色,衬得他皮肤更白。半梦半醒间被吵醒,顾青李也只是翻了个身,鼻音很重。

叶橙不知道哪儿来的耐心,蹲在他床边,问:"你生病了?今天吃过东西了吗?"

听见这话,他才缓慢睁眼,看了她好半响后,顾青李突然抬手,掐了下她的脸。

为什么说是掐,因为力度大到叶橙直接嘶了一声,好疼。

叶橙正要发作,却看见他虚弱地笑了笑,脸靠着她的掌心:"原来不是梦啊。"

"叶橙,我很难受。"他声音是哑的,吐出的每个字都格外艰难。

叶橙感觉瞬间被什么东西击中,那些患得患失的情绪也烟消云散。

"你饿不饿?我去给你煮点东西。"

一刻都不敢耽搁,在等粥煮好的间隙,叶橙端进去一杯温水,看着他一点点喝完了半杯水,就不肯喝了,叶橙捏着纸杯,语气不耐烦:"你赶紧喝完,我还得看火。"

顿了顿,叶橙又想起,在慈光寺那会儿,她也是不肯吃药,顾青李却从头到尾态度很好,有十足耐心。

她是不是以前对他的态度真的太差了,很凶?

叶橙思考起了这个问题。

顾青李乖乖喝完了水,开口却是:"还生我气吗?"

生气?她哪有。

顾青李垂眸:"我问过爷爷了,你昨天不在胡同。"

叶橙觉得很难和他解释自己的行为。

她没答,顾青李把手里的纸杯放下,竟然主动道歉:"我是不是让你觉得为难了?"

"对不起。"

很平淡的口吻,仿佛在说些家常琐事。叶橙只觉得心底浓浓的愧疚感油然而生,她才是被表白的那个,他有什么好道歉的。想到这儿,她恨不得一拳捶向自己，早知道她不该逃这趟的。

她在他面前放缓了语气："你先吃点东西，有什么事吃完再说，行吗？"

粥是烫的，叶橙打小没照顾过人，熬粥的最高水准只是勉勉强强能看。见顾青李低头喝粥，叶橙忍不住劝了句："要是你觉得不好吃，就别吃了，我给你出去买。"

"没有，挺好的。"

一碗喝完，碗底都空了，他精神头也总算好些了。

叶橙又喂他吃了两颗药。

一阵忙碌过后，正事就不可避免地被她想了起来……还是很尴尬。

顾青李吃完东西，靠在岛台旁喝水，看着面前的她，先一步说："你说吧，我能接受。"

叶橙只感觉脚底快抠出一座魔法城堡，才勉强忍住紧张情绪。

"顾青李。"

他抬眼看过来。

"我没有觉得为难。"

她并不是铁石心肠，昨日种种，叶橙没有办法不动容。

顾青李看着她快要哭出来的神情，叹气："算了。"他不动声色地移开目光，"我说算了。"

"不是，你听我说完。"叶橙觉得他貌似误会了自己的意思，拉住他的手，忙辩解，"我的意思是……顾青李，我想和你试试。"

顾青李低头看着自己和她交叠的手："好。"

叶橙感受着他掌心的温度，依旧感觉不太真实，但她没忘记自己的条件，低头轻声说："可是，我不太确定我是不是真的喜欢你。"

顾青李只是看着她。

他只关心自己关心的问题："所以，你想和我谈恋爱吗？你想的话，我们就可以谈。"

叶橙有片刻失神，她盯着顾青李颜色偏浅的眼睛，以及眼角那颗泪痣，最终小幅度地点头："想的。"

这话，叶橙自己听了都觉得渣。

不喜欢他，却想和他谈恋爱，这和不买票就上车有什么区别。

顾青李却答应了："好。"她的手被他反握住，演变成十指相扣的姿势。

"那我们试试。"

没等那阵飘飘然的心情过去，叶橙犹豫片刻，念及她之前的顾虑，还是预先给自己留了个底。

"我们这是不是，算是在一起了？"

顾青李点头。

"那，如果我们分手了，还可以做朋友吗？"

顾青李沉默了一瞬。

叶橙后来复盘了一下这话，才发觉有多不适合，刚答应在一起，却已经在预想分手之后的事情。假设在网上刷到类似帖子，叶橙铁定是要劝分，开着叉车都要拉他们分开的程度。

没想到，有一天这种事情会落在自己身上。

顾青李却仍是好脾气，点头答应。

年后上班，叶橙开始扛着机器出去跑，城市交通堵塞，因为总会在路上拖时间，叶橙每次稿子才写到一半，已经临近下班时间。

没办法，她只能趁去泡咖啡的间隙给顾青李发消息。

叶橙：今天要加班。

叶橙：你如果肚子饿可以先吃，我可能会晚些到家。

顾青李不回。

十五分钟过去，半个小时过去，叶橙几乎是每隔五分钟看一次手机。她刚开始还有精力耐着性子慢慢等，后头就没什么耐心了，直接拨了个语音通话过去。

挂断语音通话后，叶橙额头青筋跳了跳。

碰巧有同事下班从叶橙身后路过，问她怎么这么晚还不回去。

叶橙秒变脸，笑容温和："写完这点就走了。"

同事拎着包和她挥手："那我先走了，今天情人节，刚下楼拿外卖还看见楼下有免费送玫瑰花的学生，现在不知道还在不在。"

叶橙这才想起今天被她忽略的问题。和顾青李相处太自然，她完全忘了自己在谈恋爱，也自然不懂为什么好好的，顾青李今天非要出去吃饭。

无奈，她在这事上没经验，只能求助俞微宁："快快快，帮我个忙。"

叶橙紧赶慢赶，一路赶到广场，还是过了约定时间近五分钟。

今天过节，街上成双成对，这个点依然有很多人在外游荡。叶橙四处张望着，想着要不要拨个电话，一条围巾悄然搭上她的脖颈，叶橙瞥见那红白格子围巾一角，偏头去看他。

"你今天出门又忘了拿围巾。"顾青李声调很平，好似真的是在提醒她。

叶橙从他貌似随意抓过的两把头发一路打量下去："你喷发胶了？"

顾青李把围巾松松打了个结，瞥了她一眼，并未回应。

叶橙又问："这件衣服是新买的吗？没见你穿过呀。"

顾青李日常穿搭偏休闲，习惯穿板型硬挺的暗色调外套，整个人的模样和穿衣习惯和年少时并无太大变化。今天他居然穿了件和他风格大相径庭的廓形大衣，扣子没系，就这么随性敞着。

叶橙眼睫颤了颤："好帅啊。"

顾青李转身就走。

叶橙很快跟了上去，主动把手放进他手心，直至他悄悄攥紧。

不出意外，饭店间间爆满、大排长龙，随处可见抱着大束玫瑰花并肩的情侣。

按照固定流程，两人站在电影院大厅许久，迟迟挑不出看什么好。叶橙把选择权全权交给他，脑海中不可避免地想起，方才俞微宁在微信里教她，电影院好啊，能牵手能接吻，要是真想着来看电影你就输了。

顾青李一部一部问过去，最后指了部悬疑片。

因为同期有另一部在网上口碑不错的爱情片，他们进的小厅人都没坐满。叶橙看了眼四周，以他们为圆心，周围一圈座位都是空的。

顾青李把饮料和爆米花放到手边，被她捏了个爆米花递到嘴边，也没吃，而是头往后仰："我不爱吃甜的，你吃吧。"

他认认真真地端坐在位置上，看完了整场电影。

某个瞬间，叶橙微微侧头看他，他睫毛很长，唇很薄。

敢情真是来看电影的。

叶橙都不等走出影院，就给俞微宁发微信问了句："救命，急急急。男朋友看上去是真的想看电影，怎么办？"

商场是这几年新建的，美妆店、精品店、书店等店铺一应俱全。路过一家店面不大，里里外外刷成嫩粉色，灯光明亮的抓娃娃店时，顾青李才总算有约会的模样，问她："要不要玩两把？"

店里头人挺多，一排的娃娃机，里面都是些女生喜欢的小玩偶或者钥匙链。

叶橙老实说："我不会抓娃娃。"

叶橙又歪头问："你想玩吗？"

最终，两人买了一篮子游戏币，叶橙负责指，顾青李听着她指挥，眼神专注地盯着里面的库洛米玩偶。

只是某个瞬间，叶橙抬头，却正好触碰到顾青李带些打量意味的目光。

"在想什么？"叶橙又一次把手里的游戏币递过去时，他没接，而是很直白也很开诚布公地问。

叶橙愣了下。他们今天是打着过节的名义出来约会的，一整晚过去，细究一下，他们和从前当朋友时没什么差别，甚至更差。她盯紧了他的眼睛，话里有哀怨："我在想，你今天怎么都不亲我。"

抓娃娃店的战绩惨烈，两人只拿了只很小的猫咪钥匙扣出来。叶橙摸着，也没嫌弃，拿到手后就认认真真挂在了包上。

她被顾青李拉走，步伐迈得极大，险些跟不上。

到了春水湾，顾青李才放开她，语调漫不经心："去开门。"

就知道命令她，叶橙不情不愿地取下手套去按指纹，却在门开的瞬间，被他从背后推了一把。门"咔嗒"一声被合上，叶橙整个人被顶在进门后直面的那堵墙上。

　　他的气息几乎是铺天盖地漫过来,但他仍和之前一样,在没有得到确切答复前,只是蜻蜓点水般碰了下,像在回答她的问题一般:"怪我?为什么不能你亲我?"

　　叶橙想开口,却好像没什么可说,是这么个道理,她小声叹气。

　　她学东西一贯很慢,连接吻都生涩,不经意间拽着他的衣领踮脚,磨蹭着,想撬开他的牙齿,却发现他貌似没有要再亲她的意思,只是目光沉沉地看着她。

　　好几次下来,叶橙放弃了,忍不住小声嘟囔:"顾青李,你就知道欺负我。"

　　到底谁欺负谁。

　　话音刚落,叶橙的下巴就被捏住了,这次他吻得极深,带着些许攻击性。叶橙好几次想换气,但只喘了口气他便再次贴上来,她像个被救上来的溺水者,又极快沉回水中,连带着腿也软了。叶橙本就站不住,只觉得人往下滑。

　　顾青李扯着她的胳膊,示意她环住自己脖子贴上来。两人中间的缝隙顿时消失得无影无踪,叶橙能感受到他每一次心跳,和呼吸扫过面颊的气息。

　　迷迷糊糊间,她听见顾青李说:"叶橙,我今天很不高兴。"

　　不用他说,叶橙感觉到了他情绪不好。她看着他,顾青李转而埋在她颈间,不轻不重地啃咬两下。

　　他今天实在反常得过分,但她确实也有做得不对的地方:"我以后不会忘记了,对不起。"

　　明明灯都没开,气氛却火热。客厅开了暖气,身上也热,地板上都是他们散落的外套、围巾、毛衣。

　　叶橙被顾青李抱在怀里,感受着他手无意识摩挲肩膀的动作,又起身撑着看着他,依旧很记仇今晚的事情:"那电影就那么好看吗?"她可是全程连故事梗概都没记住。

　　顾青李却只是把她拉了回来,叶橙靠着他肩膀,有点茫然,架不住他身上的气息实在是太舒服。

　　他其实同样没记住看了些什么,连片名都没印象。

　　顾青李觉得应该提醒她:"电影院有监控,做什么看得一清二楚。傻子。"

　　当晚入睡前回想起来,叶橙兴奋得恨不得从床头滚到床尾,再滚回来。在察觉自己动静太大后,忍了忍,她偷偷摸出手机给俞微宁发去数条骚扰信息,也不等回复,直接把手机关机。

　　次日,叶橙跟着顾青李去机场时忍不住犯困。

　　这次出行是临时决定的,临近元宵,她得知顾青李要去一个地方取东西。叶橙听不懂专业术语,第一反应是:"好玩吗?"

219

顾青李失笑，他确实有带她出门的意思，手指圈成圈，在她额头很轻地弹了下："还可以，你要一起去吗，要我就订机票。"

飞机上，顾青李帮她把座椅放低，叶橙在这时问他："顾青李，以前我是不是对你不太好？"

顾青李不懂她为什么会突然说起这个，但他习惯叶橙一会儿一个想法，只笑笑。趁空姐端着托盘走过，无人看见，他吻了吻她的发顶："想什么乱七八糟的，你睡吧，落地我叫你。"

他们要去的地方是一个小县城，从机场出来后，又跟着当地的大巴一路颠到村里。

或是大巴年久失修，一股子旧皮革味道，叶橙居然晕车了，脸色很难看。到了下榻酒店，叶橙也只顾抱着马桶吐。

原本顾青李订的是两间标间，见她难受，他也不敢放她一个人在房间，临时改成了双人间。

第二天，叶橙一整天没出门。晚上关灯后，她捂着被子翻来覆去了好一会儿。她抱着自己的枕头轻手轻脚地下床，去扯顾青李的被子。

黑暗中，叶橙借着点微光紧盯着他的眼睛，很直白也很不加掩饰地说道："分我一半床好不好，我想和你一起睡。"

床并不宽，一米五左右，两人活动空间本就不大，叶橙钻进来后就紧贴着他睡下，一点窸窸窣窣的动静都格外明显。

"你临川的项目什么时候结束？"顾青李伸长手帮她把被角掖好，叶橙顺势滚进他怀里。

"最快五月底。"

叶橙"哦"一声，声音闷闷的，失落情绪明显。

顾青李捏了捏她的脸，心底下定决心，今年怎么都得留在北城。以前觉得趁年轻，多跑跑学点东西不是什么坏事，现在不一样了，他不能只为自己考虑。

顾青李突然提："是不是有点后悔了，和我在一起？"

叶橙小幅度摇头，觉得他现在说这个未免也太晚。

"早点睡吧，明天要早起。"

只是当晚，耳边是逐渐均匀的呼吸声，叶橙的半边脸陷进松软枕头里，半边脸软软贴着他的肩膀。他稍微挪开一点，很快她半梦半醒间又贴过来。一整晚，顾青李都像被人架在烤架上烤，火气旺，又怕惊醒她，动弹不得。

叶橙一夜无梦。

醒来后，她随手抓了抓凌乱的头发进洗手间洗漱，探头出去，发现她的人型抱枕端坐在小沙发上，额前头发微湿。

叶橙觉得匪夷所思，尤其是里头的镜子还有未干的水汽，发问："你头发怎么湿了？是不是早上洗澡了？"

"嗯。"

叶橙更纳闷,昨晚明明才洗过啊,怎么这么爱干净。

这个问题直到顾青李送她到机场都没有回应,叶橙站在路边看他从出租车后备厢拿行李,突然有种离别真正到来的感觉。

安检口人潮汹涌,多的是在原地聊天消磨时间,或者什么都不做,静静看着对方,临近登机时间才进去的小情侣。但顾青李显然不是那种腻歪性格,他把她的帽子整理好,像送小朋友出游一般交代她:"到北城记得给我发消息。"

"嗯。"

"别东张西望,记得看清楚航站楼和信息,别走错。"

叶橙目光灼灼,没听到想听的,不太乐意地看着他:"没了?你没有别的想和我说的话?"

顾青李神色淡淡:"没了。"然后,他头也不回地离开。

叶橙看着他的背影,想说些什么,又吞了回去。

而顾青李坐在回程的出租车上,有很长一段时间都没缓过神来。

酒店房间内,依然保持着他们离开前的景象。他看见叶橙发过来的消息,大脑才迟钝地开始运转。

叶橙:我好像找不到我的手链了,你帮我看看是不是落在酒店。

顾青李在卫生间找到东西,拍照给她发过去,又找了个小袋子装好:是给你寄过去,还是?

她没有再回,顾青李猜测她应该是上了飞机。

他们的聊天记录并不太密,多是通话记录,或是叶橙开了个头问这问那,得到答案后就直接断了,回回都是顾青李收尾。记录不多,但顾青李无聊时还是会打开聊天框,熟到一字一句,一共八百六十五条信息,都快能背下来了。

叶橙一向喜怒形于色,她很勤地换头像,有时候顾青李会通过她换的头像猜测她最近的心情。可他回想了一下,他好像从来没告诉过她,他的生活其实很无趣,除了工作还是工作。

他像常年在黑白世界生活的人,总算见到一抹亮眼色彩;像在自己的轨道孤独转动的小行星,总算撞见一颗路过的星星。

狐狸对小王子说,如果你说你在下午四点来,从三点钟,我就会感到快乐。

现在,不过分开一个小时三十三分钟零八秒,他就已经很想她了。

开春,报社工作如常,叶橙却在交稿日后开始忙碌,不是在查阅资料就是戴着头戴式耳机看采访视频。

齐蕊好几次问她要不要下楼买咖啡,叶橙都是拒绝,全程视线就没离开过电脑屏幕。她们平日里算是最合拍的摸鱼兼聊天点咖啡"搭子",两人观念一致，致力于在最忙的办公室做最闲的两个人。

吃完午饭回来，齐蕊把叶橙需要的资料拷到 U 盘递给她，都快递到她手上，忽而往后收，疑惑地发问："这次策划案，你有几成把握？"

报社周年改版，年前就有人收到风声，听说会开设一个新栏目，不仅在时报原有版面登出，还以视频形式在报社视频号和 App 同步更新。年后放假回来的第一次例会，正式宣布了此事。机会来临，组里老人或者才入职的新员工自然是摩拳擦掌，纷纷想抓住这次机会在组里站稳脚跟得到领导赏识。

叶橙一向不参与这类活动，但当晚和唐教授拨了通电话后，她改变了想法。

但把握吗？她说不好。

面对齐蕊的发问，她谦虚表示："能做完就不错了，哪有什么把握。"

只是那段时间，组里有流言不胫而走，叶橙整天忙策划案的事情没发觉，是齐蕊某天怒气冲冲地过来，给她放了段音频。

音频传出沙沙声，很勉强才能听清声音，明显是偷录的。

"我和你说个事，这事你可别告诉别人……"

是组里某位同事的声音，齐蕊神色严肃，叶橙弯着的嘴角逐渐变得平直。

"……我就说她怎么家里有钱，每天名牌包豪车不重样。"

"不过这话我也是听说的，就她最近采访那梁总，搞新能源汽车的？浪子一个，光前女友就有一个连，指不定最近就好这口，不然她怎么能这么顺利。"

"不能吧，我觉得叶橙人挺好的，也不娇气。"

"你才来多久，知道什么呀，知人知面不知心。"

叶橙百分之八十的包都是俞微宁送的，俞微宁爱包，却喜新厌旧，拎着出过一次门或者拍过照就不肯再背，家里简直像个小型专柜，叶橙每回去她家，都得带一只走，说不要都不行。

叶橙性格好，低调不惹事，有同事觉得她明明是北城土著富二代，却和他们一样同坐在办公室搬砖，平时聚餐吃饭也完全看不出来她有架子，自然越看越顺眼。

但祸福都相依，有人看她顺眼，就有人看她不顺眼。

叶橙听到这里，觉得有点气，也有点好笑。

梁总的名声在圈里不太好，但除去私生活，人品还算可以，专业更是无可指摘。

齐蕊放完一段音频，见她被造谣根本不生气，也奇怪："这怎么办啊，你就任由她们这么说？"

叶橙说："不然？我现在上去堵住她们的嘴，让她们以后都别说话了。"

齐蕊托腮说："也不是不可以。"

叶橙完全不放在心上，除了她在乎的人，其他人的看法她一贯不在乎：

"清者自清,你相信我不是那种人就好了。"

齐蕊又气冲冲地走了。

叶橙照常工作照常生活,只是夜深人静的时候,她抱着抱枕在床上滚了一圈,对着语音电话那头说:"顾青李。"

"嗯?"

"今晚能不挂电话吗?"

顾青李睡得比她晚,叶橙哈欠连连时,他还在忙。今晚,或许是被那些谣言影响,她非常迫切地需要一些声音清空脑子。

顾青李依然说:"好。"

于是,在一阵敲键盘和书本翻页声中,叶橙抱着被子睡熟了。

半夜两点半,顾青李合上电脑。

猫都是夜行动物,"白天不熬它,晚上它熬你"的典型代表。此时,叶富顺正跃跃欲试,看着顾青李随手放在一旁的手机,想一爪子拍在手机屏幕上,被顾青李更快地整只猫顺手拎走。

"别吵你妈睡觉。"他轻声说。

静下来,仿佛还能听见轻浅的呼吸声。

即使知道她已经睡熟,根本听不见,顾青李还是说了句"晚安"才睡下。

就这么熬到整个三月都过去,策划案评审那天,是周四。

原本是提交方案书给高层领导过目,投票表决优者胜出,但临时决定改成讲解方式,抽签决定顺序。

叶橙没来得及准备,就看上一位从会议室出来,喊她:"叶橙,到你了。"

她抚平了西装领口,点头。

讲解效果空前顺利,叶橙喝了口水润嗓子。

可会议桌那头,一圈领导看着面前的策划书,表情讳莫如深。

叶橙觉得气氛奇怪,悄悄咽了咽口水。

果然,有人先提问:"你凭什么认为我们会把节目重心放在一个根本就不是北城的项目上?"

叶橙拿出的资料是和唐教授沟通过后,能公开的临川小镇施家大院修缮项目的资料。

她并非传统意义上的好学生、好员工,追求的是得过且过,过了就算的生活。这是第一次,她想把一件事做好,不想把事情搞砸。

"我以前复读过,在好不容易考上大学,选专业的时候,我纠结过到底想学些什么。那时想得比较简单,就是数学太难了,打死我也不要再学了。就是不想学高数,学什么都行。"

底下有年轻面孔,连坐在最右侧的季霄,听见她这话,嘴角都弯了弯。

"爷爷和我说过一句话,知者创物,巧者述之,守之,世谓之工。百工之事,皆圣人之作也。可能这看上去是一个再普通不过的项目,甚至根本没有必要报道。"叶橙扫一圈他们的脸,"但如果可以,我想为理想主义撑一次伞。"

会后,季霄单独把叶橙叫到办公室。

她终于放下心底一块大石头,但季霄给她递来一杯咖啡的冲击力实在太大。

"躲什么,又不是想着毒死你。"

"去临川,可就喝不到楼下咖啡店的咖啡了。"

叶橙放下心来,接过纸杯,咖啡温和,柔柔地烫着手掌内侧。

这一年多相处下来,她早不像从前那样怕季霄,面对他日常毒舌也能轻松适应。

"在一起了吧?"

叶橙骤然在报社听他提到这个,有些奇异,又很快点头承认:"嗯,对。"

季霄那一瞬,说不出心底具体是什么感受。

叶橙今天一身知性的白色小西装套裙,茶棕色微卷的头发散下来,半侧头发别在耳后,耳垂上是一粒小小的珍珠耳环,非常清丽漂亮。

"我知道,你一直很优秀。"

叶橙更错愕了,今天肯定是下红雨了,有朝一日居然能听见组长夸人。愣了一下后,她微微抬了抬下巴,自信满满:"谢谢,我知道。"

临川。

这是傅连城第九次路过,第十五次看着门口景色叹气,第二十一次碎碎念。顾青李认真拿着小刷子清理笔洗的灰尘,被他这么一闹,抬眼看他:"你多动症犯了?"

傅连城一拊掌,直说不是。

顾青李实在是被烦得不行,把人拎到面前站定,傅连城才说出真相,他这周末在南城有个同学间的饭局,没想到唐老师临时给他派了个任务,让他去南城机场接人。

顾青李对帮他接人这事并没有什么异议,但问起傅连城到底是接谁,他居然说不出个所以然。

傅连城:"你去就是了,反正老师说车牌号发过去了。如果找不到人,也千万别问我,直接问老师吧。"

言下之意就是,这个烂摊子顾青李得收拾好了。

结果,顾青李在机场停车场停了半天,抽了两根烟消磨时间,又下车绕了一圈,拨给老师数十个电话都是无人接听。

顾青李突然就后悔来这一趟,他看了眼时间,只期望对方不是个傻子,别走错了。

顾青李把车内灯都关了,只剩仪表盘一点亮光,这种环境倒是很适合补觉,他顺势把座位放低,安心闭目养神。

只不过才五分钟过去，车门被轻轻叩响。

他望过去时，门外却空荡荡，没半个人影。顾青李以为是别人认错车，并没有理。

又一次听见动静，他烦躁地摇下车窗看人，却正好撞进一双再熟悉不过的笑眼。

叶橙今天挺倒霉的，行李箱轮子上电梯时卡坏了一只，一路只能半拖半拉地过来，全程给她累得不行。她衣服还有黏黏的酱汁，是在飞机上吃东西时留下的，怎么看怎么不舒服。

她敲了车门，见司机没反应，绕到车后确认了车牌才继续叫人，不过这一切，在看见顾青李的讶异神色后烟消云散。

叶橙甚至生出了调戏他的心思，咳嗽两声，声音夹得很辛苦："帅哥，介意带我一程吗？"还往副驾驶座瞥，"哥哥女朋友在不在呀，姐姐不会生气吧。"

说完，顾青李没反应，叶橙的笑慢慢收住了，最后只能尴尬地摸摸鼻子。他伸手，捏了捏她的脸，好像这时候才确认她是真实的。

"你来这儿做什么？"

叶橙没想到自己大老远跑过来南城，他非但不开心，上来就是这么一句带刺话语。她低头："我想你了，就来找你了。"

顾青李听完，依旧神色淡淡："又是来玩？这次打算待多久？"

叶橙愣住了，她没想到唐教授根本没和他说她过来临川的事情，就让他来接人。

这么一想，叶橙更委屈了，但还是拉过行李箱替自己解释："我来这里工作。"

顾青李看着她："多久？"

叶橙飞速瞟他一眼，脑袋低垂着："多久都可以。

"我就是想见你。

"我想见你。不行吗？"

翻来覆去的几句话。

叶橙也不知道自己是哪个点惹到他，去临川一路，他车开得快得能飞起来，却始终不发一言，面色也沉。

她想问两句，又硬生生忍住。

车开到离施家大院不远处的一块空地停了下来，叶橙正摸索安全带扣，就被他扣住手腕。

顾青李是在询问她的意见："他们还有七分钟，会从里面出来。这七分钟，你是想先下车，还是和我接吻。"

车厢内，温度不断攀升，没空去想是谁先开始的，等反应过来时，叶橙已经整个人跨坐在他身上。在一个几乎掠夺她所有气息的深吻后，顾青李捏

/ 225

着她下巴晃了晃:"真想我?"

叶橙眼里有水雾,耳边仿佛有阵阵风声,快听不清他在说什么,但还是晕晕乎乎地点头。

"想的。"

真的,特别特别想。

顾青李亲她,在这狭小空间内,声音纠缠,他问:"为什么来这儿不直接和我说?"

叶橙想往后躲,奈何他手掌控着自己的后脑勺,根本躲都躲不及。

"想……给你一个惊喜。"

叶橙长了教训,手扶着他身后座椅坐直,不给他亲,目光灼灼地看着他:"所以我来临川,你高兴吗?"

何止是高兴,简直高兴疯了。

明明是他先心动,先迈出这一步的也是他。

这里是临川,是他长大的地方,即使平庸,即使落后,在外乡流浪多年,他总是不可避免地想起这里的山山水水、荷塘月色。就是因为这样,顾青李才并不希望叶橙会因为他的关系让步。

按照他所想,叶橙就应该永远无忧无虑,永远活在花团锦簇的人潮中,永远不会因什么而难过。

而他……她只要能隔着人群远远看他一眼,对他笑一笑,他就已经很心动了。

叶橙乖乖缩在他怀里很久,无意识地把玩着他衬衫上的纽扣,解开,又系上,顾青李也没管她不安分的手指。

叶橙终于想起唐鹤松老师原定今晚上要给她办接风宴的,现在他们停在这儿快过去一刻钟了。

"唐老师他们不走吗?"

顾青李才回完消息,把手机随手往储物盒里塞:"他们说不去吃饭了,你在临川有没有什么落脚地方?"

叶橙老实摇头,她知道这么说多少有点冒昧,但还是问出了口——

"能和你住一块吗?"

梧桐巷和叶橙上次来并没太大区别,上次来是夏天,街道两旁绿树成荫郁郁葱葱。现在是乍暖还寒的初春,枝头堪堪抽出绿芽,乍一看略显萧瑟,只有一株木棉花开得正好,像一簇簇在枝叶间跳动的火焰。

叶橙一进门就注意到墙角那一团。

叶富顺在睡梦中被吵醒,先是凶巴巴"喵"了声,山竹一样的猫掌露出尖爪。在嗅到或熟悉或陌生的气息后,它才安静下来,迈着轻巧猫步走过来蹭叶橙的裤腿。

过年那阵子,顾青李问过她要不要给她把猫带回北城,叶橙看着镜头那端,早已习惯在临川生活、生龙活虎的小猫许久,说最好不要吧。

自由是它的天性。

于是,叶富顺就这么被放在临川散养,池沛时不时会过来给它加点猫粮、喂水,顾青李年后看见它,差点没认出来,又胖了一圈。

叶橙同样对它陌生,但还是把猫抱了起来,梳理着它油光水滑的皮毛。

"我住哪儿啊?"

顾青李正把她的行李箱抬上台阶,指了指楼上示意:"一楼没空房间了。你住上面。"

祖屋分两层,一楼是客厅、洗手间,和奶奶曾经住的房间,二楼是他的房间。顾青李回临川后一直都住在一楼,二楼只清理过一遍。于是,叶橙就这么抱着猫看他忙里忙外,想上去帮忙,没多久就被他推开,理由是觉得她笨手笨脚。

叶橙觉得委屈,她现在自理能力简直有着突飞猛进的变化,但她很享受这种有人替她安排好一切的感觉,转而欣赏起角落的原木色书架。

他的东西貌似永远收拾得整整齐齐,井然有序,上面几层是常翻阅的书籍,名著或一些专业书。最底下一层是中小学教材书,叶橙随便抽出一本翻了翻,上面笔记同样工整,堪称学霸笔记教材。

叶橙不由得联想到自己,教材乱涂乱画的痕迹颇多,例如上课闲着没事做把方块字中间涂黑,给插画人物画胡子和眼镜。

顾青李把床铺好,一回头,看见的就是叶橙正安静地坐在书桌前看书,猫在手边躺成长长一条。暖橘色灯光打在她的侧脸,耳边几缕碎发别到耳后,鼻子小巧精致,竟然看出几分温柔意味。

他走过去,下巴磕在叶橙的肩膀上,眯眼看她在看的书:"看什么呢?"

叶橙被吓了一跳,偏头看他,任由他把自己抱到大腿上坐下。叶橙顺势靠在他怀里,把书立起来给他看,像发现了新大陆一样兴奋的模样:"你们用的教材和我们的不一样哎。"

"是吗?"

"你的书也好干净,不像我的。"

他凑过去亲她,她没有躲。

第二天早上,叶橙起晚了。她并没有认床的习惯,但这里的床板实在是太硬,垫了两层褥子都无济于事,翻来覆去半晚上。快到下半夜,叶富顺从门缝里挤进来,轻巧地钻进她被窝,叶橙感受着那团东西窝在被单下的一起一伏,这才睡着。

起来后,两人在院子里那张小桌子上吃了顾青李头回来的早餐。

今天天气很好,阳光柔柔地洒在他们头顶大片的葡萄藤叶上,叶橙不自觉地开始对比起临川和北城来。

北城节奏太快，叶橙根本没有吃早餐的习惯，一般一杯黑咖啡就凑合，很少有这样惬意的时刻。这么一想，叶橙竟然觉得这样好像不错，顾青李坐在她身边，一个不大的小屋，一个小院子，脚边还有一只在埋头吃饭的猫。

上次来施家大院完全属于参观性质，这是叶橙以工作身份出现在这儿。估计唐鹤松早给他们打过预防针，简单介绍了她的身份后，众人分工明确，很快各干各的。

叶橙在几座院子逛了逛，时不时和脚手架或者折叠梯上的工人聊两句。

日常在工地干活的人骤然面对黑黝黝的镜头，都有些不知所措。叶橙长着一张毫无攻击性的圆脸，说话也是细声细气的，很讨人喜欢，没多久已经和大家打成一片。

她进入工作状态后，众人也不太能察觉到她的存在。

晚上，唐老师订了饭店给她接风，依旧是全镇最大的那间酒楼。

顾青李最晚到，连带着叶橙也不好意思，在一楼大厅等到他才肯上去，二人进去时，不出意外被行了注目礼。

顾青李帮叶橙把外套挂椅背上，见他们好奇打量的目光，也不藏着掖着："这是我女朋友。"

几人面面相觑，恍然大悟。

一顿饭下来，顾青李把外套盖在趴在桌上睡熟的叶橙身上。

唐鹤松难得一指叶橙，好奇起他们的事情来："你俩，是怎么认识的？"

顾青李哪里不懂唐鹤松在想什么，把叶橙身上的外套披紧："我们俩一见钟情。"

唐鹤松翻白眼："听你扯。"

"那就是青梅竹马。"

唐鹤松把口袋里剩的半包烟扔到他身上，没好气："能不能别瞎扯，你不是在临川长大的吗？"

顾青李也无奈："不是您让我说，说了，您又不相信。"

唐鹤松听不下去了，让他快滚。

顾青李便真的滚了。

这天，他脑海里无端塞进的回忆太多，半梦半醒间，他想起了以前的事情。

七岁以前，母亲每天五点下班，会来幼儿园接他，一大一小牵着手回家，父亲总是很忙，有时候一个月都不见得能见上一次。

顾青李并不觉得自己的童年是无趣乏味的。楼下的包子铺阿姨总是笑得很和善，会给他挑最大最饱满的韭菜肉包；隔壁家的小胖很烦，邀他去不是玩玻璃弹珠就是赛车，原因无他，顾青李总能帮他把被赢走的玻璃弹珠赢回来；小胖妈妈做的红烧肉，他每次去蹭饭都能吃三大碗米饭。

平静生活像是阳光下闪亮的玻璃珠，经不住一点高压碰撞，不过轻轻一碰，就碎了。

最后顾青李能想起来的，只剩下没有一丝光线的房间，他独自坐在床边，好似感受不到时间的流动。女人尖利的指甲深深陷入他的脖颈，顾青李在差点喘不过气，以为自己要死了的瞬间，女人放开了他，她同时抱住他，耳边是她的道歉。

做了噩梦，顾青李在一阵胸闷中醒来，凌晨四点。

他只觉得口干舌燥，气也喘不上来，要掀被子，才发现隔了床被子，叶富顺好端端地团成团压在他心口的位置。

顾青李毫不留情地把罪魁祸首拎开，又发现身侧多了一团——他看着睡在床边的叶橙，怎么都想不起来昨晚有把人留在这儿，他记得明明把她送楼上去了。

叶橙身上的被子被掀开，凉风冷飕飕的，下意识地缩了缩肩膀，眯着眼睛看他。

"你醒了啊？"叶橙解释，"你刚刚做噩梦了哎。"

动作是下意识的，她实在是困，有一下没一下地捋着他胳膊，渐渐呼吸声均匀。

顾青李也没赶她走，看着她安安静静的睡颜安然睡下，下半夜竟然真的没有做过梦。

叶橙来临川后，顾青李带着她和傅连城三人常在离施家大院一条街远的餐馆吃饭。

一周后，多加一个池沛。

池沛现在在镇上一家新开的美甲店做学徒，店铺就在这家饭馆附近。工资一个月一千五，出师后加工资，做得好另外有提成。

刚开始，池沛脾气不好，学东西很慢，自然很赶客，店里做美甲的高峰期，只有她在角落闲着玩手机。

叶橙毫不意外成了池沛第一个小白鼠实验品。

池沛对叶橙那阵莫名的敌意少了很多，见叶橙不配合她，几乎是软的硬的轮着来，一会儿晃着那几瓶亮亮的指甲油："我就做一个，做一个，做完立马给你卸了。"

叶橙说："我不做。"

池沛试图动之以情晓之以理："做一个吧，店里就我业绩最差，只能吃保底工资。"

叶橙说："你给顾青李做。"

得知两人正式谈恋爱后，池沛对顾青李早已没有那种盲目的崇拜。

他不是神，只是个有七情六欲的普通人，也会生气，会失落，会爱人。

明白顾青李彻底走下神坛后，池沛对他不客气很多："我不要，他甲床太短了，不好做。"

那天是个阳光极盛的下午，顾青李给二人洗好一盆水果走进来，叶富顺耀武扬威地坐在桌上舔毛。它现在已经是一只体型正常，甚至可以说是硕大的猫，一爪子能打镇上三只野猫。

来来回回做了好几次池沛的小白鼠，叶橙已经习惯手上花花绿绿的美甲，夹了一筷子菜后，叶橙问她什么时候给自己换个新花样。

池沛咬着筷尖，说："你真挑，你现在手上那个款式是我们店里卖得最好的呢。"

叶橙实在接受不了亮片和闪钻。

叶橙这段时间也足够忙，尤其是在记录工作步入正轨后，文字、图像、视频素材一大堆，光整理成册就足够令人头疼。

熬夜时间同样见长。有时候，叶橙自己都没发觉，是顾青李睡前来看她，敲着手机屏幕提醒她时间。叶橙嘴上说着就睡了就睡了，五分钟后，顾青李看她一动未动，直接按下台灯按钮，叶橙整个人被打横抱起，放在床上。

说是同住在一个屋檐下，大部分时间两人其实在各忙各的，只有闲下来才会一块在院子里看星星。

叶橙嗅着他的气息，已经形成肌肉记忆，捧着他的脸去找他的唇。顾青李会把被角给她掖好，顺便把赖在她床上不走的叶富顺拎走。弄得叶富顺那段时间很记仇，见了他就竖着汗毛叫，顾青李也懒得理它。叶富顺在外浪了一圈回来，发现盆里一粒猫粮没有，能屈能伸得很，去扯顾青李的裤腿，吃饱了又继续叫。

周五，叶橙传回报社的报道面世。

文字报道中规中矩，是叶橙和组长讨论的结果，尽可能平实，不带个人感情。

倒是同步发在 App 和官网的一段视频，叶橙特地问过现在转行当了影视编导的大学同学的意见后，将视频改成偏 vlog 形式，更有代入感，都是一些日常工作内容。

那条视频底下议论纷纷，有对题材感兴趣的，有为工匠精神点赞的，被顶到热评的是："下期可以让三分二十一秒那个手特好看的小哥哥真人出镜吗，比心。"

叶橙第二天回北城做报告，结束后从报社出来，手里 A4 纸卷成纸筒，推开了一楼咖啡厅的大门。

肖易遥来这附近办事，听季霄说叶橙今天回报社汇报，闲着也是闲着，让她汇报完两个人一块喝杯咖啡。

叶橙到的时候，肖易遥正好合上电脑，一指桌上另一杯咖啡："榛果拿铁，已经给你点好了。"

"谢谢。"

230

临川有一两家选择留在临川的年轻人开的咖啡店,说是手工烘焙的豆子,叶橙尝过一次便再没有去过第二次,她也渐渐戒掉了喝咖啡的习惯。此时,即使是最常喝的搭配,一口下去,她苦到脸皱成一团。

肖易遥注意到她的异样,很关切地问了句:"苦?要给你加奶加糖吗?"

叶橙摆摆手说不用,又见她一身修身小西装:"会打扰你工作吗?"

"这有什么,随便聊两句而已。"

话音才落,又是无言。

叶橙对肖易遥的观感很复杂,她不再相信肖易遥,但那些在后街网吧二楼,一起吃泡面、看连续剧的日子又确确实实存在过。现在的肖易遥已经完全没有了从前的影子,比叶橙想象的要随和健谈很多。

想了想,叶橙把她一些工作细节拿出来和肖易遥简单说了说,肖易遥正好电脑就在手边,给她做了个简单的思维导图分析。

"……你有想法是好事,但最好不要带太多个人情绪,报道是非常客观的事情。你稍微夹带一点主观感受,观感千差万别。"

叶橙点头。

肖易遥和她分析完,又突然道:"你有没有考虑换个工作环境?"

叶橙的思绪仍停留在方才修改的细节上,被她这么一问,脑子没转过弯:"报社又要搬了?"

"不是换地方。"肖易遥索性和她挑明,"你没想过换份工作吗?"

换工作?

叶橙真没想过,她大学毕业后就一直在报社,即使有几次工作上出了岔子,有几个瞬间想过要不辞职算了,终究是忍了下去。

"没有。"

肖易遥给她指了一条路:"你要是有兴趣,远离传统媒体,做公关或者营销。"

叶橙这回是深思熟虑才回答:"我没想过辞职的事情,也不想转行。"

肖易遥很随意地耸肩:"我不是想挖季霄的人啊,你要是有想法,随时可以来找我。"

北城的春天比临川来得晚,并没有那么热烈,阳光很好,是连日春雨和风沙天后难得的晴天,像是游戏打通关后那一点宝藏。阳光偏移到她们这桌,叶橙被肖易遥手上一点戒指的光闪到眼睛,问起她早就想问的问题。

有关顾青李那个神神秘秘的白月光。

"他有没有说过,那是个什么样的人?"

叶橙昨晚和俞微宁通完电话,脑海里突然冒出这茬。原本她都快忘记这事了,如果不是肖易遥约她,她也不会想起来问。明明已经想过并不在意,可越不去想,这件事反而越在脑海中滚动播放。

从她知道的信息中,很难猜到那人是谁。

肖易遥深深地看她一眼:"他没有和你提过吗?"

怎么可能。叶橙摇头。

肖易遥便笑笑,决定不掺和他们的事情:"你最好亲自去问他,没有人比他更清楚了。"

肖易遥是过来人,自然知道叶橙重提旧事是因为过不去心里那道坎:"以前是以前,现在是现在,作不得数的。他现在喜欢你就够了。"

而叶橙最困惑的地方其实就在这里。他们在一起已经有一段时间,相处方式却没有多大变化,白天上班,晚上一块逗逗猫,间或接个吻。

她不知道别人是怎么谈恋爱的,只觉得她谈恋爱和没有谈没什么区别。

叶橙只在北城待了两天就出发回了临川。

临出发前两个小时,叶橙打开行李箱又检查了一遍东西,唐老师的药,傅连城要的北城小吃,包装油腻腻的,叶橙拿到手就突然不想带了,面露嫌弃,用塑料袋包了一层又一层才放进行李箱。

检查完毕,叶橙把箱子立起来,却透过窗口看见了隔壁薛家。

从除夕夜到现在,叶橙都没再碰见过薛陈周,现在看见薛陈周穿一身家居服、熟练掸着烟灰的模样,叶橙有片刻愣怔。

他没戴眼镜,一张脸干干净净。

手机振动两下,叶橙拿起来看,是薛陈周发消息过来问:要下来聊会儿吗?

恍惚间,叶橙想起的却是年少时,她为了看薛陈周在不在家,时不时就会拿一把花剪子在院子里装模作样地修剪,院子里的花花草草都算是叶于勤精心呵护的宝贝,哪里容得她这么糟蹋,一个月都没熬过去她就被爷爷发现。

薛陈周知道这件事后,柔声告诉她如果自己在家,会打开窗,在窗边放一盆栀子花。这逐渐成了他们心照不宣的秘密。只要放学回到家,叶橙看见窗台那盆栀子花,就知道他也回了家。

可她很久没注意过那里有没有花了。

叶橙微笑摇头,看着那一墙之隔的男人,回复:不了,要赶车。

薛陈周没有再回。

叶橙在南城机场直接叫的网约车去临川,到了梧桐巷,熟门熟路地回家,放了行李后依照约定去河边。

临川放河灯的习俗由来已久,最初是为了死去的亲人祈福,后逐渐演变成一年一度的风俗。今年更是在小镇大力宣传的效果下,周边镇市的居民特意驱车来这儿放灯,如果不是叶橙早早拉顾青李过来占位,可能都抢占不到好位置。

河道两侧,挤满了放灯人和卖河灯的小商贩。

河面上一盏盏纸灯,画面很唯美。叶橙职业病发作,掏出随身相机录了几段素材备用。轮到他们放灯时,叶橙先是看看顾青李,又看看手里的莲花灯:"我可以再买一盏吗?"

顾青李不解,四周都是人挤人的状态,他只能很努力地护着叶橙问:"为什么?"

叶橙说:"因为我愿望多。"

叶橙说:"没规定每个人只能许一个,万一我这个没被听见,我总得有Plan B 吧。"

还是老样子,小聪明歪理一堆。

最终,叶橙一个人放了三盏河灯,顾青李就这么看着她认认真真地双手合十许愿。

放完,两人也没走,在河边找了块空地站着。叶橙伸了个懒腰,先问出口:"你许了什么愿望?"

顾青李并不想说,提醒:"愿望说出来,可就不灵了。"

叶橙说:"你可以偷偷告诉我,谁都听不见,不算说出来。"她其实是想问,这个愿望和她有关系吗?

顾青李看着她的眼睛,也没回答,而是反问:"那你呢?"

叶橙摇头不说。

有人走过,顾青李下意识攥住她的手腕,往后带了带,躲开后,也没松开,而是沿着手腕一路往下,直至捏住她的手。

叶橙感受着他手上深深浅浅的伤疤,和指腹厚厚的茧子。他手上的茧脱落过几次,新生皮肤很娇嫩,磨红后又长出新的茧子,日复一日。

这是一双吃过苦的手。

如果说在这之前,叶橙还因他那位未曾谋面的白月光,觉得心里有些不舒服,这一刻已经荡然无存。

叶橙有一下没一下摩挲着顾青李手上的茧子,低声说:"我会对你很好的。"顿了顿,重复,"特别特别好。"

次日,叶橙跟着顾青李早起去了趟菜市场。两人在小院面对面吃早饭时,她才想起将手机开机,回临川时叶橙忘记给手机充电,都不等她到家,直接关机了,回房后她也只是翻出数据线插上,没来得及开机就去洗漱。

一口粥还含在嘴里,几十条未接来电提醒就硬生生把仍睡眼惺忪的她振醒了。

"谁啊?"顾青李也听见了那阵动静。

电话都是同一个人打的,最顶上还有小姑发的一条微信消息,只有四个字:*我怀孕了。*

顾青李吃完早饭后在喂猫,他本来只是想着给盆里添猫粮和水,叶富顺听见猫粮倒在盆里的动静,简直是以"百米冲刺的速度"飞过来,一个漂移,精准冲到盆里开始啃猫粮。

顾青李看不惯，给它拎开了些："你要减肥了。"

冬天本就是囤肉的季节，猫圆了一圈又一圈，根本摸不到身上的骨头。

叶富顺"嗷呜"叫一声，要去咬他的手。顾青李不耐烦，直接把猫关进杂物间，想着待会儿走的时候再把猫放出来。

一回头，他正好撞上叶橙呆愣愣的眼神。

"怎么了？"

叶橙这才把手机收好，抿唇："没什么。"

这天，叶橙给小姑发了几十条消息，电话也打过，都是石沉大海的状态。她当然知道小姑有主意有想法，做事向来不必和她商量。既然愿意告诉她这个消息，在没得到确切回应前，叶橙只当成个秘密守着。

她站在施家大院别院，趁工人师傅泥灰用完了，在搅水泥砂，趁机偷一下懒，有颗果子骨碌碌滚到她怀里。

叶橙抬头去看，是傅连城人在二楼。滚到她怀里的是一只粉嫩嫩的桃子。叶橙捏了捏，是脆桃。

傅连城也在吃桃："吃吧，我洗过了。"

叶橙没管他，手随意蹭蹭桃子表皮，咬一口，汁水清甜。她看看四周问："怎么就你一个人，顾青李呢？"

傅连城心想这时候你想起来了："出去了吧，刚刚找你半天，没找到，就走了。"

叶橙轻微"啊"了一声，把搁在大腿上的相机收进包里，问："他去哪儿了？"

"我不知道啊，你自己问他。"

临川一中的校长在职很久了，送走的学生一批又一批。顾青李念初中那会儿，校长只是个教高中的物理老师，听说是师范大学的高才生，研究生毕业后就分配到临川教书。一晃这么些年，再见他时，顾青李仍规规矩矩地叫了声"老师"。

顾青李受校长所托来学校修复校门入口处的孔子像，今天是周六，保安都不在。顾青李到学校时，看着校长本人急匆匆拎着一串钥匙从学校那头走来，给他开门。

直到顾青李修完，收好工具箱，校长都没走，左看看右看看。

顾青李叫了声"老师"。

校长才从头到脚打量人一眼，指头一点一点："我记得你，课代表，没想到一转眼都这么大了。"

顾青李笑了笑，扣上工具箱最后一个搭扣，两人在校园里转了转。

说起来，顾青李印象最深的就是这位老师。

奶奶在顾青李高一时病倒，但生活总要有人扛着，家里积蓄不多，做几次化疗钱就没了。尽管好多次奶奶让他不用操心钱的事情,实在住不起医院就回家不治了,但顾青李不同意,他白天上课,晚上就找些零散兼职。

有时实在太忙,熬到凌晨四五点钟,他根本没时间睡觉,白天在课堂上会打瞌睡,布置的作业也做得一塌糊涂。有老师责怪他仗着成绩好公然扰乱课堂纪律,但眼前这位,会柔声问他是不是家里出了什么事情,顾青李抓一把头发,说没有。

他在烧烤摊兼职时,老师突然走过来戳穿了他的谎言。

"这算雇用童工了。"

顾青李这才愿意坐下来好好听他说话,最后老师拿了五万块钱给他,顾青李不要,老师就让他打了个欠条。

"这不是我一个人的心意,是我们几个老师听说后给你凑的钱。不是白给你,以后要还的。"

奶奶年纪大了,顾青李劝过好几次,让她去市里的三甲医院做全身体检。奶奶都摆手拒绝了:"我自己的身体我知道,哪有病啊,你别操心了,上你的学去。"

后来他才知道,奶奶在给他攒上大学的学费,在身边同学普遍混完高中三年就进厂打工或者回家做生意的情况下,她坚持要让他把大学念完。

看着病床上形容枯槁的老人,顾青李自嘲,如果奶奶不是非要犟着脾气说独自抚养他,不会弄出这么多事情。

奶奶下葬那天,是个阴雨天。淅淅沥沥的雨下了一整天,把后山坟头翻出来的新土都润湿了。蜡烛纸钱旁新栽下去的花更艳了,叶子上滴落露水。他的世界好似也下了淅淅沥沥的雨,心像永远沥不干的抹布,湿漉漉的。

校长帮过的学生太多,并没有把这件事情放在心上。

"那你后来,有念完书吧。"

顾青李点头。

"但没参加国内的高考,是在国外上的学。"他没说具体学校名字,只说了个地名。

校长笑起来:"那算是有出息了。"

顾青李便随意笑了笑,说哪有。

不知不觉,两人转了一圈快走到校门口。校长指着校门口那个女孩:"来找你的吧,按了好几次铃了,刚要不是看我们走过来,就直接翻墙进来了。"

顾青李看着在校门口低头揉掌心的叶橙,和校长道别,走过去。

叶橙确实想翻墙,但这里的墙面太粗糙,反被硌到掌心。见到顾青李,她忙把手背到身后,还是被他发现,叶橙委屈道:"你走的时候都不叫我。"

顾青李开门放她进来:"要进来看看吗?"

其实没什么好看的。

但叶橙点头:"要啊,你们这地方真难找。"

走进去，就是升旗台和小操场，升旗台是去年财政拨款新建的，大理石质地。右手边过去是几栋教学楼，初中部和高中部分开，因为学生不多，教室也少。

叶橙问他在哪间教室上过课。

顾青李给她指了个方向，叶橙先一步小跑过去，看什么都觉得新奇。教学楼中间栽种了一棵参天银杏树，每间教室门窗都贴了贴纸，教室后排黑板上印了手印，便利贴随风飘扬。

"我能进去看看吗？"

教室除了桌椅，没有别的东西，顾青李点头。

叶橙顺势推门进去，在最后一排座位坐下，能看见窗外的风景。

"课桌好矮。"她说。

木桌上涂了不少鬼画符和简笔画。

顾青李跟着在她身边坐下，叶橙正好看见课桌角落写了两个名字，中间是一颗爱心。

顾青李盯着黑板一角，那里写着值日生的名字。

叶橙存心想逗逗他，一指桌肚里一行水笔写的字："你帮我看看这写的什么，是不是你们这里的方言啊。"

顾青李垂眸扫一眼那行字，想凑前去看。

叶橙迅速亲了下他的脸颊，在他看过来时，眼睛弯成月牙形状。

"顾青李，你们这儿教室都这么小吗？"

"学生不多，一个班就三十几个人。"

叶橙数了数课桌，确实只有三十来套桌椅，一如小镇给人的感觉，偏旧，满是岁月痕迹。

两人又去操场坐了一会儿，这里比师大附中开阔很多，天朗气清，叶橙伸了伸腿，像只趴在窗台上晒太阳的名贵波斯猫，整个人懒洋洋的。

叶橙是在第三天晚上才知道到底发生了什么。

小姑并不是故意不联系她，而是和老爷子坦白自己怀孕的事情后手机被收缴了上去，禁足在家好好反省。

小姑倒也心很大，该吃吃该喝喝，安心养胎，把老爷子的话当成耳旁风。

叶橙知道老爷子的脾气，或者说他们一家脾气都倔，吃软不吃硬，来硬的根本行不通。

叶其蓁拿到手机的第一件事就是联系叶橙。

小姑向来我行我素惯了，不受任何人约束，听她解释半天，叶橙突然问："对了，那你什么时候带我见见我小姑父？"

"小姑父是个什么样的人啊？"

叶其蓁只是回了个意义不明的笑脸。

叶橙在院子里乘凉，顾青李新买了两把躺椅放在院子，晚上在这儿休息，很舒服。

叶其蓁说："你俩认识。"

叶橙以为是她见过的小姑的哪任前男友。

同一时间，顾青李洗完澡出来，一身未散尽的水汽，脖子上还挂着干毛巾。有水珠从发梢滴落，沿着脖颈不断往下淌，顾青李拎着毛巾随意擦两下头发，把毛巾扔在一旁。

手机屏幕上显示最近几条消息都来自许妄。

顾青李以为是有什么要紧事，结果点开看，好似隔着屏幕都能想象到他此时有多得意。

许妄：快，改口，叫人。

Chapter 08
别怕，我不走

顾青李，你可不可以再等我一下，我好像……有点喜欢上你了。

高二和高三过得算是顺遂，只不过那次期末考，顾青李到底被谣言影响了成绩。高二开学那天，一众人挤在公告栏前看分班，俞微宁和自己同班，叶橙是不意外的，但她在班里看见了顾青李，可想而知他发挥严重失常。

一转眼，便是高三誓师大会，一大早天气便阴沉沉的，好似在酝酿一场暴雨。

好在一直到下午，这场雨都未落下。

薛陈周心情同样不明朗，但他情绪变化不明显，独独班里一两个亲近的朋友清楚。更多的是会在背地里讨论：为什么今年誓师大会的发言人不是薛陈周。

在这件事之前，年级主任私底下找他谈过几次话，薛陈周明白，他的心态出了问题。

自高二下学期决定放弃竞赛专心高考，本以为有更多精力投入高考，结果排名不升反降，甚至在一模中跌出年级前二十。就是在这种死局里，薛陈周的脾气越发暴躁，像一把利刃，只扎在最亲近的人身上。

誓师大会快开始，好友见他仍坐在窗边看天，催了句："陈周，要迟到了，走了。"

他才起身离开。

在路过某间教室时，薛陈周发现有人比他更迟。

叶橙和俞微宁这天中午因为出校办了点事，没来得及吃饭，桌上都是顾青李给她们买来充饥的吃食。

叶橙揭开手里饭团的包装，不太乐意了："你怎么买这个呀，我不爱吃甜口的。"

顾青李让她掰开看看："放了肉松和海苔的。"

一旁，俞微宁喝了一口饮料，怪顾青李没有盖紧盖子，气都跑掉了，成了普通糖水的味道。

顾青李直接拿走："那你别喝了。"

一年半时间，三人早已混熟，说话也没了顾忌。俞微宁想起，今天下午貌似是顾青李负责百日誓师演讲，问他演讲稿都准备好了没。

"当然。"

俞微宁想提前看一眼："稿子呢？"

顾青李在桌肚里翻了一阵，没找到。而叶橙想起什么，心虚地捏起她担心食物残渣掉一桌子，用来垫着的稿纸晃了晃："是这个吗？我随手拿的。"

还真是，稿纸正面倒没什么，就几点油点，反面沾了白芝麻粒和海苔碎，顾青李也不太在意，随手抖掉。

俞微宁一拍他肩膀鼓励："你这次演讲可是给班里长脸了，我听班长说，好像还从来没有普通班的人负责百日誓师演讲。"

顾青李不戴这顶高帽，示意她别说了。

不光是她们，顾青李这一年来的成绩大家有目共睹，这几次更是稳在年级前五，班里同学对顾青李的态度也更加微妙，不少人难免对他好奇，凑前聊两句或者讨论问题，他全都欢迎，但私底下联系密切的也就叶橙和俞微宁。

薛陈周看着他们三个离去的背影，只借口自己不舒服，要回教室。

誓师大会后，顾青李名声更盛，光俞微宁和他路过高三楼下，就有不少高一学妹借着学习名义来参观红榜上的证件照本人。

俞微宁直调侃他红榜上那张照片都被摸得快反光了。

顾青李完全没听进去，抬眼看着二楼。高三楼是四四方方的四合院设计，中间种木棉和银杏树，还有供学生休息的长椅，叶橙此时就在二楼走廊托腮望天，嘴角是向下撇的。

半晌，顾青李问："她怎么了？"

俞微宁提起这个，同样很心累："和薛二吵架了吧……光今年不是就闹过好几次别扭了吗？薛二脾气差了不是一星半点，有时候和他说两句话都得小心惹到他。"

三人放学回家的路上，叶橙都是落单走在最后。她想事情太过认真，连到家了都不知道，还是顾青李给她扯着书包拉回来："你要去哪儿？"

叶橙这才抬头，脸上带着显而易见的疲倦，仍强颜欢笑："呀，差点走过了，不知道今天吴妈做了什么好吃的。"

顾青李早在高二时就自学完了高三课程，自从他们升上高三，他便着手给叶橙补课。

叶橙实在算不得一个好学生。

顾青李每晚带着课件和笔记敲开她的房门，没两天就被叶橙凶巴巴地赶出去，说他一个男的怎么能随随便便进女孩子房间。顾青李摸摸鼻子，也知道不合适，便改成去书房。

她人同样固执，一道数学大题算半天，一急起来就薅头发，一晚上下来一手心头发。

晚上，顾青李给她梳理知识点，叶橙听着，实际上心已经飞到天边，笔尖不断在手边草稿纸打着转，没一会儿就糊成一团意义不明的黑雾。

顾青李见她这样，也不说话了，让她自己看书。

就算是这样，叶橙仍不太安分，脸在桌上滚了一圈，唉声叹气。

顾青李把她落在自己书本上的头发拈起一缕移开："你怎么了？"

叶橙瞬间坐直，又窝回去："没什么。"

叶橙脸翻了个面，有头发落在她脸颊："和你说了你也不懂。"

叶橙才洗完头，头发半湿不干，仿佛能闻见花香，睡衣衣领下一截白皙的脖颈。好似只有在她看不见的地方，他才能够肆无忌惮地看着她。

顾青李把手里的书本摊开，盖在她脸上："少想那些有的没的，现在最紧要的任务是学习。"

叶橙顿时觉得没意思，也不想看书，顺手取了顾青李搁在桌上的MP3，将耳机塞进耳朵里。

高考越来越近，黑板右上角用红色粉笔写着倒计时时间，日子一天比一天紧迫。叶橙学习之余，慢慢爱上借顾青李的MP3听歌，仿佛隔绝了外界声音，就不会想太多。

月考后，俞微宁约顾青李去打球，帮他们看东西的依旧是叶橙，她塞着耳机听歌，腿上摊一本错题集在看。

球打完，有人上前来送水，顾青李一颗篮球还在手里打转，语气偏冷："不用了，我自己带了水。"

他走到叶橙面前，把耳机线取了，叶橙才发觉："你们打完球了啊？"

"嗯。"

"宁宁人呢？"

"家里有事，先走了。"

叶橙便站起来，几步跳下台阶："哦，那我们也走吧。"

顾青李叫住她："等会儿，我回公寓拿点东西。"

顾青李依旧住宿，但早已不需要挤在八人宿舍。叶于勤考虑到他的需求，在师大附中给他找了间教师公寓住，小是小了点，二十多平方米，但设施一应俱全，每晚房间的灯都亮到凌晨三四点。

叶橙来过这儿。有次，叶橙上完体育课后痛经，是顾青李回公寓给她换了床单，借她睡了一下午，或是他本身就有令人安心的气质，那次叶橙吃了布洛芬，喝掉半杯温水，真躺在床上慢慢睡着了。

公寓内东西很少，角落一只简易衣架，挂着几件校服和T恤，桌上都是他的书。

叶橙坐在顾青李给她搬来的，房间里唯一一把椅子上，就这么看着他把球放在床底，在收拾书。

她的身后是夕阳，光照着她毛茸茸的头发，在顾青李脚下投下影子。

也是一时兴起，叶橙突然叫他名字："顾青李，你快抬头看墙上。"

顾青李应声抬头，她借着夕阳做手影，一会儿是蝴蝶，一会儿是兔子，一会儿是猫咪。

听着身后清脆的笑声，顾青李嘴角同样弯起了很浅的弧度。

但她只开心了一瞬，跟着顾青李下楼时，笑就已经收住了。

那天之后，顾青李想了很久。他们日常相处，叶橙有一百种一千种一万种方式能让他开心，他却对此无能为力。

薛陈周没想到顾青李会来找自己。

那天下午，他被数学老师单独留在办公室，新鲜出炉的月考卷子，面前摆了不同分数的两份。老师点着高分的一份，话里隐隐透出对他的失望。

"陈周，我知道你心气高，起点也高，按理说你是准备过竞赛的。这题，还有这题，不都是圆锥曲线变式，我不相信你会没有思路，空出这么一大块给谁看，给我看？"

"你在这儿仔细看看别人的步骤，好像是十七班的那个谁……挺聪明一男孩。"

"你们班的，就是太傲，不肯承认人外有人山外有山，现在知道栽跟头了吧。捧得越高，摔得越惨。"

"老师知道你是个聪明孩子，你自己好好想清楚吧。"

薛陈周真把那份卷子从头到尾看了遍。

在准备去买点东西垫垫肚子时，他看见顾青李在走廊深处等他。

"能和你谈谈吗？"顾青李问。

对顾青李这个人，薛陈周从前是没什么印象的，连他来历都懒得计较，平时在路上遇到也不会点头。即使方才在办公室，被老师拿着顾青李的卷子明里暗里训了一通，他心里也仍有自己的骄傲，让顾青李不用躲着，有什么事就在这儿说。

路过的男生女生都好奇地回头看，这两人既不同班，也从未听说有任何交集，是怎么搭上线的。

顾青李手指蜷了蜷，有片刻犹豫，却依旧没出声。

天朗气清，风景很好，两人最终去了天台说话。从附中毕业的学生常调侃，高三楼说是个四四方方的四合院，更像是把高三学生困住的"监狱"，天台就成了唯一能俯瞰这座"监狱"的乌托邦，薛陈周很少来这里，或者说他基本不去人多的地方，今天才有些明白这里的好。

只不过很快，他因为顾青李来劝和的一句话，心开始烦躁。

"你以为你是谁，你有什么立场在这儿说这话？"

顾青李当然清楚以他的身份提要求有点过分，但他今天能站在这里，同样有俞微宁一份，钟鹏不在这儿，能当和事佬的就只有他。

他没办法反驳。

薛陈周话说出口才发觉说重了,离开天台前,他道:"这是我和她之间的事情,不需要你们插手。"

顾青李不知道最终薛陈周是怎么解决的,只记得第二天中午,照例他们三个结伴去食堂吃饭,叶橙却欢欣雀跃地抓着饭卡:"你们去吧,我有约了。"

俞微宁狐疑:"谁?"

他们正猜着,教室门口,是薛陈周来接她了。眼镜镜片反光,辨不清眼神,他们只能看见薛陈周朝他们略微一点头算是打招呼。

"叶橙。"

叶橙听见叫她名字,立马小跑出去。

学校包车去指定医院体检那天,剩下半天自由活动时间,这在时间紧到挤不出来一点的高三十分难能可贵。

有人约着去逛街,有人约着去上网,俞微宁则是和叶橙提起,小时候常去的一个游乐场改建了,上个月重新开放,如果他们要去,她就让家里司机来接人,直接过去,省事还省时间。

顾青李自然是没有什么意见。

当天体检,男女生是分开的。

叶橙坚持自己有一米六二,趁没人又量了好几次,仍然只有一米六,那两厘米不管怎么样都出不来,俞微宁对此并不理解。叶橙整个人蔫了吧唧,指着她体检表喊:"你一米七几当然不理解。"

她们交完表格,顾青李后一步跟上,在登记处签了名后,发觉仿佛能看见叶橙头顶实体化的乌云,正淅淅沥沥下着小雨。

顾青李一指:"她怎么了?"

俞微宁声音压低了:"不是什么大事,觉得医院仪器给她算少了两厘米。"

叶橙心情仍未明朗,顾青李试图安慰她:"两厘米,看上去差别不大。"

叶橙便问:"那你觉得是我高,还是刘思颖高。"叶橙排队交表时排在同班的刘思颖身后。

顾青李顾左右而言他:"好像……差不多吧。"

"她比我高五厘米呢!顾青李,你是不是瞎。"

薛陈周就是在他们说到尽兴处正好路过,他今天没穿校服,一身白色运动装,俞微宁最先看见,叫他名字:"薛陈周。"

叶橙和顾青李因为她这突如其来的一句,莫名安静下来。

薛陈周在扫了遍三人的表情后,才站定。

想起自己之前拒绝叶橙想带上薛陈周的提议,俞微宁主动邀请:"待会儿我们准备去东湖山公园玩,你要不要一起来。"

说是从小一块长大的发小,其实几人的关系挺微妙。譬如叶橙从小和俞微宁玩得好,两人兴趣相投,性格互补。但如果不是叶橙和钟鹏在中间当调和剂,俞微宁一般不会主动找薛陈周。

薛陈周同样犹豫,手指勾着包带:"不用了,你们去玩吧。"

叶橙直接冲过去把他拉到一边,耳语一阵,薛陈周真答应了和他们一块出门。

俞微宁到底心胸不够宽广,车一到就直接坐上副驾驶座,徒留剩下三人站在原地,你看我我看你。

叶橙声音比平日里低得多,指着自己:"……那我坐中间?"

后排车座宽阔,随着轿车摇晃,她发丝若有似无地擦过两人肩膀。三月的北城,天依旧冷,叶橙今天为了图好看,连毛衣都没穿,鼻子受不了车里的味道,她捂着口鼻打了个喷嚏。

俞微宁都来不及反应,薛陈周已经脱下运动服外衣盖在她身上,顾青李则是从包里取出口罩,撕开递给她。

"谢谢。"叶橙先是戴上口罩,按了下鼻翼压条。身上衣服也裹紧了,她向来很喜欢薛陈周身上的味道,有种淡淡的药香。

听俞微宁说起东湖山公园时,叶橙还没什么感觉。直至下车,她看见了熟悉到不能再熟悉的大门,门口玩偶重新上了一次颜色,招牌也都换了亮色,不似从前,灰扑扑的。叶橙本以为这个地方都要消散在她的记忆里,真正看见实物时心里却十分震撼。

俞微宁推着她去买票:"愣着干吗,人傻了?赶紧进去啊。"

一行四人,唯独顾青李从来没有来过这里,几乎是走过一处,就能听见叶橙拉着俞微宁说着以前发生的事情,薛陈周偶尔插两句嘴。

走累了,四人并排坐在长椅上,俞微宁要去买水,但并不记得路,在叶橙和薛陈周中间纠结一会儿,她点:"薛二,你和我一块去呗。"

叶橙低头揉着酸胀的小腿肚,想起貌似顾青李从进来就没开口说过一句话。

她挪近了:"你会不会觉得和我们来这里玩,很无聊啊?"

顾青李异常认真地看头顶的过山车,有风声自耳边呼啸而过。听叶橙这么说,他笑笑,摇头:"不会,我没有觉得无聊。"

顾青李回想了下,自己好像从来没告诉过她,他很喜欢听她说起过去,即使那些时光他从来没有参与过。

叶橙突然示意顾青李站起来:"他们应该没那么快回来,快走,我带你去个地方。"

顾青李跟着她左绕右绕,叶橙嘴里还嘀咕着:"奇了怪了,我记得明明就在这儿……"

叶橙找的是一架扭蛋机。

找到后,她边找投币口,边和顾青李科普:"我以前可喜欢玩这个了,但是我运气不好,好几次扭出来的东西都是一样的。要想扭出来喜欢的东西,要比别人多花两三倍的价钱。"

扭蛋机类似于抽盲盒,要想集齐一整套,不是件容易的事。

顾青李全程站在叶橙身后,看着她眼睛放光地盯着机器。一次,两次,三次,叶橙嘴角越压越低,到最后,看着手里一模一样整整齐齐四只钥匙扣发呆。

叶橙只能默默把东西都塞进顾青李包里,嘱咐他千万别告诉俞微宁他们,不然俞微宁又得笑她又菜又爱玩。

顾青李先是看看她,又看着那架机器,问她想要什么。

叶橙愁容未散,跟着蹲在他旁边,说自己想要个白色的小兔子。

顾青李其实心里并没有底,但可能真的上天眷顾。叶橙捏着那只白色小兔钥匙扣又笑又跳,最后还是决定把东西交还到顾青李手上。

她的语气再正经不过:"这是你的运气,我不可以拿走的。"

她郑重地把钥匙扣交到他手上:"顾青李,快高考了,实力和运气缺一不可。

"也不只是高考吧,祝你事事顺意。"

很多年后,在顾青李上城乡规划课的课间,同学们祝他赢得第一个设计新人奖。这个奖项含金量颇高,上一个在学生时代赢得奖项的学长已经在业内开拓出自己的一片天。他耳边是各种各样的赞誉和夸奖,甚至有人给他放了礼花。漫天纷纷扬扬的彩带中,兜兜转转,顾青李能想起的,不过是叶橙捧着那个塑料钥匙扣,对自己说的:"顾青李,祝你事事顺意。"

薛陈周和俞微宁在十分钟后回来,给他们一人递了一杯热饮。

四人在游乐场地图前看了半天,先是玩了过山车和大摆锤,叶橙全程不敢睁眼看,哆嗦着腿下来时才发现把薛陈周手都掐红了,红着脸和他道歉。在俞微宁又一次拉着叶橙想再坐一遍过山车时,她却是怎么都不肯,整个人躲在顾青李身后。

"我不去。"

俞微宁无奈,面朝顾青李。

顾青李的衣角被叶橙拉着,人动弹不得,但俞微宁已经走过来,他只好叫她:"叶橙,放手。"

叶橙才后知后觉地放开,在目送两人离开后,和薛陈周找了个地方休息。

她手里是薛陈周特意拧开才递过来的矿泉水,叶橙自顾自伸了个懒腰,又想起身边的是薛陈周,人坐直了,附带小心翼翼的一眼。

薛陈周却突然开口问她,顾青李打算去哪所学校。

叶橙思维有瞬间卡壳,她没听顾青李提过这茬,而她显然更关心:"你呢,你打算去哪儿?"

问这话时,叶橙紧盯着地面,撑着椅子的手掌都握紧了,手指在木椅底下有一下没一下地刮着。

叶橙也清楚,薛陈周如果能留在北城自然最好,他想离开,他们之间的结局大概率会是分别。

薛陈周盯了她一会儿,叶橙快要经不住这目光,脸颊直发烫,他才道:"叶橙,我没打算在大学谈恋爱。"

有一瞬间,叶橙表情僵在了脸上,她想插科打诨糊弄过去,却发现张嘴都发不出声音。

叶橙强撑着微笑:"我知道啦。"

后半程,连俞微宁都能轻易看出叶橙神情恍惚。

"宁宁,我想回去了。"叶橙说。

俞微宁看一眼时间,算一算也差不多了:"行,那我现在叫司机过来?"

"嗯。"

他们在园内的儿童乐园等车,薛陈周不喜人多的地方,就这么立在不远处的空地看手机,俞微宁和顾青李则是一人占了一个秋千架,链条是铁制的,随着人晃动,会发出吱呀声,伴随着点点铁锈往下掉。

俞微宁脚尖无意识地点在地面,在一阵阵吱呀声中,她左看右看,想起什么:"橙子人呢,怎么还没回来?去趟洗手间要这么久吗?"

顾青李直接手握着铁链起身:"我去看一眼。"

洗手间在儿童乐园过去不到五十米的地方,顾青李站在门口等了会儿,视线不自觉被树丛后一片亮光吸引。顾青李往前走了一点,发现那是一片人工湖。

和师大附中后面那片湖相比,这里大得多,绿树碧水绕。

但颜色也更深,顾青李眯眼看了看,发现这应该是潭没有人管理的死水,水下长满藻类植物。

他正想着叶橙能去哪儿,便听见了一声小孩惊呼:"救命啊!救命啊!有人落水啦!"

十分钟前,叶橙有点心烦,想出来透口气,不知不觉就逛到了湖边。湖水极绿,像块透亮的绿宝石,叶橙顺势在湖边的台阶上坐下,手掌托着腮。

没坐一会儿,有小孩拿着根不知道哪儿来的长竹竿,小心看着脚下台阶走下来。小孩个头很矮,拎着那根竹竿在湖里捞啊捞。

几次,竹竿尾端都差点杵到叶橙。

终于,在小孩一往后使劲时,叶橙及时握着那根竹竿:"小朋友,看着点人,好吗?"

小孩见险些戳到人,也心惊胆战:"姐姐对不起。"

叶橙对礼貌且讲道理的小弟弟还是很宽容的,把竹竿还给他,还跳了两级台阶下来看湖里:"你捞什么呢?"

小孩指着湖里一只露出一半的皮球。

叶橙离近看,才发现这个人工湖有点脏,水上漂着浮萍:"这水挺脏的,就算捞上来,球还能玩吗?"

小孩没想到这层,只关心:"能不能玩都得捞,这是小花送给我的。"

叶橙问:"小花是谁啊?"

小孩的耳朵都红了:"不要你管。"

叶橙眯着眼睛,心情总算好了一些:"哦,我不管,那你自己捞吧。捞到明天,让我看看能不能捞上来。"

最终,以一根棒棒糖作为交换,叶橙含着糖研究了一下地形,指导他:"那边没有护栏,你可以把球打到那块捞上来。"

叶橙开始只是抱着看热闹的心态,后面见这小孩太笨,她帮忙把球赶到一边:"这会儿能捞上来了吧。"

小孩对比了一下自己短短胖胖的手臂和捡球距离,摇头。

叶橙不耐烦,但身体很诚实,让小孩上来,把竹竿还给他:"你先上去,掉下去我可不负责。"

小孩直点头。

结果,叶橙反倒因一时不慎,打滑掉进河里。脚下石块长满青苔,摔下去之前,叶橙只来得及护住自己的脑袋。

顾青李听见那声惊呼后,慢慢走过去。看见岸边一件浅黄色的棉服,他快步走过去拎起,开口才发现情绪早已比他想象中更激动:"她人呢?"

小孩指着一个方向。

顾青李只在看见那只手后就跳了下去。

那几声惊呼同样吸引了循着声音来找叶橙的薛陈周,但他来晚一步,到场时顾青李已经把人捞了出来,旁边围着一个小孩,有位老奶奶在帮忙查看情况。

"嘴都冻紫了。还有呼吸,就是怕有什么磕着碰着,还愣着干什么,赶紧送医院看看。"

顾青李胸膛剧烈起伏,看着怀里失去意识的叶橙,已经没有多余的思考能力。

救护车来得很快,顾青李是跟车来到医院的,一路奔波,衣服黏在身上,很不舒服。

他在洗手间对着镜子洗了把脸,水珠沿着下颌线滴落,有人推门进来,薛陈周扔给他一只纸袋。

"给我的?"

薛陈周点头。

顾青李打开看才发现是一套干净的衣服,看袋子 Logo(商标),应该是在附近连锁店买的。

"谢了。"到这时候，顾青李也顾不上面子问题。

薛陈周看顾青李换完衣服走出来，那些一闪而过的细枝末节，在这一刻终于抓住。他看着镜子里的顾青李："她知道吗？"

主语不详，宾语未知。

顾青李却听懂了他的意思："不要告诉她。"

薛陈周神情复杂："那这次呢？"

顾青李早在来这一路就想好了对策和说辞，手里捏着那只装了换下来的衣物的纸袋："不是有你吗？"

顾青李拎着纸袋离开，却是和叶橙病房的相反方向，薛陈周才反应过来："你要去哪儿，叶橙还没醒？"

顾青李微微侧头，脚步却没停："她醒来最想看到的不是我，是你。"

叶橙伤势并不严重，呛了几口水，全身检查过一道，手肘和膝盖都有瘀青，上过药后就没什么大碍。

看着陪伴在床边的薛陈周，叶橙惊喜之余，更多的是懊恼："我是不是给你添麻烦了？"

她撑着坐起来，才发现身上有上药痕迹，原本一直立在窗边的薛陈周也在这时走过来，帮她把枕头垫在腰后，被子拉到腰际。

"不会。医生说你没什么大事，就是要静养。"

肌肤无意中触碰到，薛陈周注意到叶橙小心翼翼的目光，心里却没来由地感到一阵烦躁。

或是因为顾青李毫不犹豫离开的背影，连一句争辩都懒得说，或是因为他即使知道叶橙误会了，却根本不想开口解释。

自己从来都没有表面上看起来那么光风霁月，薛陈周心里再清楚不过。

他一直在医院陪叶橙到探视时间结束才离开。

第二天同样如此，薛陈周不说，叶橙自己却不太好意思让他耽误复习时间："你回去吧，都说了没什么事，本来复习时间就紧。"

薛陈周从包里抽出作业："不用，我在这里也是一样的。"

火箭班到了高三就只剩下大段大段的自习课，没人敢松懈，进度全靠自己把握，查漏补缺或是找坐班老师探讨。

叶橙放心下来，决心不打扰他，被子拉到肩膀，一歪头开始睡觉。

躺在病床上合眼休息的少女，一旁笔尖声沙沙，时不时帮忙掖一下被子的少年。顾青李抱着捧花推开一小条门缝时，看见的就是这一幕。

俞微宁紧随其后，手里提着果篮，问他怎么不进去。

"叶橙睡了。"

两人便把东西小心地放在门口，离开了。

俞微宁走出电梯，突然问："顾青李，昨天真的是薛二把人救上来的？"她从昨天开始就怀疑，但她毕竟当时不在现场，没办法下定论。

247

顾青李捻着手上不小心沾上的花粉，很淡一层，应声回头。他并不在乎这点，他从一开始就不在乎："这个问题很重要吗？"

俞微宁一时也被他问住，人没事，确实不重要。可到底奇怪在什么地方，俞微宁自己都说不清。

叶橙第三天出院，顾青李来接她回家。出租车上，她看起来有心事，顾青李侧头看着她手指上的瘀青，以及一道手背上浅浅的陈年伤疤。那是他们在后街打架留下的，顾青李曾对此暗自愧疚了很长一段时间。

她是被人呵护着长大的，罩在玻璃罩子下的温室花朵。娇气，却也有娇气的资本。

她本不该受伤。

叶橙回到学校上课，几乎每一位科任老师都会在课堂上喂一碗心灵鸡汤，说这是高考的关键时期，不冲这一把要后悔一辈子。真正听进去的人不少，班里同学黑眼圈一个比一个重，憔悴神色明显。

教室里很安静，这节是体育课，基本上都是自由活动。叶橙趴在桌子上休息，又被拉笔袋的拉链声吵醒，她无意识地搓着桌上的2B橡皮。

还有一刻钟放学，人都走光了，顾青李却依旧一副不急不缓的模样，叶橙很怀疑，到了世界末日那天，他都会井然有序地把手头上的事情做完，然后安然地躺在床上等死。

顾青李把稿纸上几个数字涂黑，笔攥紧："偷看什么？"

叶橙埋在臂弯里睁一只眼闭一只眼的姿势被戳破，她也不急，大大方方地打量回去："顾青李，我能问你一个问题吗？"

"说。"

"你有没有什么，特别的愿望？"

顾青李放下笔，揉捏了一下手指，关节处发出咔咔声："为什么问这个？"

叶橙人坐直了："就是好奇。"

顾青李顺势把一张一字未写的卷子拍在她面前："不如好奇好奇这个，明天老师要讲了。"

叶橙便撇嘴："顾青李，你真扫兴。"

顾青李就这么看着叶橙不情不愿地扯过卷子写起来，中性笔在指尖转了一圈又一圈，倒满足了她的好奇心："想时间走得更快一点。"

叶橙更不解："为什么，现在不是挺好的吗？"

顾青李再没抬头，注意力重新回到卷子上。

高三的时间走得比想象中要快，周末假期也被压缩到一天半。日复一日的学校、家里两点一线，叶橙本就是容易压力瘦的类型，才三月底，她整个人已经瘦了一圈，手臂细得稍微攥紧点感觉就能掰断，脸上的婴儿肥都快瘦没了。

他们平时去食堂吃饭，俞微宁会有意无意给她多夹几块肉，无一例外都会被叶橙夹出去："不要夹了，多浪费啊，最近不爱吃肉。"

俞微宁看着她餐盘里剩了大半的饭菜，忧心忡忡。

顾青李同样担心，每天一盒酸奶照送不误。

叶橙倒是都喝了，做题间隙，晃晃手里的酸奶盒子，掰开盒身的四个角，盒子吸成扁扁一片。

教室外那棵树叶子落了，又抽出新芽。

某个周六上午，俞微宁和他们商量，她有个喜欢的乐队最近到北城巡回演出，就在艺术园区那块。

叶橙看了眼门票："今晚？"

俞微宁点头。

叶橙翻了翻："正好四张？"

俞微宁干笑："你说巧不巧，正好就剩四张，我顺手就买了。"

叶橙看向顾青李，他一耸肩："我没意见，你们去我就去。"

于是就这么敲定。

晚上六点，他们在东街胡同口集合，一行人向艺术园区进发。叶橙不是第一次来，但她担心顾青李无聊，特意交给他一个任务。叶橙表情十分严肃，取下脖子上挂着的相机包，而后双手递上："顾同学。"

顾青李学她的模样，双手接过。

"这是我最宝贝的一台相机，好好保管，你别给我弄丢了。"

叶橙又示意他打开包，简单教了他怎么调参数和焦距。她最是喜欢教他东西，不用费多大劲，就已经像模像样小有成效。

叶橙左右看了看，两三步跳到店门口的霓虹招牌前："练个手，你先给我照一个。"

她今晚穿了粉嫩的格子衬衫和牛仔短裙，衬衫尾端打个结，鱼骨辫尾扎一个亮晶晶的发饰。

叶橙见他迟迟不按快门，手掌晃两下："宁宁要催了，快，快拍啊。"

顾青李看着镜头里叶橙的笑脸。

早进去的俞微宁在喊他们："你们拍完了没？快进来啊。"

叶橙才匆匆忙忙拉他进去，手指短暂圈在他手腕上，又极快分开。

那晚实在是太嗨，学习压力全部被抛在脑后，叶橙跟着歌声尖叫，又蹦又跳。

看见身旁的镜头，她示意顾青李先停一下，把手递给她，四人在全场大喊"安可"时手牵手跟着人群摇晃。

灯光在舞台巡回一圈，顾青李从未这么感谢过音乐和欢呼，因为那能够轻易掩盖只要稍微靠近些就能听见的如雷心跳。

场子有多嗨，散场时落差就有多大，拿着灯牌和荧光棒的观众三五成群离去,四人还有些意犹未尽。叶橙想说点什么,俞微宁已经提议:"反正都出来了,过了零点再回去吧。"

俞微宁首先看向薛陈周,像是料定这里唯独他会拒绝。

薛陈周这晚也实在是反常,没提薛家雷打不动的门禁规矩,真和他们大晚上压马路。

他们身后就是二十四小时便利店。俞微宁要了个烤红薯,冒着热气,她怕烫,小心吹着。顾青李身侧放一杯关东煮,只吃掉一串海带结,此时在低头认真翻看相机里的照片。薛陈周只拿了一罐咖啡,倒进冰杯里,有一口没一口地喝着。

叶橙则是用小木勺挖冰激凌吃,北城正是乍暖还寒的天气,吃一口牙齿都在打战。

叶橙不小心把奶油蹭到身上,问了一圈,都没有纸巾,俞微宁有点渴,正好和她一起起身又进了便利店。

薛陈周抿了口咖啡,看着长椅那头顾青李在用自己的手机一张张拍下相机屏幕的画面。

如果不是偶然看见顾青李书里夹着的纸张,他也不敢相信。

薛陈周问:"什么时候走?"

顾青李思维有短暂卡壳,才接一句:"快了。"

顾青李曾经在给叶橙补课的时候,问过她一个问题:"如果我有一天突然离开,你会怎么想?"

叶橙被他折磨已久,她耍赖不想学习时,顾青李就这么慢悠悠地做着自己的事情等她,而叶橙只能迫于压力又坐回他身边,乖乖扯过卷子做题。

"挺好的啊。"叶橙语气轻飘飘的,仿佛等候这一刻已久,"那可太好了!以后除了爷爷就没人唠叨我了,三楼这块都是我的地盘……还有还有,爷爷给你的那支紫竹狼毫笔,能不能给我啊?"

顾青李看着她两眼放光的表情,不由得失笑。

叶橙和俞微宁从二十四小时便利店回来,一人分了一瓶水。

"你们在说什么呢?"

两个男生都不说话。

叶橙指着顾青李手里的相机:"正好,顾青李快,给我们拍一张合照,我要打印出来。"

顾青李手已经抬起,却在看见叶橙摆出笑脸时,他站远了些:"我给你们拍吧。"

搞什么。

叶橙正要拉他一起,肩膀骤然微微下沉,是薛陈周悄然环上了她的肩膀。

叶橙睫毛颤了颤,眼神清澈又干净。

俞微宁看着他俩的动作,嘴张圆了,默默走开:"你俩拍,你俩先拍一张。"

薛陈周的声音仿佛近在耳边："不是要拍照吗？"

顾青李看着镜头里的女生，有一瞬心悸到无法呼吸，却仍有余力叫他们："你们再靠近一点。"

叶橙只感觉手脚都僵了，世界像是被粉红泡泡包围，她会一直记得这个夜晚。

可当叶橙后来去翻相机，打算把照片导进电脑时，却发现独独缺了那张照片。

她去敲顾青李的房门。

大约隔了三分钟，叶橙攒了足足三分钟怒气，在看见门后顾青李顶着湿漉漉的头发，一身水汽的瞬间，气消去大半："……你什么毛病？大中午的洗什么澡？"

顾青李见她表情有些呆呆的，觉得好笑，又笑不出来，把房门给她打开了，自己站在床边擦头发。

"你管我什么时候洗澡。"

"顾青李！"叶橙火气又上来，觉得顾青李是长本事了，现在都敢这么和她说话了。

他"嗯嗯"两声，依旧专心擦头发。

叶橙真抱着手臂在等他弄完。

没过多久，她自己先没绷住，提醒他："顾青李，是这样的，我们现代人一般都用吹风筒吹头。"

顾青李："你管我用什么。"

叶橙觉得顾青李今天是吃火药了，和她说话这么不客气。

顾青李头发未干，就这么把毛巾搭在椅背上，整个人往床上一躺，眼皮困倦耷拉着看她："你要和我说什么。"

叶橙完全答非所问："你昨晚又通宵了？"

他翻了个身，背对着她："嗯。"

叶橙顺势在书桌前坐下："那你睡吧，我不打扰你。"

顾青李听着她拨弄书桌上拿来做装饰的永动球发出一声声清脆撞击："已经打扰到了。"

叶橙才想起来她这趟过来是为了什么，她又翻看了一遍相机，把东西递过去："我没找到那张照片。"

"哪张？"

她顿了顿，脸上有羞赧，尽管她不愿意承认："和薛陈周那张。"

顾青李很久没有动过，久到叶橙想劝他，头发不吹干就睡觉，是会偏头痛的。他摸过相机捣鼓一阵，把照片调出来，将相机还给她。

叶橙抿唇笑了一下，正要道谢。

"你们以后会结婚吗？"

叶橙被呛了下，这话题太超前了，超前到叶橙连脸红都忘记了，手指在屏幕上两人的笑容上抚了抚："说什么呢。"

顾青李已经转过身，看着她："你不是喜欢他吗？"

叶橙声音低了下去："可是我不确定他喜不喜欢我。"

是不确定，不是不知道。

他们认识太久了，时间轻易模糊了友情和爱情的分界线。初见的悸动，第一次牵手的脸红心跳，统统被时光延长，又在潜移默化中掀起一场迟来的海上风暴。像青春期冒出的第一颗智齿，像午夜梦回的生长痛。

顾青李只说了句祝愿："你会得到你想要的。"

高考前，叶其蓁带着叶橙去大学同学开的度假区逛了一圈。目的地在西城，叶橙去之前特意查过天气准备行李，临行前一天，她问顾青李，他想要什么礼物。

顾青李说："你人回来就行。"

叶橙不愿意，非要让他挑一个。

顾青李拧不过她："你带什么都行。"

叶橙离开前，又和他确认了一遍："真的什么都行？"

顾青李点头。

叶橙坏心思上来，决定回来时给他带一大串指天椒。

可就在她前脚才拖着行李箱跟着小姑离开，顾青李后脚就在咖啡厅和人碰上面。

Susan 今天和上一次顾青李见她时，造型又不一样了，一袭波西米亚风长裙，亚麻色的长发和能盖住半张脸的墨镜，很扎眼。

一上来，她先来了个极其夸张的飞吻，才正经起来，问顾青李有没有考虑好她的提议。

顾青李今天连师大附中的校服都没换就来了这儿，附中的春季校服是运动装，很耐脏的布料，他平时又格外爱惜，白得好似要反光。

"考虑好了。"他自始至终都没有抬头看过人，"我想和你一起走。"

"很好，我喜欢聪明小孩。"

Susan 这才取下墨镜，他们其实有一双很相似的眼睛，都是偏浅的瞳色，眼角微微上扬。

在被这个自称是自己姑姑的女人找上时，顾青李是震惊的，他从来没想过自己还有亲戚，奶奶也从来没有提过她还有个女儿。

"这很正常。"

对比顾青李的失态，Susan 平静很多："告诉你也无妨，因为我叛逆，做了让家里人蒙羞的事情，我断绝了和家里的所有关系。"

顾青李问："我凭什么相信你？"

Susan 很无所谓："相不相信是你自己的事情，你现在十八岁，想查点从前的事应该不难。"

"所以，你现在是因为什么找上我？"

"我需要一个儿子。"Susan 很直接，也很开诚布公，"我很爱我现在的未婚夫，但是我告诉他，我是一个来自中国的单亲妈妈，我的儿子在国内，我每个月会定期给我懂事的儿子汇一笔钱。"

顾青李仍持怀疑态度："你的选择有很多，不止我一个。"

"是喽。"Susan 欣赏着自己新做的火龙果美甲，"但是我很懒的，不想和小孩相处。侄子？是这么叫的吧，肥水不流外人田，有这么大一个侄子在这儿，我需要上福利院吗？"

而 Susan 显然已经调查过他的现状，点醒他："你搞清楚，不是我需要你，而是你需要我。寄住在别人家里的感觉好受吗？"

"是，你可以上国内高校，四年后为自己拼一个前程。"

"但我能给你的，不止这些。

"要赌一把吗？"

因为这个赌约，顾青李今天坐在了这里。

他想往上爬，想爬到能够得到那颗星星的地方。哪怕只是一点点，他都在往前走着。而星星并不需要做些什么，不管是一百步、一千步、一万步，他都希望是由他来走。

Susan 对顾青李的要求只有两个，陪她扮演好贤妻良母的形象，应付未婚夫带来的那个难缠的小孩 Gabriel。

"我知道 Gabriel 是个好孩子，如果他没有把没吃完的巧克力酱笑嘻嘻地抹到我才拿到的高定花苞裙礼服上，没有把我最爱的一支口红当作他的画笔，我一定会更喜欢他的。"

顾青李仿佛能想象到自己未来的生活有多鸡飞狗跳。

他看着咖啡厅外那棵樱花树，树下有对年轻情侣在拍照，女生戴着贝雷帽，栗色长发泛着光，光看半张侧脸就能窥见她的笑颜有多温暖。

Susan 把机票推过来："这几天快点处理好这边的事情，后天的飞机，别拖太久，我不喜欢等。"

顾青李"嗯"了一声。

而 Susan 突然笑得暧昧："都要走了，不抓紧时间和你那个女孩告个别吗？"

顾青李没有出声。

他是最卑微的暗恋者，不敢说爱的胆小鬼。

是在班里老师点同学出去背课本，在点到叶橙时，他第一个抬头；是发现稿纸上下意识写下的都是叶橙的名字时，害怕被发现把稿纸揉成一团，事后又把纸团摊平。

顾青李深知他本质和叶橙路过的那些冰激凌店的小哥、宠物店的店主、卖花的圆脸小朋友没有什么区别。他不过是路过她。

这个年纪的喜欢像风，吹过了就没了，他却任由风声在耳边呼啸而过这么多年。

可是，路过了就是路过了。

如果可以，他更想做一片云、一朵花、一阵风，会因云遮住阳光令她拥有片刻清凉而欣喜，会因她看见一朵合心意的小花露出短暂微笑而万分激动，也会因风刮走她心爱的帽子而焦躁不安。

我始终为你而紧张，为你而颤抖，可是你对此毫无察觉。

最终，顾青李只是看着枝头那片终于落下的樱花："她一定会过得很好的。"

叶橙和叶其蓁确认了半天自己有没有听错，或者同名同姓的可能。

电话挂断，叶橙握着手机许久，才去和顾青李说这件事。

彼时，顾青李正在洗手间清理洗手盆。老祖屋和春水湾不同，只有一间不过几平方米的洗手间。叶橙不习惯和人共用洗手间，抱着衣服进去时还有些拘谨。后来适应了，叶橙没有清理洗手台上粘连的长发的习惯，每回都是顾青李负责清理。看着那团被纸巾包住的头发，长长短短都有，长发是叶橙的，阳光下是很漂亮的浅棕色，短发是他的。顾青李心里有点异样，随后，他把那团头发扔进垃圾桶。

听完叶橙描述，他回到房间，只是平静地应了一声。

叶橙看着顾青李的动作，觉得他越是如常，心里愧疚就越重，放下怀里一大碗顾青李给她剥的石榴，犹豫着开口："过了这阵就好了，你忍一下，我会和爷爷解释清楚。"

在叶其蓁这件事之前，两人已经说好月底一块回北城看爷爷，顾青李连送爷爷的礼物都买好了，一套手工紫砂壶，壶底是某位制壶大师的落款，可自用可收藏。

没想到半路杀出这事。

小姑说，他俩的事千万别在这时候告诉老爷子，本来老爷子就着急上火，别火上浇油。

叶橙去勾他的小指，顾青李收回手。

叶橙又坐在他大腿上，勾着他脖子想去找他的眼睛。

顾青李淡然垂眸，视线落在手里的书上，慢吞吞地道："我都明白，我知道我应该做什么。"

也是这个晚上，叶橙最后问了他一个问题："顾青李，小姑……以前是不是和你说过些什么？"

顾青李本没打算告诉她，但叶橙目光灼灼，又喊了一遍他的名字："顾青李。"

顾青李言简意赅："三百万。"

叶橙没听懂："什么？"

他按了按眉心："她说，这是追你的门票。我必须出这三百万。"

严格来说，其实不止这些。学历、年薪、在北城必须有家底……每一项条件都很苛刻。尤其是对于那时候一穷二白的他来说，听起来像天方夜谭，更像霸王条款，而他那时居然真的答应了。

叶橙有些恍然，像是被这么多年来的误解，闷头砍了一刀："原来是这样。"

顾青李说："不然你以为是什么？"

叶橙撇嘴："拿钱羞辱我。桥归桥，路归路，以后遇上也别联系了。"

顾青李没想到她能误解成这样，把她拽过来，按到自己大腿上："我没有想和你划清界限。"

叶橙看了他有一会儿，突然朝他伸手："抱我。"

顾青李不明白这是什么意思，依然照做了。

"我们以后不吵架好不好？"叶橙蹭着他肩膀，声音闷在了衣服里，"我想象不出和你吵架的场景。"

顾青李仍很认真地附和："好，以后不吵架。"

按照叶其蓁的意思，两家人一块吃个饭，或者出去玩一圈就当是结婚仪式。奇异的是，如此乱来的提议，老爷子真的答应了。

来接叶橙和顾青李回北城的是俞微宁，她因为割阑尾在北城住了一段时间院，刚好碰上吃瓜现场，和叶橙描述自己路过许家那几天，都好似能看见屋顶翻滚着的黑云，气氛沉重到院里的花草都耷拉着叶子。

车驶上高速，俞微宁才瞥一眼后视镜，瞧见顾青李整个人瘫着，问坐在副驾驶座上的叶橙："哟，你男朋友怎么了？"

叶橙把小姑的话转述了一遍。

俞微宁表示理解："确实，光这事估计都够老爷子气一段时间……本来年纪就大，你俩这事虽然没有闹到孩子的地步，我估摸着对老爷子的打击真差不多。"

但她掐着指头数了数："不过我看，现在好像就钟鹏不知道吧？"

叶橙脱口而出："薛陈周也……"

话说出口，叶橙又火速住嘴，两人同一时间往身后瞟，顾青李好像是睡着了，又好像没有。

晚上，车终于开到春水湾门口，两人把顾青李扔车里，在车外聊了两句。叶橙不在北城，自然不清楚这边的事情，俞微宁就负责把最近发生的事情一五一十地告诉她："钟鹏找了个女朋友，是文学院毕业的，在出版社工作，平时也写写书、拍拍自媒体视频。让他带出来玩，他就带出来过一次，宝贝得很，生怕我们把人吓跑了。"

"云栀……她快和薛二结婚了，两人商量过后，上周云栀就住到了东街胡同，你要是今天回去，估计还能碰上她。"

叶橙默默瞪了俞微宁一眼。

俞微宁倒是坦荡，话糙理不糙："你现在有什么好怕的，就算薛二哪天真要请你去婚礼上当伴娘，你可以拉上顾青李啊。"

叶橙翻白眼："这话你最好别和他说，他本来就爱吃醋。"

俞微宁不笑了："硬要说这个，你不如多想想，你给他的安全感给够了吗？

"爱情是相互的，本来就是他先喜欢的你，先付出先爱上的人最没理，不论男女。因为你俩都是我朋友，我才有发言权。我并不想偏袒你们当中任何一个。

"不过我毕竟不是当事人，我不知道顾青李怎么想的，要沟通的也是你们。他是怎么想你和薛二以前的事情，你得自己去问他。"

叶橙忍不住想，不管是肖易遥，或是俞微宁，说辞都相差无几。但一直到现在，她得承认，她看不透顾青李到底在想些什么。

叶其蓁在北城新区定了温泉山庄，邀请他们一群人去玩，权当是度假。

叶橙只和顾青李在春水湾待了一晚——人形暖炉太好用，一大早起来，叶橙睡姿极其不佳，呈大字形霸占了顾青李大半张床，他被挤到只剩下床内侧很小的一块位置，把被子很大方地全让给了她。

看得叶橙十分愧疚，她把人拉回来了些，又把被子慷慨地分给他。

叶橙碰了碰他的手，突发奇想："你觉得，如果我和小姑说，去了山庄，我俩一间房怎么样？能省下一间房间的钱呢。"

顾青李眼睛都没睁开，他睡相很好，一觉醒来不会肿脸，不过唇色有些发白。

"不是要瞒着爷爷吗？你不如叫上俞微宁和钟鹏，我们几个打地铺，还有说服力一些。"

叶橙"哎呀"一声，觉得他不会变通："你房间记得别锁门，等夜深人静的时候我偷偷去找你，不就行了。"

顾青李很轻地笑了下，这才睁眼看她，浓密且长的睫毛颤了颤："这么想和我睡？"

叶橙的视线在他脸上游走一圈，干脆拿被子罩头："顾青李，你耍什么流氓。"

顾青李看着叶橙很尿地在身边窝成一团的模样，忍不住暗笑到底是谁半夜要爬他床耍流氓。有一次，他都快睡着了，被子硬是一拱一拱地在动，他立马掀开被子，发现是她才放心下来，偏偏她找的借口还极其拙劣："外面下大雨，我怕黑。"那几天，连日晴天，镇民晒出去的干货都晒得梆硬。

两人近十点才出门，抵达温泉山庄时，几人拎着鱼竿钓鱼回来。

叶橙下车后第一反应就是去找小姑。

即使已经怀有三个月身孕，叶其蓁照旧拎着根鱼竿，穿非常修身的针织衫和毛呢裙，四肢纤细，一点都不显怀。

叶橙把小姑拉到一边："爷爷之后没有再难为你吧？"

"他能难为什么，说都说开了，大不了断绝关系？"叶其蓁看着叶橙忧心的模样，抬手抹上她眉心皱褶，"小孩子别老操心这操心那，你才多大年纪，这种事轮得到你担心？老得快。"

叶橙说："可是……"

叶其蓁说："没有可是。"

叶橙仔细想了想，在她们成长的年岁里，小姑被老爷子叫进书房的次数简直屈指可数。她不需要被教育，全家上下，最让老爷子不放心的人只有叶橙一人。

叶橙语气转轻松，看她微微隆起的肚子："怀孕的感觉怎么样？大概几个月显怀。"

叶其蓁也松散下来："哪这么快，夏天还能穿吊带和露脐装呢。"

叶橙羡慕小姑身上的那股松弛感，太自如。

叶其蓁顺势问起顾青李的事情。

叶橙突然就低头，装腔作势地看着小桶里的鱼，装作感兴趣的模样："怎么样，今天钓到些什么？"

"没有，一条都没有。"叶其蓁把空桶倒过来，"就丁点大，都不如鱼疗的鱼大。"

另一边，许妄和顾青李聊的话题简单纯粹很多。

顾青李停好车，嘴角肿了一块的许妄立在出口处等他，样子没多大变化，除去头发更短，明显被家里人揍过，就是那股得意劲都要溢出来了，隔老远便听见许妄在叫："快，来叫人。"

顾青李并没有很想理他。

许妄反倒来了劲，拦住他的去路："你这什么态度，怎么说也是我看着长大的妹妹。家里的白菜被猪拱了，我不得跟着把把关。"

顾青李这才拿正眼看他："行了你，装什么，八字都没一撇的事情。"

许妄很一针见血："我八字快撇上了，不如操心操心你那一撇的事情。"

这倒是真话。

许妄本想带他抽根烟再走，顾青李拒绝了："很久不抽了，一身味儿。"

许妄被他爸关了太久禁闭，只抽了一口，就捻灭："差点忘了。"

顾青李看过去，许妄脸皮比城墙都厚，说这话时脸不红心不跳："姐姐让我戒烟。"

顾青李被这个称呼雷了有一会儿。

按照年纪,这么叫确实没有错,但是……顾青李走在前头:"你离我远一点,别恶心我。"

而薛陈周和云栀正是在饭后,他们几个在讨论下午在私汤房泡温泉时抵达的。

小客厅,沙发围成一圈,几人各占一个座,叶其蓁不在,毕竟按辈分是正儿八经的长辈,和他们这些小辈玩不到一块。叶橙在认真思索,她带的洗面奶和防晒霜都在顾青李行李箱里,待会儿要怎么神不知鬼不觉地拿过来。

钟鹏最先起身,一拍掌往外走:"好,那就这么定了。"

叶橙乖巧地坐在顾青李身旁,都没反应过来,手已经被他牵起。她心下一惊,想把手抽回,但钟鹏走在最前头,根本没注意到身后的异样。

薛陈周就是在这时领着云栀推门而入,他瘦了些,头发长长了。

叶橙下意识抽回手。

去私汤前,他们各自回房休息。偏就是这么巧,叶橙和顾青李的房间隔得最远,一东一西。叶橙回到自己房间后又在走廊柔软的地毯上小跑,在微信上催顾青李快开门。

"我来拿我的东西。"她扔下这一句就溜进房间去找东西。

行李箱就在地上摊开,叶橙蹲在地上找齐,却并没有走。

顾青李坐在窗边看书。木窗白纱,窗外是绿树碧湖,她走过去,强行侧坐在他腿上。

顾青李托着她,视线好似黏在手里的书上。

叶橙拿手遮住书上文字,他抓开,叶橙又遮住,顾青李继续抓开。

叶橙抿唇笑了下:"今天晚上我来找你好不好?"

顾青李书也不看了,扔下:"不好,我上三道锁,你别想进来了。"

叶橙乐得捏他脸:"顾青李,你真可爱。"

晚上,叶其蓁安排了户外烧烤,食材新鲜,蔬菜瓜果,牛羊肉都拿长钎子串好,摆了满满一桌子。

最近北城气温攀升,叶橙胃口不太好,不爱沾荤腥,手里拿了颗凤梨过去找在烤架前忙活的顾青李。

外头风大,炭也不是什么好炭,几个大男人围在一块点火点了半天,好不容易才把火点上。钟鹏和许妄倒是挺会给摸鱼找补,火点上后就当了甩手掌柜,去一旁的乐园和小朋友抢滑梯玩。

"许妄哥和钟鹏怎么回事啊,留你一个人在这儿,这烟味道也太大了。"

叶橙拎着凤梨看顾青李都在烤些什么:"玉米呢?我想吃烤玉米。"

顾青李看着她手里的东西:"你拿这个做什么?"

"我想吃烤凤梨呀。"

顾青李持怀疑态度:"那能吃吗?"

"当然能。你可以问小姑,是她以前教我这么吃的。"叶橙顺势把那颗凤梨捧到顾青李面前,"快,你拿水果刀切条,带皮烤就很好吃。"

顾青李看着那颗凤梨,真找服务生要了砧板和水果刀。

他动作利索,没一会儿就把凤梨分成好几瓣,在一旁叶橙眼巴巴的眼神中,切下一小块果肉喂给她。

叶橙的脸瞬间皱成一团:"有点酸。"

顾青李又给她喂了一颗圣女果。

不远处,钟鹏抢不过那群小孩,反被嘘了几声,气得差点拎着棍子追着他们跑,一回头,就看见了烤架旁的两人。他视力好,隔老远都能看得一清二楚,且不是一般的缺心眼,和许妄吐槽:"他俩也是,这么多年了,关系怎么还是这么好?你说,万一以后顾青李找了女朋友,那女朋友看他俩这关系,不得醋死啊。"

许妄白眼差点没翻到天上去:"你今年体检过吗?"

钟鹏自然而然地点头。

许妄问:"没给你查查脑子吗?"

叶橙见顾青李烤了半天食物,白衣服脏了好大一块,领口也都是污渍。她催着让钟鹏来替人,自己陪顾青李进房换衣服。

烧烤之夜,尽兴非常,晚间篝火点燃,一群人围着火载歌载舞。

叶其蓁准备了太多吃食,他们大方地分给其他客人,礼尚往来,人家也送来紫菜包饭和三文鱼。不多时,现场几乎就分不清到底是哪拨,有跳舞的,有排成一排围着篝火当小火车的。饿了累了,一旁有山庄提供的饮料小食。

叶橙混在其中,嗓子都快笑哑了。

她趁现场混乱,想去一边休息,示意身后的人赶紧顶上。

顾青李在他们烤架那地方等她,只不过烤架的火已经灭了。他就闲闲坐着,看着热闹,眼里不知道有些什么。

叶橙接过他递过来的水,喝掉了半瓶才开口:"你怎么一个人在这儿?可以过去一起玩啊。"

顾青李摇头。

叶橙有些饿了,胡乱塞了几口烤串,拉他起来:"别在这儿坐着了,多无聊啊,来和我们一块吧。"

音乐换成舞曲,众人都很自觉地自己找自己的舞伴。没一会儿,已经两两成群。钟鹏一时都蒙了,第一时间想找叶橙充数,她直拉着顾青李的手不放:"我不,我好不容易找到的搭子,你去找别人。"

钟鹏问:"叶橙,到底是不是朋友了!"

叶橙说:"现在可以不是。"

连顾青李听了,都想主动退出,把机会让给他们。

/ 259

叶橙便瞪他。

许是那把火烧得太旺，顾青李看着她和自己牵手转圈，揽着她的腰拉到自己面前，亲吻她的手背。幸福来得太突然，他从没想过他们会在大庭广众下拥抱，更别提，跳完后叶橙拉着他的手晃，她眼里仿佛倒映着火光，在跳跃："顾青李，你可不可以再等我一下，我好像……有点喜欢上你了。"

晚会后，他们还有下半场，叶橙却熬不动，顾青李送她回房。他最终也没留叶橙在自己房间，而是把人安安稳稳送回房，看她睡着才离开。

众人在山庄内的小酒吧玩过一轮后散了场，只剩下稀稀拉拉坐着的几桌，异常安静。

钟鹏注意到薛陈周过来，问他是不是婚期将近。

薛陈周回忆了一下，他和云栀的婚期确实近了。不似许妄和叶其蓁闪婚，他这桩婚事，两家寄予厚望，半年前老太太就着手为他们准备婚礼，每一张婚礼请柬都是用簪花小楷书写。

婚期近了，薛陈周越发觉得自己像一只被操控的提线木偶，从婚礼策划、选戒指、挑婚纱，一举一动都和他本人的意愿没有任何关系。

薛陈周说："嗯，对，是快了。"

钟鹏不无艳羡："挺好，至少以后不用被家里催婚。"钟鹏又瞧一眼后脚过来的顾青李，示意侍者过来点酒。

三人，或者说是另外两人，都在各怀心思的状态下听钟鹏絮絮叨叨。

最后自然是钟鹏最先倒下，彻底失去意识前，他还和他们炫耀女朋友给他新买的香水。

顾青李全程喝闷酒，他自己都记不清到底喝了多少，连酒吧服务员特调的几杯深水炸弹，顾青李也一口闷了下去。

薛陈周没喝多少，先送抱着一瓶酒一直在说梦话的钟鹏回房，离开前多看了顾青李一眼。

"你一个人在这儿，能行吗？"

顾青李单手拎着酒瓶子，瞳孔没什么焦距，就这么盯着前方："嗯。"

好不容易处理好钟鹏，薛陈周终究不太放心，倒回去看顾青李的情况，却看见叶橙的身影拐进了一间房间。

薛陈周疑惑她怎么这时候还不睡，跟过去看，发现是间休息室。

薛陈周站在门口很久，才出于礼节叩门，轻声叫她名字："叶橙？"

没有人应他，门缝处连光都没透出来，如果不是他看错，就是里面的人根本没开灯。

薛陈周手握着门把手半天，终究没开门进去。

月光柔和地洒在人身上，北城晚上依旧偏凉，薛陈周站在外面，身上挂了件极薄的浅色开衫，显得伶仃单薄。

某个瞬间,他似有感应地回头,房间那一整面玻璃窗后,休息室里,女人坐在男人的腿上,双手捧着他的脸,极为亲密的模样。薛陈周其实早就已经察觉两人关系过于亲近,远超朋友情谊,可没有什么比亲眼看见冲击力更大。

他捏着根燃到一半的烟,就这么看着叶橙捧着顾青李的脸,凑近亲了亲顾青李的嘴角。

叶橙一觉睡醒,半夜口渴起来,突然想起要去酒吧看一眼。

她到吧台时,服务生清理完桌上空瓶,顾青李的目光有些迷离地看着她。在叶橙过去扶他时,他把人往怀里拉,脑袋顺势靠在她肩上。

叶橙闻到他身上浓重的酒气,疑惑:"你怎么喝了这么多?"

顾青李蹭着她颈窝,看上去不是一般的难受。叶橙便拉着他往门外带,打算给他洗把脸醒醒神。但她实在是力气不太够,最多把人带到休息室。叶橙见他难受,安置好人后,出去给他拿了瓶冰水。

他半靠在沙发上,疲倦异常。

叶橙跪坐在他面前,温声问他到底发生了什么。

男人声音也哑,听着委屈至极:"我……好像弄丢了一样东西。"

叶橙顺势捋着他后背:"嗯?什么?"

可是他能说什么?那封陈年旧信早被人遗忘,连他自己都记不清信上的内容,甚至怀疑到底是否存在过。

叶橙没听见他应声,托着他脸正要问,门口传来几声叩门声。

"叶橙?"是薛陈周的声音。

叶橙呼吸都放轻了,生怕薛陈周这时候进来。

顾青李攥紧了她的手腕,他想说不要走,可他没办法说出口。

叶橙心密密地疼,猜到顾青李的情绪是因为什么,最终坐在他腿上,揽紧了他脖子。

"你在怕什么啊,我不走,我就在这儿。"

"顾青李,你看着我,看看我。"

顾青李一直僵直的脊背这才放松,叶橙只觉得颈窝滚烫,听见他说:"叶橙,我头好疼。"

叶橙给他按了按太阳穴,把带来的解酒药就着水给顾青李喂下。她没去开灯,就着窗外月光,好半晌,她才问他好点了没。

说话时,叶橙一双眼睛就这么看着他,两人离得太近,近到顾青李抬手就能托着她脸颊。

不是梦。

叶橙听着他说:"你亲亲我吧。"她便真的托着他的脸吻了吻他的嘴角。

他好像怎么都容易让她心疼,像是最拙劣却敬业的演员,即使台下观众只有她一个,也要把戏演得尽善尽美。

确定顾青李有力气走,叶橙才领他回自己房间。

床头那支柠檬味道的香薰蜡烛并未燃完,被子也没有铺平整,依旧是叶橙起来时的原样。

顾青李衣服已经乱了,因为嫌热,领口扣子解了三颗。叶橙犹豫片刻,想替他换件衣服,顾青李猛地起来去洗手间。叶橙着急,想跟进去,门已经落锁,顾青李并不想她看见他现在的模样。

叶橙只能拍着房门小声喊:"顾青李,你让我进去看一眼啊。"

"顾青李,顾青李,你说话啊,好歹告诉我怎么样了。"

一刻钟后,锁开了。叶橙忙进去看他,顾青李吐完一阵后,领口多出来大片水渍,他就这么靠坐在浴缸旁,嘴唇红得要淌血,整个人虚弱非常。叶橙给他换衣服,他像个大号的人偶娃娃任由她摆弄。

在叶橙朝他的休闲裤系带伸手时,他攥住她的手腕,那双一直紧闭、睫毛如同蝴蝶翅膀开合的眼才睁开,眼角是红的。

他说:"叶橙……你得对我负责。"

叶橙简直哭笑不得。

总算把人安置好,叶橙也累到不行,几乎是一沾枕头就睡了。梦里整个人动弹不得,醒来后才发现是顾青李半个人都快压在她身上。叶橙因为他做了半宿噩梦,又气又想笑。

她想把他拍醒,示意他往一旁挪挪。

顾青李睁开眼,未完全转醒,已经一口咬在她脖颈处,偏偏落下时又浅得很,成了吻痕。

一大清早来这么一出,叶橙被他压在身下蠕动了两下:"你弄疼我了,你先起来好不好……"

顾青李伏在叶橙身上,视线在她脸上睃着,观察了会儿她的表情。

"不好。"他说。

叶橙只觉得腰上一凉,衣服下摆被掀开。她睡前换了成套的睡衣,丝绸质地,扣子格外好解。叶橙想起在临川时,大多数时候都是她毫无章法地亲他,顾青李就跟个没事人一样看她,今天早上怎么如此反常。

叶橙头发已经蓄得很长,很漂亮的直发,铺在雪白被单上,反差感极强。明明平时也没怎么见她保养过。顾青李记得在春水湾时,他见过叶其蓁洗头,瓶瓶罐罐摆了一排。

"这个啊……是遗传我妈的。"叶橙并不避讳提起秦方兰。

顾青李俯身去亲她的耳垂。

他看她锁骨处一枚牙印,问她疼不疼。

叶橙说不疼。又想起他昨天晚上的状态,她撑着坐起来,整个人坐进他怀里。

"你以后别喝那么多了。"她揽着他脖子,轻轻晃了两下,亲他。

"嗯,不喝那么多了。"

下一秒,门铃猝不及防被按响。
两人对视一眼,都从对方眼里看见了疑惑。
叶橙顺嘴,有些不满:"谁啊?大清早的。"
这是她的房间,叶橙赤脚踩在地毯上,不忘一步三回头,检查顾青李躲好没。
来人是俞微宁,一副信誓旦旦的模样,就知道他们俩逮着点空就要腻在一起。
叶橙心虚地解释:"他昨晚喝多了,我得照顾他,没办法。"
俞微宁眼尖,她领口那牙印明晃晃的:"照顾什么?照顾到床上去了?"
俞微宁看看叶橙,又看看从角落走出,心虚摸着鼻子的顾青李。
"行了行了,我就是来通知你们一声,钟鹏刚刚不知道发什么疯,大早上的非要扯人去附近晨跑。
"我是担心你俩被撞个正着。"
叶橙心想就这点小事。
可话音刚落,房门又被拍得砰砰响,伴随着钟鹏的大嗓门:"叶橙!叶橙!你快开门!这里空气挺好,我带你出去跑两圈!"
俞微宁给叶橙递了个"我说什么来着"的眼神,倒是比他们反应都快,催顾青李赶紧找个地方躲着。
"要真给钟鹏知道了,老爷子那边怕是瞒不住了。"
叶橙慢吞吞地穿鞋,拖鞋是一次性的,薄得像纸。她现在这样,不方便见人,把顾青李推进洗手间后,自己也进去。她用气音说:"宁宁,你和他说吧,就说我在洗澡。"
俞微宁也没有白干活的说法,趁火打劫:"可以是可以,H家新品。"
叶橙微愣,咬牙切齿地应下。
温泉山庄隔音好,不过一门之隔,只隐约约听见细碎动静。俞微宁和钟鹏貌似在外头聊了起来,好半天都没有离开的意思。
叶橙被顾青李抱到酒店洗手台,底下垫一条白色毛巾,某个瞬间,叶橙回头就能看见身后一整面镜子里的自己泛着淡粉色,她被顾青李咬了下舌尖,像在惩罚她的不专心。
直到门外那阵交谈声消失,房门被关上,顾青李才把她抱下来。叶橙是攀着他才没有腿软摔倒。
更别提,顾青李看着怀里她红透的耳朵,眼角眉梢都是笑意。
叶橙用力捶了下他的胸膛:"烦死了,你笑什么笑。"
两人洗了个澡,耳边风声阵阵,顾青李给她吹头发。他们身上穿的都是山庄提供的浴袍,一条白色带子束在腰际,叶橙忍不住把玩带子撩拨他。

顾青李不为所动，把脑袋给她摆正："你别乱动。"

叶橙扁嘴："碰一下怎么了？"

顾青李捏了下她的耳垂。

接下来几天过得顺心很多。

顾青李是在泳池旁洗手间出来时碰见的薛陈周，他指尖捏一根烟，顾青李也没管他，专心揉搓手上的泡沫。

薛陈周清楚他不应该说这些的，幼稚、无用。但一连好几晚，那一幕在他脑海挥之不去。他不敢相信，也不能接受叶橙爱上其他人，尤其这个人还是顾青李。

薛陈周把烟按灭。

"叶橙右手手臂内侧有条疤痕，很久了，是她小时候为了给我摘杏子留下的。"

"她那条手链，是我在她过生日时送的，她一直带在身边。"

……

薛陈周敲着右手表盘："这块表，是她送给我的入职礼物。"

这些信息，或许真有假，薛陈周自己说出口时都觉得羞耻。可一样样数清，他才发现这些话衬得自己如此虚张声势，像被扒光了羽毛，还非要开屏的雄孔雀。

顾青李平静地道："所以呢，你想表达什么？"

"如果我是你，我不会让她受伤。"

门口，是叶橙嫌顾青李太慢在叫他的名字，因为视线受阻，叶橙并没有看见薛陈周。

"你怎么才出来呀，慢死了，钟鹏说给我变魔术呢。"叶橙牵着他的手，逐渐演变为十指相扣的姿势，"你在想什么？"

顾青李只是回头瞥一眼那个不显眼的角落："亲我一下。"

叶橙笑了："现在？在这儿？

"顾青李，你真黏人。"

Chapter 09
私奔

有些种子，早在她看不见的角落从石缝挤出生根发芽，长成了参天大树。

假期告急，离开温泉山庄后，叶橙和顾青李回了临川。

他们离开这段时间，并无大事发生。晚饭后，叶橙给叶富顺洗完澡，又在院子躺椅上给它顺毛。黄狸花显然十分享受叶橙的抚摸，猫叫声又绵又软。

叶橙握着它的爪爪准备给它剪指甲，狸花猫耳朵竖起，很警觉地探了两下头，从叶橙怀里溜出来，叶橙在门口听见了另一道猫叫声。

叶橙靠在门框边，催顾青李赶紧出来看。

那是一只很漂亮的三花，鼻头和尾巴都有些脏。

叶橙尬笑："这不会是它交的女朋友吧？"

这晚睡前，叶橙抱着被子和顾青李控诉了快半个小时叶富顺的罪行，包括但不限于十天半个月不回来一次，回来时连女朋友都带了回来，没经过他们允许。

顾青李在整理资料间隙应她："那你不是也挺喜欢那只三花的？"

"那怎么一样？"

"一只猫，你还想扯包办婚姻那套？"

"……算了。"

顾青李按了按眉心，合上笔记本电脑，瞧着叶橙仍赖在他床上不走，催她赶紧上楼睡觉。

叶橙不肯，整个人包在被子里，一点缝隙都不肯露："我不要，我要和你一起睡。"

最后，叶橙抓着他的衣角入睡，顾青李睨着她睡颜，低头吻她嘴角。床头就是猫窝，纸板做的，叶富顺舔了两下山竹一样的开花爪子就睡了。

许是家里有一对正在发情期的小猫，叶橙每天下班回家，一推开门，两只猫瘫在院子中间，你帮我舔毛我帮你顺毛，姿势极其不雅。

写稿子之余，她伸个懒腰，那两只猫儿就趴在窗台。窗外一枝海棠开得正好，猫儿就在花香中并排缩成两只吐司模样，岁月静好。

终于，叶橙发现一贯吃饭堪比冲刺的叶富顺连罐头都不吃了，而是温柔地把吃食都让给"女朋友",她脸黑了,认真地问顾青李,要不要把这两只蹭吃蹭喝还秀恩爱的"败家玩意儿"扔出去。

"你不看不就是了。"

这回换成叶橙瞥他半晌。

"顾青李,你真是个榆木脑袋。"她说。

之后几天,叶橙除去工作交集,没和顾青李说过一句话。

唐鹤松教授在大院照壁旁挥着手里的平板电脑,让叶橙帮忙跑个腿,送去给后院的顾青李。

叶橙一张一张扫着照片:"我不去,您让傅连城去。"

一旁扶着伸缩梯的傅连城:"姐姐,我是有分身吗?本来就忙不过来,待会儿我还要跑一趟市政府盖章。"

叶橙才不情不愿地接过平板电脑,把东西塞到顾青李怀里,就转身离开。

晚上出去遛猫,叶橙拽着牵引绳走在前头,顾青李就跟在右后方。一旁河水静谧,如一条细带,绕着整座小镇。

叶橙没想到临川这阵暴雨会来得那样急。

晚上,她一个人睡在老祖屋二楼,半梦半醒的边缘,硬生生被一个惊雷劈醒。她对雷声有种莫名的心悸,尤其是听着外面雨水猛烈拍击玻璃的声音,叶橙打算把叶富顺抱上床陪她睡。

她没想到顾青李会抱着枕头上来。

他还歪头:"不欢迎吗?"

叶橙便别别扭扭说哪有,她本以为顾青李不喜欢她缠着。

屋外,狂风大作,树被暴雨吹得弯下腰来。

屋内,顾青李把她抱在怀里,突然问叶橙,想不想听他父母的事情。

叶橙侧躺着看他,她确实从未在顾青李嘴里听说过他从前的事情。她也有过好奇心的时刻,但都被爷爷骂回去了。叶橙捏着他的手指:"你不想说的话,可以不说。"

顾青李摇头。

"他们是在我八岁那年去世的。"

"因为什么?"

"因公殉职。"

叶橙露出讶异神情,很快被顾青李捏了下脸:"别误会,我父亲是因公殉职,我母亲不是。怎么说呢……她是非常合格的妻子,她很爱我爸,没人会怀疑这一点。"

顾青李其实对父亲的印象不太深,他总是一身警服匆匆从家里离开,又很晚才到家。

他只对一个场景印象深刻。

幼儿园时学校举办亲子运动会,顾青李不太自在地问他能不能来参加,父亲笑得爽朗,一口答应下来。实际上,顾青李坐在小板凳上,等到运动会结束都没有等到父亲。

晚上饭桌上,顾青李把这事告诉母亲,却得到她一句要体谅父亲的工作:"爸爸每天工作很累,紧急任务多,没有空余时间照顾你的幼儿园作业。"

他就不再多说什么。

在父亲葬礼上,顾青李都不知道该摆出什么表情好。

母亲哭得撕心裂肺,外婆抱着母亲,眼里同样有着对未来的迷茫与不安。唯有他,像个无关人员,他被母亲抽了一巴掌,指责他一滴眼泪都不掉。

顾青李曾被算命先生点着掌心手相评价过,亲缘薄,冷清人,薄情人。

母亲没办法接受父亲的离去,她曾在很长一段时间内都在与产后抑郁症抗争,此时病情彻底诱发,四下无人的时候,她会把他关进房间,一关就是一整天。

叶橙有些听不下去,在他怀里仰头:"为什么啊?她不是你妈妈吗?为什么要这么对你?"

顾青李说:"我和我爸很像,尤其是眼睛。"

光是像这个词,是不足以概括母亲的反常的,在母亲口中,父子俩眼睛简直一模一样,尤其是眼角一颗泪痣。

妈妈说,你不许再看我。

妈妈说,再看,我就把你的眼睛挖出来。

叶橙光听着都替他觉得委屈:"然后呢?"

顾青李侧脸贴着她的额头。然后,妈妈死了,死在一个春天的清晨,血把浴缸的水都染红了。

那段时间,顾青李被邻里街坊指着脊背骨骂,是住在镇上的奶奶把他从南城接回临川。

有时顾青李确实会怀疑,自己是否真的这么晦气,身边的亲人一个都留不住。

叶橙不忍再听,让顾青李别说了。她伏在他身上,陷在他怀里靠了一会儿,去亲他的额头,从额角到眼睛。

叶橙看着顾青李道:"我很喜欢你的眼睛,你还记不记得我第一次在家里见你,我那时候就在想,你不是坏人。"

屋外暴雨未停,雷声阵阵,风雨中海棠花被雨水无情打落,落了一地花泥。

但叶橙在临川待过这段时间已经有经验。雨后会有春笋冒头,几场雨后便能长起来,露水从叶片滑落,蜗牛爬过叶脉,留下一条长长黏液。

明天应该是个好天气。

因为临川离南城近,叶橙被组长指派去南城参加产业应用峰会。她提前和唐教授通过气,唐鹤松还问需不需要给她配司机。

叶橙不解："司机？我们这哪儿来的司机？"

唐鹤松朝她挤眉弄眼："小李啊，我让小李和你一块去。"

叶橙便笑，最近他们在赶工期，连日下雨，新补的墙漆泛了潮，她不好意思再麻烦他们太多："不用了，唐老师，我自己去。"

可真到了参会那天，依旧是顾青李开车带她去。

叶橙穿衬衫配墨绿色半裙，衬衫是飘领的，露一截精致细白的锁骨。顾青李在车旁等她收拾好出来，视线就一直黏在她身上："怎么穿成这样？"

叶橙随手把长发掖到耳后："这样是哪样？"

组长说这次峰会不需要穿得太正式，不需要穿一板一眼的黑西装，她在衣柜里翻了半天才翻出来这一身。这套衣裙是俞微宁给她挑的，说是穿着精神。这次正好派上用场。

顾青李的话，叶橙到底放在了心上。车停在会场前，她咬着牛奶盒吸管，又问了一遍："是不好看吗？"

不谙世事，白纸一张，单纯又无害。她好像总有这种本事，明明什么都没有暗示，却好像什么都已经说过了。

叶橙把喝空的盒子随手扔进储物盒，又转过去，让顾青李帮她看一眼后脖颈："好痒，你看看，是不是起红疹了。"

顾青李撩起她头发看了一眼，真起了一片红，像是衣服标签磨的。她皮肤太嫩，挠两下就是一道红痕。

顾青李去翻车上有没有剪刀："标签磨的吧，我给你去了。"

叶橙嫌不舒服，挠两下皮肤。

但看清时间后，她"呀"一声："算了算了，我要迟到了，你待会儿就回临川吧，我还要在这边待几天，会自己回去的。"

顾青李在翻剪刀，她已经一溜烟下了车，小跑到马路那头。

下午会议结束，叶橙以要回去工作为由告辞，却在楼下看见了等在路边的顾青李。

喜是喜，更多的是惊。

顾青李接过她手里的包和相机，叶橙只觉得手酸，踩了一天高跟鞋的小腿也涨。几乎是一钻进车里，她就把小腿搭在顾青李腿上，要他按，语气也格外委屈："早说要站一天，我就不穿高跟鞋，换平底鞋了。累死我了，水都喝不上几口。你看看，我腿都肿了。"

上车前勉强算得上优雅知性的都市丽人，不过一分钟不到，细带高跟鞋脱了放在一边，头发解了，毫无形象可言。

顾青李默默拿了后座的毯子过来盖住她大腿。

叶橙才想起来："你怎么来了？"

顾青李原本在替她揉捏小腿，听完直接把腿放下："那我走？"

也不是这个意思，临川到南城市区一个半小时车程，叶橙觉得他跑来跑去太辛苦。"

顾青李认真和她分析："我明天早上七点钟开车回临川，不会吵醒你的。"

叶橙偷笑，忽而凑近了看他。

顾青李让她坐好。

叶橙声音很脆："顾青李，你这么喜欢我呀？怎么就分开两天，你就舍不得我了，嗯？"

顾青李微微愣神，又顺着她的意思，点头："嗯，舍不得你。"

睡前，叶橙仍觉得后背痒，方才洗澡的时候就觉得火辣辣作痛，领口后扯，让顾青李帮忙看一眼。他抚着那片肌肤："应该是过敏了。"

"啊？"叶橙脑袋往后抻，想看一眼，都是徒劳。

顾青李比叶橙都忧心那片红点，当即就领着她去楼下药房看病。

拎回来一小袋药，叶橙却在涂药时，开始发愁。她手伸得不够长，怎么都够不到。

无奈之下，叶橙拿着那管药膏，摆到顾青李面前："你替我涂。"

不只是领口，叶橙照镜子时才发现红点都蔓延到后背了，她应该是对衣服过敏。

"叶橙，这不合适。"他的话带着警告意味。

"怎么了，涂个药而已。"叶橙嘟囔。

说是这么说，她一整块光洁如玉的背都露着，线条美好，腰窝深陷。顾青李拽了很久才勒住烈马。

但叶橙因为药膏太凉，整个人被碰得颤了下。

"好冰。"她说。

"你自己对着镜子涂。"说完，顾青李便把东西一齐扔下，头都不回地离开。

叶橙看着他留下的东西，搞不懂。

她后背的红点一直到峰会结束都没消，叶橙和同事告别，交接完工作细节，转头和顾青李回了临川。

梧桐巷的老祖屋附带的洗手间空间小，头顶一盏灯的亮度也不够，叶橙洗完澡在镜子前转悠了半天，都够不着伤口。

顾青李把怀里的猫扔下，跟着叶橙上楼。

他拿起叶橙放在一旁的药膏和棉签，直截了当地说了句："脱了。"

叶橙不明白他为什么又突然想通了，但他愿意帮忙，她自然高兴。不过一瞬，叶橙转了过去，解睡衣扣子。

顾青李偏头，看着墙角："你走光了。"

叶橙低头看，捂紧了，忽然问："顾青李，你有没有相过亲？"

"没有。"顾青李顿了顿，把药膏轻轻涂在她背上。

叶橙不信，按照顾青李的行情，在相亲市场应该很吃得开："为什么啊，唐老师没给你介绍吗？"

"没有去。"

夜已经深了，只剩窗外猫儿一声接着一声。

顾青李突然自背后咬住了她的肩头，被子逐渐蹭上药膏味，连带着两人身上都是这个味道。

他没有停下的意思，一个深吻后，脱掉了上衣，平直的肩，块垒分明的胸膛。

药膏味道很辣，顾青李短暂回神，但也只是一瞬，他在极热极烫的气息中问叶橙，要不要继续。

叶橙好歹还存着一丝理智，更多的是窘迫。

他说："只要你说不要，我会停下。"

叶橙再没有顾虑，直接去扯顾青李运动裤的系带。

他不断低头吻她，叶橙只觉得身上烫得吓人，她像溺水的人攀一根浮木一样攀着他。

一大早，叶富顺熟练地从门缝钻进来，轻巧地跳上床。寻了个被单褶皱处钻进去，感受到熟悉温度，叶富顺直往叶橙身边靠。

叶橙已经条件反射地撸猫，顺两下毛，挠着小猫下巴。

被单里伸出一只手捏着叶富顺的脖颈把它拎下床。

黄狸花都没反应过来发生了什么，已经下了地，为了掩饰尴尬，只好在原地转了一圈。

叶橙是在他把猫拎下去时，才幽幽转醒。顾青李整个人裹在被子里，不留一丝缝隙，像个大号的受气包。叶橙弯了弯唇，选择学他模样，跟着钻进被单里。

不多时，顾青李先掀开被子。

叶橙顺势抱着他腰，光看模样，竟然和刚刚在被窝里撒娇的叶富顺姿态类似。

顾青李眼睛都未完全睁开，低头在叶橙肩颈处蹭了蹭。

"疼。"叶橙说。

顾青李这才不动，但姿势未变，叶橙莫名想起"交颈鸳鸯"这个词。她又在瞬间想起去看时间："糟了，要迟到了。"

顾青李把欲翻身起床的她按回怀里："已经请过假了。"

叶橙诧异："你什么时候请假的？"她脑子转得很慢，想了一圈后才发觉，"顾青李，你刚刚居然装睡。"

他仍闭着眼，但表情有些微变化。

叶橙使坏，用腿去蹭他，顾青李按住她："大清早的，你别撩火。"

脸被他捏住了，掐成小鸡嘴，叶橙顶嘴："就撩。"

顾青李蓦地凑过来亲她，重新压了上来。祖屋门口有摩托车驶过，碾碎了一地海棠花泥，满室春光。

下午，叶橙拉开窗帘，金黄色阳光洒了满地。

顾青李抱她下楼，他起来后就洗了个澡换了身衣服，叶橙抱着他脖子，闻见了柠檬的香气。

两人吃过饭，在镇上那条河边消磨时间，叶橙捏着一只小面包，掰碎了往河里扬。不多时，岸边就围了一圈小鱼。

顾青李注意到她长裙后脖处的系带松了，顺手打了个蝴蝶结。

"小姑说，她打算在岗位待到孕前38周再回北城养胎，就住春水湾。许妄哥的意思是到时候他就辞职回北城陪小姑。反正他们已经领证，我听宁宁说，许叔骂是骂了，打也打了，到头来还偷偷给许妄哥在北城配了房子和车子，他就是刀子嘴豆腐心。"

顾青李"嗯"了一声。

叶橙又道："爷爷虽然没有说什么，但至今都不准小姑回家，我从来没见过他发那么大脾气。"

最后，叶橙把剩下的那一小块面包扔进河里："你觉得他们俩能走到一起吗？"

叶橙至今仍为小姑这段婚姻震惊，多年玩伴到头来成了亲戚，两人的性格脾气明显都不是守得住的人。

顾青李起初还在静静听，听到这里，他捏住剩下半块面包。

"你还是多替自己操心操心。"

叶橙脸瞬间拉下来："顾青李，你真会哪壶不开提哪壶。"

剩下的时间，叶橙都在力证他们和小姑他们不一样，至少有感情铺垫在先，爷爷不至于完全没有办法接受。她甚至研发出方案，打算循序渐进，给老爷子做好心理准备。

叶橙托腮："大不了，我们私奔好了。

"我都想好了，不在北城也没关系，被爷爷赶出家门也没关系。有钱多花点，没钱就不花。

"你喜欢在哪儿？北方，南方？我觉得临川就很好啊。

"爷爷不同意，我可以磨到他同意。"

顾青李后半段再没说过一句话，只在叶橙困到打哈欠时，招呼她回去。

叶橙对顾青李的态度是有不满的。

细想一下，从他们在一起到现在，顾青李从未和她谈论过以后的事情，有种能过一天是一天的随性。

她不懂顾青李是怎么想的，她也并不是要逼他的意思。

叶橙只是希望他们能有一个未来，但看着顾青李走在前头的身影，叶橙神色黯了黯，终究没有开口。

临川又下过几场雨后，施家大院一连接待了几批客人，几个积压的项目也随之提上议程。

他们参观期间，叶橙跟在人流后面慢慢走，在唐鹤松提到自己，前头人自觉把位置让出来时，才走向前。

因着唐教授这句提点，好几场饭局，都是叶橙陪同唐鹤松前往。

你来我往、觥筹交错，饭局散场，回到梧桐巷洗漱过后就已经晚上十点，翻一会儿书就得上床休息。

又一次送走领导，包间内窗户大开，唐鹤松问她今天是不是心情不太好，好几次给她布菜，人都是呆呆的。

叶橙第一反应是道歉："这两天感冒了，没睡好，吃药也不见好。"

唐鹤松便笑："别紧张，不是怪你的意思。今晚来的都是老朋友，不会和年轻人一般见识。"

这倒是引起叶橙的注意，她记得唐鹤松是北城学校的教授，怎么会和临川扯上关系。

"这没什么不好意思说的，我太太就是临川人。"

叶橙恍然大悟，她不止一次听顾青李说过，师母从不跑施工现场，但底下工人基本上都知道唐教授是个终极妻管严。

唐鹤松说："小李和你说过吧，我太太的事情。"

小心思被戳穿，叶橙不太好意思地点头。

唐鹤松反倒很坦然："这哪有什么丢不丢人的，我很爱我太太，愿意了解她，了解她的家乡，她的事情就是我的事情。

"她也很爱我，我们这行聚少离多，找对象难，能走到最后更是难上加难。"

叶橙觉得唐鹤松话里有话。

唐鹤松话拉长了："你们就是太年轻。

"等你们到了我这个年纪，会发现没有什么放弃不了的，就是一句话的事情。

"有得就有失，得到什么，就注定会失去什么。

"都是命数。"

叶橙这晚回去后，在卫生间磨蹭的时间有些长，顾青李仍在工作，电脑屏幕上是密密麻麻的数据。叶橙只犹豫了一瞬，就搂着他脖子坐他腿上。

"别闹。"顾青李话是这么说，仍搂着她腰贴了贴，在盯着电脑屏幕。

"给我吹头发。"叶橙要求。

"等会儿。"

她咄咄逼人："不，我现在就要。"

顾青李垂眸看她片刻，把人抱到床上，捧着头发吹。

风声呼呼，叶橙回头，抬头盯着他的眼睛，才慢慢道："我不想和你分开。"她视线落了下来，风声未停，"我的意思是，我可以谈异地恋的。"

你可以去做你想做的事情。

她头发已经干得差不多，顾青李把吹风机放在一旁，俯身压了下来。

这是一个很安静的夜晚，混着花香。顾青李抱着她，叶橙听见他在耳边说："我什么都不需要你做。"

叶橙"啊"了一声，他掐着她的腰，在解释："不用为我考虑，我会解决剩下的事情，爷爷那边我会去说。"

叶橙这一觉睡得很沉，醒来后发现早已天光大亮，她靠在顾青李怀里蹭了蹭。

顾青李悠悠转醒，意识还未回笼，已经在把她往怀里拽。

直到一通电话彻底吵醒了手指不安分，在他胸膛上下五子棋的叶橙。她看了眼名字，在犹豫要不要接。

顾青李眯着眼睛看她，意思是怎么了。

"嘘，你千万别出声，是爷爷。"她说。

叶橙尽量以最柔和的声音叫了声爷爷，却依旧被老爷子带着怒火吼："你是不是和顾青李在一块？"

她愣住，下意识去看顾青李，他已经出声："爷爷。"

现在不过早上七点。

叶于勤也像是想到了这点，隔着话筒，叶橙都能想象到爷爷发飙的模样："你还嫌不够丢人吗？现在，立刻，马上给我滚回来！"

如果说电话接通那刻，叶橙是心虚的，妄想能借着爷爷的独家宠爱蒙混过关。在听见叶于勤这句话后，就陷入了沉默。

而叶橙更觉得迷茫的是，顾青李帮她把衣服穿好后，对她说的第一句话是："别惹爷爷生气。"

他顺手帮她把耳侧的头发挽到耳后，催她起床吃早饭。

一顿早饭，两人都是在无言中度过的。

直到顾青李提醒她应该收拾东西回北城，叶橙赌气把行李箱往地上摔："顾青李，你就不争取一下吗？"

顾青李帮她把衣服一件件叠好，看着摔在地上的行李箱，只是捡起，把东西收好。

叶橙看着他完全置身事外的态度，笑得有些冷："我真的从来都看不透你在想些什么。"

顾青李只是交代，东西太多的话，他可以打包好快递过去。他说，回到胡同好好和爷爷说话，老人家年纪大受不得刺激，比不得从前。

叶橙看着他动作，又大喊："顾青李！"

顾青李手臂上有青筋暴起，有一瞬，叶橙觉得他似乎很难过，但也只是一瞬间。

他说，再晚就赶不上飞机了。

叶橙看着他，眼圈通红，眼泪硬生生被她忍回去。

她推他出门，一时间惊觉自己力气居然这么大。

叶橙骂：“顾青李，你就是个胆小鬼。”

真正离开前，叶橙把自己锁在房间里很久，她不明白到底是哪个环节出了问题。叶橙坚信顾青李是喜欢自己的，昨天晚上两人耳鬓厮磨时，她一回头就能望见他时，发觉不管闯什么祸总有人帮她兜底时……即使在外出时突降大雨，她都清楚自己不必等雨停。

叶橙头一次觉得，什么都不做比明知会错仍去坚持，更让人难过。

她想逼他，都不知道他的软肋到底是什么，她甚至不清楚顾青李对她的感情有多深。

门不知道什么时候被人打开，叶富顺溜进来，它是一只很通人性的小猫，一跃上书桌，又爬到叶橙大腿上，乖顺得像只大号吐司。

可不多时，有水珠滴在它顺滑的猫毛上，很快消失不见。

门外，顾青李看着紧闭的房门，仍保持着无言垂颈的动作。

有千万个瞬间，顾青李想让她留下，但他的理智在叫嚣，叶橙从来都不是属于他一个人的。在他第一次看见雪的那座城市，有她流着同样血脉的亲人，有她从小到大的玩伴。

他不敢，也不能再奢求太多。

门内门外，两种心态。

再碰面时，两人都已经收拾好情绪。顾青李帮她把行李放进尾箱。叶橙捧着手里的猫包，平静道：“我要带它回北城。”

顾青李并没有意见，反问她要不要把那堆小玩具一并打包走。

叶橙紧盯着他的表情：“要啊，当然要啊，说不定我以后就不来临川了。”

顾青李神色未变：“那我晚些时候一起收拾了。”

叶橙迅速眨了眨眼睛，她明明应该生气，却反倒笑了：“行啊，顾青李，你最好说到做到。”

南城机场，叶橙拖着行李箱，抱着猫包走得飞快。顾青李扶着车门看着她的背影，一阵迟来的心痛蔓延开来，他险些没站住，还是一旁一位出租车司机扔了一颗糖过来。

"低血糖吧，我也老这样，吃两块糖就好多了，我老婆准备的。"

顾青李只说了句谢谢，钻回车里。

那颗糖他最终也没吃，随手搁在储物盒里，想着如果叶橙哪天在车上缺零嘴，他不至于什么都没准备。

没等叶橙进东街胡同的门，吴妈已经先迎出来，想在老爷子训人前和叶橙通个气。

"老爷子就是在气头上，过去这阵就好了，你这个脾气……千万别再和老爷子顶嘴，真惹恼了，怕是天都要塌一块。

"他中午喝了半碗汤，没吃饭。我炖了些喝的，待会儿你给你爷爷端过去喝一些，好消消气。"

说完，吴妈注意到她手里的包："这是什么？"

叶橙蹲下，把猫抱了出来："猫。"

吴妈被吓了一跳，老爷子向来严禁家里出现这类小动物。

叶橙小时候确实和老爷子吵过一段时间要养小动物，小孩子心性，过了就好了，没人会放在心上。

叶富顺也不愧是临川一霸，骤然到了陌生环境，从包里窜出来后，原地走了两步，鼻子嗅嗅熟悉环境，并没有不适应的地方。

叶橙把手提包交给吴妈："别喂它太多吃的，我上去找爷爷。"

叶于勤比叶橙想象中要镇定，见她回来，没有训斥，也没有责骂。

叶橙自那天后，就被关了禁闭，身份证和护照全部上交，不允许她再去找顾青李，头两天，老爷子甚至不让叶橙出门。

叶橙反抗过，直说她有工作尚未完成。

叶于勤对着围棋残局："你不用操心这个，自然有人替你。"

叶橙控诉："爷爷，您这是公私不分。"

叶于勤发了叶橙回来后的第一通火，白玉棋子险些砸到叶橙脑袋上。

"你分？你分就不会无缘无故跑去临川。

"叶橙，从小到大我教你的难道都被你吃进肚子里去了？兔子还不吃窝边草，你以为这种事情传出去很光彩？你要让别人怎么看你！

"你以为你不说，天底下就没人知道了。

"一个两个的，你们是不是把我气死才甘心。

"你给我长点记性，要是你再敢偷偷去找他，以后别姓叶。"

叶橙这回眼圈是彻底红了，泪花在眼里打转，却终究没有落下。她先是捡起地上的棋子，放归原位，和叶于勤道过歉后，把自己关在房间里一整天，一口水都没喝过。

和临川比，自然这里房间大，懒人沙发和床铺都软，叶富顺待了两天早已混熟。

见叶橙整个人蜷在地毯上睡熟，它很自觉地走过来舔了舔她手背，窝在她怀里开始睡觉。

那段时间，叶橙只和猫有接触。

叶于勤不让她出门，她便连房间都不肯出，饭菜都是吴妈端上来的，她只吃很少的一点，听着叶富顺咔嚓咔嚓嚼猫粮的声音，她一点胃口都没有。

晚上，她更是连夜失眠，半夜惊醒，一身都是冷汗。

275

她不想与外人沟通,手机索性关了机,期间只开过一次,漫天的信息和电话拥入,都是在问她情况如何。

叶橙一条都没有回复。

顾青李同样没有给她发消息,她却已经没有期待,不过是等着日子一天一天过。

俞微宁在她被关禁闭的第五天才来看她,和老爷子打过招呼后,小心开了叶橙的房门,却发现:"你这怎么这么暗啊,没拉窗帘?"

叶橙一心躺在床上装死。

俞微宁过去把窗帘拉开,又看着床上叶橙闷头睡觉的模样:"你怎么憔悴成这样?和顾青李分手了,不至于要死要活的吧。"

叶橙一阵无语,不愧是好朋友,知道刀子往哪里扎最疼。

叶橙掀被子起来,叶富顺也顺势钻出来,下床喝水。

"没分。"她说。

"啧啧啧。"俞微宁评价,"我看也快了吧。"

"你们家说到底还是老爷子掌权,你小姑都磨了老爷子这么久,你做好心理准备。"

叶橙只觉得头疼得厉害。

或是俞微宁和老爷子说了几句,叶于勤总算肯放她去上班,只是上下班都有司机负责接送,不允许叶橙有任何工作以外的社交活动。

叶橙懒得计较。

天气越来越热,街头巷尾的人们都换上了夏装。

这天,叶橙照常出门上班,薛陈周连续一周等在门口,问她要不要一起吃早饭。叶橙根本没心思理他,头几天都是随意应了声,直接忽视。

今天薛陈周拎了只饭盒和一杯自家磨的豆浆,让叶橙带去报社吃。

叶橙看着递到面前的东西,并没有接:"谢谢,但是不用了。"

依旧是那套说辞,多年老友,薛陈周已经听说了叶橙的近况,让她不要焦虑,就当好好休息一场。

叶橙心下动容,觉得她反应确实太过了。

"谢谢你。"

薛陈周顺势把餐盒交到她手上:"你爱吃的蟹黄汤包,豆浆也是加了核桃磨的。"

叶橙看着东西,突然问起他怎么这段时间都不用上早班。

薛陈周用再寻常不过的语调,像在说今天天气:"我辞职了。"

叶橙错愕,她这些天一团糟,根本没心思打听别人的私事。许久,她继续问:"云栀……她同意吗?"

薛陈周笑了:"为什么要征求她的意见?"

叶橙没有听懂。

"我不结婚了。"

信息量太大，叶橙好一阵都在处理过载信息："为什么？"

薛陈周只觉得在卸下那些有的没的后，他从未如此轻松过："因为你。"

叶橙眉头皱起，脱口而出："我？你疯了吗？我有男朋友。"

薛陈周笑容弧度未变："我知道。"

北城交通一如既往的感人，半天都不见往前挪动一下。叶橙坐在车后座，整个人瘦了一大圈，看着和俞微宁的语音聊天记录出神。

在薛陈周那番惊世骇俗的话之后，她才想起问俞微宁薛陈周这段时间都做了些什么。

俞微宁说："好像是我们从温泉山庄回来后的事情吧……不知道薛二抽什么风，工作辞了。三院高层都找到家里来了，说薛二是他们重点培养的对象，没收他的辞职信，是打算给他放个小长假，调理调理身心。"

俞微宁说："但薛奶奶知道后发了好大一通火，觉得薛二在拿前途胡闹。他索性就和薛奶奶摊牌，已经和云家说清楚，婚退了，不打算结了。"

最后一句话，俞微宁加了重音。

叶橙只是反问："所以呢？"

俞微宁一副看热闹不嫌事大的姿态："他说他可是为了你哦。"

叶橙的手指点在那条语音信息上很久，并没有回。

也许十几岁的叶橙听见这些话会无比欣喜，甚至可能会抱着手机转一圈，她终于收到这封迟到很久的恋人回信。

可她早已经不再是那个受了委屈、用一颗薄荷糖就能哄好的小女孩了。

叶橙听完，只会为薛陈周感到不值得，他没有必要为她放弃前途和爱情，把自己搅得里外不是人。

俞微宁直说叶橙死脑筋："你等了他这么多年，就收点利息怎么了。"

"薛二怎么作死，和你哪有关系，就算是薛家老太太找上门，理都在你那儿。"

叶橙却摇头，说不该是这样的。

即使到今天，她仍希望薛陈周能过得好，她也并没有在等薛陈周，她只是没有遇到一个合适的人。

一声又一声的手机振动声中，窦叔提醒她报社到了。

叶橙清楚，窦叔就是爷爷安插在她身边负责监视她行动的人。叶橙走进办公大楼很久，一回头，依然能看见那辆红旗轿车停在路边。她却没有和爷爷争辩的力气。

齐蕊算是整个组里和叶橙走得最近的人，前几天叶橙骤然回到组里上班，她本想上去问候两句。奈何叶橙气压太低，整个人也憔悴非常。连午饭时间，叶橙都没有去食堂，而是在茶水间泡黑咖。

叶橙连续好几天没怎么好好吃东西，这天忽然就问齐蕊要不要去楼下买咖啡。

齐蕊见她终于愿意说话，自然答应。

店里咖啡豆香气浓郁，装饰依旧，仿佛叶橙从来没有离开过。

齐蕊尝试着问叶橙，最近有什么烦心事。她声音很低，细听甚至有些小心翼翼和讨好，叶橙明白这点后，恍然自己这是在做什么，为什么要将情绪带给他人。

"不是什么大事。"叶橙笑笑，"和家里人闹了些矛盾，都是小打小闹的，过了这段时间就好了。"

齐蕊这才略微放下心。

前头叫号已经叫到他们，齐蕊忙拉着她去拿。

又一次拒绝俞微宁热情送饭的请求后，叶橙和齐蕊从食堂回来，人多嘴杂，她也实在没有那么好的胃口。

但叶橙还未走进办公区，早已听见里头的动静，吃完饭归来的同事，或者没来得及离开的同事，都围在其中一桌。

齐蕊凑过去："这是在做什么？"

叶橙没心思凑热闹，在工位上整理资料。

最靠右的同事注意到她回来，分贝提高，提醒了一句："叶橙来了。"

一时间，叶橙感觉那圈人的目光都聚集在她身上。

叶橙看见桌上一大堆咖啡和包装精美的盒子，薛陈周被围在同事中间，画面有些许滑稽。

有同事在三两句之间早已知悉薛陈周的来意。

"小薛医生说东西订多了，想到正好我们单位就在附近，就送过来犒劳我们了。"

"叶橙，你怎么不早说你和薛医生是从小一块长大的邻居，市三院的专家号我排好久了。"

面对杂七杂八的问候，向来不喜嘈杂的薛陈周居然没避开，直说他们如果有什么需求都可以直接提。

人群中传出一道话题外的问题："薛医生，冒昧问一句，六合堂真是你家开的？"

薛陈周点头，随后告知他们，以后去六合堂抓药，报他的名字可以打七八折。

一阵欢呼声。

叶橙一时看呆，就这么看着薛陈周用他的亲和力和财力，轻易俘获了她的同事。

她觉得这一幕似曾相识。好似回到小学时期，叶橙被人欺负，薛陈周带她出去玩,在校门口用笑容和随口扯的理由骗过老师;以及在师大附中,她陪薛陈周去广播站面试,不过十分钟不到,上一届师姐已经对这个温和博学的小学弟心生好感。

有些人似乎天生就有这种魔力。

直至话题越来越歪,竟然歪到两人的关系上,薛陈周点头承认:"是,我是在追她。"

又是一阵哗然,投向叶橙的目光有好奇,有艳羡。

叶橙却黑了脸,示意薛陈周:"你跟我过来一下。"

安全通道向来是同事摸鱼的好地方,叶橙进去,先是看见角落几只未清理掉的烟头,鼻腔溢满一股未散去的烟味。

她眉头紧皱,回头看见跟过来的薛陈周,又多了一层头疼:"薛陈周,你到底想做什么?"

薛陈周仍是她熟悉的模样,那种没有一丝棱角的目光,可说话、做事,她觉得陌生。

"不是分手了吗?"

叶橙头更疼,不知道他哪里听来的谣言:"没有分手。"

"是吗?"薛陈周反倒笑了,"那他怎么没和你一块回来?"

叶橙哑然。

可想起,他们两家毕竟是邻居,东家长西家短,但凡多问两句,薛陈周不可能不清楚情况。

"你回去吧。"叶橙试图劝。

薛陈周看着两人中间能隔出一张桌子的距离,以及方才在办公区看见叶橙,她原本在和同事说话,眼角眉梢都是带笑的,在看见他后,突然冷了下来。

他们之间到底发生了什么?

他往前走得太快,忘了回头,也慢慢忘记,叶橙是从什么时候开始,不再一看见他就兴奋小跑过来,扯着他说这说那。

是他做错了。

可他们已经相知相伴了二十余年,世界上没有第二个比他更了解她的人。

意识到这点后,薛陈周态度软和下来,想要去拽她的手腕,叶橙却立马收回:"你别碰我!"

那天之后,薛陈周消停了很长一段时间,叶橙没再看见他。

而叶橙和叶于勤之间的战役还在继续。

叶橙被"软禁"的那段时间,反抗的方式是绝食。意识到这样并不能对爷爷产生一丝一毫的影响后,叶橙反对的方式就成了每晚在饭桌上以最快速度进食,食物都没有完全咽下去,就已经下桌。

"我吃好了。"

吴妈会在收拾碗筷时和老爷子聊上两句:"都长这么大了,还是小孩子心性。她这个年纪,不就是想谈个恋爱,都正常,又不是小孩子早恋。小李也没什么不好啊,懂事又听话,您为什么……"

叶于勤背着手在逗鸟。不管是叶其蓁还是吴妈,他一律只用一句话回应——这个人是谁都行,不能是顾青李。

叶于勤甚至早早给过叶橙选择,要么和顾青李断了,要么以后都不要再回这个家。

四月底,叶橙跟着季霄去市三院做最后一期系列访谈。

医院气氛压抑,消毒水气味浓重,叶橙一秒都不愿多待,在楼下等着季霄结束谈话下来。不断有穿着条纹病号服推着吊瓶的病人路过,叶橙看着他们走过,心中有股散不掉的烦躁不安。

季霄过来后,从口袋里掏出半包烟朝叶橙晃晃:"介意我抽一根吗?"

叶橙说不介意。

季霄这才掏出打火机,站在下风方向,擦了两下砂轮点火。

季霄说:"我看见邮箱里你发过来的辞职信了。"

叶橙摆手:"辞职是我早就决定好的事情。"

季霄问她离职后有什么打算,有没有找好下家。

叶橙语气轻快:"没呢,打算休息一阵子,睡觉睡到自然醒。"

季霄毫不掩饰羡慕:"富家女,确实是有这个底气。"

"说不定呢。"叶橙眨眼,"要是我玩腻了,可能会灰溜溜回来上班也说不定。"

季霄说别了。

一根烟的工夫,季霄又提:"你那个男朋友呢?"

叶橙回到北城这些天,不止一次有人问起她顾青李的去向,叶橙只能回答不知道。她不明白这样算什么,没说分手,可也没有联系。

季霄看了她一会儿,问叶橙这几天有没有照过镜子。

叶橙去摸自己脸颊,有些头皮发麻:"怎么了,脸上是沾了什么东西吗?"

季霄又三两口抽掉一根烟:"给自己放个假吧,你太累了。"

叶橙就这么莫名其妙在离职前收获了一周带薪假期。

这个消息很快在朋友圈传遍,钟鹏之前碍于叶老爷子的态度,不敢贸然来找叶橙,现在消息一出,几乎是变着法带她玩。

叶橙觉都没睡醒,钟鹏已经来拍门,说要带她去周边露营。

"露营?你怎么不早说,可是我什么都没准备……"

"准备?什么都不用你准备!吃的喝的,我烤架和炭都带上了,你把人带上就好。"

叶橙没什么兴趣,昏昏欲睡,又要往下倒:"可是好累,你们去吧,好好玩。"

俞微宁直接把她整个人薅起来，飞速给她换衣服带下去。

叶橙是钻进车里，才发现许妄回来了。

目的地在郊区一片草坪，叶橙全程被当作吉祥物供在一边，生火做饭用不着她，想帮忙扎个帐篷，直说她力气不够。

薛陈周也跟来了，他对于之前发生的事情一概不提，同她仍是好友相处模式，示意叶橙跟他过去串扦子。

他手又快又准，叶橙完全跟不上速度。到最后，大半都是薛陈周串好的。

叶橙状态并不好，她自己能感受到。她失眠到天亮，在厌食与暴食之间反复横跳，几次吃过晚饭回房，都全吐掉了。

可偏偏，人前还要装作无事发生。

她觉得累，又不知道这些话能告诉谁。

火已经生起来，几块炭堆在铁网下发红，钟鹏烤熟的第一串递给叶橙。肉滋滋冒油，一股肉香，叶橙却没吃几口就放下，被钟鹏强硬塞回："吃！你这胃口，我当喂猫呢。"

叶橙正要推辞，俞微宁走过来，强制把食物塞她嘴里。

叶橙被迫吃掉大半烤肉，在听他们边吃东西边闲聊时，突然抿了抿唇，她朝俞微宁伸手："能把手机借我下吗？"

顾青李这些天同样一堆事情压下来，难受都分不出一点时间。原本计划投资的那家公司，因为经营不善资金链断裂，合作不了了之，施家大院这边，唐鹤松每天不是在带他赶饭局，就是在赶饭局的路上。

酒精能很好地麻痹人的神经，却不足支撑他酒醒后的患得患失。

顾青李胃胀得难受，晚上人缩在床上很久才睡去。

早上起来，鸟儿立在电线杆上叫，那只三花猫扒着房门催他投喂，仿佛叶富顺的翻版，顾青李便会揉着眉心靠在床头缓一会儿，认命地起来给它喂吃的。

院子里那棵葡萄藤因为有一段时间没人浇水，结的果子都干瘪了。

门口，是早在那儿等着的池沛，她手上照旧挎一只竹篮，仿佛回到去年这时候。

池沛满脸都是担忧，尤其在闻见顾青李身上未散掉的酒气时，想问，不知道从何问起。

池沛只能探头看看里头，问："叶橙姐还没回来吗？怎么回这一趟家要这么久？"

顾青李在醒神，低头看着篮子，最近菜地里的菠菜和芦笋长得很好，嫩得能掐出水来："你找她有事？"

池沛直说不是。

她总不能说是看你这模样，担心哪天在家里喝死都没人知道。

池沛篮子都不要了，很快跳开："她说没见过采莲蓬，约着我到了季节一定要叫她一块去采,她如果来临川了,一定要告诉我啊!"

顾青李想说叶橙可能不会来了,却觉得何必呢,不如给自己留个念想。

像《冰河世纪》里那只追着一颗松果跑的松鼠,像神话里日复一日推着石头上山的西西弗斯。

有盼头的日子,未必是一件坏事。

总要留点甜,才不会觉得太苦。

唐鹤松说给他放两天假出去走走散心,顾青李拒绝了,说是这里事多,他走不开。

他总是留到最晚,在门口昏黄路灯下锁门,独自一人回去。路灯质量不太好,在黑暗中忽闪忽闪,连带着拉长的人影都格外寂寥。

在奶奶离开后,以及初去澳洲时,很长一段时间内,顾青李都不觉得自己是活着的。他的生活平静得像水,又比水更具包容性,连扔一颗石子进去,都激不起一点水花。

Susan评价他沉稳、早熟,缺乏表达欲,那其实并不算很准确。他很多时候是忘记了兴奋和激动,也忘了应该在这个时候说些什么。

顾青李在某个上午发现自己发了低烧,唐鹤松看他脸颊泛着不正常的红,催他去药店拿了点药,让他滚回家休息。

他从上午十点一直睡到下午三点。

窗外阳光正盛,顾青李眯着眼睛长久地看着,只觉得内心十分平静。

俞微宁照例和他播报发生在北城的事情,说他们今天被一时兴起的钟鹏拉去露营,叶橙也在,有一张照片是偷拍的,但他一眼就认出那串银色手链。

俞微宁还问他真的不争取一下吗?

那通电话就是在这时突然打进来的,他明知不对,却不愿意挂断。

叶橙很快听出:"你嗓子不舒服吗?"

顾青李清了清嗓子,说:"没有。"

叶橙又问他:"最近过得好不好?"

顾青李说:"很好。"

一阵沉默。

叶橙:"你为什么不问我,我过得好不好。"

顾青李照问了。

"不好,"她说,"一点都不好。"

好似隔着屏幕,顾青李都能想象到说这话时,那双水润润的眼。

"我好想你。"

她说话时并没有避着俞微宁和薛陈周,话说完,按下了红色按键,把手机还给俞微宁。

俞微宁看着叶橙略微发白的脸色:"你还好吧?"

叶橙摇头,已经整理好情绪,先行一步回到帐篷附近。

俞微宁想了很多。

想起那次她杀去临川找顾青李要个说法，中途气就全消了，两人在院子里一人捧半只瓜。

俞微宁问顾青李有什么打算，顾青李说没有。

俞微宁阴阳怪气说真是皇帝不急太监急。

顾青李把那半只瓜放下，才开始反问俞微宁，觉得他现在能做什么。

俞微宁一时语塞，思考半天才给出解决方案。

"跟我回北城，和老爷子解释清楚，重点是你再不回去，墙脚就要被人撬走了！"

顾青李眼神黯了一瞬，但很快开始逗起在地上打滚的猫。

"可是，我是不能替她做决定的。"

"薛陈周很好，很适合她。"

他突然想起在温泉山庄薛陈周说的话，想起叶橙追着薛陈周的脚步朝前走的那么多年，想起她无忧无虑地在北城过得开心肆意的时光，想起叶于勤在电话那头的愤怒……过往纷杂，直往顾青李脑子里钻。

因为"喜欢"，所以让他困住叶橙为他留下来吗？

俞微宁听完，差点一口老血吐出来，她没见过这么费劲巴拉把人往外推的男朋友。连带着，她看顾青李的眼神都变得古怪："你是真的喜欢她吗？"

顾青李也已经很难解释这种感情，比起能和他在一起，他更希望叶橙是自由的。

露营后半段，叶橙在帐篷里补觉。说来奇怪，她在家连日睡不好觉，听着身侧叶富顺的鼾声都无济于事，反倒在这户外睡得不错。

几人十分默契，没吵醒她。叶橙睡到傍晚，被他们拉着去山顶看日落，直到天黑才回去。

不等到家，叶橙就已经累得一句话说不出口，但在家里看见医生，她回想起这周医生上门的频率实在是太高，脚步顿了顿，问他是不是爷爷最近风湿病又犯了。

梁医生收东西的手未停，嘱咐她："嗯，血压也偏高，家属最好不要再刺激他。"

叶橙立在那儿，想起每晚叶于勤饭后都是一把一把地在吃药。梁医生见她怔忪模样，便笑，安慰她生老病死都是常态，叶老爷子的身体对比同龄老人已经算是健壮，家属不用太担心。

叶橙依然在客厅静坐，等了很久，才等到从隔壁薛家下完棋回来的叶于勤。

他今晚应该是赢了棋，看上去心情不错，却并不妨碍在看见叶橙那刻脸拉下来。

直到叶橙叫他:"爷爷。"

祖孙俩已经很久没有安静地坐下来,心平气和地聊天了。可就算是这样,叶橙给他倒了杯温水递到手边,叶于勤还是没接,示意叶橙把东西放下:"别想糊弄过去,身份证我是不会还给你的。"

叶橙摇头,说她不是来说这个的。

"我知道,我不是一个合格的孙女,总是惹您生气,不省心,屡教不改。"

叶于勤便皱眉,满脸都写着"你又在这儿发什么疯"。

叶橙还在继续:"不聪明,脑子笨,学东西很慢,怎么教都教不会。学不会就算了,还总是爱发脾气,惹人嫌……"

叶于勤直摆手,让她别说了。

"您希望我长成什么样,我不知道。但是您和我说过,要知道自己真正想要的是什么。

"我是真的很喜欢他。

"不是赌气,不是一时兴起。

"我想和他在一起。"

叶于勤沉默很久,才让叶橙快滚,看着就烦。他没把身份证和护照给她,而是让叶橙把司机还给他,嘴上说着都多大人了,整天还得家里人接送上下班。

叶橙看着小老头别别扭扭的模样,有些想笑。

日子似乎恢复了从前的节奏,上班下班,和同事苦中作乐聊八卦聊新闻。下了班,俞微宁或者钟鹏来接她去小酒馆喝一杯。叶橙和他们说过无数次不要停在办公楼楼下等她,没人听她的,那辆黑色吉普或香槟色保时捷就这么大刺刺停在路边,叶橙觉得每次上车前都得被行注目礼。

她不太爱玩,但想着不是去玩就得回家,待着就待着。

倒是薛陈周每次都会来。

俞微宁和她分析,薛陈周现在在放小长假,辞不辞职尚是个未知数。

隔着包房流光溢彩的彩灯,俞微宁把手搭在叶橙肩膀上,话也是响在耳边:"你要不要去找他喝一杯?"

叶橙用看怪物的眼神看她:"你别搞我。"

俞微宁笑,然后眼见叶橙接了个电话,从包里掏出笔记本电脑。

"……你出来玩还带这个?"

"嗯。"叶橙已经点开文档,"有点事没做完,想着可能今天急用,就带过来了。"

俞微宁晃着酒杯里的玛格丽特,问她不是递了辞职信吗,快离职了还这么尽职尽责当牛马。

叶橙就伸了个懒腰:"离职怎么了,离职也得把事情做完啊。"

好不容易忙完,她合上笔记本电脑,起身去洗手间。包间内的洗手间有人,叶橙去外面,却撞见薛陈周在抽烟,还低低咳嗽两声。她缓慢眨了两下眼睛,是在犹豫,天人交战一会儿,才走过去递给他一颗糖:"少抽点吧,对身体不好。"

薛陈周看着那颗糖。

包装很熟悉,她一贯就吃那一个牌子的薄荷糖。常去的便利店下架了,她宁愿不吃,也不选择其他的品牌。那次薛陈周跑了大半个北城给她买来,叶橙才睡完午觉起来,便看见塑料袋里的一堆糖,各个口味都有,够她吃好久。

那时叶橙看他的眼里是有光的。

现如今,薛陈周把烟头在垃圾桶上的白石子上按灭,看叶橙的眼神有些浑浊。他今晚喝的酒有点多,薛家对他期望颇高,不会由着他这样胡闹,已经下了最后通牒,断掉了他所有生活费。

他没戴眼镜,一张脸白白净净的。

叶橙却莫名觉得他向自己走来的脚步令人心悸,往后退一步,薛陈周只是拿走她手里的东西。

塑料袋被撕开的声音就响在耳边,叶橙被他挡住路,他开口:"是顾青李买的吗?"

叶橙抿了抿唇,觉得没有必要回答他这个问题,选择沉默。薛陈周没领会她的意思,呼吸声很重,是在自嘲:"现在,已经这么不想和我说话了?"

叶橙开始后悔为什么要递那颗糖出去,平白无故给自己惹事,她只好说:"薛陈周,你喝多了。"

"那你会不会不管我?"

叶橙这回瞪大了眼睛看他。在她的印象里,薛陈周从来不会用这种语气和她这样说话。他从来都是温和无害的,是最温柔体贴的邻家大哥哥,也是最残忍的刽子手,不动一刀一剑,甚至连利器的影子都看不见,就亲手斩断了他们中间那根红线。

叶橙坚持:"你真的喝多了,我现在就叫钟鹏过来扶你⋯⋯"

他整个人弓着腰,从背后看,像是把脑袋搁到了她肩膀上。

"叶橙。"薛陈周的一呼一吸显然十分费劲,却仍坚持把话说完,"你别丢下我,就当可怜可怜我,好不好?"

叶橙听了,只觉得难过。

她比谁都清楚薛陈周有多骄傲。

小时候,钟鹏曾有段时间迷上红白机,为此弄坏了两只手柄,都没能打通魂斗罗。他兴趣来得快去得也快。他把红白机送给薛陈周后,反倒每个游戏基本上都刷到了他们见了叹为观止的分数。薛陈周从来要做就做最好,要拿就拿第一。

叶橙曾不明白为什么她在薛陈周面前是自卑的,是拘束的,后面才慢慢想清楚,她天资有限,再怎么努力都没办法成为那个优秀到站在他身边的人,只好用仰望姿态。

可是现在，这样一个人，居然在她面前用到了"可怜"的字眼。

许妄久久不见叶橙回来，担心她出事，才出来就看见这一幕。他没多想，拽着薛陈周的衣领把人提起来："你想对她做什么？！"

叶橙一看许妄激动的模样就知道他误会了，去拽许妄的手，薛陈周却自暴自弃，任由他拽着。

那个局最终不欢而散。

叶橙开始刻意避着薛陈周，找借口躲开有薛陈周出现的聚会。

薛陈周来报社找过她一次，叶橙直接躲进了女厕所，确定他走了才敢出来，却很快注意到工位上人手一袋东西。

她问齐蕊这些都是哪里来的。

齐蕊用塑料叉子刮了一小块千层下来塞进嘴里，理所应当道："薛医生拿过来的啊，我看这个牌子挺难买的呢，外卖都不给送，一天好像就卖几十块，去晚了都没了。"

"薛医生真用心啊，这么多，这得排多久的队。"

叶橙按着眉心，她不能再继续欠他人情下去。

她借着去隔壁看两位老人下棋的名义见到薛陈周。

"不要再送东西过来了。"叶橙冷着脸，话近似于警告。

薛爷爷却先打断她的话，提起一桩陈年旧事："小橙你还记得不记得，小时候你和陈周玩过家家的时候，吵着闹着要嫁给他当新娘子？"

叶橙完全不记得有这回事。

薛陈周接话："都是小时候闹着玩的，不能当真。"

薛爷爷笑了："小时候还能说是闹着玩，长大就是兑现承诺的时候了。他可是和我说，除了你，谁都不喜欢了。"

叶橙大脑又瞬间空白，觉得他们是在开玩笑，但看着叶于勤不发一言，并没有要反驳，意思是爷爷默认了这些话。她突然觉得这个世界很陌生，仿佛从某个时间节点开始，所有人都在推着薛陈周往她身边走。

当初叶橙为了赌气把叶富顺从临川带回来，即使叶富顺适应得很好，有高级猫粮和豪华版猫爬架，可叶橙几次推门进去，它都在窗台上看着外界风景发呆。

叶橙一度很愧疚把生性自由的它带了回来。

可这是她和临川的唯一纽带，失眠的时候，叶橙会无意识地给它顺毛，边问："你很想临川对不对？你也很想他，对不对？"

这晚，叶橙情绪尤其强烈，一觉起来，枕巾都是湿的。叶富顺早醒了，在床脚盘成一团，左顾右盼。

Recall 二楼。

叶橙看见薛陈周坐在牌桌那头和他们一块打麻将,她几乎转头就走。钟鹏依旧是全场输得最惨的那个,见叶橙动作,他顶着一脸白条子去拉她:"怎么刚来就走啊?"

"玩会儿再走呗,我们待会儿打算叫吃的了,来都来了。"

俞微宁和许妄也跟着说是。

叶橙看着他们,没办法拒绝,尤其是某次在暗处听见钟鹏和许妄的对话。

"这次留在北城这么久?蓁蓁姐那边不用人照顾?"

"她?你操心她?一礼拜电话都不见得打一个,接通也是没说两句就说有事挂了。而且你注意点辈分,你应该跟着叶橙叫小姑。"

"你滚吧。"

许妄缓了缓,声音更低:"现在走,我放心不下。"

叶橙知道他们都是担心自己的,因此更加内疚。

牌桌上,话题在叶橙看着麻将牌出神时,已经聊到许妄打算在西城开个跳伞基地。西城多山,再合适不过。

钟鹏问他启动资金有多少,许妄说了个数。

"这么多。"这是大伙的第一反应。

许妄随口道:"找我爸要了点赞助,剩下的是我一个堂弟出的。"

钟鹏感慨,那不还得是家里大方。

许妄笑得有些邪气:"虽然大部分时候觉得我爸挺烦,挺啰唆的,但比起连爹都没法靠的人,是好那么一点的。"

叶橙瞬间从手机中抬头,她好像一脚踏进另一个世界的感觉。

俞微宁显然和她想到一块去,脱口而出:"什么意思?你说顾青李啊?"

叶橙那阵扭曲眩晕感更强。

许妄下结论,下巴一扬,点着薛陈周道:"家里人不同意就不同意呗,风水轮流转,谁离了谁活不了啊,我看薛陈周也不错。"

叶橙的反感到达顶峰,很简单干脆地抽出自己的包,要离开。

许妄离她最近,直接伸条长腿拦住她:"打算去哪儿?"

"我……想一个人待一会儿,有点恶心。"

俞微宁摸牌的动作停了:"不舒服啊,要不要我送送你?"

"不是。"叶橙都惊觉于这时候她居然能这么镇定,"有点恶心你们。"

她先是点了俞微宁的名。

"高中的时候,你哪次找顾青李帮忙,他没答应?他是人,是普普通通的人,不是因为要讨好你巴结你才事事听你的。"

"你因为找不到会俄语的翻译,就是随口问了一句,他半夜爬起来帮你联系同学,快天亮才睡下。"

叶橙又看向钟鹏。

"你失恋,不管他是不是从酒局下来,刮风下雨都要陪你再喝一场。你喝多了吐得卡座上都是，他帮你善后赔偿，完完整整把你送到酒店。"

叶橙眼圈都红了，独自立着，和牌桌那几人泾渭分明："我不知道你们是怎么想他的，有没有把他真正当成朋友。"

他能走到今天已经很不容易了，能不能对他好一点，哪怕是好一点点。

再抬头，许妄揉了揉她的头发："终于哭了，真不容易啊。"

叶橙猛烈眨了两下眼睛："你们……"

面前忽地递过来一张东西，是叶橙被扣下很久的身份证。

"想他就去找他啊。为了偷这张东西，我腿差点摔断。"

他们晚饭吃的是比萨，必胜客的，吃惯了山珍海味玉盘珍馐的一群人简直毫无形象可言地围在矮桌旁，你给我递一罐可乐，我给你递一包薯条。

许妄发现叶橙吃了半天，就捧着那块薯角培根比萨咬了一小口，给她扔了两块烤翅："快吃，不然钟鹏要吃没了。"

钟鹏骂骂咧咧放下了手里的炸鱿鱼圈。

叶橙却在叫他："许妄哥。"

许妄应声回头。

叶橙仍对刚刚许妄控诉顾青李的话语十分在意，整理了一下措辞，才替他解释："他不是对你冷脸，他就是习惯了。"

"他人很好的。"

许妄直笑："我知道，瞧给你护的，就这么喜欢他？"

叶橙很坦然："喜欢的。"

许妄扯下一次性手套，去扯她的脸。

叶橙还是找了个时间和薛陈周在 Recall 一楼谈了一次话，看着跟过来的俞微宁和许妄，叶橙问他们，她就约了薛陈周一个人，他们过来做什么。

俞微宁干笑，说担心他俩万一有个什么三长两短。

叶橙瞥着她："是你们想看热闹吧。"

薛陈周迟到了一分钟，精神并不好，面容憔悴，眼睛也是湿漉漉的，两颊凹陷，下巴还有没刮干净的胡楂。

叶橙从未想过他会有这么颓废的时候，薛陈周不应该是这样的。

她按照他的习惯，要了杯不加糖的纯美式，又要了杯拿铁，才问薛陈周，记不记得高三那天体检完，他们一起去东湖山公园玩。

薛陈周手指狠狠搓了一下手掌，已经有预感叶橙要说什么，依旧不发一言。

"我早就知道救我上来的不是你。"

叶橙看着玻璃窗外，他们那时是世界上最了解对方的人："那湖水那么脏，我知道你不会碰的，即使是为了救我。"

"我一直在等你或者顾青李，谁都好，来告诉我真相是什么。我又不是傻子，你们没有必要瞒着我，我分得清谁是真的对我好。"

叶橙还在自顾自说着从前："我最怀念的就是初中，没什么升学的压力，每天就是上课，想着去哪儿玩。那时的奶茶店没现在这么多花里胡哨的配料，很简单的珍珠奶茶，都是香精的味道，可是现在再也喝不到了。游戏厅里，大家各玩各的，十几块钱就能玩一下午。

"夏天的晚上，我们会一起躺在山上的草坪认星星。北城的天只有在那一小段时间是干净的，能看见星星，我总是记不住北斗七星，许妄哥就一遍一遍教我，草坪的蚊虫真的很多。我腿上总要被叮好几个包，说着下次肯定不去了，实际上每年都会去。"

明明是说他们共同的回忆，叶橙脑海中浮现的却是那个高中时总是亦步亦趋跟在她身后的影子。她笑，顾青李会跟着笑，她难过，顾青李不知道怎么才能安慰到她，但他不会离开。

那段几乎被时间的尘沙掩埋的时光，因为叶橙刻意回忆，那个薄到快要隐在浓雾中认不清的身影，也愈加清晰。

顾青李不怎么爱吃甜口，叶橙注意过，吴妈做的红烧肉口味偏甜。他们吃习惯了觉得没什么所谓，顾青李不喜欢便不吃，而叶橙会特意告诉吴妈她最近长青春痘，吃不了太甜的东西，红烧肉少放一些糖。她告诉顾青李："把自己的需求说出来，并不是一件会令人难堪的事情。"

但顾青李将就惯了，下一次依旧如此。

叶橙生他气，体育课后他买回来的茉莉蜜茶就这么放在桌面很久，俞微宁大大咧咧接过，问叶橙喝不喝，不喝给她。

叶橙就让她赶紧拿走。

那天放学，叶橙在车站等公交车，顾青李站在她右后方，眼前是淅淅沥沥从屋檐落下的水珠。顾青李看着她毛茸茸的马尾辫，突然抬手扯了下。

叶橙感觉到了，护着头发同时回头："哎呀，你别扯我头发。"

顾青李便在她把头发捋直后，继续扯。

来回几次，她气消了，嘟囔："顾青李，你真烦人。"

薛陈周的咖啡端上来了，他抿了口，听叶橙继续说下去。

叶橙没看薛陈周："冬天北城很冷，有很多露天冰场，能看见白塔和冰场表演。我们从来就只去那一个，晚上有夜场，能看见很漂亮的日落。我滑冰还是你教的，为了摔起来不疼，我每次都会穿很多衣服。结果行动不便，总是摔跤。"

高二下学期，俞微宁打球崴伤了脚，脚踝被包成粽子，没办法参加校篮球赛，每天都在唉声叹气。她不喜欢在校内用拐杖，总觉得像是在向全世界宣告她是个短期残废。叶橙被迫每天扶她上下楼，叶橙个子小，每次都要被俞微宁嫌弃吃得不少，长得却矮。

叶橙也气："那你自己走。"

顾青李主动来问要不要他帮忙。

说是帮忙，每次他只出一只手或者肩膀让俞微宁搭着。

俞微宁说："顾青李，我身上是有毒吗？你别搞区别对待啊，上次叶橙低血糖在操场昏倒，你动作快多了，也没见你这么嫌弃啊……"

一点一滴，越回忆，越清晰。

叶橙本以为说这些，她会哭的，实际上并没有，反而因为记忆中另一个人的存在，更加坚定。

青梅竹马固然是轨迹交叠，能在第一时间知悉对方的喜怒哀乐。可那些丝丝缝隙，却是最容易蔓出红线，最终将她与另一个人的交集缠成一团。

原来有些种子，早在她看不见的角落从石缝挤出生根发芽，长成了参天大树。

她到现在才发觉。

"薛陈周，我以前觉得喜欢一定是一件非常开心的事情。有你在的时候，是我最开心的时候，可是难过的时候，也是真的很难过。而你总是在让我难过。薛陈周，喜欢你好累。"

过了很久，薛陈周才问她，那顾青李呢，为什么他可以，自己不行。

"和他没关系。"叶橙纠正，"不是因为他喜欢我，我才喜欢他。是我也喜欢他。"

咖啡杯已经见底，白瓷杯沿沾了一圈褐色的汁液，薛陈周没有动作。

叶橙缓慢地眨了眨酸涩的眼睛，捏紧了手里的身份证，她今天下午四点的飞机。

薛陈周在意最后一个问题："以后，我们还能做朋友吗？"

叶橙点头。

躲在角落绿植后的俞微宁和许妄见两人平静异常，想听听他们说了些什么，奈何距离太远，完全听不见。

在叶橙骤然起身时，他们才跟过来："你这是去哪儿啊？"

叶橙低头看手机："临川。"

俞微宁看一眼门外山雨欲来的天气："现在就去？好像要下雨了，要不我送你去机场吧。"

叶橙直摇头，她目视前方，此刻的心情再明朗不过。

"这次我想自己去。因为顾青李是胆小鬼。"

Chapter 10
共占春风

如同时光悄然倒流,顾青李站在他们十六岁见面的地方,问她要不要吃冰激凌。只是这一次是他在问:"香草焦糖的,夏威夷坚果的,你要哪一个?"

候机时间有点长,叶橙坐在休息室把玩薛陈周给她的一封信。信纸泛黄,在薛陈周递过来时,叶橙第一反应是不想收。

似是料到她在想什么,薛陈周笑得有些释然:"这可不是我的东西。之前顾青李要我转交的,我自己收起来了,现在算是物归原主。"

叶橙半信半疑地接过,看见右下角熟悉的字迹才确信。

高中上课时,他们连字条都没传过。顾青李是老师最喜欢的那类学生,看上去规矩听话,不会越过雷池半步。

她掂了掂信封,薄薄几张纸。

两个小时的旅途,叶橙在机场打车。临川太偏僻,好多司机都不愿意去,直说让叶橙去市中心坐专线大巴。叶橙看看暗下来的天空,想起前几次都是顾青李来接她,她什么都不需要操心。

可是顾青李并不在家。

从外墙看,祖屋和院子都没开灯,叶橙转了两圈,她没有这里的钥匙。

叶橙也没有选择给顾青李打电话,而是先问的傅连城。傅连城连发了几个感叹号,足可以见震惊程度:你回来了?什么时候回来的?回来多久?我现在就告诉老大!!!

叶橙制止了:别,你别告诉他,我就在这里等他。

傅连城犹豫着:可是他这两天都不在临川啊……说是今晚回,不确定他能不能到。

叶橙只说没关系,她可以等。时间很充足,叶橙找了块石头坐下,翻出了那封信。她撕得很小心,生怕撕坏一点。

信并没有写收信人是谁,叶橙莫名有种直觉,这就是写给她的。

展信佳。

当你看到这封信时,我应该已经离开了,很抱歉用这种方式和你告别，这并非我本意，但我清楚，如果真正见到你，我可能不会走。

或许你对我的印象是从一盒哈根达斯开始，我得很诚实地告诉你，在那之前，我从来没有吃过哈根达斯，谢谢你没有戳穿我连勺子都找不到在哪儿。

我其实不知道要说些什么，你总是太粗心太迟钝，但这并不能完全怪你。

很多情绪，没有让你察觉到，是我不对。

可我能记得的东西太多了。

那年平安夜，你来排练室送平安果，你送我的那颗蛇果，我没有听你的话，舍不得吃，在桌上放了很久，直到完全烂掉。我很高兴你愿意和我分享后街，教我打字，那是我能想象到的来北城后最快乐的日子，即使你并不知道。

而你应该也不知道，一周五天上学日，你马尾的高度和蓬松程度取决于你的起床时间，星期一是低马尾，星期五会扎坠着白色小兔的发绳。

高二一年，一共换过四十六次座位，你和我之间最近的距离，是我仗着成绩好去和老师要求排的同桌。

你习惯上课走神时涂方格字里的白色框，曾经有次我们俩的书拿错了，你没有发觉，现在那本写着你名字的数学选修二还在我的房间。

喜欢喝果茶，不喜欢奶茶，没有的话宁愿不喝。喜欢吃蛋白，不喜欢蛋黄，但是如果水煮蛋捣碎放酱油和几点香油可以接受。

你会觉得这样的我很可怕吗？

曾经我为这样不合时宜的情绪感觉到痛苦和不安，我同样庆幸我藏得够深够好，不会让你发现一分一毫。

真正离开，我发现好像没有什么东西可以留下送给你。

你拥有很多爱你的人，你过得很好很幸福，并不缺我一个，这是我再确信不过的事实。我只希望你能过得更好，好到听不见我的声音，也没有什么所谓。

这是我全部的祝愿。

而如果你问起，我是从什么时候开始喜欢你的。

很久了，在你还不知道我名字之前。

你会为我的离开感到遗憾吗？哪怕一点点，一点点就好。

最后，我只希望未来某一天，我们还会有面对面，坐在一起喝东西的平静时刻。

又一户人家熄了灯，太久没动静，头顶的声控灯也"啪"一声灭了，叶橙把那封信攥在手里。

明明和喜欢了那么多年的人摊牌那刻，她一滴眼泪都没有掉。

现在，叶橙只能把脸埋进臂弯，埋得越深越好。

都说喜欢一个人是藏不住的，她是怎么任由这团火燃烧这么多年的，靠在篝火旁怎么会感受不到呢。

她想不起来了，一点都想不起来。

大概半个小时后，才有车开进来，叶橙抬头去看，车灯把空气中的灰尘照得无比清晰，像在跳一首圆舞曲。

久久，她听见关门声，有人拎了垃圾袋出门倒垃圾。二楼窗户没关，貌似是家长在教孩子做题，骂声隔老远都能听见。

叶橙以为他会在第一时间下车，实际上顾青李只是摇下车窗，眼神无波无澜地看着她："上车，我送你回北城。"

叶橙摇头："我不回去。"

他便没有下一步动作，两人静默无声地对峙。

还是顾青李先下车，一甩车门锁车，径直路过她进门："随便你。"

叶橙始终目视前方，听着门打开又关上的动静，那最后一缕光线也消失在视线里，她又低下头去，像睡梦里蜷着的婴儿，保护自己的姿态。

身边不知什么时候多了只猫，很漂亮的花纹，很亲昵地在她身上蹭来蹭去。叶橙定睛看了有一会儿，又把猫抱在怀里，打量了一番。

这是那只三花猫。

她明明记得，顾青李并不喜欢它，不仅没碰过它，还说哪天给它扔出去。

可三花猫被养得很好，不仅养出了蒜瓣毛，还有些发腮。叶橙清楚地记得它右腿有一个很小的伤口，总是被它有意无意地舔着，现在伤口已经痊愈，好像还胖了一点。

叶橙看着，觉得有些眼热。他好像总是这样，做得多，说的却很少。

身后铁门就是在这时打开的，顾青李直接把她整个人抱起来，三花猫反应比叶橙要快一些，先一步从她怀里跳出来。因为要拿她的行李箱，顾青李是单手抱着她，叶橙怕摔，更怕他会突然走掉，只能紧紧圈着他脖子。

行李箱放在一边，顾青李到底也没放开她，两人倒在沙发上。他仍是沉着的、冷静的，问她打算抱到什么时候。

叶橙这才松开一点，小心地瞥了他一眼："你别送我回北城，我这次是来找你的。"

顾青李于是歪头："那现在看够了？"

狗男人，大猪蹄子。

如果不是叶橙把那封信逐字逐句看完，可能真的会掉头就走。

她没有办法不动容，在跨越了这么多年时光后，她好似看见那个总是把自己的情绪藏在皮囊之下自卑暗淡的少年。

这才是她来这趟，真正想说的话。

如同千次万次，她回头，总能看见他的身影，他的爱如草蛇灰线，伏脉千里。

"你的信……我看完了。"叶橙嗅着他身上的味道,眼皮垂下,"可能晚了一些,但是我想说,我也喜欢你。"

这里只有一盏小灯。因为叶富顺太笨,总在晚上撞桌角,顾青李为了方便找它装的,一般晚上睡觉都不会关。

在这样贫瘠的光线中,叶橙依然能看见顾青李眼中有震惊,坚冰在一点一点融化。叶橙主动抵着他的额头,轻声道谢:"谢谢你能喜欢我。"

谢谢你能在我回想起来满是遗憾和后悔的少女时代,让我知道原来我是一直被爱着的。

原来,从前,真的有个人爱了你好久。

顾青李听完那段话,把头靠在了她颈窝。衣服很薄,她能清楚地感觉到自己肩膀多了一小块水渍。

叶橙犹豫了很久,才用指头戳了戳他:"顾青李,你是哭了吗?"

"没有。"声音分明很闷。

叶橙最后硬是把顾青李的脑袋拔出来,看着他眼里的水光和微红的眼圈。她没想把他弄哭的,叶橙吻了吻他的眼睛:"我也会很喜欢你的。"

叶橙这趟来得很急,带过来的东西并不多,借了件顾青李的衣服穿。T恤宽大,能整个裹住她。

叶橙在他面前晃晃袖子:"你看,这么大。"

顾青李把她不安分的动作按回去。

晒干的被褥有太阳的味道,他这里好像永远干干净净。几乎是顾青李一躺下,叶橙就像只八爪鱼一样缠了上来。她紧紧贴着他脸侧,仍记着那次借俞微宁的手机给他打电话,语气很委屈:"我很想你,你都不想我的。"

"想的。"他说。

叶橙只觉得脸被托起,鼻息都扑在脸上,顾青李先是亲她的嘴角,在叶橙主动后,才开始慢慢咬着下唇。

明明在北城时,叶橙一天浅眠快十个小时,都觉得疲累。现在她靠在顾青李身侧,却格外精神地在晃他的手。

叶橙看着他手上的红绳,都褪色了,起了毛边,忽而福至心灵地问:"这是不是我之前送给你的?"

顾青李应了声。

"都这么旧了。"叶橙有些可惜,"下次有机会,我给你买一条新的换上吧。"

顾青李说随便。

临近入睡前,叶橙紧紧贴着他说:"你亲我一下,我再睡。"

顾青李便低头吻了她一下。

半夜叶橙醒过一次,顾青李仍没睡,半梦半醒间,她缓慢挪过去,环着他腰才再次睡着。

只不过,待了不到二十四小时,顾青李便提起,让她回北城。叶橙可怜兮兮地朝他比了个一,问能不能多待一天,被无情驳回。

那几天,叶橙的离职证明批下来了。

回到北城,知晓这件事的社里同事都和她说了句离职快乐。

叶橙从东街胡同搬回了春水湾,叶于勤早看不惯她那只耀武扬威、屡教不改的猫,直说和她一个德行,早搬走早好。听见这话,叶橙只顾捂着叶富顺的耳朵,说猫猫是听不得这些的。

叶于勤让她赶紧打包东西,麻溜滚。

叶橙就真的滚了。

在春水湾,叶富顺显然要更自在一些,从猫包里出来就直奔一楼房间,在顾青李床铺上打滚。

没有了绩效考核和工作压力,叶橙过上了每天睡到自然醒的日子,更准确来说是被叶富顺吵醒的日子。叶橙眼睛都未完全睁开,便能看见床头一双炯炯有神的猫眼直勾勾地盯着自己,要叶橙起来给它添猫粮。

俞微宁看不下去她如此清闲,红眼病发作,直拖她出门逛逛,从头挑剔到尾。

"你头发几天没洗过了?看看你脸上的油,都能炒盘菜了。"

一张信用卡从美容院刷到百货大楼,叶橙最后的归宿是端着柜姐递来的蛋糕和免费柠檬水,等俞微宁看包。两人走出大楼时,手里提着大包小包。

叶橙抱怨她买太多。俞微宁难得不和叶橙计较,说自己等会儿要去专卖店拿修好的表。叶橙跟着她上了车,但叶橙很快反应过来:"我们来的时候不是坐的这辆车吧?"

"拿去洗了。"俞微宁没多大在意,低头回消息,"你对宾利有意见?"

叶橙连说哪敢。

拿到表,两人出来时,夜幕降临。

叶橙让俞微宁先送自己回去,途中,俞微宁问她有没有联系过顾青李。

"嗯,有时晚上会聊两句。"

俞微宁有意无意地往镜子上瞥:"那你俩这样,不着急?"

"着急什么,猫跑了他都跑不了。"

窗外熟悉的风景一闪而过,叶橙提醒司机:"别走错,我今晚回春水湾。"

叶橙陪她跑了一天有点累,靠在后座上闭目养神,说话时都懒得抬眼。俞微宁见状不再和她搭话,车厢很安静。但当车停下,叶橙欲下车时,却发现到了俞微宁家门口。

俞微宁先行下车:"行了,我不打扰你俩了,记得把车给我还回来啊,顾青李,我明天要去看我爸。"

叶橙脑子一时没转过弯，她扒着座椅去看他："你怎么来了，什么时候来的？"

顾青李似笑非笑的，装模作样地认真思考了下："嗯，大概是在你说猫跑了，我都跑不了的时候。"

他今天穿得正式，白衬衫加西裤，一只手的袖子挽起来。叶橙打量着他的神色，不敢出声。

顾青李下了车后回头朝她伸手，叶橙才自然而然地牵着他手："你很累吗？"

月色下，顾青李的脸看着并不真切："还好。"

可掌心传来的温度是真实的，叶橙停在门口看他开门，顾青李让她走近点，叶橙真傻傻地过去，腰突然被勾住，气息铺天盖地涌来，他亲得很深，叶橙只觉得舌根发麻。

她没有反抗余地，只余小声嘟囔的力气："每次都是这样，回来都不说一声……"

顾青李把玩着她胸口的纽扣："那，对不起？"

叶富顺嗅到熟悉的味道，急不可耐地冲出来，两人却没一个顾得上理它。家里的小厨房基本不开火，厨具落了灰，顾青李趁等外卖送菜的间隙洗了一道，叶橙就在他身后搬了张高脚凳看着，面前是一盘果切。

晚饭是番茄虾仁意面，叶橙不太饿，顾青李见她放下叉子，主动和她交换盘子。面被搅成一团，他倒是一点不嫌弃是她吃过的。

顾青李半靠在高脚椅上，衬衫扣子开了三颗，皮带解了，衬衣下摆被拽出来一截，有种慵懒的美感。

叶橙给他倒了杯水，示意他慢点吃。

两天一晚，他们都腻在一起，叶富顺受不了他们的黏糊劲，只觉得整间房子都是荷尔蒙气味，自己选择跑去小阁楼躲着。

叶橙觉得他蛮横了很多，好似什么顾虑都没了。顾青李喂完猫进来，床上人裹成一团，一丝缝隙都不留。他坐在那团被子旁，脸上笑意收了收，提起："我明天早上就走。"

叶橙掀开了被子一角看他："早上就走吗？"

"嗯。"

叶橙从被子里爬出来，挪到他身上，直至感觉顾青李抚着自己后背，她嘟囔："我舍不得你。"

叶橙自认一直很懂事，叶于勤把她接回东街胡同那几年没空带孩子，叶橙就学会自己和自己玩，后来大部分时候她也都是一个人。

她清楚顾青李职业的特殊性，几乎没有和他说过这些。叶橙环着他脖子的动作用了些力气，重复一遍："我舍不得你。"

顾青李摩挲着她后背衣料，心下触动，捧着她手指在唇边亲了亲，舍不得放下。

叶橙如约一个人醒来,身边却不是空着的,高大男人被一只一米五高的长条抱枕取代,叶橙无意识蹭了蹭抱枕,还挺软的。窗帘没拉紧,有一缕阳光映在她脸上,叶橙翻了个身,去看时间,却发现手机好似被人动过,多了一个软件。

他们知道对方的手机密码,叶橙喜欢用顾青李的手机玩游戏,可顾青李此前从没用过她的手机。

叶橙点进去,发现那是一个类似于倒计时的软件,上面的日期,叶橙不太能看得懂。

她又敲开了微信,问顾青李是什么时候走的。

顾青李回得很快:"早上七点。"

这么早?而且真就不叫她。

叶橙狠狠捶了一拳一旁的长条抱枕:"你送的抱枕好丑。"

顾青李回了个笑脸,嘲讽意味很明显。

叶橙还是把抱枕抱在怀里,问他软件上那个日期是什么意思。叶橙以为是自己网不太好,等了好一会儿才等到答复:"大概就是……接你男朋友回家的日子。"

几天后,叶橙晚上在家休息,俞微宁才忙完一场大型直播,赖在春水湾不走,顾青李打来视频通话邀请时,手机离俞微宁更近,叶橙才掀起眼皮往那个方向看一眼,俞微宁已经滑开。

她顺手把手机搁在支架上,看着屏幕那头正凑在镜头前嗅来嗅去,硕大的一颗猫头。一只手伸过来把猫拎走,顾青李盯着俞微宁皱眉道:"怎么是你?"

俞微宁反手和叶橙告状:"叶橙,你看你男朋友,说的这是什么话。"

叶橙含着笑,三人一块聊了会儿。俞微宁打了个哈欠先去睡了:"你俩说吧,我看是没我什么事。灯都不用开了,就靠我发光得了。"

叶橙抱着那只顾青李送她的长条抱枕,目送俞微宁进屋后,神神秘秘地凑近屏幕:"我昨天回家陪爷爷了,你猜他都说了什么。"

顾青李看她两眼放光的表情,隐约猜到内容,却还是很给面子地问了下去:"说了什么?"

"你猜一下嘛。"

"猜不到。"

叶橙笑得更开:"爷爷问我,你什么时候结束项目从临川回来。"

顾青李神情变得柔和,眼里像落了几点星子,很亮。

叶橙整个人裹在被子里,跟他分享:"我们组里有个姐姐昨天过生日,男朋友送了她好大一束花,堆在办公楼楼下,听说有九百九十九朵,我们组里每个人都分了一朵。"

顾青李问她:"你喜欢花?"

"一般。"叶橙手虚抓了两下,扯过枕头垫在自己脸下,"可能我关注点比较奇怪,同事都觉得收到这么多花是一件非常浪漫幸福的事情,值得羡慕。我反而觉得,晚上那位姐姐的男朋友接她去吃饭时,她才笑得最开心。"

翌日,叶橙换衣服出门。

工位上的东西已经收拾得七七八八,除了一个本子一支笔,一些带不走的文件夹资料,再无其他东西。今天是她正式离开的日子,叶橙弄完手上的稿件发出后伸了个懒腰。

在报社待的时日不短,叶橙请了顿下午茶,只是外卖抵达楼下时,叶橙还收到了一束花。花小小的白白的,捏在手上不过一小束。

同事来拿饮料,顺便围观她手上的花。有人调侃:"是对象送的吧,不过怎么就送这么小一把。"

"是啊是啊,这是什么花,怎么没见过。"

众人身后,季霄抱着一沓纸从会议室走出,问他们怎么围在这儿。

有人知道季霄和叶橙关系好,提起这会不会是作为组长送的离职礼物。有人起哄,换成是他们,能不能在这天收到花。

季霄面上泛起很淡的笑:"想多了,这花太贵,我又不是脑子不好,送不起。"

叶橙轻抚小铃兰的叶子,叶片同样很小,她已经猜到是谁送的。

当晚,钟鹏组了个局,叶橙没来得及,便把花一起带了过去。俞微宁一上来就搭着叶橙肩膀,追问是不是顾青李送的。

叶橙火速把花拿到一边:"是。"

俞微宁"啧啧"两声:"防狼似的,我又不和你抢。"

俞微宁看那花的模样:"挺舍得啊,我都舍不得花钱买这么小一束花。"

叶橙坐在角落,听着一拨在打马里奥网球,一拨在玩毛线小精灵的声音,问顾青李怎么送花不提前和她说一声。

顾青李回得很快:告诉你了还能叫惊喜嘛。

顾青李:高兴吗?

叶橙:当然高兴。

俞微宁端了杯喝的给叶橙,问她今后有什么打算。

叶橙突然问,她现在开始准备,能不能赶得上今年的研究生考试。

俞微宁被她的想法惊到:"你居然想考试了?你以前不是坚持继续待在学校不如自杀吗?"

"以前是以前,现在是现在。"

"而且……"叶橙低头,看着那束花,"谁又能说,改变不是一件好事。"

俞微宁这回看她的时间长了些,最后摸了摸她的脑袋。

这件事，叶橙并没有告诉任何人，包括顾青李。她生活逐渐变得规律，每天早上八点准时起床洗漱，看一会儿书，吃过午饭后下午刷网课，晚上则是准时和顾青李视频。

顾青李会问她今天都做了些什么。

叶橙就抱着膝盖看他："都在想你。"

明明是很老的梗，叶橙笑得得逞："顾青李，你怎么又脸红了呀？"

不止，连耳朵也是红的。

月底，叶橙跟着小姑叶其蓁出发去往北城郊区，叶橙是循着叶其蓁给的地址过去，到了目的地，才觉得眼熟，是上次他们一群人来过的温泉山庄。

入了夏，山庄推出了新活动，两公里泳道，推开窗就能看见清澈水池。叶橙把猫一块带了过来，她担心叶富顺会像她上次出行那样，回家一推开门就看见它郁郁寡欢的身影。

叶其蓁见她抱着一大包东西，只是隔着玻璃罩和包里的猫短暂对视："哪儿买的？"

叶橙说："……不要钱，路上捡的。"

叶富顺适应能力很强，在房间里走了两圈，乖乖凑过来啃猫粮。

叶橙没办法陪它太久，薅了两把猫头，陪叶其蓁去见疗愈师，她孕期噩梦频繁。疗愈师穿一身白色长袍，叶橙只注意到房间里同样有几位年轻女人，桌上放着一只颂钵。

就此，叶橙跟着叶其蓁在温泉山庄住下。

叶其蓁每天都有对应课程，为了疏解自己的情绪，她甚至报了插花和茶艺课，修养身心。叶橙在听说时都惊讶于这座山庄的功能竟然如此齐全。

余下的日子很无聊，叶橙抱着猫看着远方放空，河道静谧，湖水澄澈，一切都刚刚好。

这天，叶橙盘腿坐在落地窗前啃一根甜玉米，叶富顺蹲在她身侧，面前是一小堆掰下来的玉米，它在慢慢低头吃。

吃饱喝足，小猫顺势倒在叶橙怀里，发出很舒服的咕噜噜声响。

就在狸花猫堪堪睡着的边缘，门铃突然被按响，是山庄工作人员，说叶其蓁出事了，让她赶紧去看一眼。

叶其蓁快一天没感受到胎动。之前胎动厉害，叶其蓁半宿半宿睡不着，谁料昨晚骤然安静下来。

出山庄只有一条山路，叶橙打算带小姑去最近的医院挂号，中途碰到个大水坑，横亘在路中央，避都避不开。车停在水坑前，叶橙给小姑后腰垫上枕头，又示意她抓好扶手，才让司机慢悠悠驶过水坑。

到了医院，从挂号到就医，叶其蓁被她护在身前，语气很无奈："叶橙，我又不是半身不遂，你不用这么紧张。"

叶橙神秘兮兮地凑近："我在网上查过了，不要觉得这是小事情，万一

/ 299

出事就麻烦了。"

按照医生指示,叶其蓁照了 B 超,医生看着单子,建议她住两天院留院观察,外加吸氧关注胎动情况。叶橙来这一路都在提心吊胆,被医生这么一提醒,更慌,直追问这段时间要做些什么。

最后还是叶其蓁实在受不了叶橙的絮絮叨叨,让她先出去买饭。

医生看着叶橙的背影,直笑,问叶其蓁:"这是你妹妹啊?你们关系倒是挺好,挺为你着想的。"

叶其蓁笑着摇头:"从小就这样,傻乎乎的,怎么说都改不掉。"

连着吸了两天的氧,再次复查后数据恢复正常,叶橙等在门口,那颗悬着的心才总算放下。

叶橙在楼下自动贩卖机买冰咖啡时,才发现手机显示不少未接电话和消息。她手指停在最近一通未接电话上,俞微宁见她一上午都不回消息,电话总算接通,语气也急。

叶橙把手机拿远,单手开了咖啡:"你慢慢说,我现在在医院。"

俞微宁连珠炮似的话这才停下:"你怎么了,不会是得绝症了吧?"

叶橙呸回去:"不是,陪我小姑产检。"

俞微宁把话题扯回来,直问叶橙你自己男朋友的动向你自己不知道。

叶橙攥紧了手里的易拉罐:"顾青李?他怎么了?"

"他回北城了啊。你真不知道这事?"

叶于勤似是有预感他会来,顾青李进门时,窗外阳光正盛,把正在摆弄棋盘的老人的身影映得极亮。

"坐啊,随便坐。"

棋盘空空,黑白棋子各装在盒子中。顾青李只犹豫了一瞬,便走过去,端坐在老爷子面前。

"有多久没下过棋了?"叶于勤问。

顾青李老老实实地回答:"上一次还是和您。"

叶于勤捏起一枚棋子:"那试试吧。"

两人便真如同一对再平常不过的祖孙,在这个平常的下午,下了一盘平常的棋。

叶于勤问起他从前跟随奶奶在临川生活时候的事情。

顾青李到底年轻,几次注意叶于勤的神色,根本察觉不到变化。

"开始是会替人绣些花样,奶奶绣工好,那些花样店里都抢着要。有时也会去外边打打散工,镇上人知道我们家里的情况,能帮就会帮着点。"

叶于勤问:"钱够开销吗?"

顾青李沉思片刻:"勉强够,但是如果奶奶生病,或者学校要交钱,可能就不够了,需要找人借一些急用。"

叶于勤想起一桩事："你父亲不是有一笔抚恤金吗？"

顾青李时隔多年再谈起这事，好像与自己并没有太大大关系："大半被亲戚分走了。我妈精神状态不好，没有留下多少钱，剩下的基本上都给她买了墓地。"

盯着母亲下葬后，在邻里街坊口中，顾青李俨然成了一个父母双亡、身世坎坷、漂泊如同浮萍的可怜儿。即使奶奶及时出现，做主把房子变卖接他回临川，但接连经历两场变故，他已经对苦难麻木。

"后来呢？"叶于勤问。

顾青李落下一子："后来，那些手工艺品店陆陆续续倒闭，奶奶那会儿连着熬夜，眼神已经不太好，我劝她换个不伤眼睛的工作，奶奶就在街口支了个小摊卖吃食，她病倒后，也就没再出摊了。"

叶于勤继续问："你奶奶去世前，你都在想什么？"

提到这儿，顾青李回想了一下："有时会觉得不太公平，生老病死都是难免的事情，我却有点贪心，借钱也不过是希望奶奶能活得久一点，再久一点。"

太久了，顾青李其实已经记不清老人的模样。

唯一记得的是，奶奶有非常漂亮的长发，她生前十分爱惜，会用自己做的皂角洗发水洗头。每逢奶奶在院子里支水盆洗头的日子，顾青李都能闻见很清淡的花香。

人离开了，他一个不过十六七岁的少年，却要面对直直压下来的债务，和后续的上学问题。

奶奶说，他不可以不读书。

奶奶说，他一定要走，一定要走出这座小镇。

叶于勤最后问他，恨吗？

顾青李反问："恨什么？"

恨世道不公、世事无常吗？有人身世坎坷，为温饱发愁，命运半点不由人；有人生来含着金汤匙出生，一生顺风顺水。顾青李摇头："我很满足现在得到的一切。"

叶于勤坐了大半天，想起身活动活动。顾青李看他模样，想和老爷子说叶橙的事情。叶于勤直接摆摆手，指着棋盘："我还有什么好说的，你不是赢了吗？"

顾青李看着那盘棋有一会儿，跟着站起来，手里捏一只小盒子："这个是奶奶去世前，让我交给您的东西。"

叶于勤只看了盒子一眼便认出了是什么。

许久，老爷子接过，问顾青李除了这个，还有什么话带给他。

"没了，奶奶什么都没说。"

301

把小姑平安送回山庄后,叶橙始终心神不宁,嘴唇抿成平直的一条线。叶其蓁看出她有心思:"怎么,担心老爷子不同意啊?"

叶橙嘴硬说不是。

"那就是担心老爷子难为人?"

叶橙说更不是。

"行了,没什么事你就回去吧,我这里不需要你。"

叶橙的视线停留在她隆起的小腹上:"可是……"

叶其蓁就凶她,叶橙被赶出去时,叶富顺正好路过,叶橙犹豫着,回房间收拾了东西和猫一块走。

路上,正是上下班高峰期,前后都是喇叭声,叶橙觉得再没有一刻像现在一样平静。

叶橙是踩着满地碎掉的夕阳走进小楼的,视线范围内,一楼没人,静悄悄的。

她迟疑着走上楼,手扶在楼梯扶手,下一秒却听见身后一声:"叶橙。"

叶橙应声回头。

如同时光悄然倒流,顾青李站在他们十六岁见面的地方,问她要不要吃冰激凌,只是这一次是他在问:"香草焦糖的,夏威夷坚果的,你要哪一个?"

叶橙长久地看着他。

顾青李没有丝毫不耐烦,直到叶橙小跑下楼,他担心她摔倒,下意识伸手去扶,叶橙直直撞进他怀里,不肯松手。

两人身后,是看呆的吴妈和叶于勤。

毕竟有人在,顾青李觉得有一丝尴尬,小声提示叶橙,爷爷还在这儿。

"看不见看不见。"叶橙在他怀里就没有抬过头,"你抱我上去吧。"

顾青李用余光瞥着身后人的反应,吴妈仍是乐呵呵的,叶于勤则是唉声叹气地走开,从叹气声中,他都能察觉到老人满是"家里的白菜被猪拱了"的情绪。

等到了三楼房间,顾青李才示意叶橙可以抬头了。

叶橙仍旧不肯。

顾青李用指腹刮她耳垂,一下又一下,语气很温柔:"怎么了,哭什么?"

叶橙说没哭。

顾青李等她情绪平复,才又问了一遍。

叶橙被问烦,直接用头磕他胸口:"你管我呢,烦不烦。"

虽然叶于勤不反对他们谈恋爱,但两人整天在他眼皮子底下晃荡,老爷子看着也烦。没几天,叶橙就催着顾青李回春水湾。

叶橙问他打算在北城待多久。

顾青李正在修沙发旁的架子,轻描淡写道:"不用回去了,临川那边用不着我。"

叶橙多少有些诧异:"真的不用了?"

"嗯。"

"就唐老师和傅连城?"

顾青李说这次就是唐教授催他回来的。

叶橙打破砂锅问到底:"为什么呀?"

顾青李收好工具箱,把它放回原位,又冲干净手上的污渍,回答道:"他说如果我再不回来,女朋友可能就没了。"

叶橙直笑。

八月中旬,叶橙自觉自制力不太行,报了个考研封闭班。

地点在一个很偏僻的校区,顾青李点开那份写着培训时间和地点的海报看了很久,久到叶橙都忍不住低头去看他表情,察觉到他的情绪后,叶橙伸出小指头勾了勾他的衣服:"你还好吧?"

"不好。"顾青李很直接地掐着她的腰道,"在家看书,不行吗?"

不是不行。

自从他们闲下来,日常就是叶橙在房间看网课记笔记,顾青李到点会叫她下楼吃饭。

叶富顺不习惯叶橙把自己关在房间,所以叶橙时不时要应付房门被猫爪子刮两下,猫把玩具叼过来要她陪玩的动静。

她下楼倒水喝,发现顾青李正背对着她,手里捏一颗弹力小篮球。

篮球反弹几次,落回手中,他是自己在和自己玩。

叶橙蹑手蹑脚地走过去,悄咪咪捂住他眼睛,在顾青李出声前越过低矮的沙发,整个人落入他怀里,好似从天而降。

顾青李没动作,依旧维持原样,冷声提醒她:"今天的课看完了?"

"没呢,今天学马哲,太困了。"

叶橙贴得更近:"你别动,我充会儿电。"

她学习之余人来疯,过去三分钟,冷静"陪他玩"完后照常做自己的事情,日子很充实。可叶橙前不久加了个考研小群,学生和社会人士的数量对半开。大家晒出自己的每日计划,叶橙抓耳挠腮好几天,发觉在家效率实在是太低,才出此下策。

封闭班,意味着近两个月时间的分别。

分别那天,她在收拾行李,顾青李就抱着猫坐在床上。叶橙问他之后有什么打算,顾青李把那颗弹力小篮球扔到地上,叶富顺顺势从床上跳下去。

"临川那边还有点事。"

叶橙就"哦"一声,觉得这样好像也不错。

她收好最后一件衣服,爬上床,凑近看他表情:"喂,顾青李,这么久

303

见不到我,你会不会想我啊?"

顾青李只是把她因为低头而敞开的领子拉好,催她:"东西都收好了没?好了我去开车。"

他始终是内敛的。

现如今他们已经是一对再普通不过的情侣,同居,一起出门去买菜。顾青李会在她被一场突如其来的暴雨困在外面时来给她送伞,她也会在看见顾青李零点仍坐在电脑前时,打着哈欠给他热牛奶,催他快点去睡。

看着顾青李帮她提着行李箱下楼的模样,叶橙揉着自己的脸,几步小跑过去,拽着他空闲的那只手晃:"顾青李,我们去之前去趟超市好不好,封闭班不包饭,我刚刚查过了,那边没有大型商超。"

"随你。"

"还有辣椒酱和蘑菇酱,最近天好热,想吃点重口的。"

顾青李指着她下巴处冒出的一颗痘痘:"不怕长痘了?"

叶橙就朝他比个手势:"我就吃一点点。"

顾青李送她到培训基地,两人在这片校舍逛了逛。这里从前应该是个中学,基础设施一应俱全,宿舍是四人寝,翻新过,分多媒体教室、食堂、操场和自习室。

封闭班生活很规律,叶橙好似回到了上学时。她和室友相处和谐,但交流不太多。她不习惯吃这里的食堂,每天中午会带一本书去外边吃,回来再睡个午觉。

班里的人各有各的忙碌,大多数连名字都不知道,顶多就是打个照面。

只有一次,叶橙拿了快递回宿舍,有个室友上下打量她今天的穿着,说了句:"原来今天楼下那个是你啊。"

叶橙一头雾水。

待她拿出手机,另外两位室友跟着围过来看。

图片上只有叶橙穿着裙子的背影,长发在身后散成很漂亮的弧度。前景是一小簇开得正好的绣球花,顾青李就这么立在原地看着她跑过来,明明没什么表情,接住人时,还是轻易能看出一点笑意。

室友解释说是她在天台背书时看见,觉得好看就拍了下来:"好漂亮,像拍偶像剧一样。"

"这是你男朋友嘛,好般配。"

"他是不是也在这里上课啊,怎么平时没看见他?"

叶橙有点应付不过来,一个个答过去。

她总抱怨这里蚊虫太多,手上脚上都有红点,但没想到顾青李真的会大老远过来,就是为了给她送花露水驱蚊液之类的东西。

顾青李吃过饭,将她又送到校舍门口:"你进去吧,我回去了。"

叶橙牵着他的手,有些不舍,最终叫他名字。

顾青李回头："嗯？"

"没什么，就是想叫叫你。"叶橙说。

封闭班后半程，日子越来越枯燥无味。

夏天悄然过去，晚上，叶橙穿着薄外套在空教室背书的时候，会听见隔壁教室有人打电话，断断续续的哭声，是在哭诉自己的不易。

叶橙倒没什么感觉，只是有天在和顾青李通话时，他也听见了："你那边什么动静？"

叶橙捂着话筒告诉他："隔壁有个女生在哭，好像是保研名额被人顶掉了才选择考研，反正压力挺大的。"

顾青李问她不介意吗。

叶橙就摇头："不啊，我复读那年，这样的哭声听多了。复读班快高考那阵子，几乎天天都能听见女厕所有人在哭。"

顾青李沉默了一瞬，才想起似的，问她那年为什么要复读。

叶橙和他确认不会吃醋，才说："以前确实很大一部分是因为薛陈周，觉得自己不够优秀，成绩不够理想。"

不够配得上他。

"但是，"她加了重音，"现在不一样，不是因为这个，是我想去做。"

只是因为她想，她想成为更好的自己。

顾青李笑了一下："知道了。"

某天，叶橙照常去她当作食堂的那家烤肉店吃饭，在楼梯口，她给一伙人让路，蓦地，有人回头叫她："叶橙？"

叶橙看过去，发现是肖易遥。

经过这段时间训练，叶橙已经练成十分钟吃完一顿饭的绝技。

肖易遥陪着她散步回校舍，叶橙才想起来问："你怎么会在这边？"

"来这边开会啊，这边场地便宜。"肖易遥晃晃自己手里乙方送的伴手礼，继而上下打量叶橙一番，"那你呢，怎么会突然跑来这边学习。"

见叶橙有些尴尬地移开视线，肖易遥说："算了，你先进去吧，我这几天都会在这儿，明天我再来找你。"

叶橙看着她自作主张地定下来找她吃饭的事情，觉得好似在后街那会儿的角色对调了。

连续两天，肖易遥准时准点等在校舍门口，如同中学时代等在班级门口的好友，叶橙还有点不太习惯这种身份的转变。

肖易遥依旧我行我素，甚至邀请叶橙参加由她们单位承接的学术大会，她有内部名额，可以蹭茶歇和小蛋糕吃。

叶橙冷汗直流："不了吧。"

叶橙在当晚把这事和顾青李说了，忽地想起那天，同样是临川的招商会。

顾青李疑惑："你怎么会知道？"

叶橙哼唧两声："我问的傅连城。"

"我要是不问，你是不是不打算说？"

施家大院修缮项目落下帷幕，镇上马不停蹄地开始招商引资，几段风景宣传片在网上点赞数颇高，名头被打响，算是给招商会预热。作为朋友，俞微宁和钟鹏也和叶橙提过一嘴，反倒是叶橙天天和顾青李视频通话，却从未听他说过。

"我会看直播的。"叶橙很认真地道。

顾青李这次回临川，把叶富顺也带了回去，它显然在镇上更自在些，近一个小时的通话，叶橙只能看见它闪过一个剪影。

最后，叶橙到底还是跟着肖易遥去了大会，不是为了茶歇小蛋糕，单纯是想拓展一下视野，近一个月每日重复单调的活动，叶橙觉得自己身上都快长毛了。肖易遥给她弄来一张工作人员证件，叶橙不好意思白占着名额，主动帮忙布置场地。

不到下午三点，她便无事可做，坐在观众席捧着手机，苦恼这里信号不太好，临川招商会的直播链接根本点不进去。

身旁，肖易遥突然坐下，问叶橙今天在这儿好不好玩。

叶橙觉得很难用好玩去评价工作。

肖易遥却劝她，别太紧绷。

叶橙确实有遇到大事就容易慌神的毛病，心态不好，拿秦方兰的话来说，就是上不得台面。手心出汗，手不自觉发抖，这种症状在遇到考试时尤甚，这是初中落下的毛病。

肖易遥和她提起："临川的招商会，你看了吗？"

叶橙把手机举到她面前，苦笑："这里信号不好。"

肖易遥"哇哦"一声："那你可错过了一些好东西。"

等信号总算好一些，叶橙手机消息疯狂闪动，俞微宁、钟鹏、许妄……信息爆炸。她没来得及看完，只是点开被顶到最上面的消息，是傅连城发给她的一段视频。

叶橙欲点开，被肖易遥拦了一下："记得戴耳机。"

叶橙是在一脸蒙的状态下看那段视频的。

视频里，主持人提到修缮项目，唐鹤松不想上台，正催着傅连城和顾青李两个人，随便来个人替他。

傅连城随口扯了个理由："我口腔溃疡，说话不利索。"

镜头中，顾青李看他们俩的眼神有些无奈，他从容上台，接过了话筒。

这不是叶橙第一次听他在公开场合发言，语言简洁，站在台上引人瞩目。

镜头抖了两下，应该是傅连城以为顾青李发言完就可以下台，想把手机收起来的动作。有一名台下记者拦住顾青李，上来就直接问，他对于更年轻的学习修复的学子有什么寄语。

顾青李没料到这个小插曲,愣了下,收回话筒继续道:"坚持是比热爱更重要的事情。"

招商会偏娱乐性质,气氛很轻松。顾青李缓慢道,方才那句寄语,是很多年前有人送给他的,现在他在这里送给大家。

还是那位记者,问他后来呢。

顾青李站在演讲台,有一瞬没找到机位,他只是一字一句地道:"她现在是我的女朋友。"

台下有哄笑声。

那位记者像是要把料挖到底:"那她现在应该在看直播吧,这一刻,要不要和她说一句话?"

叶橙终于明白肖易遥口中的错过是什么意思,即使直播已经是过去式,她还是屏住呼吸,在等他的下半句。

"我很想你。"他说。

"哦?是只有这一刻吗?"记者忍不住给他挖坑。

"不是。"顾青李只是面朝镜头,"是每一刻。"

秋天就是在这时候悄无声息到来的,秋高气爽,温度正正好,很舒服。

九月底,叶橙收拾东西,回了北城一趟。

吴妈托人买了螃蟹,秋天正是吃螃蟹的季节,秋风起,人间蟹味正当时。谁料,这个消息不知道被谁听说,小群里,钟鹏和俞微宁吵着要来家里蹭螃蟹吃,就这么组了个螃蟹局。

叶橙上飞机前,仍戴着耳机听课,小群里消息一条接着一条。她戴眼罩在飞机上睡了一觉,等行李箱的间隙开机,群里消息已经暴增,叶橙只能耐心翻上去,发现人基本已经到齐,就差她了。

钟鹏在群里艾特她,问还有多久。

叶橙打下"快了",提起行李箱就去搭车。

东街胡同口的绿树叶子落了又长,老人常说,门前种槐,升官发财,叶橙对于东街胡同的印象就是从这棵老槐树开始。回了家,叶橙也没进去,而是拖着行李箱,看顾青李一颗一颗捡掉落在地上的杏子。

"怎么不上楼,吴妈让你来摘杏子了?"

顾青李应声看向突然出现在门口的她,手里还捏着一颗杏子,果子饱满,他直说是。

叶橙取过他手里的杏子,笑得狡黠:"可我怎么记得,明明这种活都是雇胡同小孩来干的。"

从前,这都是叶橙的活,她个子小,身手灵活,摘下的杏子一筐接着一筐,大半都是分给邻居家。

叶橙凑近看他："顾青李，你是不是在这里等我？"

顾青李像是认输了似的："叶橙，我很想你。"

她终于露出心满意足的笑容，坐在顾青李搬出来的小板凳上吃杏子。杏肉厚实绵软，汁水很多，早熟透了。叶橙吃掉一颗，顾青李才想起来似的："没有洗，很脏。"

叶橙只是随意用衣袖擦了擦杏子，给他看："还好吧……我一直都是这么吃的。"她咬掉一半，把中间的核拿掉，把剩下的杏子递到他嘴边，"你尝尝，很甜的。

"爷爷可宝贝这棵杏树了，每年结的果子，在外边买都买不到这么甜的。"

顾青李低头吃了。

"甜吗？"

叶橙追着问，见他不说话，直接勾他脖子："快，你亲一下我。"

顾青李依言做了。

她又问了一遍："甜不甜？"

顾青李这才有点绷不住："甜的。"

天空飘来几声"啧啧"，叶橙正蒙，谁在说话，就这么看见钟鹏几人挤在三楼小窗口，显然方才的画面全看见了，对他俩这腻歪劲啧啧称奇。

"秋天都到了，你俩还热恋期呢？"

叶橙骂回去："你管我。这是我男朋友，我想亲就亲，你有吗？你没有！"

顾青李眼神示意她别说了。

叶橙不管，说一路奔波太累了，要他背进去。于是，那筐被他当作借口，快被他磨得光滑的杏子只好留在原地，顾青李一面背她，一面推着她的行李箱往里走。

叶橙不满意他的态度，眼珠子转了圈，连用了好几个"特别"："顾青李，我特别特别特别喜欢你。"

他捏了下叶橙的左手："我知道。"

室内，一群人从楼梯走下，吵着闹着占位，螃蟹和清酒的香味交缠在一块。叶橙牵着顾青李的手走近时，座位已经分好，只给他们留了两个并排的空位。

他很久没有过家的感觉，漂泊半生，直到叶橙晃着他手，催他快点。

就此，岁岁年年，共占春风。

308

Extra
最长的电影

　　如果能把他有关于叶橙的记忆摘取压缩成一部长约一百二十分钟的电影。第一幕是她做着拉小提琴的动作，说着这一曲她是拉给他一个人听。

　　顾青李抵达伦敦的第一周，连着下了七天的雨。
　　他保持着背一只黑色双肩包往返学校的习惯，所幸英国人偏爱暗色调，整座城市像是被印在旧报纸上的老照片，好似凑近就能闻见油墨香味。他一身黑衣黑裤，白色运动鞋踩进水坑溅起雨水，在其中显得不算突兀。
　　伦敦的雨带着丝丝铁锈的味道，顾青李这一周有太多事情要忙，白色运动鞋踩进水坑溅起雨水，顾青李联想到英国过高的秃头率和人潮中寥寥可数的伞，有些麻木地想，如果自己希望在这座城市保住头发，当务之急应该是买一把雨伞。
　　公寓里，几位亚裔朋友聚餐，在桌边围成一圈聊天。
　　室友是个热情开朗的印度人，比顾青李高一级，见他在玄关随手搁下钥匙，就要拐弯进门，忙叫住他："Lee，这里有Lily带来的玛芬蛋糕和曲奇饼干。"
　　顾青李额前头发湿了一片，对此番话并不回应。
　　五分钟后，顾青李还是选择脖子上挂一条干毛巾混坐其中。他来伦敦时间不长，需要一些必要的社交活动，好让他能尽快融入这座城市，这是他这些年辗转各地得出的宝贵经验。
　　话题很快由一些社交寒暄转为玄学。
　　带来玛芬蛋糕和曲奇饼的Lily不仅是个出色的烘焙师，同样会占卜。聊天现场逐渐演变成一对一谈心，打头的是个长络腮胡的男生，问的问题是"与分手五年的前女友复合的概率有多大"。
　　顾青李并不是一个话多的人，在这种场合不过是充当听众，类比就是美剧里的罐头笑声。只是Lily的眼神在几人中扫了圈，竟然直接朝顾青李发出了邀请："Lee，你有什么想问的问题吗？"
　　几人跟着起哄。
　　在不知情的人看来，这位来自东方的年轻学生身上有着独特的忧郁气质，足够吸引人。其实顾青李是习惯性放空自己，闻言只是点头，问的问题却令

309

人匪夷所思:"她恋爱了吗?"

"请说三个数字。"

顾青李照做。

那阵起哄声未散,误解仍在加深,都以为这是东亚人含蓄内敛且浪漫的说法,那位她是否已经与他坠入爱河。

那神秘占卜师看着三张塔罗牌牌面,这并不是一副难解的牌,顾青李也大概看出答案。他已有四年未见叶橙,整整四年。

而如果,只是如果,顾青李想。如果能把他有关于叶橙的记忆摘取压缩成一部长约一百二十分钟的电影。第一幕并不是叶橙从楼梯走下,而是她做着拉小提琴的动作,说着这一曲她是拉给他一个人听。

记忆太久远了,久远到顾青李需要费一些力气才能想起来。

母亲下葬那天,是个阴天。

相熟的邻居念他孤身一个小孩可怜,帮忙联系殡仪馆火化,帮忙找纸扎店。顾青李便有些麻木地吃完了一整碗面,一根面条都没剩,出门时从口袋掏出黑布,别针很粗很大,但这是他在家里唯一能找到的东西,笨拙地别在袖口。

来吊唁的人不多,母亲精神状况出现问题后,同事、朋友,基本上都断了联系,避之不及。这样倒也挺省事,顾青李想。

只有一位风尘仆仆从小镇赶来的老人,才见面,奶奶也并不打算多问,全程只和顾青李说了几句话:"没别的亲人了?"

他茫然一瞬,摇头。

奶奶说:"那你以后跟着我过。"

"嗯。"

两人的表情完全是一个模子里刻出来的。

担心人跑丢,奶奶拉着他的手,老人的手掌皱巴巴的,手心还有很厚的茧子,顾青李觉得磨得手不舒服,却足够温暖。

吊唁会很快结束,殡仪馆的工作人员出来通知他们火化的时间快到了,最后进来一对祖孙,老爷爷带着小女孩。

老爷爷身上有浓厚的书卷气,干瘦,精神头却很好,指尖沾了未干的墨水。小女孩眼睛很大,脸很小,扎着歪歪扭扭的麻花辫,有些不明白状况的茫然。

大人自然有大人的事情要谈,剩下小孩也没闲着。女孩在摆弄九连环,手指并不灵巧地穿过铁环,似乎还有些弄不明白这物件应该怎么玩。

又有人进门,一身黑衣,顾青李不太认识,但已经有小主人的姿态,指挥他们往里走。只是抬起的手还未完全放下,有人点他肩膀,顾青李回头,看见的就是女孩有些憋红的脸:"你知不知道,这里的洗手间在哪里?"

女孩毕竟太小,顾青李领着她去了,有些不放心,守在门口。

女孩解决完生理需求后就恢复了活力,小短腿在他身后迈得飞快,在进门前拦住他:"我们先不进去好不好,里面好闷。"

环顾会场一圈,在场的小孩唯有他们两人。顾青李看着她玩腻了九连环,又开始揪树叶和野花玩,手上沾上汁液,去一旁洗干净。

大概是实在找不到玩具,她歪头:"我叫叶橙,你叫什么名字?"

顾青李不说。

叶橙就强硬地把一块小石头塞进他手里:"我认识字的,你不要糊弄我,我认得出来。"

顾青李有些烦躁,把石头扔了:"我奶奶找我了。"

可没一会儿,他又从室内探出头,发现她仍安安静静地蹲在门口。

已经遭遇过一次,顾青李自然很熟悉流程,本以为自己不会哭,但看着棺材被推进去,手虚虚在空中抓了两下,什么都没抓到,还是有眼泪流下来。

他想偷偷抹一下眼泪时,叶橙在大人中间穿行,停在他身侧,攥住了他的尾指。顾青李依旧什么都没说,是在门合上的瞬间,反握住了她的手。

见终于有了回应,叶橙很来劲,说着这次她来南城是来参加比赛。手也没闲着,她做了个拉琴的动作:"你看过小提琴比赛吗?你明天有没有空,我可以叫我爷爷,给你多送一张门票。不过其实好无聊的,好几次我在台下看着都犯困。"

说着说着,叶橙忽然盯紧他的眼睛:"你会来的,对吧。"

顾青李看着那双清亮的眼睛,鬼使神差地点点头。

"那就好。"叶橙托着腮,脸上肉鼓出一团,"其实这次是我第一次参加比赛,我很紧张,可是宁宁她们都不在……你要是来,我就不紧张了。我只拉给你一个人听。"

顾青李不知道她口中的宁宁是谁,脑海中在回忆音乐厅的位置。

可是第二天,顾青李到底没去,他坐在回临川的大巴上,几次想开口和奶奶说些什么,又被封存在长久的沉默和后座婴儿忽大忽小的哭声当中。

再之后,顾青李听闻叶橙的消息,都是从奶奶口中听闻。

奶奶似乎格外上心这个别人家的小孩,顾青李那时已经知晓一些他们中间的感情纠葛,他习惯隐藏自己的情绪,只是转头,在听闻同学家购置了电脑后,顾青李犹豫了很长时间,问起能不能借电脑查点东西。

那段画质很糊,大约是某个观众或者主办方传上去的视频,被他存在杂牌MP4里,来来回回看了很多遍。

转眼就是初二,日子过得紧巴巴,但奶奶的身体尚且硬朗,生活平静且有盼头。

课堂上,老师忽而提出一项南北两城共同组织的研学活动,将从南城几个小镇选出一批优秀学生,由教育局出资,送往北城进行交流学习。

在当时的学生看来,对比无趣的课程,这种活动显然很有吸引力,课后

311

几乎被活动的讨论占满。

"你去过北城吗？我二舅去过，他以前还在那儿打过工呢，听说北城到处都是高楼大厦，还有电视上才能看见的四合院。"

"他们是吃米饭，还是顿顿吃面条？"

"豆汁，你们喝过豆汁吗？我看他们都说喝起来像泔水。"

顾青李听着周边的议论声，只是低着脑袋做题，试卷上不确定的答案被他涂成一圈黑。

他如愿拿到名额，在北城下车时，他只知道学校名字，并不能肯定目的地。

好在，顾青李特意最后一个走，在面容很年轻的志愿者面前停留片刻："我们会路过师大附中吗？"

志愿者指着花名册："我们这次是去坪安中学。"

顾青李垂眸。

志愿者说："不过你怎么知道北城最近在举办十校联赛，今年就在师大附中新修的体育馆。如果时间充足的话，或许能去也说不定。"

顾青李下车时，嘴角抿出一点很浅的笑意。

当晚，听着隔壁房间的男生在玩枕头大战，顾青李不由得想，北城这样大，他们能碰见的概率太小太小了。

也可能真的是没有缘分，他们没能去师大附中，顾青李没忍住，问志愿者哥哥他们是否还有别的行程，志愿者摘下帽子攥在手里："没了啊，玩了几天，大家都挺累了，最后一天就在附近走走，坪安的食堂蛮不错的。"

缘分当然不会自己找上门。

所以顾青李以生病为由，选择自己摸出下榻酒店，一个人搭上去往师大附中的公交车。学校很大，趁联赛进校参观的同学老师也多，顾青李转悠了一个小时，最后无功而返。

有时他会觉得自己像是疯了，在这座陌生到极点的城市，去撞一个不确定的缘分。

有时他又觉得自己好清醒，错过了和一个女孩的约定，他只是一个来赴约的人。

在带着些许失落情绪离开师大附中前，顾青李路过开满紫藤花的长廊。却在花下，有人冒冒失失撞上来，他没来得及反应，胸口已经沾上大片奶油。

"啊，对不起，对不起，我不是故意的，我赶球赛，要迟到了……你有没有别的事啊，我真的不是故意的。"

顾青李的注意力逐渐从衣服上的奶油，转移到了女孩绑紧的樱桃发带上。

叶橙简直欲哭无泪，她今天因上课小动作太多被老师留堂，好不容易才从办公室逃脱。没等到进教室，同学告知篮球赛调换了场次，她现在赶过去，还能看见俞微宁女篮下半场。

叶橙并非有多喜欢看篮球赛，只是再确定不过的一点，如果俞微宁没在观众席看见她,下周校报头条就不是××班赢得十校联赛的奖项,而是某附中女学生血溅体育馆。

可偏偏,最后一张纸巾被她吃薯片用光了,眼见着越帮越忙,叶橙索性破罐子破摔:"我赔你一件新的吧。"

顾青李身上穿的衣服都是奶奶购置的,大多来自临川市场一条街,胸前印着硕大而劣质的阿迪王Logo,质量也不好,穿多了总要起球。

这类明亮的运动品牌服装店,从来都不在他们能负担得起的选择内。

叶橙却再坦然不过地走进去,不时拎起一件回头问他:"你一般穿什么尺码?"

顾青李手脚略显局促,心里五味杂陈。

杂的是叶橙并没有认出他,可是他转念一想很正常,不过是多年前见的一面,比起并没有认出他,真认出来才诡异。

叶橙对他的感受浑然不觉,依照他身上衣服的风格参考,拎了件黑T恤递到他面前:"你去试试,大了或者小了和我说。"

衣服很合身,叶橙很满足地点头,又指着一旁的标识牌:"他们这里第二件半价,要不要——"

"不要,这就够了。"

出了品牌店门,顾青李看着叶橙急匆匆离开的背影,又看着身上崭新的衣服,和手里装着旧衣服的牛皮纸购物袋,只觉得这一天都过于玄幻。

叶橙真的就这么做好事不留名,白白赔了他一件599元的T恤。

那件衣服顾青李只穿过一次,就被小心收好。

甚至,顾青李把衣服摊平在床上,抚平每一道褶皱,才叠好收进牛皮纸袋里,出门继续帮奶奶准备酸辣粉原料。

在那之后,因奶奶去世,他拥有了偷来的三年。

这一切的一切,顾青李都不曾和任何人提起过。

伦敦的雨已经停了,栏杆是铁制的,生了锈,顾青李看着那层铁锈,没有选择靠过去,立在门边,用最简单的话语和Lily说完了这些。

室内,他们说到尽兴,每个人面前都摆了一瓶开过封的酒。

啤酒,或是Cider(苹果酒),顾青李一口没喝,却好像隔着玻璃门闻到了麦芽和苹果的清香。

Lily听完,没有发表任何意见,而是给他送了一句祝愿。

Wish you all the best.

——祝你一切顺利。

后来,顾青李顺利在伦敦结束学业,跟随唐鹤松回国。出于一点小私心,他没有联系北城的任何人。

时至今日,这座城市已经有着两千万人口,若干流动人口,没有人天生

/ 313

应该停下来等某个人。

顾青李依旧挺倔地觉得，某月某天，在某个拐角处、便利店、咖啡厅，只要有缘分，都会遇见的。

比缘分更先到来的是相亲，唐鹤松看不过眼他整天泡在工作里，不留一点私人空间，离开前一遍又一遍地交代："我把你的照片发了，人姑娘对你挺有好感的，条件也好，多掂量掂量自己几斤几两，打着灯笼都找不着，这次你可别又放人鸽子。"

第二天，同办公室的同事最先听见的也是唐教授暴躁数落的声音："我昨天和你说什么来着，你和我说说，我昨天说什么来着——"

"算了吧。"顾青李对着面前的图纸，连按眉心的力气都没有，"老师，您就别操心我的私事了。"

唐教授和他提前通气，要去西南某个小城待上一年，顾青李依旧没有任何反对意见，真安安心心地在遂和泡了一整年。

他大部分时间都在和工人交涉，监工，一遍又一遍地核对数据。闲下来也会顺路到慈光寺大殿听经，满殿都是有所求、求不得的凡人。

日子太过平静，静到顾青李都快忘了心动到底是什么感觉。有时看落雪，看飞鸟，也会觉得好像这辈子就这样，再撩不起任何波澜。

一个和平时无异的，下过雪的日子。

顾青李照例在大殿听经，按照师母指示，检查老师有没有趁工作间隙偷偷抽烟。

唐鹤松不是一般的冤。

"我在你眼里是这样的老师吗？"

"好，你不信是吧，我把人叫来，有什么问题你和她说。"

"你好，我是叶橙。"

那一瞬，好像耳边的风都因此停止。

有时，顾青李会觉得命运开了好大一个玩笑，兜兜转转，居然怎么都逃不开阴错阳差这几个字。

从大殿到客堂，明明这是一条这一年来顾青李走过无数次的小径，可这次却这样长，长到他花了比平时多了快一倍的时间。

又这样短。

短到好像就在昨天，叶橙还穿着师大附中那套蓝白校服对他说："顾青李，你想考什么大学？"

弹指一挥间，而顾青李只是立在门口叫她："走了。"

于是，故事就这么开始。